蒙田随笔集

〔法〕蒙田 著 马振骋 译

Michel de Montaigne

Essais

上海译文出版社

图书在版编目(CIP)数据

蒙田随笔集／(法)蒙田(Montaigne, M. d.)著；
马振骋译. —上海：上海译文出版社,2014.3(2024.9重印)
(译文名著精选)
ISBN 978－7－5327－6281－1

I.①蒙…　II.①蒙…②马…　III.①随笔一作品集一
法国一中世纪　IV.①I565.63

中国版本图书馆 CIP 数据核字(2013)第 162095 号

Michel de Montaigne
ESSAIS

蒙田随笔集
〔法〕蒙田　著　马振骋　译

上海译文出版社有限公司出版、发行
网址：www. yiwen. com. cn
201101　上海市闵行区号景路159弄B座
上海信老印刷厂印刷

开本 890×1240　1/32　印张 11.25　插页 2　字数 219,000
2014 年 3 月第 1 版　2024 年 9 月第 13 次印刷
印数：40,001—42,000 册

ISBN 978－7－5327－6281－1/I·3747
定价：30.00 元

目　录

卷 三

译本序

　　进入二十一世纪，世界充满了自信的人。打开博客、微博、推特、脸书，上面无不是他们的留言，原先一直不敢向家人交代的想法与心声，也都毫不犹豫地袒露在众人面前。这种直面人生抒发情怀的文体，据说可以追溯到四百多年前一位法国乡绅米歇尔·德·蒙田。

　　蒙田的祖辈原姓埃康，几个世代在西南部一座城镇贩运腌货和葡萄酒。曾祖父一代勤奋发家，购下附近破旧的蒙田庄园。父亲皮埃尔随弗朗索瓦一世大军远征意大利。他忠诚报国，得到了蒙田领主的称号，获准把庄园扩建成了一座颇有气势的城堡。他还感染到国王崇尚意大利文化的热诚，结交四方俊彦，把有学问的人请到城堡做座上客。

　　米歇尔是埃康家的第三个孩子，前面两位姐姐在襁褓中夭逝。当他1533年诞生时，皮埃尔自豪地对客人宣称这是蒙田家族的第一位男性继承人。然后把摇篮中的儿了送到一位佃农家寄养。三岁时接回家，又聘请了一位不讲法语的德国教师，在生活中完全用拉丁语，让他接受罗马文化的启蒙。

　　孩子在自然法则下受命运的抚养，随同普通人过节俭的生活，"宁可让他们从艰苦中走过来，而不是向艰苦走过去"。蒙田晚年回忆往事，非常感谢父亲关心体贴他，但不让他养尊处优；居于上层社会，但不让他当纨绔子弟；要他受古典教育，但不盲从权威。

　　米歇尔青年时代在图卢兹学法律，后在佩里格和波尔多法院工作。1568年，父亲过世，他作为长子继承了祖宅，从此以"蒙田"作为自己的姓氏。1571年才三十八岁，他辞去公职回到城堡过退隐生活，希望"投入智慧女神的怀抱，在平安宁静中度过有生之年"。

　　蒙田住进城堡的一座塔楼内。楼共三层，一层是礼拜堂，二层是卧室，三层是那著名的圆形书房。他请工匠在四十五根木柱和两根横梁上，绘制了五十七句希腊语和拉丁语格言，至今城堡已毁，塔楼尚在，梁柱上的铭文也清晰可见。他在俯视庄园的塔楼里阅读希腊罗马圣哲古贤，尤其是塔西佗、塞涅卡、普鲁塔克、西塞罗、卢克莱修等的作品。

其实，蒙田只是放弃他毫不适应的官场生涯，回避了繁琐的家庭杂事，至于窗外的风声雨声，都听在耳里。他所处的时代是法国历史上战事最多、政局最乱的时代。针对异教徒的火焰法庭，波尔多征盐税暴动镇压，诱杀新教徒领袖的圣巴托罗缪之夜，宗教矛盾与王室利益纠缠不清的胡格诺战争，胜者与败者相互绞杀、斩首、焚烧，动辄大开杀戒，血洗全村，都发生在众目睽睽之下。

敌对各派都以神的名义进行反神之实。暴行得到当权者的怂恿与鼓动，一发就不可收拾。蒙田的后大半生差不多都是在这种打砸杀的氛围中度过的。他晚年写道："我看到的不是个别行为……而是根深蒂固的习惯势力，在非人道与无诚信方面（在我看来这是最大罪恶）表现得如此邪恶，以致我无法想到而不毛骨悚然；叫我既憎恶也赞叹。这些臭名昭著的丑事的发生标志心灵具有的威力，也说明心灵陷入的混乱。"

1581—1585 年，蒙田两度当选两年一任的波尔多市长。卸任后也曾在三亨利战争中充当各方的信使和调解人。除此以外，闲散地阅读，同时不拘形式做笔记，写心得，日积月累，汇编成两卷《随笔集》，1580 年在波尔多出版。之后他继续写作，不断添加丰富，直至生命最后时刻还不辍笔。

蒙田从写作中体验到，思想引出句子，句子又会产生思想。往往无意中说出的句子里包含了自己原来不曾注意到的想法。他有什么想法随即写下来，随后整理，常有意想不到的收获。他愈写愈丰富愈开阔，也对自己了解愈深，从自己身上看到别人，又在别人身上看到自己。因而他说，他创造了自己的书，自己的书又创造了自己。别人也帮助他认识了自己。他与书同步走在同一条道上。写书使他感到自由。

1592 年蒙田病逝。他的遗稿由他的好友与义女整理，三年后在巴黎出版三卷本《随笔集》；自后四个多世纪流传的《蒙田随笔》都以此为定本。

蒙田认为，任何人的一生都具有人生的完整形态，他剖析自己的灵魂也是在剖析众人的灵魂。愈深入愈透彻，也更看清人性固有的优点与弱点。人与人有共性，不然无法交流。人的认识是多元的，不然想法不会那么不同。差异不仅存在人与人之间，也存于自身心灵的不同层面。人不可能保持一贯，最常见的倒是摇摆不定，出尔反尔。思想、感情与欲望相互影响。本性是不会变的，只能用理智加以调节。人心滋长的不一定是罪恶，更多是愚妄虚荣，这使人生与世界充满荒诞。

人间世事千头万绪，也总是在不断变化。人人都处于自身与命运的双重束缚中，在大自然确定的法则下讨生活。世道有规律，但表面永远变幻不定。人也就永远看不透自己。

宇宙无涯，认识有限，这个道理自古就有论述，而蒙田对此作出最简练的概括，"我知道什么？"英国作家弗吉尼亚·伍尔夫对此作出过生动的比喻："这样议论自己，辨析自己飘忽的思维，把灵魂在其惶惑、变动、未完满状态下的重量、色彩与曲折和盘托出。这个艺术只属于一个人，他就是蒙田。总是有一群人站在这张画像前，凝视它的深度，看到里面反映出自己的面孔，他们停留愈久看到的愈多，也永远不能说清楚看到的是什么。"

让我们看到人心中有无尽的表面，这还不是蒙田《随笔集》要说的全部内容。伍尔夫继续形象地加以说明："由于对最精微的心理不断地检验与观察，所有这些组成人类灵魂的摇摆松动的零件，经他的调试最后完成了一次神奇的组合。在他的十指之间掌握了这个世界的美。他完成的是幸福。"

人性的善与恶在极端条件下毕露无遗。蒙田不提倡任何引起敌对与仇视的伦理道德；认为日光之下一切都接受同样的法则与祸福，天下的事是相通的，要人融入到大环境中去。人与人要和谐相处，人与天地万物休戚与共。人并不高于也不低于其他创造物。

当年，雨果痛斥英法联军抢劫焚烧圆明园，蒙田在这四百年前也已痛斥西班牙帝国摧毁美洲的文明，口吻同样严厉。他告诫我们："我们所谓的真理与理性，其标准也只是依据我们所处的国家的主张与习俗而已。"

蒙田在全书最后一章《论阅历》中叮嘱我们："依我看，最美丽的人生是以平凡的人性作为楷模，有条有理，不求奇迹，不思荒诞。"人要充分利用自身的处境，发挥自己的潜能，"知道光明正大地享受自己的存在，是神圣一般的绝对完美"。

蒙田《随笔集》不但在内容上，就是在文笔上也走在时代前面。那时，法语、意语、德语都处于发展阶段，尚未成熟为现代语言，重要的作品都用拉丁语书写。《随笔集》是第一部用法语写成的哲理散文。蒙田喜欢用生动形象的民间语言。那时被认为粗鄙俚俗、带着外省烙印的私人写作，今日法国文学史对此作出这样的评论：直至出现卢梭、雨果、司汤达、巴尔扎克的作品，才又见到如此精彩的描述。

经典所以长盛不衰，是因为其内容与形式历时代而常新。因而，经典即是现代。今日具有一定阅历与文化背景的读者，都能对蒙田作品产生共鸣，从中获得教益。因为他们一边读一边会赞叹这位古典作家的生活哲学竟是那么的现代。

马振骋

2012 年 9 月

卷　一

收异曲同工之效

我们一旦落入曾受过我们侮辱的人之手，而他们又对我们可以恣意报复时，软化他们心灵最常用的方法，是低声下气哀求慈悲与怜悯。然而相反的态度如顽强不屈，有时也可产生同样的效果。

威尔士亲王爱德华，曾长期统治我们的居耶纳地区，他的遭遇与身世中有许多值得一书的伟大之处。他遭到了利摩日人的莫大羞辱后，用武力把他们的城市攻了下来。村民包括妇女与儿童，都被抛下遭受屠杀，高声求他宽恕，还在他脚边跪了下来，都无法使他住手；只是在他率部进入城内时，看到三位法国贵族怀着非凡的勇气，单独抵抗他的军队乘胜进击时才下令停止。他对这样的勇敢精神不胜钦佩，怒气也煞了下来，礼待这三个人，连带也饶恕了全城的其他居民。

埃皮鲁斯君主斯坎德培追杀手下一名士兵。士兵忍气吞声，百般哀求，试图平息他的怒火，最后无奈手握宝剑等待着他。这番决心却打消了主人的怒气，看到他准备决一死战不由非常钦佩，也就宽宥了他。（有的人没有读过这位君主的神勇事迹，看了这个例子或许会有另一种不同的解释。）

康拉德三世围攻巴伐利亚公爵盖尔夫，不顾对方如何卑躬屈膝迎合他，他赐予的最大的宽恕是允许那些同公爵一起受困城里的贵妇人，徒步安全撤离，并随身带走她们能带走的一切东西。她们深明大义，决定把丈夫、孩子和公爵本人都驮在背上。皇帝看到她们那么高尚贤淑，高兴得喜极而泣，以前对公爵不共戴天的仇恨也就一笔勾销，今后和和气气对待他和他的家庭。

上述两种方法都很容易打动我。因为我这人生性宽容怜恤，狠不下心来，从而同情比尊敬更适合我的天性。可是对斯多葛派来说，怜悯是一种邪恶的感情，他们要我们帮助不幸的人，而不是软下心来去同情他们。

这些例子在我看来是合适的，尤其因为看到受这两种方法袭击与考验的心灵，能够承受其中一种方法毫不动摇，对另一种方法却又低头认输。是不是可以说，动恻隐之心是和气、温良或软弱的表现，因而那些天性柔弱的人，如妇女、儿童和庸人，更易陷入这种情态；而蔑视眼泪与哀求，只认为美德凛凛然不可侵犯，这才是崇高坚强的灵魂的体现，对不屈不挠的大丈夫行为怀有的爱戴与钦佩。

可是惊异与钦佩对于没有那么高尚的心灵也可产生同样的效果。底比斯人可以作为例子。他们要求法庭对某些将军处以极刑，因为他们任期过后没有交出兵权，佩洛庇达在这些控诉下屈服了，哀告求饶保证不再重犯，勉强获得了宽恕，而伊巴密浓达则相反，他把自己的功勋颂扬一番，自豪放肆，要老百姓记住。大家听了再也无心投票，散会时大大赞扬这位人物的胆略与勇气。

老狄奥尼修斯经过长期苦战，攻下了勒佐，并俘获了菲通统帅。菲通是个正人君子，曾英勇地负隅顽抗，老狄奥尼修斯要在他身上进行残酷的报复。他首先对菲通说，他在前一天如何下命令把他的儿子和其他亲族都淹死了。菲通淡然回答说他们那一天要比他过得幸福。然后他命令刽子手扒下菲通的衣服，押着他满城游街，还残酷地鞭打他，恶言恶语羞辱他。但是他态度自若，勇敢面对。他甚至还神色严峻地高声宣告，不让祖国落入暴君之手是他愿意为之而死的光荣辉煌的事业。并警告对方将遭到神的惩罚。狄奥尼修斯从自己部队士兵的眼中看出，他们不但没有被这位败将的挑衅性言辞激怒，反而看不起自己的领袖以及他的得胜；这种非凡的勇气叫他们吃惊，为之动情，酝酿反叛，还可能从他的卫队手里劫走菲通，于是他下令停止折磨，派人悄悄把他投入大海淹死。

当然，人都是出奇地虚荣、多变、反复无常。很难对人作出标准统一的评价。从前，庞培对马墨提人非常反感，只因为公民芝诺愿意单独承担大众的责任，并要求独自接受惩罚，而对全城市民网开一面。苏拉在佩鲁贾城内也显示出同样的美德，却对己对人都没有得到一点好处。

然而与前面的例子截然相反的是亚历山大，他是天下第一勇士，对战败者极其宽厚。他经过苦战以后袭击加沙城，遭遇守将贝蒂斯。亚历山大在围城时亲眼目睹过他打仗勇冠三军，现在他孤身一人，手下士兵都已溃逃，他的武器已经折断，遍体鳞伤，血迹斑斑，被好几个马其顿人团团围住，四面八方受到攻击，他依然奋战不止。亚历山大打赢这场仗付出了高昂的代价，除了其他损失以外，自己身上还添了两处新伤，因而愤怒之至，对他说："贝蒂斯，你要死也不会让你死，你听着，一个俘虏会遭到的各种各样的苦刑，都让你尝个遍。"另一个听了不但面不改色，反而神态傲慢不逊，面对他的威胁不说一句话。亚历山大看到他顽固骄傲，一声不出，说："你没有屈过膝？你没有讨过饶？好吧，我要打破你的沉默，要你发出声来，我就是不能让你说出一句话，至少会让你发出一声呻吟。"他怒上加怒，下令刺穿他的脚跟，把他缚在一辆车子后，把他活活拖死，粉身碎骨。

是不是在他看来勇敢不足为奇，于是既不欣赏，也不尊重，或许是他认为勇敢只是他个人的特性，看到别人身上的勇敢不亚于自己，就妒性大发，或许是他天生残暴一发不可收拾？

说实在的，如果他的脾气可以克制的话，那么在占领和掠夺底比斯城的过程中，看到那么多勇士溃不成军，失去集体自卫的能力，都成了刀下之鬼，令人惨不忍睹时，他就可以这样做了。那次屠杀了六千人，没有一人逃跑或求饶，恰恰相反，人人都视死如归，在满街乱跑时遇到得胜的军队还有意挑衅，以求光荣一死。即使全身是伤也不屈服，只要一息尚存就寻思报复，只有拼死一个敌人后自己才甘心死去。这样悲壮的场面引不起他一点怜悯，一天时间也不够他亚历山大用来报仇雪耻，不流尽最后一滴血这场屠杀是不会停止的。最后只有放下武器的人、老人、妇女和儿童才幸免于难，其中三万人当了奴隶。

论撒谎

说到记忆力，没有人比我更不合适参加议论了。因为我头脑中几乎不存在一丝一毫的记忆，也不认为世界上还有谁的记忆比我更糟。我其他方面的品质也低庸平凡。但是我相信我的记忆尤为怪异，实属罕见，值得一书让它扬名于天下。

记忆是必不可少的，柏拉图很有道理称它为有权有势的女神；我生来就有这个缺陷；此外，由于在我的家乡一个人不明事理，大家就说他没有记忆，当我埋怨说自己记忆不好时，还是遭到大家的责怪与怀疑，仿佛我在说自己是个傻瓜。他们看不出记忆与聪敏有什么区别。这更使我做人难上加难。

他们实在错怪我了。因为从经验来看事情恰恰相反，良好的记忆乐意与低能的判断为伍。他们还在下面这件事上错怪我，我这人最看重友谊，因此用这样的话来责怪我的毛病，这就是说我不讲交情了。因为我记忆不好而说成了热情不够，这就把一个天生的缺陷当做一个良心的缺陷了。他们说，他早把这件请托的事或承诺的事忘了。他从来不会想到朋友。他从来想不起帮我个忙去说什么，去做什么或者隐瞒什么的。确实我这人很容易忘事，但是对于朋友托我办的事，我不会忽略的。但愿大家容忍我的缺陷，不要认为这是狡猾，狡猾跟我的天性是相互抵触的。

我还是有所安慰。从这个缺陷我悟出个道理去改正很容易在我身上产生的更大缺陷：那就是"抱负"。对于不得不跟外界打交道的人，记忆差是一种不可容忍的缺点。自然界进化法则中也有许多例子说明，随着记忆力的衰退，身上其他的机能会得到加强；我若依靠记忆的好处，就会记住其他人的创造与意见，自己思想与判断力也会跟随别人的足迹而人云亦云，毫无活力，像大家一样，不思自身努力；我说话也更加少，因为记忆库比创意库明显丰富；如果记忆长期不衰退，我会喋喋不休说得朋友两耳欲聋，闲谈又可增强辞藻修饰的功能，说得更加慷慨激昂，精彩动人。

这真是无可奈何的事，我曾在好朋友身边进行观察。他们的记忆好得可把事情完完整整说出来，从开天辟地开始，无关紧要的情境一个不漏，虽然故事不错，也可讲得精彩，要是故事不好，要怪的是他们记忆好，还是他们判断差。一旦人家开了口，那就很难叫他结束或中断讲话。最佳观察马力的办法，莫过于看它能不能漂亮地收住脚步。我还看见有的人说话很有分寸，他们就是愿意也不能够刹住话头。他们寻找机会要把话说完时，还是废话说个不停，拖拖沓沓像个体力不支要跌倒的人。尤其是老人更为可怕，往事的回忆抹不去，啰啰嗦嗦说了几遍又记不得，我就见过有的故事很有趣，在一位领主嘴里变得很讨厌，只因他身边的人被灌了不下一百遍。

第二个原因，像那位古人说的，也可以少记起受过的侮辱。不然我要像波斯国王大流士那样举行一种仪式，为了不忘记他被俘时受雅典人的侮辱，叫一名宫廷侍从每次在他上桌以后，到他的耳边唱上三遍："陛下毋忘雅典人。"而今我故地重游，旧书重读，始终让我有一种新鲜感。

有人说谁觉得自己记忆不够好，那就不要去撒谎，这话不是没有道理的。我知道语法学家对"说的不是真话"与"说谎"是有区别的；还说"说的不是真话"指说的是一件假事，但说的人把它当作了真事；而"说谎"这个词的定义在拉丁语（法语源自拉丁语）中，还含有"违背良心"的意思，因而只是指"说话违背自己所知之事的人"，我说的是这样的人。所以这里谈到的人是那些编造部分或全部故事的人；或者隐瞒和歪曲真相的人。当他们隐瞒和歪曲什么时，那就让他们把同样的事说上几遍，这样不露出马脚是很难的，因为事实先入为主留在了记忆里，通过意识与认知在脑海中留下印记；而假事在脑海中是留不住的。

当你每次要重复一桩事时，当初得知的真情在脑海中不断地流过，很难不把那些伪造、虚假或硬凑的事逐渐冲刷掉。

至于彻头彻尾编造的故事，尤其因为不存在反证来揭穿事情的虚假，他们以为有恃无恐，不怕胡说八道。然而也因为如此，内容既空泛，又不着边际，若记忆不是很牢靠，太容易把它忘了。

我经常见到这样的事，有意思的是吃亏的总是那些以花言巧语为常事的人，他们说话随机应变，时而要做成在谈判的生意，时而要取悦在说话的大人物。他们让自己的信仰与良心服务于千变万化的情境，语言也时时不同；同一件东西，他们可以一会儿说黑，一会儿又说白；人前人后两面三刀；把这些人相互矛盾的说法加以比较，这类招又会怎样呢？且不说他们经常陷入混乱；他们自己在同一件事上编造了那么多不同的情节，要有怎么样的记忆才能把它们记住？我看到现时有许多人羡慕这种小心谨慎的声誉，他们不会认为是徒有虚名。

说谎确是一个令人痛恨的恶习。我们只是有了语言才成了人，相互维系不散。如果对说谎的可恶可怕有所认识，就要对它比对其他罪行更加猛烈谴责。我觉得我们平时对小孩无所谓的错误随意给予很不适当的惩罚，对他们并不造成后果的一时鲁莽横加折磨。说谎本身，稍轻一些的还有顽固，我觉得这些事都必须随时防止其产生与发展。这些缺点会跟着他们成长。一旦说话不诚实，革除这个习惯就会难得出奇。因此我们看到一些正直人也会积习难返。我的一名青年裁缝，人还不错，就是我从没听见他说过一句真话，即使对他有好处的真话也不说。

假若谎言跟真理一样，只有一张面孔，我们的关系就会好处理多了。因为我们就可把与谎言相对立的话看成是正面的。但是真理的反面有千万张面孔和无限的范围。

毕达哥拉斯派说善是确定的和有限的，而恶是不确定的和无限的。走到目标的道路只有一条，走不到目标的道路有千条。但是依靠厚颜无耻和信誓旦旦的谎言，即使会躲过一场明显的大灾难，我也不敢保证自己会说得出来。

从前一位神父说，跟一条熟悉的狗也比跟一个语言不通的人在一起好。"陌生人不被别人当作人。"（普林尼）假话远比沉默更难与人交往。

弗朗索瓦一世夸口说自己用戳穿的方法把弗朗西斯克·塔韦纳弄得走投无路。塔韦纳是米兰公爵弗朗塞斯可·斯福扎的大使，能言善辩，他受主子的派遣，就是为一件后果严重的过失来向国王赔礼道歉的。事情经过如下。

弗朗索瓦一世不久前被逐出意大利，但是为了从意大利，甚至从米兰公国获取秘密情报，建议在公爵身边安置一名贵人，其实是大使，但是表面上保持私人身份，装得留下来办理个人事务；此外，米兰公爵有许多事依赖查理五世皇帝，尤其因为他正欲与皇帝的侄女、丹麦王的女儿洛林公爵女继承人订立婚约；因此被人发现跟我们还有勾结来往，就要遭受极大的利益损害。有一名米兰贵族最适宜完成这项任务，那就是国王的御厩总管梅绯伊。此人带着大使的秘密国书、指示、其他给公爵的推荐信，以便掩护和伪装他的特殊使命。但是他在公爵身边日子太久，引起了皇帝不满；接着发生的事我们认为一定与此有关。

公爵制造暗杀的假象，派人深夜去砍了他的头颅，案件只两天就予以了结。因为弗朗索瓦国王已向全体基督教国家的亲王和公爵本人发函询问缘由，弗朗西斯克·塔韦纳早已准备了一篇捏造事实、强词夺理的长报告。

他在一天早晨参加觐见；说明他对事件看法的根据，为此目的举出许多表面上合情合理的事实，说他的主子向来把这位贵族看做是以私人身份到米兰，像其他臣民来办自己的私事的，他在生活中也从未用过其他身份。甚至否认以前知道他为法国王室服务，国王也认识他，更不用说把他当大使了。国王说话时，提出各种不同的异议和要求，设下圈套，最终逼着他说出那天夜里是偷着干那件事的。那个可怜人这下子难住了，只得如实回答说公爵出于对国王的敬意，不敢贸然在光天化日下把他处决。我们大家可以想象，在弗朗索瓦一世这么精明的人面前，他说话矛盾百出，如何感到无地自容了。

朱利乌斯二世教皇，给英格兰国王派了一名大使，鼓动他反对路易十二①。大使把他的使命陈述完毕，英格兰国王在答辞中强调，要对付这么强大的一个国王，做好必要的备战工作是有困难的，他还列举了几条理由，大使却不适当地回答说他也曾想到这些问题，并对教皇陈述过。

大使原来的建议是策动英格兰国王立即投入战争，而今这话又离此相去甚远；英格兰国王从事后的发现去对照这套论点，不由怀疑这位大使私心倾向法国。教皇得到密告后，大使的财产全部充公，还险些丧了性命。

---

①原文为弗朗索瓦一世国王。据《七星文库·蒙田全集》注解，应为路易十二。

探讨哲学就是学习死亡

西塞罗说，探讨哲学不是别的，只是准备死亡。尤因探讨与静观可以说是让我们的灵魂脱离肉体而独自行动，有点儿像在学习与模拟死亡；或者也可以说，人类的一切智慧与推理归根结蒂，就是要我们学习不怕死亡。

说实在的，理智不是在冷嘲热讽，就是把目标定在我们的满足上。理智的工作，总的是要人活得好，要我们如《圣经》所说的"终身喜乐行善"。世上人人都是这种看法，尽管表达形式各有不同，快乐是我们的目标；不是这样的看法一出笼就被排斥，若有人说什么他的目的是让我们受苦受难，那谁会去听呢？

在这方面，哲学宗派之间的分歧只表现在口头上。"别去听那些美妙的妖言。"（塞涅卡）在这么一个神圣的学科中不应该有那么多的顽固与恶言。某人不论扮演什么角色，扮演的总是他自己。他们不论说什么，即使谈到美德，瞄准的最终目标也是感官享乐。他们听到这个词那么反感，而我偏要在他们耳边说个不休。如果这个词意味着最强的欢乐与极度的满足，那时美德的介入才胜过其他东西的介入。这种感官享乐不论如何纵情胡闹，粗野强健，也只是更加享乐而已。我们还不如称为欢乐，更容易接受，更温和自然，而不是曾用的"精力"一词。

另一种感官享乐——若也可用这个好名词的话——较为庸俗，也是应该相提并论的，但并不更占优势。我觉得它不像美德那样不包含放肆与邪念。除了感受更短暂、更流动、毫无新鲜感，它还有它的熬夜、挨饿、辛苦和血与汗；此外还有各种各样的情感折磨，然后再有这种沉重的满足，这无异于一种受罪了。

我们还大错特错地认为，这些磨难可以成为温情的刺激物与调味品，好像大自然中的万物相生相克；也不要说当我们转向美德时，同样的障碍与困难会压倒它，使它变得严峻、不可接近；而在美德介入的情况下，会使这种神圣完美的欢乐更高尚、更兴奋、更昂扬，要胜过低级的享乐许多。

一个人权衡他的所失与所得，不知道美德的温馨与作用，当然是不配认识这种欢乐的。有人劝导我们说美德的追求艰辛曲折，美德的享受则是愉快的，这岂不是在对我们说它不会令人快乐吗？因为哪个人曾有法子获得过它呢？最成功的人也只是做到向往它，接近它，而没有获得过它。

但是那些人错了，要知道追求我们所认识的任何乐趣，这本身就是乐趣；行动包含的乐趣，存在于我们眼前的美好目标，因为这是与大部分激情共生共灭的。在美德中闪闪发光的愉悦福乐，自有千百条渠道小路，引导你进入第一条入口，直至最后一道墙。那时美德的主要好处是对死亡的蔑视，这样使人的一生过得恬然安逸，让我们专注于愉悦的享受，不如此其他一切享乐都会黯然无光。

这说明为什么一切规则都集中和汇合在这个主题上。虽则那些规则也一致认为要蔑视痛苦、贫困和其他隶属于人生的遭遇，这在关心的程度上不一样，因为有的遭遇不是必然发生的（许多人一生中没有经历过贫困，有的还不曾有过疼痛的病患，如音乐师色诺菲吕斯，他活了一百零六岁，身体一直良好），还可以在万不得已时轻生把烦恼一了百了。但是死亡本身则是不可避免的。

> 人人都被推向同一个方向，
> 我们的命运在缸里转动，
> 迟早会从里面跃出，
> 上了船
> 带往不归路。
>
> ——贺拉斯

因而，要是死亡使我们害怕，这就成了一个说不完的痛苦话题，而又不能使心情舒解一丝一毫。死亡从哪儿都可以向我们袭击；我们就会不停地左右窥视，像进了一座疑阵以防不测："这就像永世悬在坦塔罗斯①头上的岩石。"（西塞罗）我们的法院经常把罪犯送到案发地点处决，一路上押着他们经过漂亮的房子，让他们拣好吃的吃个痛快，

> ……西西里岛的盛宴
> 也引不起他的馋涎。
> 鸟语与琴声
> 都不能使他入眠。
>
> ——贺拉斯

不妨想一想，他们能够高兴起来吗？游街的最终意图昭然若揭，就不会败坏他们领受这一切恩典的兴致？

> 他打听道路，他掐算日子，
> 走了多少还剩下多少，
> 想到眼前的极刑痛不欲生。
>
> ——克洛迪安

我们生涯的终点是死亡，我们必须注视的是这个结局；假若它使我们害怕，怎么可能走前一步而又不发愁呢？凡人的药方是把它置之脑后。只是愚蠢透顶才会这么懵然无知！真是把笼头套在了驴子尾巴上。

---

① 据希腊神话，他把儿子剁成碎块祭神，触怒主神宙斯，罚他永世置于随时会砸落的岩石下。

因为他决定了往回走

——卢克莱修

他经常跌入陷阱也就不足为奇了。这让我们这些人一说到死亡就害怕，大多数人像听到魔鬼的名字一样画十字。由于遗嘱中必然提到这件事，就别指望在医生给他们宣读终审判决以前，他们会动手立遗嘱。在痛苦与惊慌之间，他们会以怎样清晰的判断力，给你凑合出一份遗嘱，只有天知道了。

由于这个词听在他们的耳朵里太刺激，这个声音对他们又像不吉利，罗马人学会了用婉转的说法来减弱或冲淡它的含意。不说：他死了，他停止了生命；只说：他活过了。只要是"活"，即使过去式也感到安慰。我们的"故人某某"就是从他们那里借来的。

说到这里，是不是像俗语说的，时间就是金钱？我生于一五三三年二月的最后一天，是按现行的以正月为一年之始的年历来说的①。恰好十五天前刚过了三十九岁，至少还可以活那么久；可是急着去考虑那么远的事不是发疯吗？但怎么说呢，年轻人与老年人同样都会抛下生命。刚刚进来的人照样可以随即离去。再衰老的人，只要还看到玛土撒拉②走在前面，都相信自己的身子还可以撑上二十年。

再说，你这个可怜的傻瓜，谁给你规定了寿限啦？你这是根据医生的胡说八道。还不如瞧一瞧事实与经验吧。按照事物的常规，你活到今天已是鸿运高照了。你已超过了常人的寿数。为了证明这一点，算一算你的朋友中间有多少人在你这个年龄以前已经谢世，肯定比达到你的年龄的人要多。再来列一张表，记上一生中名声显赫的人，我敢打赌在三十五岁前死的要比在这以后死的多。把耶稣基督作为人类的楷模，也是

① 原先以复活节为一年之始。
② 《圣经·旧约》中人物，据说活了九百六十九岁。

十分理智与虔诚的，因为耶稣在三十三岁就结束了人生。亚历山大是最伟大的凡人，也是在这岁数去世的。

死亡又有多少种袭击方式？

> 时时刻刻需要提防危险，
> 人是难以预料的。
>
> ——贺拉斯

且不说发高烧和胸膜炎病人。谁想到一位布列塔尼公爵会在人群中挤死？我的邻居克莱芒五世教皇进入里昂也是这样。你没看到我们的一位国王在比武游戏中被误伤丧了命吗？他的一位祖先竟会被一头公猪撞死？埃斯库罗斯眼看一幢房子要坍塌，徒然躲到空地上，有一只苍鹰飞过空中，从爪子里跌下一块乌龟壳，把他砸死了。还有人被一颗葡萄核哽死；一位皇帝在梳头时被梳子划破头皮而死；埃米利乌斯·李必达脚绊在门槛上，奥菲迪乌斯进议院时撞上了大门。还有死于女人大腿间的有教士科内利乌斯·加吕，罗马巡逻队长蒂日利努斯，曼图亚侯爵吉·德·贡萨格的儿子吕多维可。

更糟糕的例子是柏拉图派哲学家斯珀西普斯和我们的一位教皇。可怜的伯比乌斯法官给诉讼一方八天期限，自己却突然得病，没有活到那个时候。凯乌斯·朱利乌斯是医生，在给病人上眼药膏时，死神来给他闭上了眼睛。我还该说一说我自己的弟弟，圣马丁步兵司令，年方二十三岁，早已显出大胆勇敢，打网球时球击中他左耳上方，表面看不出挫伤和破裂，他甚至没有坐下来休息。但是五六小时后，他死于这次球击引起的中风。

这些都是发生在我们眼前的例子，稀松平常，怎么还能够不去想到死亡呢？每时每刻不觉得死神在卡我们的脖子呢？

你们或许会对我说，既然不管怎样总是要来的，大家就不用去操这份心了吧？我同意这个看法；若有什么方法可以躲过死亡的袭击，即使是藏在一张牛皮底下，我也不是个会退缩回避的人。因为我只要过得自在就够了；我尽量给自己往最好方面去做，至于荣耀与表率则不在我的考虑之内。

> 我宁可被人看成傻子与呆子，
> 只要我的古怪令我痛快，叫我开心，
> 也不去当个聪明人愤愤不平。
>
> ——贺拉斯

　　以为这样就能做到了这也是妄想。他们来了，他们去了，他们骑马，他们跳舞，闭口不谈死亡。这一切多么美好。毫不注意，毫不防范，当死亡降临到他们身上，或者他们的妻儿朋友身上，则悲痛欲绝，抢天呼地，愤怒失望！你们几曾见过如此萎靡、恍惚，混乱！我们必须及早防范。在一个明白人的头脑里，对待死亡时却像动物似的浑浑噩噩，我认为这是要不得的，也会让我们付出沉重的代价。如果死亡是个可以躲开的敌人，我建议大家不妨拿起胆小鬼的武器。但是既然它是不可避免的，既然退缩求饶和勇敢面对，它都是要把你抓走的，

> 他对逃跑中的壮汉穷追不舍，
> 也不放过胆怯的后生
> 露出的腿弯与背脊。
>
> ——贺拉斯

　　既然没有铁甲保护你，

　　　　躲在盔甲下也是枉然，

死神会让他露出后缩的脑袋。

——普罗佩提乌斯

我们必须学习挺身而出，面对着它进行斗争。为了打落它的气势，我们必须采取逆常规而行的办法。不要把死亡看成是一件意外事，要看成是一件常事，习惯它，脑子里常常想到它。时时刻刻让它以各种各样的面目出现在我们的想象中。马匹惊跳，瓦片坠落，针轻轻一刺，立即想到："要是这就是死亡呢？"这时候我们要坚强，要努力。

欢天喜地的时候，总是想到我们的生存状态，不要纵情而忘乎所以，记得多少回乐极会生悲，死亡会骤然而至。埃及人设宴，席间在上好菜时，叫人抬上一具干尸，作为对宴客的警告。

照亮你的每一天都当作最后一天，
赞美它带来的恩惠与意外的时间。

——贺拉斯

死亡在哪里等着我们是很不确定的，那就随时恭候它。事前考虑死亡也是事前考虑自由。谁学习了死亡，谁也学习了不被奴役。死亡的学问使我们超越任何束缚与强制。一个人明白了失去生命不是坏事，那么生命对他也就不存在坏事了。可怜的马其顿国王当了波勒斯·伊米利厄斯的俘虏，差人求他不要把他带到凯旋仪式上，伊米利厄斯答复说："让他向自己求情吧。"

其实，在一切事情上，天公若不助一臂之力，手段与心计都很难施展。我本性并不忧郁，但爱好空想。从小对什么事都没像对死亡想得那么多，即使在放荡的岁月也是这样。

年少风流，青春欢悦。

——卡图鲁斯

其实我在想着今已不知是谁的那个人，他就在几天前突然发高烧一命呜呼了；当他离开这样一次盛会时，满脑子是闲情、爱欲和好时光，像我一样，耳边也响着同样的话：

好时光即将消逝，消逝后再不回来。

——卢克莱修

这个想法不会比其他事情更叫我皱眉头。最初想到这类事不可能没有感触。但是日子一久，翻来覆去想多了，无疑也就习以为常了，否则我会终日提心吊胆；因为从来没有人会那么舍弃生命，没有人会那么不计较寿命的长短。直到今天为止，我一直精力充沛，极少生病，健康既没有使我对生命的期望增大，疾病也没有使我对生命的期望减少。我觉得自己每分钟都在逃过一劫。我不停地对自己唱："另一天会发生的事，今天也会发生。"

说真的，意外与危险并不使我们更靠近死亡。如果我们想到，即使没有这桩好像威胁着我们的最大事件，还有成千上万桩其他事件悬在我们头上，我们就会明白，不论精力充沛还是高烧难退，在海上还是在家里，战场上还是休息中，死亡离我们都一样近。"谁都不比谁更脆弱，也不比谁对明天更有把握。"（塞涅卡）

去世前我有事要做，即使只需一小时就可完成，我也不敢说一定有时间去做完。日前有人翻阅我的记事册，发现一份备忘录，列上我在死后要做的事。我对他实实在在说，那时离家才一里路地，还精神十足，心情愉快，匆匆把这些事记了下来，因为没把握一定能够回得到家。我这个人脑子随时随地在想东西，随即把它们记在心里，时刻做好充分准备；当死亡突然降临，对我也不算是突如其来的新鲜事。

应该随时穿好鞋子，准备上路，尤其要注意和做到的是这事只与自己有关。

> 短短的一生内何必计划成堆？
>
> ——贺拉斯

不算上这件事我们已经够忙碌的了。有一个人抱怨死亡，只是因为死亡使他功亏一篑，没有打完一场漂亮的胜仗；另一个人自思自叹，没把女儿出嫁或孩子教育安排好就会撒手人寰；这人舍不得抛下妻子，那人离不开儿子，这都是人生的主要乐趣。

我现在——感谢上帝——处于这样的状态下，可以应召离开，对什么事都毫无牵挂，虽然对人生尚有依恋，失去它会感到哀伤。我正在给自己松绑，已跟大家告别了一半，除了对自己以外。没有人对离开世界作了那么干脆与充分的准备，那么彻底摆脱一切，如同我正在做的一样。

> 可怜啊可怜，他们说，只要一个凶日
> 会掳走我在世上的全部财富！
>
> ——卢克莱修

而建筑师说：

> 工程未完成，前功尽弃，
> 墙头砌到一半，摇摇欲坠。
>
> ——维吉尔

凡事不必筹备过于长期的规划，至少对于看不到其完成的事也保持热诚。我们生来是为了行动：

> 当我死，但愿正在工作时。
>
> ——奥维德

我愿意大家行动，大家尽量延长生命的功能，死神来时我正在园子里种菜，不在乎它，更不在乎园子还没种完。我看见过一个人死去，他到了人生关头，不停地埋怨命运割断了他手中的历史之线，他还只写到我们的第十五或第十六位国王。

> 谁也不能说，对财物的留恋
> 不会在你的残骸中也存在。
>
> ——卢克莱修

应该摆脱这些庸俗有害的心态。正因为如此，坟墓盖在教堂附近，在城市里人来人往最多的地方，据利库尔戈斯说，这是让男女老少不要看到死人而发毛，不断看见骸骨、坟墓和送灵，提醒着我们什么是人的处境：

> 古代用杀人给宴会助兴，
> 让武士相互残杀，
> 身子跌倒在酒杯上，
> 鲜血洒满宴席。
>
> ——西流斯·伊塔利库斯

埃及人在宴会结束后，给宾客展示一张死神的巨像，举像的人对着他们大叫："喝吧，玩吧，死后你就是这个样。"因而我也养成了习惯，不但心里老惦念着死，嘴边也叨念着死，干什么都没那么乐意地去打听人的死亡，他们那时说过些什么，脸上表情怎么样，神态如何；读史书时也最注意这方面的章节。

我的书里充斥着这些例子，也可看出我对这些材料情有独钟。如果我编书，就要出一部集子，评论形形色色的死亡。教人如何死亡，也是在教人如何生活。

狄凯阿科斯编了一部题目类似的书，但内容不同，不很实用。

有人跟我说，事实远远超出想象，当人到了那个地步，剑法再高明也有失手时。让他们去说吧，事前考虑必定大有裨益。再说，脸不变色心不动，从容前赴，难道不算本领吗？

况且，大自然会伸出援助之手，给我们勇气。如果是暴卒，我们来不及害怕。若情况相反，我发觉随着病情的进展，也自然而然对生命日益蔑视。我发现身体有病时比身体健康时更易下决心去死。尤其我并不眷恋人生的欢乐，理由是我已开始失去享受的乐趣，对死亡也看得不如以前那么害怕。这使我希望做到离生愈远，离死愈近，也愈容易实行生与死的交替。

我在许多情况下试验过恺撒的说法：事物远看时常比近看显得大。我发觉自己健康时要比生病时更怕死亡。当我高高兴兴时，欢乐与力量使我把生与死的状态看得明显地不成比例，成倍夸大烦恼以及它们造成的心理压力，我真的有病缠身时从来不至于如此。我希望死亡来时也是这样好心态。

让我们看一看日常身受的变化与衰退，也好比是大自然悄悄让我们在不知不觉中衰败凋零。往日青春年少的活力，在一位老人身上还留下多少？

唉，老人身上还剩下多少生命。
——马克西米努斯

恺撒有一名卫兵，神情憔悴，在街上向他走来，要求他批准自己去寻死，恺撒看他失魂落魄的样子，风趣地回答："你居然以为自己还活着。"谁要是猝然消失，我相信我们谁都难以忍受。但是我们被它牵着手，从一条感觉不出的斜坡上，慢慢地一步步滑入这种惨境，再与之相适应。所以当青春在我们身内消逝时我们不觉得震动。虽然从本质与实情来说，青春消逝也是一种死亡，要比郁郁而死，要比寿终正寝更加严酷的死亡。尤其从恶活到不活这个跳跃不是很沉重，还比不得从青春欢乐的人生跌入痛苦艰难的境地。

佝偻的身材背不起重担，心灵也是如此。必须让心灵开朗飞扬才能顶住这个死敌的压力。因为心灵害怕时就永远不会安宁。一旦心灵安宁了，它就可以自豪地说焦虑、恐惧甚至微不足道的烦恼不足以干扰它。这差不多超越了我们人类的处境。

> 坚如磐石的心动摇不了，
> 无论是暴君威逼的目光，
> 亚得里亚海上肆虐的风暴，
> 还是朱庇特的霹雳掌。
>
> ——贺拉斯

心灵就成了情欲与贪婪的主宰，匮乏、羞耻、贫困和其他一切厄运的主宰。谁能够就应去获得这种心灵优势。这才是至高无上的自由，给我们养成浩气去取笑武力与不公，嘲弄监牢与铁链：

> 我叫你戴上手铐脚镣，
> 交给一个恶吏看管，——神会来救我的。
> ——你是说：我会死的，以死来一了百了？
>
> ——贺拉斯

在我们的宗教中，人最可靠的基础就是蔑视生命。不光是理智的推理要我们这样去做：有一件东西失去后不可能后悔，我们又为什么害怕失去呢？还因为我们受到那么多死亡方式的威胁，害怕一切方式还不如忍受一种方式而少受些痛苦吗？

既然死亡是不可避免的，什么时候来也就不管它了吧？当苏格拉底听人说："三十僭主已经判了你死刑。"他回答："自然法则也会轮上他们的。"

走在摆脱一切苦难的旅程上难过起来，这是何等的愚蠢！

一切事物随我们诞生而诞生，同样，一切事物随我们死亡而死亡。为一百年后我们不会活着的一切哭泣，犹如为一百年前我们不曾活过的一切哭泣，都是一样傻。死亡是另一种生命的开始。正如我们当年哭闹着到来，正如我们艰难地走进这个生命，正如我们进去时换下了以前的面纱。

凡事仅有一次也就无所谓痛苦。有什么理由为瞬息的事去担那么长久的忧？活得短与活得长在死亡面前都一样。对于不复存在的东西，长与短也不存在。亚里士多德说，希帕尼斯河上有些小动物只能活上一天。上午八点钟死的属于青春夭折，下午五点钟死的属于寿终正寝。把这段时间的幸与不幸斤斤计较，我们中间谁见了不会嘲笑？我们最长与最短的生命，若与永恒相比，或者跟山川、星辰、树木甚至某些动物相比，也是同样可笑。

但是大自然逼迫我们走上这条路。它说：你们怎么来到也就怎么走出这个世界。从死到生这条路你们走时不热情也不害怕，从生到死你们也这样去走。你们的死亡是宇宙秩序中的一个组成部分；地球生命中的一刹那，

> 世人之间传递生命，
> 就像赛跑手交接火炬。

> ——卢克莱修

事物这样紧密安排，我能为你作出任何改变吗？这是你诞生的条件，死亡也是你的一部分；你这是在躲避自己。你享受的人生对生与对死均是有份的。你诞生的第一天引导你走向死，也同样引导你走向生。

第一时刻提供生命，同时也侵蚀生命。
——塞涅卡

诞生时开始了死亡，根源中包含了终结。
——马尼利乌斯

你生活的一切，是从生命那里窃取的；你活着是对生命的侵害。你一生中不断营造的是死亡。当你在生命中，你也是在死亡中。当你不再活着时，你的死亡也过去了。

因此，你若更喜欢如此，在活过了以后再死吧。可是在生活中你是个垂死的人，垂死的人要比已死的人遭受死亡的冲击更严酷，更强烈，更本质。

你若得到过人生的好处，享尽了欢乐，那就心满意足地走吧。

为何不像酒足饭饱的宾客离开人生宴席？
——卢克莱修

你若不曾欢度人生，它对你没有用处，失去它又有什么要紧的呢？你留下又做什么用呢？

必然要失去的时间，一事无成的时间，
又何必苦苦去延长呢？
——卢克莱修

生命本身既不好也不坏：按照你给它什么位子才会有好坏之分。你若生活了一天，也就一切都看见了。一天与天天是相同的。没有其他的光，也没有其他的暗。这个太阳，这个月亮，这些星星，这样的排列，跟你的祖先欣赏到的一样，也将让你的后代同样欣赏。

> 你的祖先看到的不是别的，
> 你的后代也不会看到其他。
>
> ——马尼利乌斯

再差的话，我的喜剧里每一幕的演员搭配与剧情变化也都在一年内轮转一遍。如果你注意到我的四季更替，这四季包含了尘世的童年、青年、壮年和老年。它完成它的工作，没有其他奥妙，只是周而复始，永无止境。

> 我们绕着我们永远待着的圈子在转。
>
> ——卢克莱修

> 一年四季环绕着自己的足迹转动。
>
> ——维吉尔

我决不会故意给你设计其他的新消遣。

> 我不能给你有什么创新，
> 新的游戏同老的游戏一样。
>
> ——卢克莱修

你给别人让出位子，犹如别人曾给你让出位子。

平等是公正的主要组成部分。人人逃脱不了的地方你也逃脱不了，这能怨谁吗？不管你活着还是不活，你不能把你死的时间减少一二。这一切都是徒劳的，你在你害怕的这个状态里依然待得这么长，犹如你在喂奶时死去也一样，

> 你就是称心如意活了几世纪，
> 死亡还是千秋万代存在下去。
>
> ——卢克莱修

我将妥善安排你，不让你有任何怨言，

> 你知道吧，死亡不会让
> 另一个你活下来，站在
> 你的尸体前哭泣。
>
> ——卢克莱修

也不让你留恋你那么难舍的生命，

> 无人会想起他一己的生命，
> 我们也不会悼念自身伤心。
>
> ——卢克莱修

死比无还不值得害怕，还有什么比无更少的吗？

> 在我们看来死亡代表失去，
> 但已经是无还能失去什么呢。
>
> ——卢克莱修

这跟你在生时与死时都无关；生时，因为你还存在；死时，因为你不再存在。

谁都不会在寿数已尽前去世。你死后留下的时间，正如你生前过去的时间，都不是你的，跟你无关。

> 从前天长地久的时间，
> 对我们已了无影踪。
>
> ——卢克莱修

你的生命不论在何地结束，总是整个儿留在了那里。生命的价值不在于岁月长短，而在于如何度过。有的人寿命很长，但内容很少；当你活着的时候要提防这一点。你活得是否有意义，这取决于你的意愿，不是岁数多少。你不停往那儿走的地方，你可曾想过会走不到吗？何况条条道路都是有尽头的。

如果有人相伴可以给你安慰，世界不正是跟你并肩而行吗？

> 你的生命结束，万物跟随你死亡。
>
> ——卢克莱修

不是一切都随着你摇晃而摇晃吗？哪有什么不跟着你一起衰老的呢？成千上万的人、动物、其他生灵都在你死亡的一刻死亡：

> 白天接着黑夜，黑夜接着白天，
> 不会不听到
> 葬礼上的哭丧声
> 与婴儿的呱呱声响成一片。
>
> ——卢克莱修

　　既然身后无路，倒退又有什么用？你见过不少人很乐意死去，借此结束了莫大的苦难。但是不乐意死去的，你曾经见过吗？有的事你没亲自经历过，也没通过别人体验过，就加以谴责岂不是太天真了吗？你为什么要抱怨我和命运？我们错待你了吗？是你控制我们，还是我们控制你？你虽说年纪还不大，生命已经到了尽头。人小与人大都是一个完整的人。人及其生命都不是以尺子来丈量的。萨图恩是掌管时间与生命的神，儿子喀戎听了他介绍不死的条件后，断然拒绝永生。

　　"你可以想象对于人来说永生永世不死，实在比我给他规定的有限人生更难忍受，更艰苦。如果你不会死，你会不停地咒骂我没给你准备死亡。我有意在死亡中增添了一些悲情，免得你看到死亡来得方便，过于迫切和随便地去拥抱它。为了让你把节制铭记在心，既不逃避生，也不逃避死——这是我对你的要求——我把生与死调节在苦与乐之间。

　　"你们第一位哲学家泰勒斯，我教导他说生与死并无区别；因而，有人问他那么他为什么不去死，他非常聪明地回答：'因为这并无区别。'

　　"水、土、火以及我们这个球体建筑的其他组件，既构成你的生命，也构成你的死亡。你为什么担心最后一天？它并不比其他的每一天更促成你的死亡。劳累不是最后一步走出来的，只是在最后一步表现出来了。每天都走向死亡，最后一天走到了。"

　　以上是我们大自然母亲的忠告。我经常思忖怎么会的，就是战争期间，我们在自己和别人身上见到死亡的面目，没像在家里见到的那么狰狞，无从相比，要不又是一大群医生与哭哭啼啼的人。同样是死，村民与老百姓心里要比其他阶层的人泰然得多。

　　我相信实际上还是我们围绕死者露出可怕的神情，制造阴沉的气氛，比死亡本身更加吓人。生活完全变了样，老母妻儿号啕大哭，惊慌发呆的亲友前来吊丧，脸色苍白、两眼垂泪的一大群仆人四处张罗，不见日光的一个房间里点着蜡烛，床头围着医生与教士；总之，我们四周惊恐万状。在那时候，我们未死的人也被埋葬在土里了。孩子看到自己的小朋友戴了面具会害怕，我们也是这样。人的面具与事物的面具同样应该摘掉。摘掉以后，我们发现罩在面具之下的这个死亡，跟不久前一名仆人或婢女平平静静的死亡并无两样。

铲除了这一切繁文缛节，死亡是幸福的！

论学究式教育

意大利喜剧中，总是有一位乡村教师给人逗乐，他的外号在我们中间也很少有敬意；我小时候看了经常会感到气恼。因为既然我已交给他们管教，我至少也得珍惜他们的声誉吧？我常以碌碌无能与博学多才中间有天资上的差别为由为他们辩解；况且他们的生活方式彼此也大相径庭。但是为什么最高雅的贵族对他们最瞧不起，这下子我就糊涂了，比如我们杰出的杜·贝莱：

> 我最恨迂腐的学问。

这种看法由来已久；因为普鲁塔克说，"希腊人"和"学生"在罗马人嘴里是骂人话和贬义词。

后来随着年岁增长，我发现这话说得很有道理，"最有学问的人不是最聪明的人。"（拉伯雷书中的引语）一个博古通今、见多识广的人思想不见得敏捷活跃，而不通文墨的粗人不用多学，就像世上满腹经纶之士那么通情达理，这又是怎么一回事，我还是不明白。

我们公主中的公主提到某人时对我说过这样的话，把其他那么多人博大精深的思想放在头脑里，自己的思想为了让出地方就挤压得很小了。

我想说的是植物吸水太多会烂死，灯灌油太多会灭掉，同样，书读得太多也会抑制思维活动。思想中塞了一大堆五花八门的东西，就没有办法清理，这副担子压得它萎靡消沉。

但是也有相反情况，因为心灵愈充实愈敞开。回头看古史中的例子，管理公共事务的能人，掌控国家大事的文武高官，也同时都是博学之士。

至于远离人间杂务的哲学家，他们有时也确实遭到同时代的任意嘲笑，他们的看法与举止也传为笑柄。你愿意他们来评判一场官司的权益和一个人的行为吗？他们确也非常合适！他们还会追问有没有生命，有没有运动，人是不是不同于一头牛；什么是诉求和被诉求；法律与正义是哪一门子的动物。

他们是在谈论官员，还是对着官员在谈论？都表现出一种大不敬的自由行为。他们听到有人赞美他们的亲王或国王呢？对他们来说他是个牧羊人，像牧羊人那么闲着，只是给自己的牲畜挤奶剪羊毛，但是比牧羊人还粗手粗脚。你认为还有谁比拥有千万亩土地的人更伟大？他们惯于把全世界都看做是自己的财产，才不屑一顾。

你吹嘘自己家族已是七代豪门吗？他们不认为你有什么了不起，竟没有想到天下都是一家亲，哪个人不是有数不清的祖先：富人、穷人、当国王的、当下人的、希腊人、野蛮人。当你是赫拉克勒斯第五十代孙，他们认为你大可不必炫耀这个命运的礼物。

因而普通人看不起他们，连最平凡的俗事也不懂，还盛气凌人，自视甚高。柏拉图描绘的哲学家形象跟当代人心目中的形象相距甚远。大家羡慕他们高踞于时代之上，脱离公众活动，过着一种特殊不可模仿的生活，遵循某些倨傲、不同凡俗的原则。而当代哲学原则，受歧视，仿佛居于社会的下层，仿佛不能担当公务，仿佛在普通人后面过一种苟延残喘的卑琐生活。

> 让行为恶劣、巧言令色的人见鬼去吧。
>
> ——帕库维乌斯

我要说的是这样的哲学家，他们知识渊博，行动更加令人赞赏。就像大家提到的叙拉古的几何学家阿基米德，为了保卫祖国，放弃哲学探讨，从事实用研究，不久研制出了可怕的守城器械，效果超过一切人的想象，然而他本人对这一切机械制造不以为然，认为做这件事有损于他的哲学尊严，这些发明只是学徒的活计与儿童的玩具。如果让他们在行动中发挥，可以看到他们展翅高飞、翱翔天空，对事物有更透彻的了解，心灵大大开阔。

但是有些人看到政权都掌握在庸人手里，纷纷躲开。那人问克拉特斯，他谈哲学要谈到几时才罢休，得到了这样的回答："直到我们的军队不再由赶驴的人当指挥。"赫拉克利特把王位让给弟弟，以弗所人责备他不该把时间花在神庙前跟孩子玩耍，他回答说："做这件事不是还比跟你们一起治理国事要强吗？"

有的人，他们的思想超越财富与世俗事务，觉得法官的位子与国王的宝座都是低微卑贱的。恩培多克勒拒绝阿格里琴坦人献给他的王国。泰勒斯有几次指斥大家只关心小家庭和发财，有人指责他说这是狐狸吃不到葡萄的论调。他突发奇想，空闲时试一试理财方法，利用他的聪明才智去致富发财，做了一桩大买卖，一年之内赚的钱，是最有经验的商人一辈子也挣不到的。

据亚里士多德说，有人把泰勒斯、阿那克萨哥拉这类人称为聪明的人，而不是实际的人，对于实用的事物不够注意；除了我对这两词的区别还不大吃透，这也不能给我的那些人护短。看到他们安于缺衣少食的清贫生活，我们很有道理用这两个词，称他们既不是聪明的人，也不是实际的人。

第一个原因我就不解释了，倒不如相信这个弊端来自他们对待学问的错误主导思想；按照我们接受教育的方式，学生与教师虽然知识会学到更多，但是人不会变得更能干，这是不足为奇的。当今的父辈花费心血与金钱，其实只是在让我们的头脑灌满知识。至于判断力与品德则很少关注。

有人经过时你不妨对大家喊："嗨，那是个有学问的人！"再有一人经过时："嗨，那是个好人！"不大会有人转过身朝第一人看一眼，表示敬意。必须有第三人喊："嗨，那是个有知识的人！"我们就会乐意打听："他懂希腊语还是拉丁语？他写诗歌还是散文？"但是他是否变得更优秀或更明白事理，这问题才是主要的，却是最没人提及的。应该打听的是他是不是学得更好了，不是学得更多了。

我们学习只是让记忆装满，却让理解与意识空白。犹如鸟儿出去觅食，不尝一尝就衔了回来喂小鸟，我们的学究也从书本里搜集知识，只是挂在嘴边，然后吐出来不管被风吹往哪里。

妙的是我这人本身何尝不是蠢事的例子。本书中的大部分文章不是也在做同样的事么？我从书籍中随时摘录我喜欢的警句名言，不是为了记住，我这个记性不好，而是为了用到这部书里，说实在的，不论在这里还是在源文本里都不是我原创的。我相信，我们不是依靠过去的也不是依靠未来的，而是依靠现在的知识才做上个有学问的人。

但是更糟的是，他们的学生和孩子都不以知识充实自己、营养自己；只是把知识辗转相传，唯一的目的是炫耀自己，娱乐大众，当作谈话资料。像一枚不流通的筹码除了计个数扔掉以外，没有任何实际价值。

> 他们学会了跟别人说话，不是跟自己说话。
>
> ——西塞罗

> 要的不是说话，要的是指导。
>
> ——塞涅卡

大自然为了表示在它的指导下不会有野蛮的东西，往往在艺术教育不发达的民族中产生的精神作品，可以与最佳的艺术杰作媲美。关于我的这句话，加斯科尼有一句谚语，针对芦笛的歌说得很巧妙："吹并不难，但是首先要学会手指按在哪里。"

我们会说："西塞罗是这样说的；这是柏拉图的思想特点；这是亚里士多德的原话。"但是我们自己说什么呢？自己评判什么呢？自己做什么呢？可以说是鹦鹉学舌。这种做法使我想起那位罗马富人，他花大钱用心搜罗精通某门学科的人，让他们时刻不离左右，当他跟朋友有机会谈到某一主题时，他们代替他的位子，人人都准备好向他提供资料，这人一条论据，那人一句荷马的诗，谁都派得上用场。他认为在那些清客头脑里的学问也是他的，就像有些人的才学都关在他们豪华的书房里一样。

我认识一个人，当我问他知道什么，他向我要了一本书指给我看，他若不在词典里查到什么是疥疮，什么是屁股，就不敢跟我说他的屁股上长了疥疮。

我们承传了他人的看法与学问，仅此而已。必须把这些看法与学问化为自己的。我们正像那个到邻居家去借火的人，看到炉子里的火烧得正旺，就留在那里烤火了，却忘了取火回家这件事。肚子里塞满了肉而不把它消化，不转化为自身的养料，不健壮体格，这对我们有什么用呢？卢库卢斯没有经验，通过书本成为一名大将，我们怎么相信他会像我们这样学习的吗？

我们让自己重重的靠着人家的胳膊走路，也耗尽了自己的力气。我要武装自己去克服死亡的恐惧吗？去向塞涅卡讨教。我要为自己成为别人找些安慰话吗？去向西塞罗讨教。我若早已融会贯通，就不用向谁讨教了。我不喜欢这种时时求助于人的依赖性。

虽则可以用别人的知识使自己长知识，可是要聪明那只有靠自己才会聪明。

我讨厌对自己不聪明的聪明人。
——欧里庇得斯

因此，埃尼厄斯说：聪明人不能利用自己的聪明，也是不聪明。

——由西塞罗引用

他若贪婪、虚荣、比欧加内的羔羊还懦弱。

——朱维纳利斯

光有聪明是不够的，还要会用。

——西塞罗

第欧根尼[①]嘲笑语法学家，他们只关心打听尤利西斯的毛病，而不知道自己的毛病；音乐家调谐自己的笛声，却不会调谐自己的习惯；演说家头头是道讲正义，却不会贯彻正义。

如果我们的心灵不走向健康，如果我们的判断力不改进，我宁可让学生打网球消磨时间，至少身体可以更矫健。看看他从那里学了十五六年回来，没有什么是用得上的。在他身上看到的优点是，学了拉丁文和希腊文使他们比离家前更神气与尖刻。他原该带回一个充实的心灵，而今却是虚空的；没有茁壮长大，只是浮肿虚胖。

这样的教书先生，就像柏拉图说的诡辩学家——他们的叔伯兄弟——口口声声说自己是一切人中间对人类最有用的人，其实是一切人中间唯有他们不把人家交付的工作，像木匠、泥瓦匠那样做好，反而做坏，还要对他们做坏的事付报酬。

普罗塔哥拉给他的弟子立下规矩，他们要么按照他的定价付学费，要么到神殿去宣誓，按照从他的教学中得到的好处来交束脩。如果遵照这个办法，我的那些教师在听了我信誓旦旦说出的经验必然会感到

---

①原文为狄奥尼修斯。据《七星文库·蒙田全集》注解，应为第欧根尼。按此改正。

失望。

我用佩里戈尔方言把这些小文人戏称为"Lettre-ferits",就像大家说的"Lettre-ferus",从意思来说,就是"打印在脑子里的文字"。说真的,他们好像经常被打得失去了常识。因为农夫和鞋匠,你看他们简单朴实地过自己的生活,说他们知道的东西;而那些人靠着脑海中漂浮着的一些知识抬高自己,神气活现,不断地陷入尴尬境地,脱不了身。他们说出来的漂亮话,要由别人去做。他们知道罗马名医盖伦,却一点不了解病人;他们会在你的脑袋里填满法律条款,却找不出案件的症结。他们知道一切事物的理论,却要找人付诸实施。

我看到来家里的一位朋友,为了消磨时间,跟这样一个人交谈,造怪句子,前言不搭后语,意思生搬硬套,时时又穿插一些辩论用语,就这样纠缠着那个蠢人玩了一天,而那人还真以为在回答人家对他的反驳。那人还是颇有声望的文人,穿一件华丽的长袍。

> 你们这些豪门子弟,背后不长眼睛,
> 小心转身看见嘲弄的鬼脸。
>
> ——柏修斯

这类学究遍布各地,谁对他们仔细观察,就会像我一样发现大多数情况下他们不懂自己说什么,也听不懂别人在说什么;他们记的事很多,判断力很差,莫不是他们这方面天生就是与众不同。

我见到阿德里亚努斯·图纳布斯,他除了文学以外没有做过别的事,在这方面依我看来是千年一逢的大人物,他没有一点学究气,不过他穿长袍,从社交观点来看外表不够正规,这都是些小事。他讨厌我们这些人,认为长袍比扭曲的心灵还更受不了,凭行礼方式、仪表和靴子来判断一个人。从内心来说他是世界上最有教养的人。我有时有意引他谈一些他陌生的话题;他目光敏锐,悟性高,判断正确,仿佛他的事

业向来都是指挥战争，治理国家。真是经邦济世之大才，

> 善良的提坦用沃土
> 塑造他的这颗心。
>
> ——朱维纳利斯

虽然教育不良也是顶天立地存在。然而不让教育腐蚀我们还是不够的，更要它培育我们。

我们的法院招聘人才，考官只测试他们的知识；另一些法院还加试一桩案例考查他们的判断力。我觉得后者的做法要好得多。其实这两种考试都不可或缺，应该并存，实际上对知识的要求不及对判断的要求重要。有判断可以不要知识，有知识不可不要判断。因为像这句希腊诗说的：

> 缺了理解力，知识有何用？
>
> ——斯多巴乌斯

但愿上帝为了司法的利益，让这些部门在具备知识以后，还多多培养既有理解力又有良心的人！"他们教育我们不是为了生活，而是为了学校。"（塞涅卡）因而不应该把知识贴在心灵表面，应该注入心灵里面；不应该拿它来喷洒，应该拿它来浸染。要是学习不能改变心灵，使之趋向完美，最好还是就此作罢。这是一把危险的剑，如果它掌握在弱者不知使用的手里，只会使主人碍手碍脚，受到伤害——还不如什么都没有学到（西塞罗）。

或许这正是我们和神学家不要求女子多才的原因。当有人向布列塔尼公爵、约翰五世的儿子弗朗西斯提亲，娶苏格兰公主伊莎贝拉，还说她从小的教育很简单，没有受过一点文化，公爵回答说这只会使他更

爱她，女人只要知道区分丈夫的衬衣和束腰短上衣，就算是够懂事的了。

因而我们的祖先并不重视学问，即使今日在国王身边只是偶尔几位主要谋士有些文才，也就不值得奇怪了。今日提倡司法、医学、教育、还有神学，唯一的目的是发财致富，这才使大家看重学问，否则会看到它跟从前一样处境悲惨。学问若不能教我们好好思想与行动，那多么可惜！"自从出现了有学问的人，就很少见正直的人。"（塞涅卡）

一个人不学善良做人的知识，其他一切知识对他都是有害的。但是我刚才寻求的理由也来自下列事实：在法国，学习除了谋利以外几乎没有其他目的。除非那些人生来可以去从事比营利更高尚的工作，他们就是做学问，往往时间很短，还没有感到兴趣，就抽身去做跟书本毫无关系的工作。一般说来，留下来全心全意做学问的，只是那些贫寒出身的人，也只是寻求谋生手段而已。

这类人的心灵出于本性、家庭教育和不良影响，不能得到学问的真谛。因为学问不会给漆黑一团的心灵带来光明，就像不能使盲人看到东西；学习的职责不是给他提供视力，而是调整视力，如像一个人必须有了挺直有力的腿脚，才可以训练他的步伐。

知识是良药，但是不管什么良药因药罐保存的质量差，都会变质失效。一个人可以看得清，不一定看得准，从而看到好事不去做，学到知识不会用。柏拉图在《共和国》中的主要条例，按照公民的天性分配工作。天性能做一切，一切也由天性去做。脚跛的人不宜做体力运动，心灵跛的人不宜做智力运动；劣质与庸俗的人不配学哲学。看到一人脚上穿双破鞋，我们就会说他是鞋匠谁都不会奇怪。同样经验好像也在告诉我们，与常人相比，经常还是医生不好好服药，神学家不好好忏悔，学者不好好充实自己。

从前，希俄斯岛的阿里斯顿说得有道理，谁听了哲学家的话都会贻误终生，尤其是大多数人都不知如何应用他们的教益，不会用于好处，

而会用于坏处："可以说从亚里斯提卜学派出来的是淫棍，从芝诺学派出来的是野人。"（西塞罗）

在色诺芬提到的波斯人教育中，我们发现他们培育儿童品德，就像其他民族培育儿童文艺。柏拉图说他们继承王位的长子就是这样教育的。太子一生出来，不是交给妇女，而是交给国王身边德高望重的太监。太监负责锻炼他有一个健美的体魄，七岁教他骑马狩猎。到了十四岁，给他配备国内最贤达、最正义、最节俭、最勇敢的四个人，对他进行培训。第一人教他宗教；第二人教他做人真诚；第三人教他如何清心寡欲；第四人教他大无畏精神。

利库尔戈斯的高明做法值得称道，实在可以说臻于完美无缺，对儿童的教育做到无微不至是国家的主要职责，即使在缪斯的领域也很少提到学说；仿佛这些优秀高尚的青年，藐视品德以外的一切约束，他们需要受业的不是知识的导师，只是勇敢、谨慎和正义的导师——柏拉图把这个例子写进了他的《法律》一书中。

波斯人的教学方式是向学生提问，对人及其行为作出判断；他们对这个人或这件事进行谴责和赞扬时，必须对自己的说法提出理由，通过这个方法共同提高认识，学习法律。

在色诺芬的书里，曼达娜①要居鲁士说一说最后一课书的内容，居鲁士说："在我们学校有一个大男孩，穿了一件小衣服，脱下给了他的一个小个子同伴，再去脱下小个子身上穿的较大的衣服。我们的教师要我给这场争吵评评理，我说事情这样很好，两个人穿了好像都感到更舒服；他教育我说我做错了，因为我只是考虑舒服，首先应该考虑公正，公正要求谁都不可以强求属于他人的东西。"他还说他为此挨了鞭子抽，就像我们在村子里忘了背希腊语"我打"的不定过去时规则。

----

① 原文是阿斯提亚格，他是波斯国王居鲁士的祖父，据《七星文库·蒙田全集》注解，居鲁士是向母亲曼达娜叙述这件事。按此改正。

我的教师引经据典用"褒贬法"训了我一通，然后要我相信他的学校不逊于那所学校。他们要去捷径，但是知识是这样的，即使走直线去获得，也只能教我们学到谨慎、清廉和坚定，他们愿意一开始就让儿童接触实际，不是用道听途说的事来教育他们，而是用行动实验来教育他们，不仅用箴言警句，主要还运用实例与实践，生动活泼地培养和塑造他们，使这一切不是只记在心灵上，就是他们的思维与习惯；不单是后天养成的，还是先天具备的资质。对这个问题，有人问斯巴达国王阿格西劳斯二世，他主张孩子应该学习什么，他回答说："学习成了大人后该做的事。"难怪这样的教育产生那么卓越的成果。

据说，到希腊其他城市去找修辞学家、画家和音乐家；但是到斯巴达去找立法官、法官和军事将领。在雅典学好演说，在这里学好办事；在那里要洞悉诡辩的论点，不受巧言令色的蒙骗；在这里要抛开欲望的诱惑，以大勇消除命运与死亡的威胁；那里的人忙着演讲，这里的人忙着干事。这里不停地操练舌头，那里不停地锤炼心灵。

当安提帕特向波斯人索取五十名儿童当人质，他们的回答完全不同于我们，说宁可献出两倍多的成年人作抵押。这并不奇怪，因为他们认为这会是本国教育的巨大损失。阿格西劳斯邀请色诺芬送他的孩子到斯巴达养育，不是为了学修辞学或辩证法，而是为了学习（据他说）最好的学问，那就是服从与指挥。

看到苏格拉底如何以他特有的方式取笑僭主希庇亚斯是很有趣的。希庇亚斯向他叙述他如何在主要是西西里岛一些小城镇里靠教书赚了一大笔钱，在斯巴达则分文也没有挣到。因此那里都是些痴呆，不会量尺寸，不会算数目，不重视语法和诗歌，整天忙着去记载历代国王的排位，各个国家的兴亡——这么一笔糊涂账。苏格拉底把他说的话听完，然后从小处切入，诱使他承认他们的政权精于治国，他们的生活幸福质朴，让他去领会他的那些治人之道归根结蒂都是无用的。

在这个尚武和其他类似的政体中，许多例子都向我们说明追求知识，使勇气削弱和涣散，更多于增强和坚定。当今世界上显得最强大的国家是土耳其；那里的人民同样也是受尚武轻文的教育。我认为罗马发展文治后不及从前骁勇善战。当今，最好战的民族是最粗鲁与无知的民族。斯基泰人、帕提亚人、帖木儿都可为我们做佐证。

当哥特人蹂躏希腊时，使所有的图书馆免遭兵燹之灾的，却是一名哥特人，他到处宣说应该把藏书原封不动留给敌人，可以让他们不思军事操练，坐在家里看这些闲书取乐。至于我们的查理八世，不用拔剑出鞘，就占领了那不勒斯王国和托斯卡纳大部分土地，随同他出征的贵族把这次意想不到轻而易举的征服，归之于意大利的亲王和贵族更有意于聪明博学，而不是强壮善战。

论儿童教育

——致戴安娜·德·弗瓦，居松伯爵夫人

我还从未见过哪个父亲，因儿子是癞子或驼背而不愿认他的。这不是因为过于钟爱而看不到这个缺陷，而这总是他的骨肉。我也是比谁都看得清楚，我的这些文章只是在儿时对学问学了些皮毛的人在说梦呓而已，只记得一个模糊不全的印象，东扯西拉，一知半解，倒是十分法国式的。

因为，总的来说，我知道有一门医学，一门法学，数学分四学科，以及它们大致针对的是什么。可能我还知道学问一般是为人生服务的。但是我从没深入探讨，苦心孤诣研究现代知识之父亚里士多德，或者对哪门学科锲而不舍。也没能对一门艺术进行概括。中级班的哪个学生都可以说比我懂得多，我甚至没有资格用他的第一课书去考他这里面说什么。若要逼我这样去做，我只能勉强出些一般性题目，以此考查他们天生的判断力，这课目对他们是陌生的，就像他们的课目对我也是陌生的。

我从来不曾扎扎实实读过一部有分量的书，除了普鲁塔克和塞涅卡；我从他们的著作中汲取知识，但像达那伊得斯，不断地往无底洞里灌水与放水。我有什么领会写在纸上，很少记在心里。

历史是我的狩猎目标，还有诗歌我对它情有独钟。因为，如克里昂特斯说的，声音钻过狭窄的喇叭管，出来时更尖更响，我觉得名句受到诗韵的种种束缚，挣脱出来更有力量，对我的冲击也更大。至于我的天赋——这部书对它是一场考验——我感到它在重压下弯下腰来。

我的观点与看法只是在摸索中渐渐形成，犹豫摇摆，趑趄不前。当我尽量往前走远时，没一次感到满意。可以看到远处的城郭，但是如坠云雾中模糊不清。在使用自己的语言如实表达偶然出现在思想中的东西时，经常我会在名家的著作中碰巧遇到我已尝试谈论的主题，例如不久前在普鲁塔克作品中正好读到他对想象的论述，我必须承认与这些人相比，自己是多么软弱无力、麻木鲁钝，也不由得自怜自贬起来。

但是也使我感到欣喜的是，我的看法有幸与他们的看法相遇在一条路上，虽则我远远落在后面。我还知道——不是人人都这样明智——我与他们之间的巨大差别。然而我还是照样发表我的一得之见，浅薄孤陋，不因在比较中发现缺陷而用他们的话来粉饰和掩盖。跟这类人物并肩而行必须有挺直的腰板。我们这个世纪里那些下笔轻率的作家，在他们不值一提的作品中整段照抄古人文章炫耀自己，效果适得其反。因为这两者的文采高下悬殊，判若云泥，反使抄袭者显得更加苍白丑陋，实在是得不偿失之举。

这是两条迥然不同的奇怪做法。哲学家克里西波斯在自己的作品中不但整段抄袭，还整本照搬其他作家的作品，欧里庇得斯的《美狄亚》就在他的一部书里。阿波罗多罗斯说，谁要是把他抄袭的内容删去，他的纸上就只留下一片空白。伊壁鸠鲁则相反，在他传世的三百卷作品中没有一句引语。

有一天，我偶然遇到一段文章。那些法语句子无血无肉，空洞抽象，真是法国式废话，我读来索然无味。无精打采读了很久，突然看到了一篇富有文采，精美绝伦的文章。要是我觉得坡度平缓，攀登不急，这还可理解。而这是一座悬崖，笔直陡峭，刚读了六句话，就把我带往另一个世界。从那里我发现我刚才走过来的那个渊谷，实在是太浅太低了，我再也无心回到那个地方去。如果我把这样的美文塞到我的一篇文章中，反衬出我的其他文章更加不堪入目了。

批评别人身上自己也有的缺点，还有批评自己身上别人也有的缺点（我常这样），我不觉得两者是不相容的。我们必须揭露它们，使之无处藏身。而且我知道这需要有多大的勇气，让我时时尝试去赶上我的抄袭之作，跟那些作者平起平坐，还怀着侥幸的希望，瞒住评论家的眼睛不让辨认出来。这要依靠我应用得法，还有赋予新意和表达有力。

此外，我不会和这些先师正面冲撞，打肉搏战；反复轻微骚扰而已。不会迎头痛击，只是虚晃几招；也不会表示出非得这样做不可。

我若能使他们感到为难，那是我这人言之有物，因为确是说中了他们牵强附会的地方。

我发现那些人在做的事，就是穿上别人的盔甲，连个手指头也不露出来，把古人的思想东拼西凑来实行自己的计划，这对于有知识的人做这类人云亦云的题目还不易如反掌。对那些人偷偷摸摸窃为己有，首先是不正义和怯懦行为。他们自己没有什么有价值的见解，千方百计盗用别人的来标榜自己，更为愚蠢的是，乐于用欺诈去骗取庸人的盲目赞扬，在有识之士面前自贬身价，其实只有他们的称颂才是重要的，而今他们对于剽窃的文句只会嗤之以鼻。

我做什么也不会去做这样的事。我引用别人是为了更好表达自己。我不是指那些集句诗，这本来作为汇编书籍出版的，我见过除了古人以外，当今也有编得很精致的集子，尤其是卡庇鲁普斯主编的那部书。从这些著作中处处看出时代的智慧，利普修斯在那部博学的巨作《政治》中也这样。不管怎样，我想说的是不论什么荒谬的想法，我都不会去有意掩饰，就像我的一张秃顶灰发的肖像画，画家画上的是我的脸，不要是一张十全十美的脸。因为这里写的是我的想法与意见；我写出来的是我信仰的东西，不是要人相信的东西。我在这里的目的是袒露自己，要是新学的东西使我改变的话，这个自己到了明天可能会不同了。我没有权威要人相信我，也不奢望这样的事，觉得自己学识浅陋，不配去教育别人。

读过上一篇文章的那个人，一天在我家里对我说，我应该对儿童教育的理论再深入谈一谈。那么，夫人，我在这方面还有什么看法的话，最好是把它献给即将出世的小公子（夫人生性慷慨，头胎不会不是个男孩）。从前我有幸为您服务，自然希望您万事如意；除此以外，我还曾积极促成您的婚事，有权利关注一切由此而来的门第光耀昌盛。但是说实在的，在这件事上我知道的只是，人文科学中最难与最伟大的学问似乎就是儿童的抚养与教育。

如同在农业中，播种前的耕作以及播种本身，方法都可靠简单；可是让种下的作物存活茁长，这里面就有无数的学问与困难；人也是这样，受孕怀胎无什么技巧，但是一旦到了人世，大家就要给他种种关怀，教育他，抚养他，需要终日操心与害怕。

幼年时，孩子的性格倾向不强烈不明显，天资也没有那么确定无疑的表现，很难对此作出任何有根据的判断。

您看西门，看瑟米斯托克利和其他许多人，他们早年与后来的行为多么不一致。小熊与小狗显出自然天性；而人受困于习俗、看法和法律之中，很容易改变自己或伪装自己。

强迫天性还是很难的。由于选错了道路，训练孩子去做今后无法让他们立足的事，往往多年心血白费，这样的事常有发生。由于这样的困难，我主张引导他们去做最有益最有效的工作，不应该从他们童年的行为对他们的前途妄加猜测。即使柏拉图，我也觉得他在《共和国》一书给予儿童过多的权力。

夫人，学问是华丽的装饰，也是奇妙的服务工具，尤其对于夫人这样富贵人家来说。说实在的，学问在贫贱者手里起不了应有的作用。学问用于指挥战争、统治百姓、跟君王或异国结盟，远比用于找论据、写诉状或开药方显赫得多。因而，夫人，我相信您不会忘记对自己孩子的这部分教育，因为您出身书香门第，受过闺中教育（因为我们至今保存几代德·弗瓦伯爵们的文稿，您的丈夫伯爵阁下和您都是这一脉的后裔，您的叔父弗朗索瓦·德·弗瓦，康达勒伯爵每日写作，将使贵府的文章才华绵延几个世纪不绝），我只想对您献上一条不同于世俗做法的拙见，这也是我对夫人的效力。

他的教育的成败完全取决于您对教师的选择，他的职责涉及许多其他重大方面；但是对此我没有值得一听的见解也就略过不谈；关于职责我向他提出一己之见，他若认为有可取之处不妨采纳。对一位贵族子弟，他学知识不是为了谋生（因为这个庸俗的目的不配得到缪斯女神的垂青与眷顾，此外这还涉及到别人，取决于别人），不是为了跟外界交往，更重要的是自身要求，丰满心灵，提高修养，更有意培养成一个能干的人，而不是有学问的人，我还要进一言，就是用心给他选择一名导师，不需要学识丰富，而需要通情达理，两者兼备自然求之不得，但是性格与理解更重于学问；他必须以一种新方式工作。

有的教师不停地在我们的耳边絮聒，仿佛往漏斗里灌水，我们的任务只是重复他跟我们说的话。我要他改正这种做法，一开始，根据他所教的人的智力，因势利导，教他体会事物，自己选择与辨别；有时给他指出道路，有时让他自己开拓道路。我不要老师独自选题，独自讲解，我要他反过来听学生说话。苏格拉底，后来的阿凯西劳斯都是首先让弟子说话，然后再是他们对弟子说话。

> 执教的人高高在上，大部分时间损害要学习的人。
>
> ——西塞罗

教师让学生在前面小跑，判断他的速度，然后决定自己该怎样调节来适应学生的力量，这是个好方法。如果缺了师生的这种配合什么都做不好。善于选择这种配合，稳步渐进，据我所知这是最艰难的工作之一；名师高瞻远瞩，其高明处就是俯就少年的步伐，指导他前进。我上山的步子要比下山更稳健，更踏实。

我们这里的做法是，不论学生的资质与表现如何不同，都是用同一的教材与规则来教导，于是在一大群儿童中只能培养出两三个学有所成者，也就不奇怪了。

教师不但要学生记住课本中学过的词，还要理解词的意义与要旨；

评估学生的成绩不是去证明他记住了多少，而是生活中用了多少。按照柏拉图的教学法循序而进，对学生刚学到的知识，要他举一反三，触类旁通，检查他是否融会贯通，成为自己的东西。吞进的是肉吐出的还是肉，这说明生吞活剥，消化不良。吞进胃里的东西是需要消化的，胃没有改变它的内容与形状，那就没有起到应有的作用。

受五花八门思想的影响，受书本权威的束缚，我们的心灵都是在限制中活动。脖子套了绳索挣不脱，也就不会有轻快的步伐。我们失去了活力与自由。

> 我们永远做不到自己驾御自己。
>
> ——塞涅卡

我在比萨城私访一位正人君子，是个极端的亚里士多德信徒，他的最大的信条是：衡量一切正确思想与真理的试金石，就是看它是否符合亚里士多德的学说；除此以外，都是胡思乱想；亚里士多德什么都见了，什么都说了。他这个信条得到广泛和歪曲的传播，从前使他长时期成为罗马宗教裁判所的常客。

教师要让学生自己筛选一切，不要仅仅因是权威之言而让他记在头脑里。亚里士多德的原则对他就不是原则，斯多葛派和伊壁鸠鲁派的原则也不是。要把这些丰富多彩的学说向他提出，他选择他能选择的，否则就让他存疑。只有疯子才斩钉截铁地肯定。

> 我乐于知道，也同样乐于怀疑。
>
> ——但丁

因为，如果他通过自己的理念接受色诺芬和柏拉图的学说，这些学说不再是他们的，而是他自己的。跟在一个人后面的人，跟不到什么东西。什么都没找到的人，是因为他没寻找。

> 我们头上没有国王，让各人自己支配自己。
>
> ——塞涅卡

至少让他知道他知道什么。他必须吸收他们的思想精华，不是死背他们的警句。他可以大胆忘记从哪里学到的，但必须知道把道理为我所用。

真理与理智对谁都是一样的，不看谁说在前谁说在后。也不是根据柏拉图说的还是我说的，只要他与我理解一致，看法一致。蜜蜂飞来飞去采花粉，但是随后酿的蜜汁，这才完全是它们的。不管原来是荚莲还是牛至了。这也像学自他人的知识，融会贯通，写成自己的一部作品，以此表达自己的主张。他的教育、他的工作和研究，都用于对自己的培养。

让他把学到的东西藏之于心，把创新的东西呈之于外。剽窃者、人云亦云者炫耀的是他们造的房屋，他们购的东西，而不是他们学自他人的心得。你看不到一名法官收受的礼品，只看到他为孩子找来好亲事和猎取荣誉。没有人公开他的收入；每个人都不隐瞒他的获得。

我们在学习上的获得，才使自己更完美与聪明。

埃庇卡摩斯说，有了理解才看见与听见，有了理解才可以利用一切，支配一切，才可以行动，掌握与统率；其余的东西都是瞎的，聋的，没有灵魂的。当然，不让理解有自由发挥的余地，就会失去活力与豁达。谁曾问过他的弟子，对西塞罗某名句的修辞与语法是怎么想的？他们只把这些句子一股脑儿往我们的记忆里装，仿佛一点一划都有其重大含义的神谕。会背诵不等于懂，那只是把东西留存在记忆中。了然于心的东西不妨自己支配，不必看老师的眼色，也不必转睛对照书本。纯然的书本知识是可悲的知识！我可以接受它作为装饰、但不是基础，柏拉图也是这个看法，他说坚定、信仰、真诚是真正的哲学，其他另有目标的学科都是点缀而已。

我多么乐意当代杰出的宫廷舞蹈家帕瓦里或庞培，只要求我们观看他们表演，不必要离开位置就可以学会蹦蹦跳跳。这就像那些人要我们提高理解力却不要动脑子，要我们学骑马、掷标枪、弹琴或练声，又不要我们练习，要我们学习明辨是非和善于辞令，又不要我们说话和判断。要学习，眼前看到的一切都可以作为合适的教材：侍从的狡猾、仆役的愚蠢、席间的谈话，统统都是新内容。

最适宜于进行这样学习的是与人交往，还有就是到国外游历，不是像我们法国贵族那样，带回来的只是圣洛东达神殿有多少台阶，利维亚小姐的短裤多么精致；还有像另一些人议论从某些废墟出土的尼禄头像，比某个金币上的头像长多少或宽多少；而是要带回这些国家的民族特性和生活方式，让我们的思想与他们的思想发生冲撞和相互磨砺。

我多么乐意孩子幼年时就带他游历，这样做一举两得，先到语言与我们相差较大的邻国去，语言若不自小训练，舌头不会灵活。

所以，大家通常认为，在父母身边培养孩子不是道理。骨肉之情会使即使最明白事理的父母过于心软，导致放纵。他们舍不得惩罚他的过错，看到他生活像常人一样随便和冒风险。他们也受不了他汗流浃背，满身尘土从操练中回来，有热喝热，有冷喝冷。看不得他骑在烈性马上，手执无锋剑或拿起第一把火枪跟严厉的教师对抗。因为你若要他具有男子汉气概，别无良策，且不说青春年少时不能姑息，经常还有违于医学规律，

> 让他处于旷野，四周草木皆兵。
>
> ——贺拉斯

不仅要磨砺他的心灵，还要锤炼他的筋骨。心灵若没有筋骨的辅助，会压力太重，独自难以承受两副担子。对此我深有体会，我的心灵

就因身子那么单薄娇弱，压得它步履艰难。我在学习中读到，我的老师经常举例谈起，一个人铜筋铁骨，耐苦耐劳促成自己大智大勇。我见过一些男人、女人和儿童，天生强健的体魄，受一顿棍棒打比我被一根手指戳还不在乎，挨捧时不吭一声，不皱眉头。当竞技家模仿哲学家比赛耐力，他们的力量来自筋骨更多于心灵。工作中耐劳其实是耐痛："劳动磨出耐痛的老茧。"（西塞罗）

要孩子忍受训练的劳苦与疼痛，是锻炼他们经受脱臼、肠绞痛、灼伤，还有坐牢和苦刑的劳苦与疼痛。在我们这个时代，好人与坏人都会遇到后两种苦难，他或许也在所难免。我们有例子为证。无法无天的人，正在用鞭子与绞索威胁精英分子。

再说，教师的权威对他必须是至高无上的，父母在场就会使权威中止与受到妨碍。知道自己的家族有财有势，再加上全家对他毕恭毕敬，以我之见，在这个年纪对他会有不小的妨害。

与人交往方面，我经常注意到这个缺陷，我们不去认识别人，而一心标榜自己，不思努力获取新知识而兜售自己的货色。沉默与谦虚是交谈中非常有用的品质。当这个孩子得到知识后，要教导他谦虚谨慎；有人在他面前说话不中听，听到不要怒形于色；因为抨击一切不合自己心意的东西，这是极不礼貌的讨厌行为。让他乐于自我改正，不要自己不愿做的事都怪别人，不要跟大众的习俗背道而驰。"做人聪明也可以不张扬，不傲慢。"（塞涅卡）

要改掉飞扬跋扈的样子。还有这种年轻好强，要装聪明来显示能耐，指摘别人与标新立异图虚名。犹如只有大诗人才可在艺术上打破韵律的约束，同样只有一代风流人物可以在行为上不拘一格。若有个苏格拉底和亚里斯提卜行为诡异，放浪不羁，这不是说他就可以这样照着做；在他们的国家，超凡入圣的贤人才允许不拘小节。（西塞罗）

要教导孩子只有遇到工力悉敌的能手，才与他探讨与争论，那时也不使用一切可用的招数，而只用一些最有用的招数就够了。要教导他善于选择自己的论据，说话得体，也就言简意赅。尤其要教导他面对真理就要俯首帖耳，缴械投降，不论这是由对方说出来的，还是自己深思后体会的。因为一个人上了讲台就不要说些现成话。不是自己同意的事不要任意介入。凡是可以用钱贩卖忏悔和承认错误的自由的地方，不要参与那里的任何工作。"人不是非得捍卫一切文明规定的思想观点。"（西塞罗）

他的教师若能按我的意思去做，他要让学生立志忠心耿耿对待君主，表现热情勇敢；但是纯然限于公务，其他私心都要打消。有了私交以后，坦率程度就会受损，带来许多不便；除此以外，一个人被雇用或收买后，他的判断就不会全面和自由，要不就会轻率和没有切中要害。

君主从成千上万臣民中选择了他，养在府里调教，这位侍臣除了取悦君王以外，没有权利，也不思说和想任何不悦耳的话。这种宠幸与功利关系很有理由妨碍他直言谏劝，也使他顾盼自雄。因而经常听到这些人的说话跟国内其他人不同，在这类事上很少值得相信。

让他语言中闪烁良知与美德，唯理智作为指引。让他懂得，若在论说中发现错误，虽然别人尚未感到，也要改正，这是判断与诚实的表现，也是他追求的主要品质；坚持与否认错误是常人的素质，愈庸俗的人中愈明显；补偏救弊，知过必改，当机立断放弃坏主意，这都是一种罕见的、强有力的哲学家风度。

要关照他，与人相处时要时刻留个心眼儿；因为我发现最前面的位子往往被平庸之辈占据，大富大贵的人不一定有才华。

我看见坐在餐桌上座的人，闲谈的是某块挂毯的华丽或希腊马姆塞葡萄酒的醇厚，而另一端的许多妙言隽句却没有人听到。

他要观察每个人的特长：放牛人、泥瓦匠、过路人；应该懂得利用一切，学习各人之所长；因为一切都是有用的；即使从别人的愚蠢和弱点中也可学到东西。仔细观察一个人的举止风度，心头就会产生想法，羡慕优雅的，鄙弃低俗的。

培养他锲而不舍探究一切的好奇心。周围一切稀奇古怪的事都去看一看：一幢房子、一口井、一个人、古战场遗址、恺撒或查理大帝的行军道路：

> 怎样的土地霜冻下变硬，烈日下变沙粒，
> 怎样的风把帆船吹到意大利。
>
> ——普罗佩提乌斯

他还要了解各个君主的习惯、实力和盟约关系。这些东西学起来饶有兴趣，知道了十分有用。

对人交往中，我还要包括——这很重要——那些生活在书籍与回忆中的人物。他通过历史了解伟大时代的伟大人物。看各人的意愿，可以是清闲的学习，也可以是富有成果的研究，如柏拉图说的，这是斯巴达人留给自己享用的唯一学习。在阅读普鲁塔克《名人传》时，他怎么会不大有神益呢？但是我的导师必须记住自己的职责所在，不要让学生死记迦太基覆灭的日期，而要了解汉尼拔和西庇阿的性格；不要他知道马塞卢斯何地丧命，而要明白为什么他没有尽责才死在了那里。

老师不要他学那么多的历史故事，而要他去判断。在我看来，我们的智慧在这方面表现得最为不同了。我在李维的著作中读到的一百件事，别人没有读到；普鲁塔克从中读到的一百件事，我又没能看出来，可能这是作者的言外之意。对某些人来说，这是纯然的语法学习，对其他人是哲学剖析，从中深入到人性最奥秘的部位。

在普鲁塔克著作中有许多长篇论述值得一读，因为依我看来他是这方面的一代宗师；但是也有许多论述只是一言带过，只是给有意深入的人指引方向，偶尔在关键问题上提个头。这些章节我们必须剥离，予以适当阐述。比如他说亚洲的居民只服务于一个人，也发不出那个单音节的词："不。"可能是他说的这个词引起拉博埃西的深思和灵机，写出

了他的《自愿奴役》。

还可看到普鲁塔克从某人的生平中取出一件小事或者一个词，这看起来无甚意义，但却是一篇演说。可惜的是有识之士喜欢说话那么简要；无疑他们以此名声更隆，而我们这样做会名声更差。普鲁塔克宁愿我们赞扬他明辨是非，而不是学识渊博。他宁愿让我们多向他讨教，而不是使我们满足。他知道人们对好事总是说得太多，亚历山德里达斯很有道理责备那个过分给民选法官说好话的人："喂，外乡人，你说你该说的话，不要用这种方式。"身体瘦小的人塞麻布充胖子，脑袋空空的人用废话来填满。

广泛接触世界，有助于对人性的判断，可以做到洞若观火。我们都自我封闭，目光短浅，只看到鼻子底下的东西。有人问苏格拉底从哪儿来。他不回答说："从雅典。"而是说："从世界。"他经天纬地，把宇宙看做是自己的城市，从全人类的角度来议论他的学问、他的交往与他的感情，不像我们只顾到自己的眼前。

当我的村子里葡萄冻坏了，我的神父就引经据典说是上帝降怒于全人类，并断言野蛮民族快要渴死了。再看我们的内战，谁不大叫这颗地球已经乱了套，最后审判的日子已经掐住我们的喉咙，没有想到以前有过更糟糕的事，天下百姓不还是在过好时光吗？

而我，尽管看到战争中胡作非为、逍遥法外的事，还是庆幸仗居然打得那么和风细雨。有人头上落下了冰雹，以为半个地球狂风怒号，雷轰电闪。那个萨瓦人说，要是这个法国笨国王善于理财的话，他可以当他的公爵的膳厨总管了。因为他的头脑想象不出还有比他的主子更高的位子了。我们都不知不觉陷在这个错误中，这是个后果极大、极有害的错误。但是谁在脑海中，犹如在一幅画中，想一想我们威严堂皇的大自然母亲的形象，可以看到她脸上气象万千、瞬息万变的表情，他就发现不仅是自己，还有整个王国，好似一个细小的圆点；这时人才能对事物的正确大小作出判断。

这个大千世界，有人还把它看做是恒河一沙，是一面镜子，我们必须对镜自照，从正确角度认识自己。总之我希望世界作为我的学生的教科书。形形色色的特性、宗派、判断、看法、法律和习俗，教会我们正确判断我们的这些东西，提高我们的判断力去认识其不足和先天缺陷：这可不是轻松的学习。国家历经动乱，百姓受尽沧桑，要我们知道我们的历史也不会产生大奇迹。那么多的名字，那么多的凯旋与征服，都已湮灭在遗忘中，居然还希望抓十个轻骑兵，攻下一只因陷落而出名的鸡棚，欲要因此名垂青史，岂不是笑话。那么多极尽奢华的外交排场，高官显爵前簇后拥的宫廷礼节，使我们见惯君临天下的骄傲与自豪，再见到金碧辉煌的场面也不会眨一眨眼睛。千千万万人已先我们埋在地下，鼓励我们不要害怕到另一个世界跟他们结伴。其他事也是如此。

毕达哥拉斯说，我们的人生犹如民众大集合的奥林匹克运动会。有的人锻炼身体为了获取比赛的荣誉，有的人带了货物出售为了谋利。还有人——那也不是不好——来此没有其他目标，只是观看事情怎么和为什么是这样进行的，作为其他人人生的观赏者，以此作出判断和调整自己的人生。

从这些例子都可以适当提取出一切最有益的哲学观点，然后人的行为又可以哲学及其原则作为试金石。要告诉孩子，

> 人可以祈求到什么，
> 辛苦挣来的钱该用在哪里，
> 祖国、父母对我们有什么期望，
> 上帝要你做什么，给你确定什么任务，
> 我们生来是什么，目的是什么。
>
> ——柏修斯

什么要知与什么要不知应该是学习的目的；什么是英勇，什么是克制与

正义；雄心与贪婪、奴役与服从、放纵与自由之间有什么区别；什么是识别真正与切实的满足；对死亡、痛苦与耻辱应该怕到什么程度。

> 困难怎样避免，怎样忍受。
>
> ——维吉尔

什么事促动我们前进，心中那么多波动又是什么道理。我觉得儿童启智课文，里面的内容必须在今后可以调整他的习惯与意识，教育他认识自己，让他知道如何死得有意义，活得有价值。至于七门自由艺术，一开始应授以使我们心灵自由开放的艺术。

这七门艺术对我们养性怡情都是有益的，其他一切东西也是有益的。但是让我们选择直接和实际用得上的那种。

如果我们懂得把人生的方方面面都限制在适当与自然的范围内，就会发现目前沿用的大部分学科都是用不上的。即使在有用的学科中，过于广泛和深入的东西也是很不实际，我们不妨也摒弃，按苏格拉底的教育观，在我们的学习中限制缺乏实用性的学科传播。

> 大胆做个聪明人，行动吧！
> 生活中畏缩的人就像那个乡下人，
> 等着水退后才敢过河，
> 可是河水流上千年也不会枯。
>
> ——贺拉斯

教孩子星相学，第八星球的运转，然后又是他们自己的星相，这是绝对的幼稚。什么

> 双鱼座、标志激情的狮子座、

西方海中的摩羯座有什么力量。

——普罗佩提乌斯

昴宿星座、牛郎星座
对我又能做什么？

——阿那克里翁

阿那克西米尼写信给学生毕达哥拉斯说："死亡与奴役总是近在眼前，我还有什么心思去玩星座的秘密？"（因为那时波斯国王正在准备战争攻打他的国家。）每个人都应该这样说："当我时时受野心、贪婪、鲁莽和迷信的袭击，内心又存在着人生中其他这样的敌人，我还会去对地球的运行胡思乱想吗？"

教会了如何使他变得聪明与优秀的东西后，那时才跟他说什么是逻辑、物理、几何和修辞。由于有了相当的判断力，他选上无论什么学科，都会很快精通。授课方式可以采取闲谈或课文讲解，有时教师给他准备有利于这样教育目的的作者选段，有时给他提供详细讲解的精华篇章。如果教师自己不熟悉某些书籍，对其中的要义比较陌生，为了完成自己的意图，可以请某个文人来辅助，逢到需要时提供必要的材料，整理后发给孩子。

谁还会怀疑，这样授课不是比希腊语法学家加扎更轻松更自然。加扎只会讲些晦涩难懂、索然无味的教条，空洞枯燥的字句，叫人没法领会，也不会启发心智。依我说的，心灵就会找到哪儿有粮食，哪儿得到营养。结出的果子硕大无比，也更快成熟。

令人不解的是，在我们这个世纪事情竟会发展到这个地步，即使对于有识之士，哲学也是个空洞虚幻的字眼，无论在大众心目还是实际生活中都是毫不实用，没有价值。我相信个中原因是诡辩学家霸占了通往哲学的道路。

给哲学画上一副皱眉蹙额、狰狞可怕的脸谱，使孩子不得接近，这是大错特错。是谁给哲学戴上了这个苍白丑陋的假面具？其实没有什么比哲学更加轻松愉快乐呵呵，我差点儿还要说挺逗人的呢。它只劝诫说欢度时光，好好享乐。愁眉苦脸的人在那里只说明他待错了地方。

语法学家德梅特利乌斯，在德尔斐神庙遇到一群哲学家坐在一起，对他们说："要么是我错了，要么你们那么平静愉快，不是在热烈讨论。"其中一个人，梅加拉的赫拉克利翁对此回答说："只有研究希腊动词'我扔'是否有两个人，或者研究'更坏'、'更好'比较级，'最坏''最好'最高级如何派生的人，才在讨论问题时皱眉苦脸的。哲学推理历来都使讨论的人高高兴兴，非常愉快，不是皱着眉头，满脸丧气。"

> 身子不适，让人看出心灵不安，
> 欣喜愉悦也可猜测，
> 因为面孔表现出这两种状态。
>
> ——朱维纳利斯

心灵里留住了哲学就会健康，也会促进身体健康。心灵的安详平和也会反映在外，用它的模子塑造人的外表，最终养成他温雅自豪、轻捷活泼、满足和气。智慧的最显著的标志是长乐；犹如月亮王国里的事物，永远清朗。这是三段论的胡诌使学哲学的弟子沾上不白之冤，而哲学本身是无辜的，他们只凭道听途说而接触哲学的。哲学的职责不是按照凭空想象的本轮说，而是通过自然、可以触摸的推理，去平息心灵的风暴，学习笑的渴求与热望。哲学的宗旨是美德，不是像经院派说的，高高竖立在陡峭崎岖的山顶上高不可攀。

接近过哲学的人，相反会认为它是种植在一片美丽肥沃、繁花似锦的平原上；从那里看下面事物一目了然。你若熟悉地址，也可通过绿树成荫、花草点缀的道路，愉快地走在一条平坦的缓坡上，犹如走上了天穹之路。崇高的品德，美丽，昂扬，令人生爱，既温存又勇敢，跟尖刻、乖戾、害怕和束缚水火不相容，它以本性为指引，与机缘与快活做朋友；还有人跟品德从来无缘，因这个缺陷，于是把哲学说成是个愚蠢、愁眉苦脸、爱吵架、痛苦、凶相毕露、阴沉的怪物，伫立在偏僻山顶的荆棘丛里，吓唬过路人的鬼魂。

我的教师认识到让学生心中对美德充满敬意，还要在心中同样或更多充满感情；要会对他说，诗人反映了大众的情操，让他就像手指碰上一样切实领会，奥林匹克诸神在通往爱神维纳斯小室的路上，比在通往智慧女神雅典娜小室的路上，洒下更多的汗水。

当孩子有自我意识时，给他介绍布拉达曼或安琪丽克①作为嬉乐的伴侣。一个美得天真活泼，大方，英气勃勃，但不是男相；相比之下，另一个美得有点儿病态，矫揉造作小心眼；一个穿男式衣衫，戴闪光的头盔，另一个着裙衩，戴镶珠无边帽。

要是他做出的选择与女人气的弗里吉尼牧羊人②大不相同，教师会认为他在爱情上也阳刚气十足。那时教师再教他一个新课：真正美德的价值与崇高在于实施时感到轻松愉快，做了有用的事不感到任何困难，儿童与大人、老实人与细心人都可以同样去做。它的推行工具是调解，不是强制。苏格拉底是美德的第一个宠儿，有意识地放弃强制，而是自然轻松地进入了这个境界。这是人生乐趣的乳母。她使乐趣正正当当，也使它们可靠和纯洁。她若压制乐趣，就会让人急不可待要尝试。她取消她所拒绝的乐趣，刺激我们转向她所留下的乐趣。她把天性

<hr>

① 意大利诗人阿里奥斯托（1474—1533）《愤怒的罗兰》中两位性格相反的女主角。
② 指希腊神话中的帕里斯，特洛伊王子。赫拉·雅典娜和阿佛洛狄忒朱诺与密涅瓦互争金苹果，由他来裁决。阿佛洛狄忒助他诱走斯巴达王墨涅拉俄斯的妻子美人海伦，遂引发历时十年的特洛伊战争。

所需要的乐趣让我们充分享受，如慈母般的尽情满足，而不至于过度（或许我们不愿说节制是我们乐趣的敌人，因为要在酒客未醉前制止他喝，食客未胀胃前制止他吃，好色者未变秃子前制止他玩）。

如果她得不到一般人的命运，她就避开它，放弃它，给自己创造另一个属于自己的命运，不再摇摆彷徨。她知道怎样富有、强大和有学问，躺在有麝香味的床垫上。她爱人生，她爱美、光荣和健康。但是她的特殊使命是知道如何有节制地使用这些财富，也知道这些财富时时在消失。这个使命艰难，然而更加崇高，人生过程中没有它就会不合自然规律，动荡，崎岖，那样就避不开那些暗礁、荆棘和妖魔鬼怪。

如果这位学生另有一种不同的禀性，爱听奇谈怪论，胜过听美妙的旅行和聪明的讨论。战鼓声使同伴热血沸腾，他听到却转过身去会给别人叫去看街头的艺术表演。他以自己的爱好认为满身风尘从战斗中凯旋而归，不比在网球场或舞会上大出风头更欢快更怡然，对这样的人我没有其他办法，只有让他的教师早早趁没人在场时把他掐死，或者送他到某个像样的城镇里当糕点师，即使他是个公爵的儿子，因为根据柏拉图的教导，培育孩子不是按照他们父亲的资质，而是他本人的资质。

既然哲学是教导我们生活的学问，儿童时代和其他时代都可以从中得到教育，为什么不能也教他们哲学呢？

> 黏土又湿又软时，应该赶快行动，
> 让灵活的转盘把它塑造成功！
>
> ——柏修斯

当人生过去后才有人教我们怎样生活。许多学生染上了梅毒，才学到亚里士多德关于节欲的课程。西塞罗说他就是活上两个人生，也不会花时间去读抒情诗人的作品。我觉得这些诡辩学家真是庸碌得叫人可怜。我们的孩子更为紧迫，他只是在人生的最初十五六年期间求学，其余的岁月投身于行动。

必要的教育要在那么短的时间完成。时间不要滥用，删去辩证法中一切繁琐、牵强附会的东西，这些改善不了我们的生活；选择简单明白的哲学论述，其实比薄伽丘的故事还要容易理解。孩子从喂奶时起就能够接受，这比学习识字与书写还重要。哲学中讨论人的衰老，也讨论人的诞生。

我赞同普鲁塔克的看法，亚里士多德让他的大弟子亚历山大听了倍感兴奋的，不是三段论法的组成技巧或者几何原则，而是关于勇敢、胆略、慷慨、节欲和保持大无畏精神的训诫。当他还是青春少年时，他让他带了这份精神武器去征服全世界的帝国，随军只有三万名步兵，四千匹战马，四万两千埃居。普鲁塔克说，亚历山大还是非常尊重其他艺术与学科，赞扬它们高雅怡情；但是尽管他饶有兴趣，要让他本人热心推广还不是件易事。

年老年少，都可找到心灵的支柱，
对于白发人更是一种倾诉。
　　　　　　　　　　——柏修斯

伊壁鸠鲁给迈尼瑟斯的信是这样开头的："但愿少年时不避开哲学，老年时不厌烦哲学。"这好像在说，谁不这样做，不是还没有机会活得幸福，便是再没有机会活得幸福。

说了这么多，我可不愿意人家把这个孩子当成了囚犯。我不愿意把他交给一位喜怒无常的教师。我不愿意损害他的心灵，像时下的要求，约束他每天十四五小时工作，像个脚夫那样辛苦。由于生性孤僻忧郁，不知爱惜地过分专注于学习，而我们听之任之，我认为这也不好。这会使他们拙于辞令与人交谈，错过更好的工作机会。

我见过多少同时代的人贪求知识，而傻了脑袋？卡涅阿德斯就是书读得疯疯癫癫，连刮胡子修指甲也无暇顾及。我不愿意别人的不文明与粗野损及他仪表堂堂。法国的智慧在古代早有定论，历史悠久却不长久。说真的，我们今日看到的法国孩子，其温雅举世无双；但是他们一般都够不上我们所抱的期望；长大成人后毫无出众之处。我听到那些有识之士说那样的学校遍地皆是，孩子送了进去都被教得傻里傻气。

对我们那个孩子来说，一间书房、一座花园、桌子与床、独处时、有伴时、白天与晚上，一切时间、任何地方都是可以用来学习的。因为哲学作为判断与习惯的培训师，将是他的主要课目，也就有融入一切的特权。演说家伊索克拉特在一次宴会上，有人请他谈谈自己的艺术，他回答说："现在不是做我会做的事，现在是做我不会做的事。"大家都认为他说得很有道理。因为大家相聚在宴席上是为了说说笑笑、品尝美食，发表演说或者引起修辞学辩论，岂不是不伦不类大煞风景。

其他的学科也可以这样说，但是哲学有一部分谈的是人与他的义务职责，这是所有聪明人一致的评语，因而为了使交往融洽，在宴席和游戏中都不应拒绝谈哲学。柏拉图把哲学请到了他的餐桌上，我们看到它如何使宾主都感到轻松，时间与地点十分合适，虽则实际上是在讲述最高尚、造福大众的理论：

> 对穷人与富人同样有用，
> 老的小的忘了它皆要受损。
>
> ——贺拉斯

因此，毫无疑问，他不会比别人闲着。但是就像我们在藏画室里慢慢欣赏，走的步子即使比走往一个既定的目的地要多上三倍，也不会叫我们疲惫；我们的授课也是这样，都像是不经意间谈了起来，不限定时间与地点，天南地北海聊，将在不知不觉中结束。

游戏与运动将占一大部分学习：跑步、角斗、音乐、舞蹈、狩猎、骑马、练习刀枪。我希望在塑造他的心灵同时，也培养他的举止、待人处世与体魄。这不是在锻炼一个心灵、一个身体，而是在造就一个人；不该把这两者分离。如柏拉图说的，不应该训练中顾此失彼有所偏重，而是同样训练，就像一根辕木上同时驾驭两匹马。听他这么说，好像没有给予体格锻炼更多的时间与关注，还认为精神与身体可以同时进行，而不是相反。

此外，这类的教育要宽严结合进行，不是像时下所做的那样，不是让孩子去接近文艺，而是让他们看到的尽是恐怖与残酷。请不要给我谈暴力与强权。依我之见，没有东西比它们更加戕害和迷误善良的天性。您若想要他懂廉耻，怕惩罚，就不要让他对此麻木不仁。但是要让他对他应该蔑视的汗水、寒冷、狂风、烈阳和各种风险麻木不仁。在穿着、床铺、饮食方面不要养成他娇生惯养；让他适应一切。不要他做个娘娘腔的小男人，而是强壮的青少年。

不论童年、中年、老年，我一直这样相信，这样判断。但是特别令我不悦的是我们大部分学校的这种教育法。若多一点倾向宽容，说不定危害性要减去不少。这是一座真正的少年犯拘留所。在他们没有堕落以前就惩罚他们堕落，才使他们真正堕落了。不妨在他们上课时候去看看，您只听见孩子的求饶声和教师的怒吼声。对着这些幼小害怕的心灵，面孔铁青，手执鞭子赶着他们，这算是什么样的启智求知的好方法？这种方式极不公正又有危害。

在此还可以加上昆体良的精辟见解，他说这种专横的师道尊严会带来严重的后果，特别是体罚的使用。教室里放满花草，要比悬挂鲜血淋漓的柳条合适得多！我让教室洋溢欢乐喜悦，出现花神与美惠之神，就像哲学家斯珀西普斯在他的学校里所做的一样。什么对他们有利，要愉愉快快去做。有益孩子健康的肉加的是糖水，有损孩子健康的肉加的是苦水。

妙的是柏拉图在《法律篇》中十分关注他的城市青年的娱乐与消

遭，详尽阐述他们的赛跑、竞技、唱歌、跳高、舞蹈等活动，还说古代把这些事的掌管和主持工作交给了神：阿波罗、缪斯和密涅瓦。

他谈及他的体育观发挥了无数的看法；对于文艺则涉猎不多，好像只是在提到音乐时才专门谈一谈诗歌。

在举止习惯中避免有怪异行为，视同如交流与社交中的大敌，妖魔一样可怕。亚历山大的御厨总管德莫丰，在阴影下会出汗，在阳光下会发抖，谁对他的体质不感到惊讶？我还见到有人闻到苹果味比遇到火枪射击还要躲得快。有人怕老鼠，有人看到奶油或拍羽毛床垫就反胃，像日耳曼的尼库见不得公鸡，也听不得公鸡叫。

这里面或许有什么隐情，但是依我看来及早注意是可以克服的。这方面我受教育之惠很多，当然这一切没有少费心，除了啤酒以外，任何果腹的东西对我一律很合胃口。当身体还听话时，应该让它适应一切生活方式与饮食习惯。只要胃口与意愿尚可控制，应该放心大胆让青年去适应各个民族与地区的生活，若有需要，甚至也可以放纵荒唐一下。

按照习俗的需要训练他。让他会做任何事，但是爱做的只是好事。卡利斯提尼斯因为不愿意陪着他的主子亚历山大大帝狂饮而失宠于他，即使那些哲学家也对他这个行为不以为然。他该跟他的亲王一起笑，一起玩，一起寻欢作乐。我甚至要他在寻欢作乐中，比他的同伴精力更充沛、兴致更高。他不去做坏事不是因为力气不济，窍门不懂，而是没有这个心。"不愿做坏事与不会做坏事，有天壤之别。"（塞涅卡）

我想向一位领主表示敬意，他在法国从不像常人纵情作乐；我问他在德国为了国事一生中有多少次在贵宾面前喝醉过。他确曾为此喝醉过，回答我说有过三回，还都说了出来。因而我知道没有这份天赋要为国家效劳还真会遇到莫大的困难。

我经常注意到阿西皮亚德斯的卓越天性，不胜钦佩，不管环境如何不同他都能应付自如，身体毫无损伤。时而比波斯人还奢华侈靡，时而

比斯巴达人还刻苦朴素；在斯巴达是个弃邪归正的人，在爱奥尼亚是个追求享受的人，

> 任何衣着、境况、命运，
> 亚里斯提卜都满不在乎。
>
> ——贺拉斯

我要把弟子培养成那个样，

> 穿上破衣毫不在乎，
> 穿上华服毫不娇饰，
> 贫富皆潇洒的人让我赞美。
>
> ——贺拉斯

这些就是我讲授的课。实施的人比知道的人获益更多。您明白了他，就会听他；您听了他，就会明白他。

在柏拉图的对话中有人说："上帝不是要谈哲学就是学习许多东西和探讨艺术！"

> 重中之重的艺术是生活的艺术，
> 靠生活而不是靠学习获得。
>
> ——西塞罗

弗里阿斯人的君主莱昂问毕达哥拉斯①，他教什么学科，什么艺

---

① 原文为赫拉克里德斯。据《七星文库·蒙田全集》注解，应为毕达哥拉斯。按此改正。

术。他说："我不懂学科，也不懂艺术；但我是哲学家。"

有人指责第欧根尼，说他什么也不懂却去搞哲学。他说："就是这样才更适合我搞。"

赫格西亚斯请第欧根尼给他念一本书，他回答说："您真逗，您选择无花果时要选真的，天然的，不是画出来的；您选择生活行为时为什么不选真的、自然的、不是写出来的呢？"

他学了课本知识后不要多说，而要多做。在行动中重复贯彻。要看他做事是否审慎小心，行为是否善良公正，谈吐是否优雅有见地，得病时是否刚强，游戏时是否谦让，享乐时是否节制，口味上对肉、鱼、酒或水是否挑剔，经济上是否处理得当。

> 谁不把学问当作炫耀的话题，而当作生活的准则，
> 谁就懂得自律，遵守本人的原则。
>
> ——西塞罗

我们的人生过程才是我们言行的真实镜子。

有人问泽克斯达姆斯，斯巴达人为什么不把他们的勇武条例写成文字，给年轻人阅读，他回答说："这是他们要让年轻人去对照行动，不是去对照书本。"拿我们中学的拉丁语学生比一比，到了十五六岁，花了那么长时间只是学习说话！世界上充塞着废话，从来没有见到一个人，会话说得太少，而总是会话说得太多。我们半生岁月就随之而去了。他们让我们用四到五年听单词，做句子；然后又用同样长的时间写成一篇长文，内分四五个部分；然后又至少再用五年学会把这些编制成一篇精雕细刻的文章。这种事还是让那些以此为生的人去做吧。

一天去奥尔良的路上，我在克莱里这边的平原上遇到两位艺术教师正往波尔多去，一前一后相差五十步。在他们身后较远处，我发现一群人，为首的那位主人就是已故的德·拉·罗什富科伯爵大人。我的一名

随从向走在前面的教师打听，在他后面过来的贵族是谁。那人没有看到随后还有一大帮人，以为是指他的同伴，风趣地说："他不是贵族，他是语法学家，我是逻辑学家。"

而我们这里相反，要培养的不是语法学家或逻辑学家，而是贵族。让他们闲着就闲着吧，我们其他地方还有正经事呢。但是我们的弟子要懂的是事情，懂了事情话自会来的，即使话不是立即跟上，他也会慢慢说出来的。我听过有些人谦称自己不善于辞令，装得满腹经纶，但是缺少口才，无法把它们表达出来。这是个托词。您知道我对此是怎么看的吗？这是他们学到的观念不完整，理解也不清晰，没法梳理和领会其中的道理，也就不能够阐明：这是他们还没有做到心中有数。

看到人家在创作时结结巴巴说不清楚，您可以判断他们的工作还不到分娩的时刻，只是还在怀孕，只是还在舔不成形的胚胎。就我而言，我坚持，而苏格拉底也这样说，谁心里有了一个明确清晰的概念，总是能够表达出来的，用意大利的贝加莫土语，若是哑巴的话还可用脸部表情。

> 牢牢抓住主题，语言必然跟在后面。
>
> ——贺拉斯

还有塞涅卡把自己的散文也说得诗意盎然："事情熟稔于心，语言随之而来。"西塞罗则说："事物推动词语。"他不懂什么希腊语夺格、连词、名词和语法；他的仆人和小桥上的卖鱼婆也都不懂。您若有意，可以跟他们谈得非常投机，使用语言规则有时几乎不比法国最好的文科教师逊色。他不必懂修辞学，也不用先来一段开场白吸引"公正读者"的注意；他不用操心去知道这些。说实在的，朴实无华的真理发出光彩，使任何华丽的描绘相比之下都会黯然失色。

文字精雕细刻只对取悦大众有用，他们吃不下更有分量和营养的肉，塔西陀笔下的阿佩尔①就是明证。萨摩斯岛的使者前来觐见斯巴达国王克利奥米尼兹，准备了一篇声情并茂的长篇演说，要打动他对波利克拉特暴君发动战争。国王让他们把全文念完，对他们说："讲话的开头部分已经记不起来；也影响到了中段；只听到你们的结论，那是我不愿意做的。"我觉得这是一个绝妙的回答，给喜欢掉书袋的人当头一棒。

另一人又怎么样呢？雅典人要在两位建筑师中选一人建造一座大工程。第一位装腔作势，针对这工程的主题事前准备了一篇美丽的演说，争取到民众的好感。但是另一位，只说了三句话："雅典各位大人，那位说到的事，我都会做到。"

当西塞罗的辩才达到登峰造极时，许多人都不胜钦佩；但是小加图只付之一笑，说："我们有个讨人喜欢的执政官。"不论放前还是放后，有用的名言佳句总是讨俏的。即使与前言后语都不搭配，其本身也可以欣赏。我则不是这样的人，认为押韵对的就是好诗；让他高兴时就把一个短音节拉长吧，这没关系。如果他的创新受人欢迎，如果他的思想与判断得到良好的效果，我说这是一位好诗人，但是个不谙韵律的人，

> 他的诗情高雅，但是文句粗糙。
>
> ——贺拉斯

贺拉斯说，在他的作品中要看不出一切斧凿痕迹和格律，

> 抹去韵脚与音步，改变词序，
> 把开头的词放到最后的位置，

---

① 原文为阿弗尔。据《七星文库·蒙田全集》注解，塔西佗说到的是阿佩尔。按此改正。

看出诗人的心意遍布其间。

——贺拉斯

即使这样也不会误了他；诗篇依然很漂亮。米南德答应写一出喜剧，日子近了他还没有着手写，对人家的责怪这样回答："结构都已酝酿成熟，只待填进诗句就可以大功告成。"他已成竹在胸，其余的细节也就不在话下。

自从龙沙和杜·贝莱使我们的法国诗歌享有盛名以来，我还没见过一个小学徒，写句子不是夸夸其谈，抑扬顿挫，像在学他们的样。"声音响亮，内容空洞。"（塞涅卡）

在普通人眼里，从来没有那么多的诗人。但是他们的韵脚虽易学，龙沙的丰富描写和杜贝莱的精微创新，决不是他们能够摹写一二的。

但是，如果有人用三段论繁琐的诡辩伎俩强迫孩子学习："火腿让人想喝，喝了就能解渴，火腿是用来解渴的。"那该怎么办呢？让他对此一笑了之。一笑了之还比回答更微妙。

让他向亚里斯提卜借用这句俏皮的反驳："捆上了绑也给我麻烦，我为什么再去给他松绑？"有人建议克里西波斯用辩证法技巧去对付克里昂特斯，克里西波斯对他说："你跟儿童去玩这些把戏吧，别把成年人的正经思想引到这条歧路上去。"如果用这些愚蠢的遁词："晦涩难解的诡辩，"让孩子去相信一个谎言，这是危险的。但是如果这些遁词不产生效果，只是让他发笑，我也看不出为什么要让他防着不去接触。

世上就有一些愚人，为了一句妙言，不惜跑出一里路去追；"有的人不是让词句去适应题目，而是离开题目去寻找词句可以适应的东西。"（昆体良）另一人说："有些人为了用上他们喜爱的一个词，不惜去做他们本来无意去做的题目。"（塞涅卡）

而我更愿把一个好句子扯下，缝在身上，而不是扯下我的思路去用上好句子。相反，要让语言服务主题，紧跟主题，法语若表达不清，就用加斯科尼语去表达！我主张内容突出能够占领听者的想象，以致他竟记不起原话。我喜爱的语言是一种朴实无华的语言，口头的与书面的都是如此；满含激情，简短有力，不要四平八稳，也不要亢奋急促。

> 冲击心灵的文体才是好文体。
>
> ——卢卡努

宁可难懂也不要讨厌，做作，凌乱，松散，胡诌；每段要自成一体；不迂腐，不经院式，不讼师式，但是宁可是士兵式，像苏托尼厄斯这样称朱利乌斯·恺撒的语言；尽管我不太明白他为什么这样说。

我曾乐意模仿我们年轻人这身随随便便的打扮，大衣斜披，披风搭在一个肩上，一只袜子不拉直，这种怪异装扮表现目空一切的自豪感和散漫的艺术性。可是我觉得在语言上更适宜应用。任何形式的做作，尤其表现在法国式的开心与自由上，对于朝廷大臣是不合适的。而在一个君主国家，每个贵族都应该按朝廷大臣的方式去训练。因而我们何不稍稍偏向自然与放松。

我不喜欢服装上露出接头与线脚，同样，在一具美丽的肉体上也不可以看见骨骼与血管。

> 为真理服务的言辞应该朴实无华。
>
> ——塞涅卡

> 有谁说话前思后想的，除非他要说得矫情十足。
>
> ——塞涅卡

追求生动使我们偏离内容，造成实质的损失。

使用奇装异服引人注目，是小气行为。同样，语言上使用怪句子与生僻字，是出于一种幼稚迂腐的奢望。我只求使用巴黎菜市场里说的话！语法学家亚里斯多芬对此一窍不通，还指责伊壁鸠鲁用词简单和他那只要求说得明白的演说目的。模仿说话由于容易全民都会做到。模仿判断和创新，就不是那么快见效。大部分读者由于找到了一件相似的袍子，错误地认为他们都有相似的身材。

力量与灵气是借不来的，服饰与大衣可以借来借去。

跟我常来常往的人中间，大多数说话都像我的《随笔》，但是我不知道他们思想像不像《随笔》。

（据柏拉图说）雅典人注重说话内容丰富，措词文雅，斯巴达人要求简短扼要，克里特人讲究理念丰富重于语言丰富。克里特人要胜过其他人。芝诺说他有两类弟子，第一类他称为语史学家，求知欲强，是他的得意门生；另一类是文体爱好者，他们只关心语言这不是说说得好不是件好事，但总没有做得好那么好，而且一辈子为了这件事忙乎，怎么叫我不烦。

我首先要做到的是熟悉自己的语言，其次是与我常打交道的邻居的语言。希腊语与拉丁语无疑是美丽严谨的语言，但是要学好需花太大的代价。我在这里介绍我自己试过的一种方法，要比通行的简易得多，有意者不妨一试。

先父竭尽个人之力，在学者和有识之士之间进行过各种研究，要创造一种良好的教育形式，发现了目前普遍的这个弊病。有人对他说，我们现在花费多年去学习古希腊人和罗马人轻易会说的语言，这是我们为什么达不到古希腊罗马人博大精深的唯一原因。我不相信这是唯一原因。

好在父亲找到了替代办法，我还在喂奶和开口说话前，把我交给了一位德国人。那人不懂我们的语言但精通拉丁语，后来客死法国时已成了名医。父亲有意重金礼聘，要他对我日夜耳提面命。他还请了两个学问稍差的人跟随我左右，减轻德国人的工作。那些人对我只说拉丁语。

至于家里其他人，立下一条不可违背的规矩，就是他本人、母亲、仆人、侍女只要跟我一起，尽量用他们每人学到的拉丁词混在句子里跟我说话。

人人都获益匪浅。父亲与母亲学了足够的词汇可以听懂，遇上需要还足够应付使用，侍候我的其他仆人也是这样。总之，由于我们之间经常用拉丁语交谈，连得四邻的村庄也受到了影响，有不少工匠和工具的拉丁名称在当地生了根，还沿用至今。而我已过了六岁，听懂的法语或佩里戈尔方言不比阿拉伯语多。没有刻意去学，没有书本，没有语法或规则，没有鞭子，也没落过眼泪，我就学成了拉丁语，跟我的学校老师懂得一样纯正，因为我不可能把它混淆和窜改。因此，按照学校规定的作文课上，给其他学生出题目是用法语写的，给我是一篇用蹩脚拉丁语写的文章，由我改写成道地的拉丁语。

著有《论罗马人民集会》的尼古拉·格鲁奇，亚里士多德的注释者纪尧姆·盖朗特，苏格兰大诗人乔治·布坎南，法国与意大利公认的当代最优秀的演说家马克·安东尼·缪莱，都做过我的家庭教师，经常对我说我自幼学习拉丁语，用来得心应手，他们简直不敢跟我交谈。布坎南后来我见过，当了已故的德·布里萨克元帅大人的幕僚，他对我说他正在准备写一部儿童教育的著作，要拿我的童年教育做例子；因为他那时正在调教元帅的儿子德·布里萨克伯爵，我们都知道他日后多么高尚勇敢。

至于希腊文，我几乎一窍不通。父亲计划让我通过一种游戏结合练习的新方法强化学习。我们两人对垒，交替背诵变格；就像有的人玩下棋来学习数学与几何。有人向父亲提过建议，其中一条是让我对学问与做人道理感兴趣，不能强迫我的意志，而要我自己产生欲望；在温情与自由中培育心灵，不要严厉与束缚。有人认为早晨把孩子惊醒，从睡眠中突然强拉出来（他们比我们睡得沉），会损害他们娇嫩的头脑，我要说父亲做得到了迷信的程度，他要用一个什么乐器声唤醒我，我身边也从不缺少一个演奏的人。

从这个例子可以推知其余一切，并且借此推荐这样一位好父亲的谨慎与爱心，作出这样细致的教育安排，若没有得到应有的果实，那就不是他的过错了。这里面有两个原因：土地贫瘠，不宜种植；因为尽管我身体结实健全，天性则温和好说话，同时还无精打采，昏昏欲睡，以致人家没法叫我摆脱闲散，甚至叫我去玩也不行。看在眼里的东西会很好理解。鲁钝的外表下，头脑里的想象却很大胆，看法也超过自己的年纪。思维慢，要我想到哪里就是哪里。理解迟钝，创见不多，最要不得的是记忆力差得令人没法相信。因此父亲在我身上没有得到什么有效的成果也就毫不奇怪了。

其次，像病急乱投医的人，到处去询问各种各样的看法。我的好父亲极端害怕他那么关心的事情失败，最后竟附和大众的意见，也就是像一群鹤，跟着前面的飞，当那些曾经用他从意大利带回的启蒙教本教过他自己的人纷纷离开以后，也就屈从习俗，六岁时把我送入了当时办得欣欣向荣，也是法国最好的居耶纳中学。

在那里，即使他有心也不可能要什么加什么，给我选择足可胜任的家庭教师，在学科的其他方面给我保留有悖于校规的特殊做法。毕竟，这是一所学校。我的拉丁语立即走下坡路，此后由于生疏也就完全荒废了。新教育对我的好处就是让我一步跨进高年级班。因为在十三岁时离开学校，我完成了（他们所称的）我的全部课程，事实上没有一点可以让我学以致用的东西。

读了奥维德《变形记》里的故事很开心，也使我初次对书籍感到兴趣。因为，约七八岁时，我避开其他一切玩乐偷偷去读这些故事。尤其这种语言是我的母语，这本书我读来最容易，从内容来看也最适合我这样幼年的人。诸如《湖中的朗斯洛》、《阿马迪斯》、《波尔多的于翁》这类儿童喜爱的粗俗读物，我连个书名也不知道，更不用说内容了，因为我的纪律是很严格的。

我在阅读其他规定的课文时更加无精打采。那时，正好碰巧遇到了一位很有见地的辅导老师，他知道怎样跟我与跟我同样胡来的人心照不宣。这时，我一口气读完了维吉尔《埃涅阿斯纪》，然后泰伦提乌斯，然后普洛图斯、意大利喜剧，总是被温情的故事深深吸引。假若他当时发了疯禁止这类阅读，我相信我从学校带走的只是对书籍的憎恨，我们的贵族阶层差不多都是这样的。

那位教师处理得很巧妙。他装得什么都没看见，只让我暗中贪读这些书来刺激我的欲望，同时又和蔼地引导我在正规课程上作出努力。因为父亲把我交给那些教师，要求他们的主要品质是和颜悦色，温存宽厚。因此我的毛病就不外乎松垮懒散。要提防的不是我做坏事，而是我不做事。没有人会预测我会成为坏蛋，而是我会成为废物。大家在我身上看到的是游手好闲，不是诡计多端。

我觉得事情果然是这样来了。在我耳边聒噪的是这样的埋怨声："无所事事，对亲友冷漠无情，对公共事务漠不关心；私心太重。"最不公正的人不说："他为什么拿了？他为什么不付钱？"而说："他为什么不免了？为什么不给？"

人家要我只是做这类额外工作，我会乐意接受。但是他们要求我去做我不该做的事，态度比对待自己该做没做的事还严厉，那就不公正了。当他们罚我做某件事时，抹煞了这个行动的好处，以及为此要向我表达感激之情；其实我主动做的好事应该说分量更重，由于我并不欠谁什么。财富愈是我的，我愈是可以自由支配。可是我若是把自己的行动花言巧语粉饰一番，可能就可以把这些责难挡了回去。我要告诉某些人的是，他们不要为我可以做得更多，而今做得不够而那么生气①。

同时在我心灵中，还会频起波澜，对外界之物作出可靠坦率的判

---

① 根据《七星文库·蒙田全集》的注解，上段字字口气激烈是蒙田任波尔多市长时对于外界批评的回答。

断，关在房内独自细细思忖。最主要的是我坚决相信我的心灵决不会向强力与暴力投降。

我是否该提一提我童年的这些优点，如神态自信，声调轻快，动作灵活，才会符合我所扮演的各种角色？因为不到年龄，

　　　　　　我才刚到十二岁，

　　　　　　　　　　　——维吉尔

我在布坎南、盖朗特、缪莱的拉丁悲剧中，扮演主角，戏在居耶纳中学隆重上演。安德烈亚斯·戈维亚努斯校长在这方面，也与他职务中的其他方面，堪为法国最了不起的中学校长，无人可望其项背。我也被大家视作为行家好手。这个活动我不反对贵族子弟参加，也见过我们一些亲王自己上台客串，像古代王公一样认真可嘉。

在希腊，贵族子弟以演戏为职业也是允许的："他向悲剧演员阿里斯顿透露自己反对罗马的计划。阿里斯顿出身名门，家财万贯，他的职业并不辱没他的身份，因为在希腊演戏不是件下贱的事。"（李维）

我总是指出谴责这些娱乐的人说话不妥当，拒绝正规戏班子进入大城市，剥夺老百姓大众娱乐的人不公平。良好的市政管理不仅要把市民组织起来出席严肃的宗教仪式，也要参加文体活动；那样才会增加交往与友谊。再说，在行政长官和众人面前举行，还有什么比此更加规规矩矩的娱乐呢。行政长官与亲王出资举办一些文体活动娱乐大众，显示父母官的好意，在人口众多的大城市有专门的场地提供给这样的演出，借此消除隐蔽的坏事，我认为这是合情合理的。

再让我们言归正传，重要的莫过于激发孩子的渴求与热情，否则培养出来的只是驮书本的驴子。对驴子才要用鞭子抽去保住满口袋的学问；学问要做到有用，不是让它留在我们的房间里，而是要与它成亲。

论退隐

且不去对退隐生活与职业生活作详尽的比较。至于被野心与贪婪用来作为挡箭牌，说什么我们生来不是为自己，而是为大众的漂亮话，也可以放心大胆让正在兴头上做着的人去评说吧。

由他们扪心自问吧，世人对地位职务、人间利禄的追求，不恰好是向公众获取个人利益么。在我们这个时代，为了达到目的采用恶劣手段，正好说明结果是得不偿失。说起野心，还正是它使我们想到了退隐，因为退隐不就是逃避社会吗？退隐不就是可以逍遥自在了吗？善与恶是无处不在的。可是，假若贝亚斯的"坏人要占大多数"这句话说得对，假若正如《传道书》说的"一千男子中我找到一个正直人"，

> 好人寥寥无几，不会多过
> 底比斯的城门或尼罗河的河口。
> ——朱维纳利斯

这在群众中的传染是非常可怕的。对坏人不是学样，就是憎恨，这两种态度都是危险的，因为他们人数众多就会去模仿他们；因为他们与我们不同就会去憎恨他们。

出海的高人很有道理去注意同船的人别是些堕落的人，不敬神明的人，作恶的人，跟他们交往是会带来不幸的。

贝亚斯乘的船在海上遇到了大风浪，有了危险，船上人求神保佑，贝亚斯对他们开玩笑说："别出声，别让他们觉察你们跟我在一起。"

还举一个更加紧急的例子，葡萄牙国王曼努埃尔派往印度的总督阿尔布盖克，在一次极为危险的海事中，举起一名少年扛在肩上，唯一目的是把他们的命运串在一起，孩子的无辜让他也在神明的恩宠中沾光，

化险为夷。

这并不是贤人在哪里都不会生活满意，甚至在官宦群中也会孤独；但是贝亚斯说，若有选择的话可以看到他们就躲。需要时就忍受；但是由他来说，他采取逃避。如果他还必须拿着别人的罪恶去争辩，那就更加不像会摆脱掉自己身上的罪恶了。

夏隆达斯把一心跟坏人来往的人当坏人那样惩罚。

最不易交往的是人，最易交往的也是人，不易交往是由于他的罪恶，易交往是由于他的天性。

安提西尼斯对于有人责备他跟坏人交往，回答说医生在病人中间还是活得好好的，我觉得听到的人并不会满意。因为医生固然为病人的健康服务，但是传染、长期诊察病人、治疗病人也会影响自己的健康。

我相信，退隐的目的都是一样的：生活得更加悠闲从容。但是大家并不一定找对途径。经常他们以为离开了工作，其实只是改变了工作。管理一个家庭并不比治理一个国家更少折磨。人的心思不论用到哪里，总是全力以赴。家事虽则没那么重要，麻烦一样也不少。我们摆脱了官场与商界，并没摆脱生活的主要烦恼。

> 消除烦恼的智慧与理性，
> 不是躲进只见天涯海角的地方。
> ——贺拉斯

野心、贪婪、患得患失、害怕、欲念并不是换了地方就会离开我们的。

> 忧愁跳上马背后，跟着骑士奔走。
> ——贺拉斯

经常进了修道院、讲学堂里还是跟着我们。沙漠、岩洞、刚毛衬衣、斋戒都无法使我们免除：

> 致命的箭永远插在腰间。
>
> ——维吉尔

有人对苏格拉底说，某人旅行归来心境并没有丝毫好转。苏格拉底说："我相信也是，他是带着忧愁一起走的。"

> 到异国他乡去寻找什么？
> 离开家园又能离开自己什么？
>
> ——贺拉斯

如果不首先解除心灵的重担，晃动只会使重担更重；就像船上的货物装稳时行驶更轻松。要病人搬动位置，给他的是痛苦不是舒服。伤口愈拨弄愈痛，就像木桩愈摇晃陷入土内愈深愈牢固。所以离开人群是不够的，换个地方是不够的，应该排除的是心中的七情六欲；我们应该自制自律。

> 我刚才挣断了锁链，你对我说。
> 是的，如同狗，终于把链条拉断，
> 逃跑中颈上还拖了一大段。
>
> ——柏修斯

我们到哪里都带着我们的锁链；这不是完全的自由，我们还是转过头去看我们留在后面的东西，总是牵肚挂肠。

心地不纯会遇到多大的危险！

我们不断进行徒劳无益的奋斗！

心灵在火中受怎样的煎熬！

骄奢淫逸在我们心中

造成多少恐怖与祸灾！

糜费与懒惰又何尝不是如此呢！

——卢克莱修

我们的病锁住了我们的心，心又无法摆脱自己，

心灵一旦出错就无法补赎。

——贺拉斯

所以必须把心引回和摆正位子；这是真正的退隐，在城市与王宫可以做到；但是独自更容易做到。

这样，我们做到闭门谢客，深居简出，一切喜怒哀乐取决于自己，摆脱与他人的一切联系，自觉自愿自由自在生活。

斯蒂尔波从他的城市那场大火中逃生，妻儿财产都已失去，马其顿国王德梅特利乌斯·波利奥塞特见他在家乡遭遇如此重大的灾难居然脸无惧色，问他有没有受到损失。他回答说不，感谢上帝，他本人毫发无损。哲学家安提西尼斯说过这样的俏皮话，一个人应该随身带上会漂流的食品，遇上海难就可以逃命。

有识之士认为只要自己在，就什么也没有失去。当诺拉城被蛮族摧毁时，波利努斯主教失去一切，也当了俘虏，向上帝这样祈祷：“主啊，不要让我感觉这场损失，因为神知道他们丝毫没有触动我的根本。”使他内心丰富的财富，使他心地善良的善事都还完好无损。这样说来就是要会选择什么是宝藏，它们不会遭受到天灾人祸，深埋在谁也

不能走近，除了我们谁也不会泄露的地方。

我们需要有的是妻子、孩子、财产，尤其重要的是尽量保持健康；但是不能迷恋得让我们的幸福都依赖于此。应该给自己保留一个后客厅，由自己支配，建立我们真正自由清静的隐居地。在那里我们可以进行自我之间的日常对话，私密隐蔽，连外界的消息来往都不予以进入。要说要笑，就像妻子、儿女、财产、随从和仆人都不存，目的是一旦真正失去了他们时，也可以安之若素。我们的心灵要能屈能伸；它可以自我做伴；它可以进，可以退，可以收，可以放；不怕在退隐生活中感到百无聊赖，无所事事：

> 你在孤独中也仿佛是一群人。
>
> ——提布卢斯

安提西尼斯说，美德是自我满足：无须约束，无须语言，无须行动。

我们一千个惯常的行动中，未必有一个跟我们有关。你看到那个人冒着乱箭发射，气得不顾死活爬到废墟顶上；另一个人全身伤痕，又冷又饿脸色苍白，怎么也不给他开门，你以为他们在那里是为了自己吗？他们在那里是为了另一个人，这人他们或许从未见过，正是闲在一边享乐，对他们的死活绝对不操一点心。

那一位衣服邋遢，脸上眼屎鼻涕，半夜以后从书房里出来，你看到以为他在书本中探究为人之道，如何更正派、更满足、更聪敏吗？别这么想！他要么因此死去，要么用普洛图斯的诗句格律，拉丁字的真正写法去教育后代。虚名浮誉是流转人间最无用的假金币，但是谁不是心甘情愿用健康、休息和生命跟它们交换呢？我们自己的死亡没引起我们足够担心，还要搭上老婆、孩子、亲人的性命。我们自己的工作带来的辛苦还不够多，还要把邻居与朋友弄得焦头烂额。

> 人真是怎么想的，竟会
> 爱东西更胜过爱自己？
> ——泰伦提乌斯

从泰勒斯的事例来看，把一生韶光年华奉献给了世人的那些人，退隐也是理所当然的。

为他人度过了大部分岁月，把最后一段岁月留给自己。为我们自己和安逸多作考虑与打算。安度退隐生活不是一件轻而易举的事。既要使我们有事消闲，又不为其他事操心。因为上帝给我们留出了时间安排搬家，我们要为此做好准备。整理行李，早日与亲友告别，摆脱对人对事的强烈依恋。必须解除这些束缚性的义务，此后可以爱这个或那个，但是不要太放在心上。

这就是说，让今后的一切属于自己，但是情意不要过于密切，以后分离时不致拉下我们身上的一块肉或一层皮。人世中最重要的事是知道怎样属于自己。

这是我们跟社会分手的时候了，既然我们已不能带给它什么。无物可以出借的人，也就不要向人求借什么。我们的力气正在衰退，也就要量力而行。谁能把亲友的热心帮助推掉，而由自己操劳，那就这样做吧。年老力衰，使人变得无用、累赘、讨人厌，让他不要变得使自己也觉得讨厌、累赘、无用。让他自鸣得意，自我宽慰，尤其要自我约束，对自己的理智和良心既尊重也害怕，这样他在人前犯了错不会不感到羞愧。"足够自尊的人确实是不多的。"（昆体良）

苏格拉底说，青年人应该受教育，成年人应该有所作为，老年人应该退出一切民事军政，逍遥度日，不担任任何公职。

从气质上来说，应用这些退隐箴言有适合的也有较不适合的。有些人优柔寡断，迟疑不决，不善于受人役使也不善于役使别人，从天性与思虑来说我属这类人，他们就更能适应这句忠告，而那些活动积极的人什么都要抓，什么都要管，什么都很热心，一有机会就自告奋勇，自我介绍，自我奉献。我们对于这些偶然的和发生在身边的诸事，若感兴趣，可以插手，但是不必作为我们主要的生活内容，它们不是，况且，无论理性与天性都不愿意这样做的。

我们为什么要违反规律，凭他人的权势来决定自己的喜乐？事前设计命运的不幸，强行放弃掌握在手里的方便，许多人这样做是出于虔诚，少数哲学家这样做是出于哲理，生活不求之于人，睡硬地，剜眼睛，把财产扔到河里，自找苦吃（有人想通过今世受苦达到来世享福；有人有意生活在社会最底层，就再也不会往下跌），这种做法是在追求一种过分的美德。天性更为刚毅坚强的人使藏身处成为景仰之地。

> 穷的时候，我赞扬因陋就简，
> 过日子俭朴；若命运好转，
> 生活宽裕，那时我会高声说，
> 在世上活得幸福与自在
> 必须有建立在良地上的物产。
>
> ——贺拉斯

我不用走得那么远，手头已有足够的事。我只需做到在命运的宠幸下作好失宠的准备，在生活的安逸中尽量想象落难时如何对付。就像在和平时期，要让自己习惯于刀马弓剑的操练，仿佛置身在战争的日子里。

哲学家阿凯西洛斯家道富有，使用金银器皿，我读了以后并不认为他这人言行不一；他不是放弃不用，而是大大方方地适当使用，更使我尊重。

我注意到自然需要可以降到什么限度。看到家门边那个可怜的乞丐常常比我还快活与健康；我就设身处地，尝试体验他的心情。再用同样的方式去体验其他例子，虽然我想到死、贫困、受气、疾病都近在眼前，一个比我不如的人尚且能够耐性忍受，我很容易下决心不必为此担忧。

我不相信智力鲁钝会胜过思维清晰；或者理智的力量及不上习惯的力量。认识到这些身外之物极不可靠，在充分享受之余，不会不祈告上帝，最迫切的要求就是让我对自己以及自己内心的财富感到满足。我见到一些身强力壮的青年，在衣箱里从不忘记放一大堆药，遇上感冒时服用，这样想到药就放在身边，也就不会那么担心了。因此必然这样做。此外，如果觉得自己会染上更严重的疾病，那就带上治疗和麻痹的良药。

处在这种生活中应该选择做的事，必须是一不费力二不乏味；不然的话过这种休闲生活就没有意思了。这取决于每个人的情趣： 我这人一点不适合管家事。爱好的人也应该做到适可而止。

> 要财物服从人，不是人服从财物。
>
> ——贺拉斯

按照萨罗斯特的说法，管理家务是另一种奴役。其中也有可取之处，如从事园艺。色诺芬就说居鲁士当过园丁。这个工作有两个极端，有的人艰辛操劳，紧张不安，全心全意投入工作；有的人懒散无比，任凭一切自生自受，我们必须找到介于两者之间的方法，

> 德谟克利特让羊群啃啮他的麦田，
> 当时他海阔天空想入非非。
>
> ——贺拉斯

让我们听听小普林尼在退隐问题上，对他的朋友科纳利乌斯·鲁弗

斯提出什么劝告："你现在过着悠闲自在的隐居生活，我劝你把那些下贱的劳务让仆人去做，自己专心著书立说。"他的意思是从声望来说。这跟西塞罗的心情相似，西塞罗说过退出官场后要利用退隐休闲生活写文章名传千古：

> 天下人不知道你的才能，
> 满腹经纶不也归于无用？
>
> ——柏修斯

当一个人谈到退出这个世界，那时好像很有理由看看身边的事。然而这样的人做事也不彻底。他们总结自己的一生，以备不在世时应用；但是他们计划中的果实，还企图从一个他们已经不存在的世界去获得，这岂不是可笑的矛盾。出于虔诚而寻求退隐的人，他们的想象中也不乏勇气，确信上帝的诺言会在另一次生命中兑现，从道理上倒也说得过去。

他们心里装着上帝——无比善良与无所不能的对象；心灵有了依托，愿望也可取予求。悲伤与痛苦对他们也有好处，用来企求终生健康和永福：死亡也可以欣然接受，借以通往完美的境界。严厉的清规戒律在习惯中也就不以为苦了。肉欲依靠实现才保持旺盛，也因克制而受压抑。单是为了得到一个永乐的人生，也有正当理由去牺牲今生今世的快活舒适。谁在心中燃起热火，对宗教生活充满期望，真实而又持久，即使在退隐中也活得有滋有味，与其他形式的人生是完全不同的。

可是这个忠告的目的与方式并不令我满意。这只是让我们从狂热改为痴迷而已。执迷于书籍跟其他事一样费心，同样有害于健康，健康才是主要的考虑对象。我们不能沉溺其中，丧失志趣。就是这种乐趣，断送了持家的、贪财的、爱作乐的、野心勃勃的人。贤人经常教导我们要提防欲念的作祟，辨别真正、完全的乐趣与掺杂着痛苦的乐趣。

他们说，大多数乐趣引得我们上钩以后就把我们掐死，就像埃及人称为腓力斯提人的那些坏蛋。如果我们没有喝醉以前就会头痛，那就要注意别喝得太多了。但是逸乐为了蒙蔽我们，往前直走，不让我们看见带来的后果。读书是愉快的事；但是读得太多最终会让我们失去最为重要的乐趣与健康，那就把书放下。有人认为读书的好处不能够弥补健康的损失，我也是这样想的人。

比如有人觉得自己长期受病痛的折磨而衰弱了，最后求助于药物的帮助，给自己适当加强某些生活规则，而不再越雷池一步。退隐的人对日常的生活感到厌烦无趣，也必须以理性来调节，深思熟虑好好设计。他必须放弃任何种类、任何形式的劳动，避免感情冲动，做到清心寡欲，并且选择最合自己脾性的道路，

> 让每人选择他应走的道路。
> ——普罗佩提乌斯

不论家务、学习、狩猎和其他任何活动，都要做得尽兴，但是也到此为止越过界线就会遇上麻烦。我们保留工作与活动，也仅是保持良好状态，防止好逸恶劳养成了懒散。有些学问枯燥无味，艰深费解，大多数是迫于生计而勉为其难，这就让那些还在为尘世效力的人去做吧。至于我只喜欢那些有趣易读的作品，让我精神舒畅，不然就是那些读了感到宽慰和劝导我如何处理生死大事的作品：

> 徜徉于清新宜人的树林中，
> 寻思着贤哲君子的作为。
> ——普罗佩提乌斯

更贤明的人心灵坚强有力，能够做到心情平静如镜。我的心如同凡

人，必须借助肉体的舒适才能支撑。岁月已经剥夺我随心所欲追求快乐，我必须针对这另一个人生季节树立和培育我的志趣。时光先后一个接一个夺走我们手中的人生乐趣，必须用牙齿和爪子把它们牢牢咬住抓住：

> 接受欢乐之果，享受我们的人生，
> 有一天你只是尘土、影子与往事。
>
> ——柏修斯

至于小普林尼和西塞罗向我们提出光宗耀祖的目的，这不在我考虑之列。与退隐生活最格格不入的心态就是雄心勃勃。荣耀与休息这两件事不能同存于一个屋檐下。依我看来，那些人只是身子退隐于山林之间，心灵念念不忘俗事，比从前卷入更深：

> 糟老头儿，你靠着别人的耳朵活着吗？
>
> ——柏修斯

他们后退只是为了跳得更高，为了凭借更强的冲势穿过人群。你是不是有兴趣看到他们差点儿达到了目标？让我们把两位哲学家伊壁鸠鲁和塞涅卡的观点比较一下，他们分属两个极不相同的学派，一位写给伊多梅纽斯，另一位写给卢西乌斯，都是各自的朋友，劝他们放弃公务与高位过退隐生活。（他们说）你们漂泊浪迹直至今天，到了港边颐养天年吧。你们大部分岁月风光十足，余下的日子就隐蔽着过吧。你若不舍弃果实，就不可能要你舍弃工作。为了这个原因，别再计较名望与荣耀了。

让昔日功劳的光辉照得你太亮，一直深入到你的洞窟里，这是危险的，把他人的赞誉带来的欢乐，随同其他欢乐一起抛掉。你的知识与能力倒是不用担忧，若要使自己日臻完美，它们是决不会失去其功效的。让我们提一提那个人，当有人问他为什么花那么多精力去从事那么少人理解的一门艺术时，他回答说："人不多我不嫌少，只有一个我不嫌少，一个没有我也不嫌少。"

他这话说得不错，你和一个同伴，彼此来说都是一座合适的舞台，你和你自己也可以做到这样。让大众对你是一人，让一人对你是大众。已经无所事事，闭门谢客，还要从中得到荣耀，这是懦夫的野心。应该学学野兽，他们把洞穴前的脚印清除得干干净净。你应该寻求的不再是让大家议论你，你应该寻求的是自己议论自己。

让你自己回到心里，但是首先要准备在心里接纳你。你若自己不知道自律，把你交给自己那就是一桩蠢事。个人独处和与人相处，都会处理不好的。直到你能够做到对待自己也不敢稍有怠慢，直到你对自己也会羞惭和尊敬，"让脑子里装满高尚的思想"（西塞罗），时刻不忘加图、福西昂、阿里斯蒂德斯，即使疯子在他们面前也行为规规矩矩，让他们来监督你的一言一行吧；若有不良意图，出于对他们的敬重也会加以纠正。

他们会让你保持这样的心态，自得其乐，自力更生，把你的心思都花在某些有限的乐事上；选定了哪些是真正的财富，理解它们的同时又享受它们，心满意足，不要妄想长生不老和虚名浮誉。这才是真正的追求天性的哲学应该提出的忠告，不是前面两位——普林尼和西塞罗——所提出的夸夸其谈、华而不实的哲学主张。

论西塞罗

对上述两对人的比较①还可再提一笔。从西塞罗与小普林尼（以我看他的性情与他的舅父和养父大普林尼很少有相似之处）的著作中，可以找出无数极端虚荣的证据。其中有一条，就是他们堂而皇之地要求当时的历史学家在史册中不要忘了他们。命运似乎有意刁难，史册已经消失很久，却把这些不光彩的轶事流传至今。

但是这些高官显爵的品位低下还不止此，他们会在家长里短的闲谈中，甚至还利用寄给朋友的私信去沽名钓誉。这些私信有的错过了时机没有寄走，也竟拿来发表，还冠冕堂皇说什么不让自己的成就与辛劳湮没无闻。罗马帝国的两位执政官，主管世界事务的两名不可一世的官员，利用休闲时间，客客气气编写一封美丽的信札，让人赞扬他们善于掌握他们奶妈的语言，这岂不是妙事一桩么？以此为生的普通小学教师也不会做得更差劲吧？

如果色诺芬和恺撒的雄才远远及不上他们的辩才，我不相信他们会把它写下来的。他们寻求传之后世的不是他们的言辞，而是他们的所作所为。如果完美的语言表达可以给一位大人物带来适当的名声，那么西庇阿和列里乌斯不会容忍一名非洲奴隶分享他们运用拉丁语言得心应手的喜剧带来的光荣，因为这部作品出自他们两人之手，写得精美绝伦足以证明这点，连署名作者泰伦提乌斯自己也承认的②。要我不相信这件事，那会跟我闹得不欢而散的。

要赞扬一个人，却提出不合他身份的一些优点（虽然值得一提），和一些非主要的优点，这总有点像是嘲弄和侮辱。就像赞扬一位国王，说他是好画家、好建筑师、好火枪手或好夺标骑手。这些赞词只有与其他合适的赞词一起或随后提出，如称颂国王雄才大略，武功文治，否则就不会让他引以为荣。这样说了后再说居鲁士精通农业，查理大帝有口才和文才，才使他们觉得脸上有光。

我见到在我这个时代这种风气很盛行，那些以写作成名和作为天职的大人物，都否认自己刻苦学习，装得文理不通，有意不懂这种下等人才需要具备的本领，我们老百姓也认为俊彦人物要表现出其他更为卓绝的品质。

在晋谒腓力二世的使团中，有德摩斯梯尼的同伴赞扬这位国王长得美，能言善辩，好酒量；德摩斯梯尼说这些赞词适用于一个女子、一个律师和一块海绵，而不适用于一位国王。

> 让他面对反抗的敌人所向披靡，
> 当对方匍匐在地时宽大仁慈。
>
> ——贺拉斯

善不善于狩猎与跳舞，都不是国王的职责所在，

> 让别人学会打官司，用仪器测量
> 天体运动，命名金光闪闪的星星，
> 他的韬略是治国安邦平天下。
>
> ——维吉尔

普鲁塔克还进一步说，在这些非主要方面表现那么杰出，这无异是显出没有把余暇与学问放在正途上，原本应该用在更为实际有用的地方。因此马其顿国王腓力听到他的儿子亚历山大大帝在宴会上唱歌，跟最好的音乐家一较长短，对他说："你唱得那么好，不觉得丢脸吗？"

---

① 指对西塞罗与小普林尼、伊壁鸠鲁与塞涅卡的比较。
② 指喜剧《阿代尔夫》，作者泰伦提乌斯在序言中暗示西庇阿与列里乌斯也曾插手编剧工作。蒙田对此深信不疑。

也是这一位腓力，跟一位音乐家讨论他的艺术时，音乐家这样对他说："陛下，愿上帝保佑，对这样的事懂得比我还多，那是不幸之至。"

一位国王应该能够像伊菲克拉特那样回答。一位演说家骂骂咧咧这样追问他："你是什么，装得那么神气活现？你是军人吗？你是弓箭手吗？你是长矛兵吗？""这些我都不是，但是我知道怎样指挥这些人。"

伊斯麦尼亚被人夸为杰出的吹笛手，安提西尼斯认为这并不说明伊斯麦尼亚的价值。

当我听到有人要对《随笔集》的语言说些什么，我有自知之明，宁可他保持沉默。要损害词义的时候决不去追求辞藻华丽，尤其平铺直叙要胜过转弯抹角。我可能是错了，如果其他作家在这方面比我掌握更多的材料；如果有作家不论好与差，能够在纸上撒播下更充实，至少更具体的种子。为了收入更多的文章，我只放上了各篇的开头部分。我若再加以发挥，就会把这部书的篇幅增加好几倍。

此外我还列入了多少全凭体会的故事，谁愿意巧妙整理，不愁写不出无数的随笔。无论是这些故事，还是我的引证，都不是仅仅作为范例、权威或花絮使用的。我对它们的看法并不仅限于对我有用这点来说的。它们往往要超越我的议论，包含着更丰富更大胆的思想种子，还发出更悦耳的弦外之音，对我这个不愿借题发挥的人如此，对其他听懂我的曲调的人也是如此。再回头来论说话的道德，我不觉得尽说坏话与尽说好话之间有什么选择余地。"说话四平八稳不是男子汉作风。"（塞涅卡）

先哲说，说到学问就是指哲学，说到行为就是指道德，一般来说这对所有门第和等级都是适用的。

这在另外两位哲学家①身上也有相似之处。他们在写给朋友的信中

---

① 指伊壁鸠鲁与塞涅卡。

也作出要流芳百世的许诺，但是方式不同，抱着良好的目的去迎合其他人的虚荣心。因为他们对朋友写道，如果只想流芳百世决定继续掌管国家大事，害怕别人劝其准备接受退隐和退休，那么大家倒不用为此担心了；尤其他们对于后世已有足够的威望，完全可以回答说，单凭他们的书信，已可像他们为国效力一样使自己名扬天下。

除了这点不同以外，这也不是一些意义空洞、内容贫乏的书信，里面字句经过仔细选择，精心排列，抑扬顿挫恰到好处，充满隽智，读了不但变得更有口才，还更加聪明，不但教会我们说得好，还做得好。让我们自鸣得意而于事无补的伶牙俐齿见鬼去吧。除非像人们说的，西塞罗的辩才登峰造极，演说通篇有血有肉。

我还要说一则关于他这方面的故事，以便让我们接触到他的本相。他要在大庭广众演说，但是时间太紧迫来不及充分准备。他的一名奴隶埃罗斯走来告诉他演讲会延至第二天再开。他听了高兴之至，为了这条好消息给奴隶恢复了自由。

至于书信，我要说的是我的朋友坚持认为我在这方面可以有所作为。如果我有谈话的对象，也很乐意用这种形式来发表豪情壮志。我必须有我以前有过的那一种交往，它吸引我，支持我，振奋我。因为像有些人那样对着风讨论，我也只会陷入空想。我是弄虚作假的死敌，不会捏造出几个假名来进行严肃的讨论。面对一位友好的强手，我也会更加专心自信，要胜过瞧着一群人的不同面孔。我若不取得更好的成就是会失望的。

我写文章完全随自己个性，天生诙谐含蓄，与人议论则很拙劣，不管怎样我的语言就是太急促，凌乱，断断续续，与众不同；我不擅长写礼节性书信，除了一连串说得好听的客气话以外毫无实质性内容。我没有天赋，也不想写热情洋溢、殷勤周到的长信。我并不相信这一套，也不喜欢说过头的话。这与现行的做法相去甚远。因为从前不是这样俗不可耐地滥用这些字眼：什么人生、心灵、虔诚、崇拜、农奴、奴隶，这些词俯拾即是，以致当他们再要让人感觉一种更为强烈、更为尊敬的意愿时，就不知道用什么方式表达了。

我痛恨被人看来像个阿谀者；这使我很自然地说话语气干巴巴的，直率生硬，在不认识我的人看来还有点儿轻侮。我对我最敬重的人最不讲礼节，心里轻松也就走得快，这样步子就忘了矜持；对我向往的人自豪地奉献绵薄之力；对我可与之推心置腹的人也最少自我说明。我觉得他们见了我的诚心就会知道这点，语言的表达反会歪曲我的用意。

欢迎光临、告辞、感谢、致意、愿意效劳，这些我们待人接客中的礼仪客套，我不知道还有谁比我更加笨口拙舌，找不到话说。

我也曾写过一些求情信和推荐信，收信人无不觉得写得枯燥无味，毫不生动。

意大利人是尺牍的大出版家，我相信我已搜集了一百来种，觉得阿尼巴尔·卡洛的书信集最佳。从前我在真正热情冲动下，也曾提笔给几位女士涂写过一些书信，若还存在世上的话，可能还可找出几页值得百无聊赖、神魂颠倒的青年　读。

我的书信总是即写即发，那么匆忙仓促，虽然书法潦草得叫人难以忍受，还是喜欢自己写而不劳他人代书。我找不到人能够追随我的思路，也不誊写一遍。我已让认识我的大人物，容忍我的涂涂改改、不折叠、不留边白的信纸。我最费心写的信写得最糟糕；我若写得拖泥带水，这说明我心不在焉。

我愿意不打腹稿就起笔，第一句完了接上第二句。今日的书信里花絮与前言多于实质内容。由于我喜欢同时写两封信，而不是写完一封封好再写一封；总是让这个任务交给另一个人去做。因而，当信的内容写好后，乐意让另一个人去添上这些冗长致词、建议、请求，写在信的结尾部位。并希望有什么新的做法让我们免去这些啰嗦话。还有一连串的身份头衔。好几次为了不出差错，干脆空着不写，尤其是给司法与财政部门的官员。

职务的变动那么频繁，不少荣誉职称孰大孰小叫人实在难以确定和排列，得来也都不容易，出错与遗漏都是一种冒犯。我还认为在我们印刷的书名页和扉页添上这些头衔，也是庸俗不堪。

论反奢侈法

我们的法律试图限制在饮食和衣着上挥霍无度，其方式好像与其目的适得其反。真正的办法是唤起人们对黄金与丝绸的蔑视，看成是虚荣与无用的东西。而我们却在宣扬它们的气派与珍贵，这样来要求大家舍弃实在是一种很荒谬的做法；因为宣扬只有王公国戚才吃鲜鱼、穿丝绒、佩金饰带，对老百姓则明令禁止，这岂不是抬高这些东西的身价，引得每个人都想享用吗？

让国王们毅然放弃显示高贵的标志，他们有的是其他标志。在这方面挥霍滥用，亲王比其他人更难辞其咎。兹举许多国家为例，我们可以学到足够的，从外表上突出我们地位的好方法（说实在的我认为这对于一个国家是必要的），而不让这类明显的腐败与弊端滋长成风。

令人惊讶的是衣着，这事看似无关紧要，却可以轻而易举地令大家立即仿效。亨利二世国王驾崩，在朝廷上穿布衣戴孝不到一年，可以肯定的是在大众眼里，绫罗绸缎已经身价大跌，谁若穿了这种衣服，肯定被人当做市民看待。医生与外科大夫才是这样装束。虽然人人穿着大同小异，还是有不少地方明显表现出品位的差别。

在我们的军队里，穿油腻的羊皮军衣突然蔚然成风，鲜亮华丽的衣衫则受到指责与轻视！

让国王开始放弃这类开支，不用诏书和敕令，要不了一个月就可以完成；我们大家也会跟进。法律只需从反面规定除了街头艺人与妓女，谁都不得穿红戴金。查莱库斯想出这一招整顿了洛克里人的奢靡风气。他的法令是这样说的：有自由身份的女子不可带有一个以上的女仆，除非在酒醉的时候；也不可夜里走出城外；也不可身上佩戴金银首饰，除非是妓女花娘。除了皮条客，男人不可戴金戒指，穿米莱特城衣料做成的精制袍子，通过这些特例引起羞耻之心，也巧妙地让公民远离无益于身心的多余享受。

以名利诱使人们服从，是非常有效的方法。我们的国王要进行这类风尚改革，什么事都可办到；他们的爱好就是法律。"亲王无论做什么，都像在颁布圣旨。"（昆体良）法国各地都以王室的规则为规则。那块难看的前门襟，大大暴露我们的隐私部位；笨重肥胖的紧身衣，穿上根本不再像是自己，也不方便佩挂刀剑；那长条娘娘腔的发辫；在送给朋友的礼物上要亲吻，向他们致意时要吻我们的手——从前这个礼节只向亲王使用；要一名贵族走进一个礼仪场所，腰间不佩剑，衣着宽松随便，仿佛刚从小间出来；不管祖上的做法和这个王国里贵族的特权，要求我们不论处在什么地方，有王上在周围远远的也要脱帽，不但有他们在场，有其他一百位国王在场也这样做，要知道我们大大小小的王数不胜数。还有其他类似的、引进的新花样；对这一切他们都不要不高兴，它们不久就会消失和遭到指责的。

这是浮在表面的谬误，但不是好兆头。我们得到预警，当我们看到墙壁剥落开裂，大楼也就摇摇欲坠了。

柏拉图在《法律篇》中认为，听任青年随心所欲变换服饰、举止、舞蹈、运动和唱歌的形式；一会儿按照这个标准，一会儿按照另一个标准，摇摆不定评论事物，追逐时尚，对推行者顶礼膜拜，这对城邦造成的危害比瘟疫还大；风俗也从这里开始腐败，古代的一切礼制组织也会遭到唾弃与蔑视。

除非是彻头彻尾的坏事，一切事物的变化都使人心存疑惧，如季节、风向、食物和性情的变化；没有规律是真正铁案如山，除了上帝自古以来建立的规律；从而没有人知晓其起源，以及从前是否不一样。

论祈祷

我在此提出一些尚在酝酿、还未定型的遐想，就像有人公布一些可疑的问题供各个学派讨论。这不是为了证明真理，是为了寻求真理。我提呈给那些不但关心调整我的行动与写作，还调整我的思想的人判断。不管是谴责还是赞扬，对我都是可以接受的，有用的，因为我若说了什么无知与不恰当的话，违背了罗马天主教廷使徒神圣教规，也该认为罪不容诛，因为我为天主教而生、为天主教而死。我一贯尊重教会审查的权威，可以对我任意处置，我还是要在这里大胆进言。

我不知道我是否错了，但是既然蒙圣恩眷顾，有些祈祷词就是由上帝亲口一字一句口授笔录的，我总是觉得我们应该比今天用得更加频繁。如果我说了算数，饭前饭后、起床就寝以及一切习惯上进行祈祷的特殊活动中，我希望基督徒都念主祷文，即使不是独自用，至少也每次用。

教会可以根据宣教的需要选择范围更广、内容不同的祈祷文，因为我知道其实质与宗旨还是一样的。但是应该优先突出主祷文，让老百姓总是挂在嘴边念念不忘，因为该说的话主祷文里都说到了，适用于任何场合。这是我走到哪里都在使用的唯一祈祷文，反复念从不改变。

因此我头脑里记得牢牢的就是这个。

最近一段时间我在想：我们不论计划什么和干什么都求助于上帝；不管是什么样的需要，不论在什么地方我们由于自身的软弱而要求帮助，从不考虑时机合适还是不合适，我们要呼唤上帝；不管我们处于什么境地有什么行动，即使是见不得人的勾当，也呼唤上帝及其法力；这种谬误的做法不知是从哪里来的。

上帝确是我们唯一的保护人，在每件事上都可以帮助我们。还让我们有幸订下那份天父与人的亲密盟约。主既公正又慈爱和万能。但是更多使用的是正义而不是权力，根据人间公理而不是个人要求来宠幸我们。

柏拉图在他的《法律篇》中，总结出关于神信仰的三种有害观点：神是不存在的；神不管人间世事；面对我们的许愿、祭祀、牺牲，神都有求必应。据他说，第一种错误在人从童年到老年期间不是一成不变的；后两种错误倒是会一以贯之的。

神的正义与万能是不可分的。求助神的力量去做一桩坏事，那是徒劳。心灵必须纯净，至少在祈祷的时刻，还摒除邪念；否则反而会徒取其辱。我们请求神宽恕时假仁假义，满含不敬与憎恨，这不但不能赎罪，反而会罪上加罪。我看到有人动辄祈求上帝，接着行动中又看不见任何改进与补赎，这样的人我不会赞扬。

> 夜间外出偷情，
> 用高卢帽子盖住额头……
> ——朱维纳利斯

信教但是行为可憎的人，其作风好像要比生活糜烂、我行我素的人更该指责，因而我们的教会天天拒绝那些怙恶不悛的人入教，参加仪式。

我们按照习惯做祈祷，说得更适当是我们嘴上念诵祈祷文。这只是表面行为。

令我不悦的是看到他们饭前祝福、饭后谢恩都划三个十字礼（尤其叫我乐不起来的是这个我尊敬并常用的手势，在打哈欠时也用），而一天中的其他时刻看到他们怀着仇恨、做事吝啬、不正义。上帝的时间给上帝，其他的时间干坏事，仿佛在进行调配与补偿似的。同一个心地的人干出这么不同的事来，在这些事的衔接与交替上不感到丝毫脱节与变化，看到这点真叫人叹为观止。

罪恶与公义能够这么和谐协调地存在于同一人身上，又能做到心安理得，需要有怎么了不起的心肠啊？一个人满脑子想的是损人利己，在神灵面前又觉得这些东西丑恶不堪，当他跟上帝说话时又能说什么呢？他回心转意了，但是突然又故态复萌了。如果正如他说的，看到代表神的圣物和圣像震动他的内心，惩罚他的灵魂，不管补赎是多么短暂，畏惧会使他扪心自问，立刻去抑制他身上一贯难驯的罪恶。

但是那些人明知罪大恶极，还是要把一生押在靠罪恶得到的果实与利益上，对他们又怎么办呢？我们有多少为世人接受的职业行当，其本质却是罪恶的！

有一人向我坦白说，他一生就是在为一个宗教宣道服务，这个宗教据他说是可恶的，与他的信念是背道而驰的，他这样做的目的是为了不致失去自己的威信与工作的崇高，但是他在心里怎样为这番话受罪的呢？在这件事上他们用什么语言向神的公义交代的呢？他们的悔疚显然是在粉饰罪过，对上帝和对我们都缺乏令人信服的根据。他们真这么鲁莽，不补过不悔改就要求宽恕吗？我认为这些人跟前面所说的人没什么两样；顽固是很难克服的。他们装模作样的看法那么悖理与浮躁，使我觉得简直是匪夷所思。他们向我们摆出的是一种无法消除的病死状态。

这些人的想象力我觉得神奇极了，在过去几年，只要谁在宣扬天主教义时表现出清醒的头脑，他们就照例说这是假装的，为了安抚他甚至认为不管他表面怎么说，他内心的信念不会不按他们的步调改正。那么自信会说服人家不得去信奉相反的东西，这真是无可奈何的病态。还有更加无可奈何的是他们在思想上那么肯定，他宁可今世的命运遭到难测的曲折起伏，也不愿对永生抱着期望和担心失去。我说这样的话他们可以相信，如果说我青年时代曾有什么抱负，那就是决心去克服随着近年宗教改革而来的危险与困难。

我觉得教会禁止对《大卫诗篇》中圣灵口授的圣歌予以任意、贸然、不恰当地使用，这不是没有道理的。我们日常生活中提到上帝必须毕恭毕敬、全神贯注。这个声音是太神圣了，不能只是为了练习嗓音或者取悦耳朵去唱。这应该发自我们的心灵而不是舌头。没有理由让一名店铺学徒在胡思乱想中随口哼哼，自娱自乐。

同样没有道理的是让这部充满神迹、事关信仰的圣书，任意搁放在过道和厨房里。从前这是奥秘，今天成了闲谈资料。这么一种严肃可敬的研究决不是可以凑个空在闹哄哄中进行的。这是必须静心钻研的工作，这里还必须加上祈祷书中的这句序言："潜心祈祷。"正襟危坐，体现出专心与尊敬。

这不是凡夫俗子的学习，而是奉上帝之召专务研读的人的学习。恶人与无知的人读了反而会变坏。这不是到处宣说的趣闻，这是要恭恭敬敬顶礼膜拜的经史。有人很可笑，用民间语言转述，以为这下子把它通俗化了！他们不理解，书写的精华仅仅存在于文字中吗？还用我多说吗？稍为拉他们去接近，他们就往后退缩。纯然无知，完全信任他人，也比夸夸其谈，助长狂妄与鲁莽更有益，更懂道理。

我还相信，这么一种重要的宗教经典，人人都自由地用各地方言来宣扬，这样做弊大于利。犹太人、穆斯林以及几乎所有其他民族，都接受和尊重他们圣人事迹当初孕育时使用的语言，不允许任何篡改与变动，这不是没有道理的。我们知道在巴斯克和布列塔尼不是有相当能干的法官可以承担这项翻译工作吗？万国基督教会没有作出过比此更严格更庄严的判决了。在布道和说话时，语言交换是含糊不清的，自由的，变动的，也是零星的；因而这不是完整的原意。

我们的一位希腊历史学家对我们的时代批评得很有道理，说基督教的教义落在毫无教养的艺人手里在大庭广众宣扬，每人都可以随心所欲地解说；他还说我们这些托上帝之福领会神圣教义的人尤其应该感到羞耻，竟让那些无知之徒信口开河亵渎，就像从前贵族禁止苏格拉底、柏拉图和其他贤人议论和调查德尔斐的教士做了些什么。他还说各派贵族对神学问题并不热诚，但是爱发脾气；热诚来自神的理性与公义，行动上有条有理；但是热诚受人的情欲支配，会变成仇恨与嫉妒，产生的不是小麦与葡萄，而是稗子与荨麻。

恰如另一个人也这样说过，他向罗马狄奥多西皇帝进言，纷争不会缓和教会的分裂，反而会加剧分裂，鼓动异端邪说；必须避免一切教义上的笔墨官司和争辩，干脆回归古人制订的关于信仰的规矩条例。拜占庭皇帝安德罗尼库斯在宫中见到两位大臣，正在与洛帕迪乌斯对一个重大论点争论不休，训斥了一通，甚至威胁说再不停止要把他们都抛进河里。

我们今日的妇女与孩子，给年龄更大、经验更丰富的人讲解教会法规，在这方面柏拉图《法律篇》第一条就是禁止他们去追究民法制订的理由，民法应该代替神的谕旨。柏拉图还加了一句，允许年长的人相互或者跟官员交换看法，只要年轻人和不信教的人不在场就行。

有一位主教曾写到在世界的另一端，有个岛屿，古人称为迪奥斯科里德岛①，岛上盛产各种树木果蔬，空气清冽，岛民是基督教徒，有教堂和祭台，只用十字架装饰，没有其他圣像。严格遵守斋戒和节日，按时向教士交付十一税，洁身自好，一生中只能有一个女人。他们对自己的命运非常满足，身处大海之中却不知道使用船只，他们心地纯朴，对于他们那么笃信的宗教竟不问一句其来历。异教徒则是热烈的偶像崇拜者，令人难以相信的是他们对自己的神所知道的仅仅是名字与塑像。

欧里庇得斯的悲剧《美那里普》老本子的开场白是这样的：

> 啊，朱庇特，除了你的名字，
> 我对你一无所知。
>
> ——普鲁塔克

---

① 即今日印度洋中索科特拉岛。

我年轻时也曾见过有人抱怨说，有的文章只谈人文哲学，从不提及神学。然而这话反过来说也有几分道理。神学有其特殊地位，就像王后和女当家；她所到之处都以她为大，从不当副手或屈居从属地位。语法、修辞、逻辑的例子，以及戏剧、娱乐和公开演出的题材，更应当来自别处，而不是一部那么神圣的著作。对待神的道理要比对待人的道理更加崇敬虔诚，要独立按照它们的风格研究。神学家写文章太人文化，这样的错误是屡见不鲜的，更多于另一个错误，那是人文学家写文章又太少神学化。

圣克里索斯托姆说："哲学如同无用的奴仆早已被逐出了神学院，当他经过这座典藏神圣学说的圣殿，连张望一眼的资格也没有。"人的语言有它自己的俚俗方式，使用时不应该像神的语言那样尊贵、威严和权威。于是我就使用"未经规范的词句"（圣奥古斯丁）来让它说出诸如：机缘、命运、机遇、祸福、神等其他字眼，按照其固有的方式。

我提出的是人的想法，我本人的想法，也仅仅作为人的浮想独自考虑，决不是受命于天而定出的法则，不容许怀疑与争论的。这是意见，不是神意。我按照我的意思论述，不是按照上帝的意思论述，就像学童提出他们的习作；以供别人批改，不是批改别人的。以世俗的方式，不是以神学的方式，但是总有非常的宗教性。

人家说这话也不是没有理由，那就是除了明确宣布信教的人以外，其他人对宗教只能泛泛而谈，这个规定并不有损于实际好处与公义，可能也是在命令我闭嘴为是吧？

有人对我说，即使不是我们教会中的人，平时谈话时也不许提上帝的名字。他们也不愿意把上帝的名字作为感叹号、惊呼号使用，不管是作证还是比喻。我认为他们是对的。在我们的人际交往中，不论以何种形式提到上帝，态度都应该严肃虔诚。

在色诺芬的著作中好像有这么一段话，他指出我们应该少向上帝祈祷，因为要祈祷就要聚精会神，满腔诚意，让心灵经常进入这种状态很不容易；不然我们的祈祷不但无用还有害。我们说："原谅我们吧，就像我们原谅那些冒犯我们的人。"不能向神献出一颗不记仇恨不抱怨的心时，这样说又有什么意思呢？我们还不是在呼唤上帝帮助我们密谋坏事，加入不义行动。

> 这些事你只能当面对神讲。
>
> ——柏修斯

守财奴为了徒然保存他那多余的财富祈祷上帝；野心家为了胜利与愿望实现祈祷上帝；盗贼利用上帝帮助他克服实施罪恶勾当时遇到的险阻与困难，或者对自己轻而易举割断了过路人的脖子表示谢恩。他们站在他们即将越过或炸掉的房子墙角里，做他们的祈祷，用心和期望都是充满残酷、色念和贪婪。

> 要在朱庇特耳边祈祷，
> 不妨向斯泰乌斯去说。——天哪，好心的朱庇特！
> 他会叫道：朱庇特对我会说这样的话吗？
>
> ——柏修斯

那瓦拉王后玛格丽特谈起一位青年亲王的事，虽然她没有提到他的名字，他的显赫地位让人一猜就知是谁了。他出门跟巴黎一位律师的妻子幽会结欢，途中要穿过一座教堂。他干这个勾当，每次往返经过这个圣地都不会不做祈祷和念经。我可以让你们去猜，满脑子色迷迷思想，他利用神的恩典干吗？然而王后提起这事是为了说明他异常虔诚。但是，这不是仅靠这件事可以证实女人不适宜谈论神学。

心灵肮脏、还受撒旦控制的人，不可能突如其来做一个真正的祈祷，在信仰上归顺上帝。谁在作恶时呼唤上帝帮助，就像小偷割钱包时

要求法官支援、或者就像说谎者以上帝名义作证:

> 我们低声做罪恶的祈祷。
>
> ——卢克莱修

很少有人敢于公开他们私下向上帝提出的秘密要求,

> 在神庙里不许悄声许愿,
> 而要大声祈祷,这不是人人做得到的。
>
> ——柏修斯

因此,毕达哥拉斯派要求祈祷必须当众进行,人人都能听见,这样就不会向上帝提出非分不法的事,像这一位,

> 他高喊: 阿波罗! 然后蠕动嘴唇,
> 怕别人听到: 美丽的拉凡娜女神①!
> 允许我去骗人,装得公正善良,
> 用黑夜遮盖我的罪行,用乌云掩饰我的偷窃。
>
> ——贺拉斯

诸神答应俄狄浦斯的不正当的祈求,同时又给予他严厉的惩罚。他祈祷让他的孩子同室操戈来决定国家继承问题。看到自己的话说中了又多么可悲。不应该要求每件事都遵照我们的意愿,但是遵照审慎的智慧。

事情好似是我们使用祈祷就像在使用一句口头禅,像那些人用圣言

---

① 拉凡娜女神是小偷毛贼的保护神。

圣语来施展巫术魔法。我们依靠字句结构、声音、词的排列或是我们的表面态度，来制造效果。因为心中充满贪欲，毫无悔改之意，也不思归顺上帝，我们呈献的只是凭记忆还留在嘴上的话，希望以此来补赎我们的罪过。

神的旨意比什么都容易做到，充满温情，与人为善；神召唤我们，虽则我们屡屡犯错，可憎可鄙；向我们伸出手臂，拥抱在怀里，不管我们现在或者将来会如何卑微、无赖、名声扫地。而我们必须好好珍惜作为回报。还必须怀着感恩的心情接受宽恕。至少在我们向神走去的那一刻，心中要对自己的错误感到疚恨，把唆使我们去冒犯上帝的邪念视作仇敌： 柏拉图说："神与好人都不会接受恶人的礼物。"

> 伸向祭台的手没有沾上罪恶，
> 不必用丰富的祭品，
> 只需一块面饼和少许食盐，
> 就可平息难侍候的家神珀那忒斯的敌意。
>
> ——贺拉斯

卷　二

论人的行为变化无常

对于惯常观察人的行为的人，最难的莫过于去探索人的行为的连贯性和一致性。因为人的行为经常自相矛盾，难以逆料，简直不像是同一个人的所作所为。小马略忽而是马尔斯的儿子，忽而又是维纳斯的儿子。据说卜尼法斯八世教皇当权时像只狐狸，办事时像头狮子，死时像条狗。谁会相信残暴的象征尼禄皇帝，当有人按照惯例把一份死刑判决书递给他签字时，竟会说："上帝啊，我真愿意不会写字！"判处一个人的死刑叫他心里那么难过？

在这件事上，在每个人身上，这类的例子不胜枚举，以致使我感到奇怪的是，有些聪明人居然费心把这些碎片拼凑一起。因为我觉得优柔寡断是人性中最普遍、最明显的缺点，这有滑稽诗人普布利流斯·西鲁斯的著名诗句为证，

只有坏主意才一成不变。

根据一个人的日常举止来评论他，那是一般的做法；但是，鉴于人的行为和看法天生不稳定，我经常觉得，即使是杰出的作家也往往失误，说什么我们有始终如一、坚忍不拔的心理组织。

他们选择一种公认的模式，然后按照这个模式，归纳和阐述一个人的行为，如果无法自圆其说，就说这个人虚伪矫饰。奥古斯都这人他们就无法评判，因为他一生中变化多端，出尔反尔，叫人无从捉摸，最大胆的法官也不敢妄下结论。我相信人最难做到的是始终如一，而最易做到的是变幻无常。若把人的行为分割开来，就事论事，经常反而更能说到实处。

从古史中很难找出十来个人，他们一生的行为是有恒专一的。有恒

专一却是智慧的主要目的。因为，为了把生活归结为一个词，把生活的种种规则归结为一条规则，一位古人①说："同样的东西要或不要必须前后一致；我不想再加上一句说：但愿这种意愿是正确的；因为，意愿不正确的话，就不可能坚定不移。"确实，我从前听说，恶行只不过是放纵和缺乏节制，因而也就不可能始终如一。据说这是德摩斯梯尼说的话，讨教与审慎是一切德行的开端；而始终如一是德行的圆满完成。我们在言词中要选择某一条道路，总是去选择一条最好的道路，但是没有人想去实践：

　　他要做，不要做，又要做自己不想做的事，
　　摇摆不定，一生充满矛盾。

　　　　　　　　　　　　　　　　　　　　——贺拉斯

　　我们一般的行动，都是根据自己的心意，忽左忽右，忽上忽下，听任一时的风向把我们吹到哪儿是哪儿。我们只是在要的时候才想到自己要的东西，然后却像变色龙一般，躺到什么地方就变成什么颜色。我们在那时想到要做的事，一会儿又改变了主意，一会儿又回到那个主意，优柔寡断，反复无常：

　　我们是木偶，听任强劲的手操纵和摆布。

　　　　　　　　　　　　　　　　　　　　——贺拉斯

　　我们不是在走路，而是在漂流；受到河水的挟制，根据潮水的涨落，时而平静，时而狂暴，

---

①指塞涅卡。

我们不是总看到：人不知要什么，
永远在探索，在寻求一片土地，
仿佛能够放下沉重的包袱？

——卢克莱修

天天有新鲜事，我们的情绪也随时间的推移而变换。

人的思想闪烁不定，犹如神圣的朱庇特
布满大地的雷电。

——荷马

我们在不同的主意之间游移不定。我们对什么都不愿意自由地、绝对地、有恒心地作出决定。

谁若能以自己的想法制定和颁布某些规范和准则，我们可以看到他生活中一切的一切自始至终矢志不渝，行为与原则丝毫不会相悖。

然而，恩培多克勒看到阿格里琴坦人的这种矛盾性，他们纵情作乐，仿佛第二天就是他们的死期，却又大兴土木，好似可以天长地久活下去。

小加图这个人的性格是很容易说清楚的；拨动他的一根心弦，也就是拨动他的每一根心弦，因为声音都是非常和谐协调，决不会发出一点杂音。然而我们呢，有多少次行动，就有多少次不同的评论。依我的看法，把这些行动放到相似的环境中去比较最稳妥，不要前后对照，也不要借题发挥。

在我们这个穷乡僻壤有一次纵情的欢庆，听说住在我家不远的地方有一名少女，从窗里纵身往下跳，不让她的主人——一名兵痞子——暴力得逞；她没有跌死，不甘心，又用一把刀子要刺自己的咽喉，被人家阻止了，但还是伤得很重。她自己承认，那名军人没有逼迫她，只是哀求她，挑逗她，送礼物打动她，但是她害怕他最后会强迫她的。此外，还有她的言词，她的端庄，她的贞烈，都证明她的品德，不啻是另一位柳克丽希亚①。可是我知道事实上，不论从前还是后来，她决不是那种拒人于千里之外的少女。就像一则故事说的： 不论你是多么光明磊落，当你在恋爱中完全绝望时，不要认为你的恋人是神圣不可侵犯的；这也不意味哪个赶骡的车把式不会碰上好运气。

安提柯看到他的一名士兵道德高尚，作战勇敢，非常宠爱，还命令他的医生给他治好一种长期使他受尽折磨的病痛。看到他治愈后做事的热情远远不及从前，就问他是什么使他变成了一个懦夫。他回答说："陛下，是您自己，治好了我的病，原来我因有了病才不计较自己的生命。"卢库卢斯的士兵被敌人抢走了钱包，为了报复跟他们大打出手。当他收回失物时，一直对他很器重的卢库卢斯派他去完成一项冒险而又光荣的任务，对他谆谆教导，好话说尽，

> 即使是懦夫听了也会勇气骤增。
>
> ——贺拉斯

他却回答说："派一个被人掏了钱包的穷小兵去。"

> 他这个粗鲁的乡下人回答：
> "让丢了钱包的人上你的那个地方去。"
>
> ——贺拉斯

他坚决拒绝去。

---

① 柳克丽希亚(？—前509)，罗马贵妇。受骄傲者塔尔奎尼厄斯之子塞克都斯的凌辱，自杀身亡。据说此事引起罗马革命，结束君主统治，建立罗马共和国。

我们还在书中读到，穆罕默德二世看到土耳其近卫军司令哈桑的队伍被匈牙利人冲垮，自己还在战斗中贪生怕死，把他狠狠训斥了一番，哈桑二话不说，转过身，单枪匹马迎着敌人的先头部队不顾死活地冲过去，立刻陷在里面脱不得身，这种做法可能不是为自己辩白，而是回心转意；也可能不是天性勇敢而是恨上加恨。

前一天你见他视死如归，第二天你见他胆小如鼠，那也不必奇怪：或者是愤怒，是形势，是情面，是美酒下肚，还是号角声响，又会使他鼓起勇气；他的心不是靠思考能够鼓动的，而是环境坚定了他的勇气，若是截然不同的环境又使他变成另一个人，那也不要认为意外。

我们那么容易表现出矛盾与变化，以致有的人认为我们身上有两个灵魂，另一些人认为我们身上有两种天性，永远伴随我们而又各行其是，一种鼓励我们行善，一种鼓动我们作恶。若只有一个灵魂或天性，决不可能有这样巨大的变化。

不但偶然事件的风向吹得我任意摇摆，就是位置的更换也会骚扰我的心境。任何人略加注意，就会发现自己决不会两次处于同一个心境。按照观测的角度，一会儿看到灵魂的这一面，一会儿看到灵魂的那一面。如果我谈到自己时常常有所不同，这是因为我看到自己时确也常常有所不同。所有这一切不同都是从某个角度和由某种方式而来的。怕羞，傲慢；纯洁，放纵；健谈，沉默；勤劳，文弱；机智，愚钝；忧愁，乐观；虚伪，真诚；博学，无知；慷慨，吝啬；挥霍……这一切，我在自己身上都看到一点，这要根据我朝哪个角度旋转。任何人仔细探索自己，看到自己身上，甚至自己对事物的判断上，都有这个变幻不定、互不一致的地方。我也说不出自己身上哪一点是纯正的，完整的，坚定的，我对自己也无法自圆其说。我的逻辑中的普遍信条是"各不相同"。

我一直主张把好事说成是好事，还把可以成为好事的事也往好里去说，然而人的处境非常奇怪，如果好事并不仅仅是以意图为准的话，我们经常还是受罪恶的推动而在做好事。因此，不能从一件英勇行为而作出那个人是勇士的结论。真正的勇士在任何场合都可以有英勇行为。如果这是一种英勇的美德，而不是一种英勇的表现，这种美德会使一个人在任何时机表现出同样的决心，不论是独自一人还是与人共处，不论在私宅还是在战场；因为，无论如何，不存在什么一种勇敢表现在大街上，另一种勇敢表现在军营中。他应该具有同样的胆量，在床上忍受病痛，在战场上忍受伤痛。在家中或在冲锋陷阵中同样视死如归。我们不会看到同一个人，在攻城时勇冠三军，在输掉一场官司或失去一个孩子时却像女子似的痛苦不堪。

一个人在耻辱中表现怯懦，而在贫困中坚定不移；在理发匠的剃刀下吓破了胆，而在敌人的刀剑前威武不屈，可敬可贺的是这种行为，而不是那个人。

西塞罗说，许多希腊人不敢正视敌人，却能忍受疾病，而辛布赖人和凯尔特伯里亚人则恰恰相反：事物不基于一个坚定的原则上就不可能稳定。（西塞罗）

亚历山大的勇敢可以说无出其右；但是只是就他的那种勇敢而言的，而不是在任何场合下的勇敢，也不是包罗一切的勇敢。尽管他的这种勇敢超群绝伦，还是可以发现其中疵瑕；我们看到他怀疑他的左右企图谋害他时就惊慌失措，为了弄清内情竟然那么不讲正义，狠毒冒失，害怕到了失去平时的理智的程度。他还处处事事疑神疑鬼，其实是色厉内荏的表现。他对谋害克利图斯一事过分自责自赎，这也说明他的勇气不是始终一贯的。

我们的行为是零星的行动组成的，"他们漠视欢乐，却怕受苦难；他们不慕荣华，却耻于身败名裂。"（西塞罗）我们追求一种虚情矫饰的荣誉。为美德而美德才能维持下去；如果我们有时戴上美德的面具去做其他的事，马上会暴露出真面目。美德一旦渗透灵魂，便与灵魂密不可分，若失去美德必然伤害到灵魂。所以，要判断一个人，必须长期地、好奇地追寻他的踪迹；如果坚定不移不是建立在自身的基础上，"对于那个已经审察和选择了自己道路的人"（西塞罗），如果环境的不同引起他的步子变化（我的意思是道路，因为步子可以轻快或滞重），那就由着他去跑吧；这么一个人，就像我们的塔尔博特说的箴言：只会随风飘荡。

一位古人说，我们的出生完全是偶然的，那么偶然对我们产生那么大的影响，也就不足为奇了。一个人不对自己的一生确定一个大致的目标，就不可能有条有理地安排自己的个别行动。一个人在头脑里没有一个总体形状，就不能把散片拼凑一起。对一个不知道要画什么的人，给他看颜色又有什么用呢？没有人可以对自己的一生绘出蓝图，就让我们确定分阶段的目标。弓箭手首先必须知道目标在哪里，然后搭弓引箭，调整动作。我们的忠告所以落空，是因为没有做到有的放矢。没有船驶往的港口，有风也是徒然。我不同意人们对索福克勒斯的看法，我认为读了他的一部悲剧，可以驳斥他的儿子对他的指控，索福克勒斯完全是有能力处理家务的①。

我同样不同意巴黎西人根据推断作出的结论。巴黎西人被派去整顿米利都，他们到了岛上，看到田地耕种良好，农舍井然有序，他们记下那些主人的名字；然后召集城里全体公民，宣布任命这些主人当新总督和官员，认为善于处理私事的人也善于管理公务。

我们人人都是由零件散片组成的，通体的组织是那么复杂多变，每个零件无时无刻不在起作用。我们跟自己不同，不亚于跟其他人不同。"请想一想，做个一成不变的人是一件了不起的大事。"（塞涅卡）

因为野心可以让人学到勇敢、节制、自由甚至正义；因为贪婪也可使躲在阴暗角落偷懒的小学徒奋发图强，背井离乡，在人生小船上听任

---

① 据西塞罗回忆录的记载，索福克勒斯受到儿子的指控，说他已经丧失理智。索福克勒斯要求法官阅读他的最后一部悲剧《科洛诺的俄狄甫斯》，为自己申辩。

风吹浪打，学得小心谨慎；就是爱情也可以给求学的少年决心和勇气，给母亲膝下的少女一颗坚强的心，

> "少女受维纳斯指引，偷偷穿过熟睡的看守中间，
> 单独进入黑暗寻找那个青年。"

——提布卢斯

　　只从表面行为来判断我们自己，不是聪明慎重的做法；应该探测内心深处，检查是哪些弹簧引起反弹的；但这是一件高深莫测的工作，我希望尝试的人愈少愈好。

公事明天再办

在我们全体法国作家中，我觉得我有理由把棕榈枝献给雅克·阿米奥，不但由于他的语言朴素纯正超过任何人，工作长期不懈，知识博大精深，还因为他竟能把一个那么晦涩难懂的作家阐述得非常透彻（你尽可以跟我这么说：这是我对希腊语一窍不通；但是我感到他的译文中处处文采飘逸，结构谨严，这不是他深刻理解作者的真正想象力，便是他长期阅读普鲁塔克的著作，让普鲁塔克的思想深深扎根在自己的灵魂中，至少他没有给他歪曲什么或增添什么）。

此外，我更感激他的是他知道选择这么一部有价值而又恰当的好书，赠给自己的国家；如果这部书还不能使我们明白事理，我们真是无知得没法治了。有了这部书，我们才敢在这个时刻又说又写的；妇女以此指导学校教师；这是我们的一部经书。

如果这位好人尚在人间，我将请他翻译色诺芬的作品，这是一件更轻松，也更宜于老年人做的工作；尽管他遇到难题总是能够应付裕如，我不知为什么总觉得，当他不慌不忙、从从容容时，他的文笔更加舒展自在。

这时刻，我正读到普鲁塔克谈到自己的一个章节，他说拉斯蒂克斯参加他在罗马举行的一次演说会，会上收到皇帝送来的一包东西，他直到会议结束才打开，（据他说）全体与会人员都高度赞扬这位人物的严肃。确实，普鲁塔克在这一章议论的是好奇；对意外事物的贪婪和难以满足的热情，经常使我们为了讨好一位新来者，冒冒失失、迫不及待地抛下手里的事；不论我们在哪里，都会不顾礼节和体统突然拆开送上来的信函；他称颂拉斯蒂克斯的持重是完全有道理的，还可以对他不愿打断演说的礼貌和周到表扬一番。

但是我却怀疑他的谨慎态度是不是值得赞扬；因为意外接到信函，

尤其是皇帝的信函，迟迟不启封或许会造成损失。

与好奇相对立的恶习是漫不经心，我天生也有这种倾向，我也曾见过许多人漫不经心到了极点，他们收到信后会在口袋里放上三四天还不想到去拆。

我从不私拆人家托我转交的信，也不偷觑由于机缘落入我手中的信；当我跟一位大人物在一起，他在读什么重要函件，我的眼睛无意中看到了几句就会感到不安。再也没有人比我更不爱打听和干预人家的事了。

在我父辈的时代，德·布尔蒂埃尔先生坐镇都灵城，有人交给他一封信，提到一桩劫夺这座城市的阴谋，他正与客人在宴席上吃得高兴，耽误了看，差点丢了城市。我也是在普鲁塔克的书里读到，如果朱利乌斯·恺撒被阴谋者杀害的那天，上元老院去的路上读一读人家交给他的密信，他就会逃过这场灾难。底比斯的暴君阿基亚斯也是如此，佩洛庇达要解放自己的国家，阴谋杀害他，另一位雅典人也叫阿基亚斯，给他写了一封信，把人家的策划一五一十告诉他，哪里知道晚上信送到时他正在用餐，他不立即打开，还说了一句话，以后成了希腊的一句名言："公事明天再办。"

依我的看法，一位贤人如拉斯蒂克斯可以为了其他人的利益，不想失礼中断会议，或者不想搁下一桩重要事件，立即去弄清人家给他捎来的消息；但是所有公务在身的人，为了他的个人利益或爱好，而不让人干扰他的宴席或打断他的好梦，这样做是不可原谅的。在古代罗马，他们称为"执政官席"的是宴席的上座，居于最方便到达的位置，以让有事而来的人向坐在席上的人报告事宜。这说明，身在宴席上也要须臾不忘国家大事和时刻提防意外事件。

话虽这么说，用理智的推理来给人的行动确立一个正确的准则，又不让命运行使自己的权利，这是很难两全的。

论良心

内战时期，我的兄弟拉勃鲁斯领主和我有一次在旅途中，遇见一位风度翩翩的贵族，他属于我们的敌对派别，但是我并不知道，因为他掩饰得很巧妙，这类战争中最糟的是局势错综复杂，从外表、语言和穿戴来说，敌人和你无法区分，双方接受同样的法律，遵守同样的习俗，呼吸同样的空气，很难避免混淆不清。我害怕在一个陌生地方遇见我们的军队，不得不说出自己的名字，这时真是生死难卜。我以前遇到过这样的事，在那次不幸的遭遇中，我人马俱损，不但如此，他们还残忍地杀害了一名意大利宫廷侍从贵族，我精心培育过他，一个年轻的生命、光明的前程就这样消失了。

但是那位贵族非常容易惊慌失措，我看他每次遇见骑马的人过来，穿越效忠于国王的城市，都吓得几乎死了过去，我终于猜到他的恐惧是由于他的良心而来的。这名青年觉得，人家通过他的面具和大氅上的十字架可以看到他内心的秘密意图。良心的力量竟是那么奇妙！良心使我们背叛，使我们控诉，使我们战斗；在没有外界证人的情况下，良心会追逐我们，反对我们：

> 用无形的鞭子抽打，充当刽子手。
>
> ——朱维纳利斯

这已是妇孺皆知的故事：一名帕奥尼人贝苏斯，受人指责说他故意打下一个鸟窝，把里面的小鸟统统杀光，他说自己做得有理，因为这些小鸟不停地无端指责他害死了自己的父亲。这桩弑父罪进行得滴水不漏，直到那时没有人知晓；但是良心提出了申冤，使这个背上沉重赎罪包袱的人无法自制。

柏拉图认为，惩罚紧紧跟在罪恶的后面，希西厄德纠正了柏拉图的说法，他说惩罚是与罪恶同时开始的。谁在等待惩罚，就在受惩罚；谁该受惩罚，就在等待惩罚。恶意给心怀恶意的人带来痛苦，

> 做坏事的人最受做坏事的苦！
>
> ——拉丁谚语

犹如胡蜂刺伤了人，但是自己受害更深，因为它从此失去了自己的刺和力量。

> 它们把自己的生命留在了伤疤里。
>
> ——维吉尔

由于自然界的矛盾对立规律，斑蝥身上分泌一种自身毒液的解毒素。所以，即使人在作恶时感到乐趣，良心上却会适得其反，产生一种憎恶感，引起许多痛苦和联想，不论睡时醒时都折磨着自己。

> 这样的罪人不在少数，
> 在睡梦或谵妄中自怨自艾，
> 泄露了长期隐藏的罪过。
>
> ——卢克莱修

波蒂迪亚暴君阿波罗多罗斯在梦中见到自己被斯基泰人剥掉了皮，放在一口锅里煮，他的心喃喃地对他说："你的所有痛苦都是我引起的。"伊壁鸠鲁说："坏人无处藏身，因为他们躲在哪儿都不安宁，良心会暴露他们。"

没有一名罪人在自我判决中得到赦免，

这才是主要的惩罚。

——朱维纳利斯

良心可使我们恐惧，也可使我们坚定和自信。我敢于说人生道路上经过许多险阻而步伐始终不乱，就是因为我对自己的意图深有了解，自己的计划光明正大。

人的内心充满恐惧还是希望，

全凭良心的判断。

——奥维德

这类例子成千上万，只需举出同一个人物的三个例子。

西庇阿有一次在罗马人民面前被指控犯了一桩大罪，他不但不要求宽恕或向法官讨情，而是对他们说："好哇，你们还不是靠了我才有权利审判每个人，如今竟要起我的脑袋来了。"

又有一次，人民法庭对他起诉，他绝不声辩，只是侃侃而谈："来吧，我的公民们，去向神祇拜谢，也是在今天这样的日子，让我战胜了迦太基人。"说罢，他大踏步向神庙走去，只见全体人跟在他后面，其中还有他的起诉人。

又是人民法庭应加图的要求，传讯西庇阿，要他对安蒂奥克省的一切开支作出汇报，西庇阿为此事来到元老院，从袍子下抽出账册，说这本账册把一切收支原原本本记了下来；但是他没有同意把它转交给法院档案室保存，说他不愿意自取其辱，在元老院当着众人的面亲手把账册撕成碎片。我不相信这颗饱经沧桑的灵魂会弄虚作假。李维说他天性慷慨豪爽，一向气度恢宏，他决不会当个罪人，低三下四去声辩自己是无辜的。

苦刑是一项危险的发明，这像是在检验人的耐性而不是检验人的真情。能够忍受苦刑的人会隐瞒真情，不能够忍受苦刑的人也会隐瞒真情。痛苦能够使我供认事实，为什么就不能使我供认不是事实呢？另一方面，如果那个受到无理指责的人有耐性忍受这些折磨，罪有应得的人难道就没有耐性忍受这些折磨，去获得美好的生命报偿么？

我相信这项发明的理论基础是建立在良心力量的想法上。因为对有罪的人，似乎利用苦刑可以使他软弱，说出他的错误；然而无罪的人则会更加坚强，不畏苦刑。说实在的，这个方法充满不确定性和危险。

为了躲过难忍的痛苦，什么话不会说，什么事不会做呢？

> 痛苦会迫使无辜的人撒谎。
>
> ——普布利流斯·西鲁斯

审判者折磨人是为了不让他清白死去，而结果是他让那个人受尽折磨后清白死去。成千上万的受刑者脑袋里装满了假忏悔。我想到亚历山大审判菲洛特斯的情境，以及他受折磨的过程。我尤其要以菲洛特斯作为例子。

然而有人却说，人类弱点的许多发明中，苦刑还是痛苦最少的一项发明。

依我看来也是最不人道、最无意义的发明！有许多被希腊和罗马称为野蛮的国家，在这方面却不及希腊和罗马野蛮，它们认为折磨和杀害一个对其错误还只是心存怀疑的人，是可怕的残酷行为。你不知道的事情，他又能怎么样呢？你不想无缘无故地杀他，对他做的事却比杀他还糟，你没有不公正吗？事情就是如此：多少次他宁愿无缘无故地死去，也不愿接受审讯，这种审讯往往比死刑还痛苦，这等于在执行死刑以前已把人处决了。

我不知道从哪儿听来这个故事，但是如实地代表了我们良心的公正。一名村妇在一位军队司令兼大法官面前控诉一名士兵，说他抢去了她仅剩下喂几个小孩的一点点面糊，这支军队已把四周村庄掠夺一空。然而没有证据。这位将军首先告诫妇女要对自己说的话仔细想一想，若是诬告就要判罪，她坚持不改口，将军下令割开士兵的肚子验证事实真相。妇女说的话是对的。罪证确凿。

论授勋

奥古斯都的传记作家，都强调他的一条治军方针：对有功的人赏赐非常慷慨，授勋则十分吝啬。不错，他自己还没有走上战场以前，他的叔叔已经授给他各种各样的军功勋章。

为了尊重和奖励美德，建立一些虚的、无实际价值的标志，如桂冠，栎树叶军帽，香桃叶冠，特殊形式的服装，乘车游行，举火炬夜游，公共集会中的贵宾席，赏赐特殊的别名和头衔，族徽标帜，其他诸如此类的东西，根据各国国情不同，五花八门，至今还在沿用，这确是一桩了不起的发明，并为世界上大多数政府所接受。

我们国家以及许多邻国，有骑士团勋章，也是为这个目的而创立的。这实在是一项良好而有益的制度，用某种方法去承认极少数杰出人物的价值，使他们高兴和满足，花费的代价却并不增加群众的负担和动用国王的金库。从古人的经验，并从我们的历史中也可看到，优秀人物羡慕这类勋位要超过物质报酬的奖励，这不是没有理由和充分根据的。如果一份纯粹的荣誉奖励，再去添加其他物质钱财，这样只会弄巧成拙，贬低荣誉的价值。

长期以来米迦勒勋章在我们中间享有盛誉，它除了本身价值以外没有其他价值，也不跟任何价值有联系，反而使贵族追求勋位的欲望和热诚，要超过追求任何一个公职和身份，也没有一种品质比勋位更受尊敬和更有威望；有美德的人乐意选择和向往一种纯之又纯、荣耀多于实用的奖赏。确实，其他奖赏没有那么高尚，况且那些是在一切场合都可使用的。钱可以赏给仆人，信使，跳舞艺人，马戏演员，说吉利话的人，听我们使唤的人；还有赏给做坏事的人：奉承拍马，拉皮条，背信弃义。如果有德行的人不选择这类普通的财富，而选择专门为他们而设的高贵豁达的财富，也不算是出人意外。奥古斯都对勋位比对物质吝啬和计较，这样做很有道理，尤其荣誉是一种特权，其意义在于罕见；这也是美德本身的意义。

> 看不到坏人的人，会觉得谁是好人吗？
>
> ——马提雅尔

一个人不会因为用心抚育孩子而受到赞扬；尽管这是正当的行为，但是这太一般了；就像密林中到处树木参天，也很难区分彼此。我不认为斯巴达人中间有谁会以勇敢为荣，因为这是他们这个国家人人具备的美德；忠诚、不慕钱财也复如此。美德不论多么大，成为日常行为以后也不会得到奖赏。而且，我也不知道，既然美德已成为普遍行为，该不该还以大美德相称。

因而对荣誉的奖赏也仅是荣誉而已，它们的价值和品位在于极少数人才能获得；若要奖赏一文不值，那只需到处滥发。今天获得勋章的人就是比过去要多，也不应降低勋章的品位。

获得勋章的人多了起来也是容易理解的，因为没有一种美德像作战勇敢那样容易蔚然成风。还有一种美德，真实、完美、有哲学意味（是根据我的习惯使用这个词的），在此暂且不提；它要比勇敢作战更高更充实，这是灵魂的一种力量和自信，同样蔑视任何艰难险阻。它镇静、坚定、不骄不躁，我们的这种勇敢同它相比只是一道闪光。习惯、教育、榜样和风俗在促成我所提的这种勇敢中可起极大的作用，使它易于为大家仿效；这从我们内战时得到的经验也可看出。

值此时刻，谁能号召我们全国人民精诚团结，奋勇投入一个共同的事业，我们的国家也就可以重振军威。

从前不是只从这个角度来考虑授勋的，这可以肯定。它的视角更为广阔。这不是奖励一名勇敢的士兵，而是奖励一位杰出的军事将领。服从命令并不配得到那么光荣的奖赏。从前战功的含义更加广泛，涉及一名军人的大部分重要的品质："士兵的艺术不等同于将领的艺术。"
（李维）不但如此，还需要他具备荣任这样高位的经历。但是我要说的
是，即使比从前有更多的人配得上这个荣誉，也不应该任意滥发，宁可
让该得到的得不到，也不应该让不该得到的得到，像我们不久前说的，
不要让那么有用的创造失去了作用。没有一名勇士会因与许多人共享
同样的东西而感到光彩的。今天不配得到这项荣誉的人，反而比谁都会
故作姿态，对它表示蔑视，这是为了把自己也看作是应得而未得荣誉而
受到错待的人。

取消这个勋位，等待今后重新建立和恢复一套相似的做法，以我们
所处的颓废病态的时期来说，是不适宜做这样的事的；新勋位甚至从颁
布时刻起就包含了引起老勋位废除的那些弊端。新勋位要具有权威性，
颁发规则必须非常严格和有限制性；在这动乱年代不可能予以严密和定
期的监督；除了树立它的权威，在此以前还必须忘记前一个勋位的存在
以及它遭受的蔑视。

本文还可以对勇敢以及勇敢与其他美德的区别说几句话。但是普
鲁塔克对这个题目常有阐释，我不在这里赘述他的看法。但是必须指出
的是我们的国家把勇敢看作是第一美德。从词源上也可看出，勇敢
（vaillance）一词来自价值（valeur）；在我们的习俗中，称一个人为有价值
的人或一个正直的人，从法庭和贵族的语言来说，不是指别的，而是指
勇敢的人，跟罗马人的习俗相似。因为在罗马人的词汇中，泛指美德的
这个词，源自"力量"。

从事战争是法国贵族固有的、唯一的和基本的生活方式。很可能男
人之间首先表现的美德是勇敢，它使一部分人胜过另一部分人，最强最
勇敢的人当上了最弱的人的主人，获得特殊的地位和名誉，语言上的光
荣和尊严也是从这里来的。或许这些国家的人骁勇善战，把犒赏和最高
头衔奖给他们最熟悉的美德。这一切犹如我们的情欲，还有对妇女贞操
的这种急切关心，以至于一个善良的女人，一个有身份、有荣誉、有美

德的女人，不是指什么别的，首先是指一个贞节的女人；仿佛为了使她们服从这个责任，我们把其他美德都置于次要地位，对任何其他错误都听之任之，只要她们不逃避这个责任，一切都是可以商量似的。

论书籍

　　我毫不怀疑自己经常谈到的一些问题，由专家来谈会谈得更好、更实在。本文纯然是凭天性而不是凭学问而写成的，谁觉得这是信口雌黄，我也不会在意；我的论点不是写给别人看的，而是写给自己看的；而我也不见得对自己的论点感到满意。谁要在此得到什么学问，那就要看鱼儿会不会上钩。做学问不是我的擅长。本文内都是我的奇谈怪论，我并不企图让人凭这些来认识事物，而是认识我：这些事物或许有一天会让我真正认识，也可能我以前认识过，但是当命运使我有幸接触它们的真面目时，我已记不得了。

　　我这人博览群书，但是阅后即忘。

　　所以我什么都不能保证，除了说明在此时此刻我有些什么认识。不要期望从我谈的事物中，而要从我谈事物的方式中去得到一些东西。

　　比如说，看我的引证是否选用得当，是否说明我的意图。因为，有时由于拙于辞令，有时由于思路不清，我无法适当表达意思时就援引了其他人的话。我对引证不以数计，而以质胜。如果以数计的话，引证还会多出两倍。引证除了极少数以外都出自古代名家，不用介绍也当为大家所熟识。鉴于要把这些说理和观念用于自己的文章内，跟我的说理和观念交织一起，我偶尔有意隐去被引用作者的名字，目的是要那些动辄训人的批评家不要太鲁莽了，他们见到文章就攻击，特别是那些还在世的年轻作家的文章，他们像个庸人招来众人的非议，也同样像个庸人要去驳倒别人的观念和想法。我要他们错把普鲁塔克当作我来嘲笑，骂我骂到了塞涅卡身上而丢人现眼。我要把自己的弱点隐藏在这些大人物身上。

　　我喜欢有人知道如何在我的身上拔毛，我的意思是他会用清晰的判断力去辨别文章的力量和美。因为我缺乏记忆力，无法弄清每句话的出处而加以归类，然而我知道我的能力有限，十分清楚我的土地上开不出我发现播种在那里的绚丽花朵，自己果园的果子也永远比不上那里的甜美。

如果我词不达意，如果我的文章虚妄矫饰，我自己没能感到或者经人指出后仍没能感到，我对这些是负有责任的。因为有些错误往往逃过我们的眼睛，但是在别人向我们指出错误后仍不能正视，这就是判断上的弊病了。学问和真理可以不与判断力一起并存在我们身上，判断力也可以不与学问和真理并存在我们身上。甚至可以说，承认自己无知，我认为是说明自己具有判断力的最磊落、最可靠的明证之一。

我安排自己的论点也随心所欲没有章法。随着联翩浮想堆砌而成；这些想法有时蜂拥而来，有时循序渐进。我愿意走正常自然的步伐，尽管有点凌乱。当时如何心情也就如何去写。所以这些情况不容忽视，不然在谈论时就会信口开河和不着边际了。

我当然愿意对事物有一番全面的了解，但是付不起这样昂贵的代价。我的目的是悠闲地而不是辛劳地度过余生。没有一样东西我愿意为它呕心沥血，即使做学问也不愿意，不论做学问是一桩多么光荣的事。我在书籍中寻找的也是一个岁月优游的乐趣。若搞研究，寻找的也只是如何认识自己，如何享受人生，如何从容离世的学问：

这是我这匹马应该淌汗朝之奔去的目标。

——普罗佩提乌斯

阅读时遇到什么困难，我也不为之绞尽脑汁；经过一次或两次的思考，得不到解答也就不了了之。

如果不罢休，反会浪费精力和时间，因为我是个冲动型的人，一思不得其解，再思反而更加糊涂。我不是高高兴兴地就做不成事情，苦心孤诣、孜孜以求反而使我判断不清，半途而废。我的视觉模糊了，迷茫了。必须收回视线再度对准焦点，犹如观察红布的颜色，目光必须先放在红布上面，上下左右转动，眼睛眨上好几次才能看准。

如果这本书看烦了，丢下换上另一本，只是在无所事事而开始感到无聊的时候再来阅读。我很少阅读现代人的作品，因为觉得古代人的作品更丰富更严峻；我也不阅读希腊人的作品，因为对希腊文一知半解，理解不深，无从运用我的判断力。

在那些纯属是消闲的书籍中，我觉得现代人薄伽丘的《十日谈》、拉伯雷的作品，以及让·塞贡的《吻》（若可把他们归在这类的话），可以令人玩味不已。至于《高卢的阿马迪斯》和此类著作，我就是在童年也引不起兴趣。我还要不揣冒昧地说，我这颗老朽沉重的心，不但不会为亚里士多德也不会为善良的奥维德颤抖，奥维德的流畅笔法和诡谲故事从前使我入迷，如今很难叫我留恋。

我对一切事物，包括超过我的理解和不属于我涉猎范围的事物自由地表达意见。当我有所表示，并不是指事物本身如何，而是指本人见解如何。当我对柏拉图的《阿克西奥切斯》一书感到讨厌，认为对他这样一位作家来说是一部苍白无力的作品，我也不认为自己的见解必然正确，从前的人对这部作品推崇备至，我也不会蠢得去冒犯古代圣贤，不如随声附和才会心安理得。我只得责怪自己的看法，否定自己的看法，只是停留在表面没法窥其奥秘，或是没有从正确角度去看待。只要不是颠三倒四、语无伦次也就不计其他了；看清了自己的弱点也直认不讳。对观念以及观念表现的现象，想到了就给予恰如其分的阐述，但是这些现象是不明显的和不完整的。伊索的大部分寓言包含几层意义和几种理解。认为寓言包含一种隐喻的人，总是选择最符合寓言的一面来进行解释；但是在大多数情况下，这只是寓言的最肤浅的表面；还有其他更生动、更主要和更内在的部分，他们不知道深入挖掘；而我做的正是这个工作。

还是沿着我的思路往下说吧；我一直觉得在诗歌方面，维吉尔、卢克莱修、卡图鲁斯和贺拉斯远远在众人之上；尤其维吉尔的《乔琪克》，我认为是完美无缺的诗歌作品，把《乔琪克》和《埃涅阿斯纪》比较很容易看出，维吉尔若有时间，可以对《埃涅阿斯纪》某些章节进行精心梳理。《埃涅阿斯纪》的第五卷我认为写得最成功。卢卡努的著作也常使我爱不释手，不在于他的文笔，而在于他本身价值和评论中肯。至于好手泰伦提乌斯——他的拉丁语写得妩媚典雅——我觉得最宜于表现心灵活动和我们的风俗人情，看到我们日常的行为，时时叫我回想起他。他的书我久读不厌，也每次发现新的典雅和美。

稍后于维吉尔时代的人，抱怨说不能把维吉尔和卢克莱修相提并论。我同意这样的比较是不恰当的；但是当我读到卢克莱修最美的篇章时，不由也产生这样的想法。如果他们对这样的比较表示生气，那么现在有的人把他和阿里奥斯托作不伦不类的比较，更不知对这些人的愚蠢看法说些什么好了？阿里奥斯托本人又会说什么呢？

哦！这个没有判断力、没有情趣的时代！

——卡图鲁斯

我认为把普洛图斯跟泰伦提乌斯（他很有贵族气）比较，比把卢克莱修跟维吉尔比较，更叫古人感到不平。罗马雄辩术之父西塞罗常把泰伦提乌斯挂在嘴上，说他当今独步，而罗马诗人的第一法官贺拉斯对他的朋友大加赞扬，这些促成泰伦提乌斯声名远播，受人重视。

在我们这个时代那些写喜剧的人（意大利人在这方面得心应手），抄袭泰伦提乌斯或普洛图斯剧本的三四段话就自成一个本子，经常叫我惊讶不已。他们把薄伽丘的五六个故事堆砌在一部剧本内。他们把那么多的情节组在一起，说明对自己本子的价值没有信心；必须依靠情节来支撑。他们自己搜索枯肠，已找不出东西使我们看得入迷，至少要使我们看得有趣。这跟我说的作者泰伦提乌斯大异其趣。他的写法完美无

缺，使我们不计较其内容是什么，自始至终被他优美动人的语言吸引；他又自始至终说得那么动听，

　　　　清澈见底如一条纯洁的大河。

　　　　　　　　　　　　　　　　　——贺拉斯

　　我们整个心灵被语言之美陶醉，竟至忘了故事之美。

　　沿了这条思路我想得更远了：我看到古代杰出诗人毫不矫揉造作，不但没有西班牙人和彼特拉克信徒的那种夸大其词，也没有以后几世纪诗歌中篇篇都有的绵里藏针的刻薄话。好的评论家没有一位在这方面对古人有任何指摘。对卡图鲁斯的清真自然、隽永明丽的短诗无比欣赏，远远超过马提雅尔每首诗后的辛辣词句。出于我在上面说的同样理由，马提雅尔也这样说到自己：他不用花许多工夫；故事代替了才情。前一类人不动声色，也不故作姿态，写出令人感动的作品，信手拈来都是笑料，不必要勉强自己挠痒痒。后一类人则需要添枝加叶，愈少才情愈需要情节。要骑在马上，因为两腿不够有力。就像在舞会上，舞艺差的教师表达不出贵族的气派和典雅，就用危险的跳跃，像船夫摇摇晃晃的怪动作来引人注目。对于妇女来说也是这样，有的舞蹈身子乱颤乱动，而有的舞蹈只是轻步慢移，典雅自然舒展，保持日常本色，前者的体态要求比后者容易得多。我也看过出色的演员穿了日常服装，保持平时姿态，全凭才能使我们得到完全的艺术享受；而那些没有达到高超修养的新手，必须面孔抹上厚厚的粉墨，穿了奇装异服，摇头晃脑扮鬼脸，才能引人发笑。

　　我的这些看法在其他方面，在《埃涅阿斯纪》和《愤怒的罗兰》的比较中，更可以得到证实。《埃涅阿斯纪》展翅翱翔，稳实从容，直向一个目标飞去。而《愤怒的罗兰》内容复杂，从一件事说到另一件事，像小鸟在枝头上飞飞停停，它的翅膀只能承受短途的飞行，一段路后就

要歇息，只怕乏力喘不过气来。

　　　　　　它只敢飞飞停停。

　　　　　　　　　　　　——维吉尔

　　在这类题材中，以上那些作家是我喜欢的作家。

　　还有另一类题材，内容有趣还有益。我在阅读中可以陶冶性情；使我获益最多的是普鲁塔克（自从他被介绍到法国以后）和塞涅卡的作品。他们两人皆有这个共同特点，很合我的脾性，我在他们书中追求的知识都是分成小段议论，就像普鲁塔克的《短文集》和塞涅卡的《道德书简》，不需要花长时间阅读（花长时间我是做不到的）。《道德书简》是塞涅卡写得最好的篇章，也是最有益的。不需要正襟危坐阅读，也随时可以放下，因为每篇之间并不连贯。

　　这些作家在处世哲学上大致是一样的；他们的命运也相似，出生在同一个世纪，两人都做过罗马皇帝的师傅，都出生国外和有钱有势。他们的学说是哲学的精华，写得简单明白。普鲁塔克前后一致，平稳沉着。塞涅卡心情大起大落，兴趣广泛。塞涅卡不苟言笑，提高道德去克服懦弱、畏惧心理和不良欲望；普鲁塔克好像并不把这些缺点看得那么在意，不愿郑重其事地加以防范。普鲁塔克追随柏拉图的学说，温和，适合社会生活；塞涅卡采用斯多葛和伊壁鸠鲁的观点，不切合生活实际，但是依我的看法，更适合个人修养，也更严峻。塞涅卡好像更屈从于他这个时代的那些皇帝的暴政，因为我敢肯定他谴责谋杀恺撒的壮士的事业，是在压力下做的；普鲁塔克一身无拘束。塞涅卡的文章冷嘲热讽，辛辣无比；普鲁塔克的文章言之有物。塞涅卡叫你读了热血沸腾，心潮澎湃，普鲁塔克使你心旷神怡，必有所得。前者给你开路，后者给你指引。

　　至于西塞罗对我的目标有帮助的，是那些以伦理哲学为主的作品。

但是，恕我直言（既然已经越过礼仪界限，也就不必顾忌了），他的写作方法令我厌烦，千篇一律。因为序跋、定义、分类、词源占据了他的大部分作品。生动的精华部分都淹没在冗词滥调中。若花一个小时阅读——这对我已很长——再回想从中得到什么切实有益的东西，大部分时间是一片空白。因为他还没有触及对我有用的论点，解答叫我关心的问题。

我只要求做人明智，而不是博学雄辩，这些逻辑学和亚里士多德哲学的药方对我毫无用处；我要求作者一开始先谈结论，我已经听够了死亡和肉欲，不需要他们条分缕析，津津乐道。我需要他们提供坚实有力的理由，指导我事情发生时如何正视和应付。解决问题的不是微妙的语法，四平八稳的修辞文采；我要求他们的文章开门见山，而西塞罗的文章拐弯抹角，令人生厌。这类文章适宜教学、诉讼和说教，那时我们有时间打瞌睡，一刻钟以后还可以接上话头。对于不论有理无理你都要争取说服的法官，对于必须说透才能明白道理的孩子和凡夫俗子，才需要这样说话。我不要人家拼命引起我的注意，像我们的传令官似的五十次对着我喊："嗨，听着！"罗马人在祭礼中喊："注意啦！"而我们喊："鼓起勇气。"对我来说这是废话。我既来了则早有准备，就不需要引动食欲或添油加醋：生肉我也可以吞下去；这些虚文浮礼的作用适得其反，不但提不起反而败坏了我的胃口。

我认为柏拉图的《对话录》拖沓冗长，反使内容不显；柏拉图这样一个人，有许多更有益的话可以说，却花时间去写那些无谓的、不着边际的长篇大论，叫我感到遗憾。我这样大胆亵渎不知是否会得到时尚的宽恕？我对他的美文无法欣赏，更应该原谅我的无知。

我一般要求的是用学问作为内容的书籍，不是用学问作为点缀的书籍。

我最爱读的两部书，还有大普林尼和类似的著作，都是没有什么"注意啦"的。这些书是写给心中有数的人看的，或者，就是有"注意啦"，也是言之有物，可以独立成篇。

我也喜读西塞罗的《给阿提库斯的信札》，这部书不但包括他那个时代的丰富史实，还更多地记述他的个人脾性。因为，如我在其他地方说过，我对作家的灵魂和天真的判断，历来十分好奇。通过他们传世的著作，他们在人间舞台上的表现，我们可以了解他们的作为，但是不能洞悉他们的生活习惯和为人。

我不止千百次地遗憾，布鲁图斯论述美德的那本书已经失传：因为从行动家那里学习理论是很有意思的。但是说教与说教者是两回事，我既喜欢在普鲁塔克写的书里，也喜欢在布鲁图斯写的书里去看布鲁图斯。我要知道布鲁图斯在阵前对士兵的讲话，然而更愿详细知道他大战前在营帐里跟知心朋友的对白，我要知道他在论坛和议院里的发言，更愿知道他在书房和卧室里的谈话。

至于西塞罗，我同意大家的看法，除了学问渊博外，灵魂并不高尚。他是个好公民，天性随和，像他那么一个爱开玩笑的胖子，大凡都是这样。但是说实在的，他这个人贪图享受，野心虚荣；他敢于把他的诗作公之于众，这是我无论如何不能原谅的；写诗拙劣算不得是一个大缺陷，但是他居然如此缺乏判断力，毫不觉察这些劣诗对他的英名有多大的损害。

至于他的辩才，那举世无双，我相信今后也没有人可以跟他匹敌。小西塞罗只有名字和父亲相像。他当亚细亚总司令时，一天他看到他的桌上有好几个陌生人，其中有塞斯蒂厄斯，坐在下席，那时大户人家设宴，常有人潜入坐上那个位子，小西塞罗问仆人这人是谁，仆人把名字告诉了他。但是小西塞罗像个心不在焉的人，忘了人家回答他的话，后来又问了两三回；那名仆人，把同样的话说上好几遍感到烦了，特别提到一件事让他好好记住那个人，他说："他就是人家跟您说过的塞斯蒂厄斯，他认为令尊的辩才跟他相比算不了什么。"小西塞罗听了勃然大怒，下令把可怜的塞斯蒂厄斯逮住，当众痛殴了一顿，真是一个不懂礼节的主人。

就是那些认为他的辩才盖世无双的人中间，也有人不忘指出他的演说辞中的错误；像他的朋友伟大的布鲁图斯说的，这是"关节上有病的"辩才。跟他同一世纪的演说家也指出，他令人费解地在每个段落末了使用长句子，还不厌其烦地频频使用这些字："好像是"。

我喜欢句子节拍稍快，长短交替，抑扬有致。他偶尔也把音节重新随意组合，但是不多。我身边响起他这个句子："对我来说，我宁愿老了不多留而不愿未老先衰。"（西塞罗）

历史学家的作品我读来更加顺心；他们叙述有趣，深思熟虑，一般来说，我要了解的人物，在历史书中比在其他地方表现得更生动、更完整，他们的性格思想粗勒细勾，各具形状；面对威胁和意外时，内心活动复杂多变。研究事件的缘由更重于研究事件的发展，着意内心更多于着意外因的传记历史学家，最符合我的兴趣，这说明为什么普鲁塔克从各方面来说是我心目中的历史学家。

我很遗憾我们没有十来个第欧根尼·拉尔修斯这类人物，或者他这类人物没有被更多的人接受和了解。因为我对这些人世贤哲的命运和生活感兴趣，不亚于对他们形形色色的学说和思想。

研究这类历史时，应该不加区别地翻阅各种作品，古代的，现代的，文字拙劣的，语言纯正的，都要读，从中获得作者从各种角度对待的史实。但是我觉得尤其值得我们深入研究的是恺撒，不但从历史科学来说，就是从他这个人物来说，也是一个完美的典型，超出其他人之上，包括萨卢斯特在内。

当然，我阅读恺撒时，比阅读一般人的著作怀着更多的敬意和钦慕，有时对他的行动和彪炳千古的奇迹，有时对他纯洁优美、无与伦比的文笔肃然起敬。如西塞罗说的，不但其他所有历史学家，可能还包括西塞罗本人，也难出其右。恺撒谈到他的敌人时所作的评论诚恳之极；若有什么可以批评的话，那是他除了对自己的罪恶事业和见不得人的野心文过饰非以外，就是对自己本身也讳莫如深。因为，他若只做了我们在他的书上读到的那点事情，他就不可能完成那么多的重大事件。我喜欢的历史学家，要不是非常纯朴，就是非常杰出。纯朴的历史学家决不会掺入自己的观点，只会抱细心搜集的资料罗列汇总，既不选择，也不剔除，实心实意一切照收，让我们对事物的真相作全面的判断。这样的历史学家有善良的让·傅华萨，他写史时态度诚恳纯真，哪一条史料失实，只要有人指出，他毫不在乎承认和更正。他甚至把形形色色的流言蜚语、道听途说也照录不误。这是赤裸裸、不成型的历史材料，每人可以根据自己的领会各取所需。

杰出的历史学家有能力选择值得知道的事，从两份史料中辨别哪一份更为真实，从亲王所处的地位和他们的脾性，对他们的意图作出结论，并让他们说出适当的话。他们完全有理由要我们接受他们的看法，但是这只是极少数历史学家才享有的权威。在这两类历史学家之间还有人（那样的人占多数）只会给我们误事；他们什么都要给我们包办代替，擅白订立评论的原则，从而要历史去迁就自己的想象；因为自从评论向一边倾斜，后人叙述这段历史事实时，不可避免地受到影响。他们企图选择应该知道的事物，经常隐瞒更说明问题的某句话、某件私事；把自己不理解的事作为怪事删除，把自己无法用流畅的拉丁语或法语表达的东西也尽可能抹掉。他们尽可以大胆施展自己的雄辩和文才，尽可以妄下断言，但是也要给我们留下一些未经删节和篡改的东西，容许我们在他们之后加以评论；也就是说他们要原封不动地保留历史事实。

尤其在这几个世纪，经常是一些平庸之辈，仅仅是会舞文弄墨而被选中编写历史，仿佛我们从历史中要学的是写文章！他们也有道理，既然是为这件事而被雇用的，出卖的是他们的嘴皮子，主要也操心在那个方面了。所以他们从城市十字路口听来的流言蜚语，用几句漂亮的话就可以串联成一篇美文。

好的历史书都是那些亲身指挥，或者亲身参加指挥，或者亲身参加过类似事件的人编写的。这样的历史书几乎都出自希腊人和罗马人之手。因为许多目击者编写同一个题材（就像现时代不乏有气魄有才华的人），若有失实也不会太严重，或者本来就是一件疑案。

由医生处理战争或由小学生议论各国亲王的图谋，会叫人学到什么东西呢？

若要了解罗马人对这点如何一丝不苟，只需举出这个例子：阿西尼厄斯·波利奥发现恺撒写的历史中有些地方失实，失实的原因是恺撒不可能对自己军队的各方面都亲自过问，对记下未经核实的报告偏听偏信，或者在他外出时副官代办的事没有向他充分汇报。

从这个例子可以看出，了解真相需要慎之又慎，打听一场战斗的实况，既不能单靠指挥将士提供的信息，也不能向士兵询问发生的一切；只有按照法庭的审讯方法，比较证人提供的证词，要求事件的每个细节都有物证为凭。说实在的，我们对自己的事也有了解不全面的地方。这点让·博丁讲得很透彻，与我不谋而合。

不止一次，我拿起一部书，满以为是我还未曾阅读的新版书，其实几年以前已经仔细读过，还写满了注释和心得；为了弥补记错和健忘，最近以来又恢复了老习惯，在一部书后面（我指的是我只阅读过一次的书籍）写上阅读完毕的日期和我的一般评论，至少让我回忆得起阅读时对作者的大致想法和印象。我愿在此转述其中一些注释。

下面是我十年前在圭查尔迪尼的一部书内的注释（我读的书不论用什么语言写成的，我总是用自己的语言写注释）：他是一位勤奋的历史学家；依我看来，他的著作内提供他那个时代的历史真实性，是其他人不能比拟的，因为在大多数情况下，他自己就是身居前列的参与者。从表面上也看不出，他会由于仇恨、偏心或虚荣而篡改事实，他对一时风云人物，尤其对那些提拔他和重用他的人，如克莱芒七世教皇，所作的自由评论都是可信的。他好像最愿意显山露水的部分，那是他的借题发挥和评论，其中有精彩的好文章，但是他过分耽迷于此；又因为他不愿留下什么不说，资料又那么丰富，几乎取之不尽，用之不竭，他就变得啰里啰唆，有点像多嘴的学究。

我还注意到这一点，他对那么多人和事、对那么多动机和意图的评论，没有一字提到美德、宗教和良心，仿佛在世界上这些是不存在的；对于一切行动，不论表面如何高尚，他都把原因归之于私利和恶心恶意。他评论了数不清的行动，居然没有一项行动是出于理性的道路，这是令人无法想象的。不能说普天下人人坏心坏眼，没有一个人可以洁身自好；这叫我怀疑他自己心术不正，也可能是以己之心在度他人之腹吧。

在菲利普·德·科明的书中，我是这样写的：语言清丽流畅，自然稚拙；叙述朴实，作者的赤诚之心油然可见，谈到自己时不尚虚华，谈到别人时不偏执不嫉妒。他的演说与劝导充满激情与真诚，绝不自我陶醉，严肃庄重，显出作者是一位出自名门和有阅历的人物。

对杜·贝莱两兄弟撰写的《回忆录》写过这样的话：阅读亲身经历者撰写的所见所闻，总是一件快事。但是不容否认的是在这两位贵族身上，缺乏古人如让·德·儒安维尔（圣路易王的侍从）、艾因哈德（查理大帝的枢密大臣）以及近代菲利普·德·科明撰写同类书籍时表现的坦诚和自由。这不像是一部历史书，而是一篇弗朗索瓦一世反对查理五世皇帝的辩护词。我不愿相信他们对重要事实有什么篡改，但是经常毫无理由地偏护我们，回避对事件的评论，也删除他们的主子生活中的棘手问题。比如忘记提到德·蒙莫朗西和德·布里翁的失宠；对埃唐普夫人一字不提。秘事可以掩盖，但是人所共知的事，尤其这些事对公众生活产生这样大的后果，忌口不谈是不可饶恕的缺点。总之，要对弗朗索瓦一世和他的时代发生的事有一个详细的了解，不妨听我的话到其他地方去找。这部书的长处是对这些大人物亲身经历的战役和战功有特殊看法，还记载他们这个时代某些亲王私下的谈话和轶事，朗杰领主纪尧姆·杜·贝莱主持下的交易和谈判，这里面有许多事值得一读，文章也写得不俗。

论残忍

我觉得德操不同一般，比我们内心滋生的善意更为高贵。懂得自律和出身良好的灵魂总是遵循同一步伐，行为跟有德操的人难分上下。但是跟禀性善良、温情平和、依照理性办事相比，德操中自有一种我说不出的高贵和奋进。

有的人天性温良宽宏，不在乎遭受凌辱，自然是一件好事，值得称道；然而有的人遭受凌辱勃然大怒，在理智的劝导下，压制了复仇的怒焰，经过一番思量终于自我克制，岂不是更值得称道。前者做事好，后者做事有德操。前者的行为是善良的行为，后者的行为是有德操的行为。因为德操这个词是以困难和对比为前提的，不可能不经过思想交锋而去完成。我们可以任意称颂上帝是善良的，强大的，慷慨的，还有公正的；但是我们从不称上帝是有德操的；上帝的作为都是天生的，不需花费一点力气。

在哲学家中间，包括斯多葛派，还有伊壁鸠鲁派——容我插一句：这个"还有"我取自一般的看法，其实是错的——有人嘲笑阿凯西劳斯，说有许多人从他的学派改信伊壁鸠鲁学派，而从来没有人从伊壁鸠鲁学派改信他的学派，阿凯西劳斯说："我相信是的！可是要明白公鸡可以成为阉鸡，阉鸡决不能成为公鸡。"不论他这句话说得多么机智，事实上，从看法和信条的坚定性与严格性来看，伊壁鸠鲁派决不输于斯多葛派。斯多葛派中的好斗者，为了打倒伊壁鸠鲁，自鸣得意，不惜把伊壁鸠鲁从没想过的事也算是他说的，还有意歪曲他的原话，用语法修辞篡改原意，把明知他心中与行为中没有的事强加在他的身上。有一个斯多葛派的信念比那些好斗者更真诚，宣称他放弃成为伊壁鸠鲁的信徒有众多的原因，其中一个原因是考虑到他的道路高不可攀。"那些热爱肉欲的人，其实是热爱荣誉和正义的人，他们尊重和实践一切德

行。"（西塞罗）

我说，斯多葛派和伊壁鸠鲁派的哲学家中间，有许多人都认为心平气和，循规蹈矩，乐于行善是不够的；回避一切命运的抗争而作的决心和推理也是不够的，还应该寻找考验的机会。他们愿意追求痛苦、困难和轻蔑，然后再把它们打垮，使斗志保持不懈。"在斗争中德操更趋坚定。"（塞涅卡）

伊巴密浓达属于第三学派，他拒绝接受命运通过合法的途径交到他手中的财富；据他说是为了向贫困抗争，即使到了山穷水尽的地步，矢志不渝，其中也有这一条原因。我还觉得苏格拉底对自己的训练还要严厉，他用妻子的凶悍作为对自己的考验：这简直是在钻刀阵。

萨特奈纳斯，罗马的保民官，企图强制通过一项有利于平民的不合理法规，抗拒者将遭到极刑。罗马元老院中唯有米泰勒斯一人以他的道德力量，独力抵制萨特奈纳斯的压力，从而遭到镇压，他在最后关头还对押他上刑场的人说这样的话："做坏事既容易又卑劣，不冒险而做好事则稀松平常，只有冒了险做好事，才是一位有德操者的本分。"

米泰勒斯的这些话向我们清楚地表明了我要证实的信念，就是有德操的事不是一蹴而成的；只因本性善良，循规蹈矩，轻松愉快完成的事，决不是真正的德操要完成的事。德操要求一条艰苦曲折、充满荆棘的道路。德操或者是去克服外界的艰难，像米泰勒斯，命运骤然断送了他的前程，或者是去克服内心的艰难，它使一个人生活中坐立不安、茶饭不思。

我行文至此，非常顺利。但是，推论到了这个地步忽生奇想，苏格拉底的灵魂，据我所知，是公认的最完美的灵魂，然而以我的推论来看则是不值得推荐的。因为我不能想象这位人物有丝毫做坏事的念头。他施行德操，我也想象不出对他有任何为难和任何克制。我知道他的理智坚强无比，主宰一切，决不会让任何邪念有萌芽的机会。像他那么高尚的德操，我看不出有什么可以比拟的。我觉得看着这样的德操跨着胜利的步伐一往无前，大模大样，轻盈自在；如果说德操只有与邪恶的欲念作斗争时才会发光，那么我们也可以这么说，德操不可能没有罪恶的参与。德操在罪恶的托衬下益加显得辉煌。

那样的话，伊壁鸠鲁派的这种堂而皇之、毫无顾忌的情欲又会成为什么样的呢？情欲自负地认为德操会在它的怀抱中娇生惯养，玩乐嬉闹，把耻辱、狂热、贫穷、死亡和痛苦作为玩物。如果我认为完美的德操是通过耐心克服和战胜痛苦，忍受风湿痛而决不怨天尤人才完成的，如果我说德操必须有艰苦和困难作陪衬，那么伊壁鸠鲁的德操又会怎么样呢？那种不但以蔑视痛苦，并且以痛苦本身为乐，把痢疾的病痛作为挠痒，他们中间许多人还留下行动给我们作可靠的证明。

还有其他人我认为甚至超过了自己的学说所立的规矩。比如说小加图，当我看到他死时撕裂自己的五脏六腑，我不能认为他那时的灵魂没有丝毫惶惑和恐惧，我不能认为他坚持这样做的目的仅是遵守斯多葛派的规定：沉着、冷静、没有激情。我觉得这位青年的德操中充满青春朝气，决不会就此罢休。我无疑相信他在这次高尚的行动中感到快乐和陶醉，超过他一生中任何其他行动："他很高兴找到了脱离生命投入死亡的动机。"（西塞罗）

我对此深信不疑，以致我怀疑他是否愿意被剥夺这个建立丰功伟绩的机会。就是有机会让他去关心群众利益而不是关心个人利益，也不会使我改变主意，我依然很容易相信，他感谢命运让恺撒这个盗贼乘机把国家的自由传统踩在脚下，从而对他的德操进行这样高尚的考验。我仿佛在这种行动中看到，当灵魂认识到行为中的高尚和自豪时，自有一种我说不出的愉悦、极度的快乐和大丈夫气概：

抱了死的决心更骄傲。

——贺拉斯

他并不企求什么光荣，像某些庸俗和没有骨气的人的看法，因为这样的想法太卑下了，决不能触动一颗那么慷慨、高傲和坚硬的心，他企求的是这件事本身的壮烈。他善于掌握其中的奥妙，在这件事中比我们更清楚地看到了完美。

我很高兴，依照哲学可以作出如下的判断，这么一个高尚行为除了小加图以外，是不会出现在其他人的生命中的，唯有他的生命才会这样结束。因而他按照理智告诫儿子和伴随他的元老，说他们有他们完成业绩的道路，"加图生来具备一种令人难以置信的严厉禀性，加以长期来不断地锻炼自己，坚持自己的原则屹然不动，宁死也不愿见到暴君出现。"（西塞罗）

死与生其实是一致的。我们不会因死而变成不同的人。我总是以生来解释死。如果有人跟我说某人死得很坚强，而活得很脆弱；我认为这也是他生命中原有的脆弱性造成的。

他依靠灵魂的力量，死得满不在乎，从容不迫。我们是不是可以说这样使他的德操黯然失色了呢？头脑里有点真正哲学思想的人中间，有谁会满足于想象苏格拉底遇到灾星，身陷囹圄，饱尝铁窗风味时仅仅是不害怕和不忧虑呢？有谁会不承认他既固执又坚定（这是他的日常态度），还有对自己最后的学说有一种新的满足和欣喜呢？当他在赐死前脱去镣铐时，他搔自己的双腿，高兴得心里发颤，他不是感到灵魂中有一种极度的愉悦，他终于摆脱了从前的艰辛，要去认识未来的事物么？小加图必须原谅我这样说，他死得很悲壮，而苏格拉底则死得更美丽。

苏格拉底死得令人惋惜，而阿里斯提卜对惋惜的人说："但愿神让我也有这样的死！"

这两位人物以及他们的模仿者（我十分怀疑是否有人得到其真谛），那么习惯于德操，德操成为他们感性的一部分。这已不是孜孜以求的德操，也不是理智的约束，而使灵魂保持紧张状态；这是他们心灵的本质，这是他们天性的自然流露。他们天性善良宽厚，又加上哲学信条的长期熏陶，才培养出这样的心灵。我们内心的邪念找不到走入他们心灵的道路，他们心灵的力量和坚定在邪念蠢蠢欲动时已把它们堵住，压了下去。

一种是通过高尚和神圣的决心，使诱惑不致萌生，以德操教育自己，把罪恶的种子连根拔掉；另一种是受到情欲的刺激，放任自流，然后又发奋图强去克服情欲的进展；相比之下，前者可能比后者更美；然而后者的行为又比天性随和温良，厌恶荒唐纵欲更加了不起，我相信这是不用怀疑的。因为第三种即是最后一种做法，只能造就一名无辜的人，而不是有德操的人。不做坏事并不意味会做好事。再加上这样做人的方法十分接近于有缺陷和软弱，我也不知道如何确定它们的界限而加以区别了。所谓善良和无辜在这种情况下成了贬义词。我还看到许多德行，如贞洁、简朴、节制，当我们年老力衰时，人人都是可以做到的。临危不惧(如果用词没有不当的话)，蔑视死亡，困境中不急不躁，那是对意外事件缺乏判断，不懂得实事求是的人也可以做到的。麻木与愚蠢偶尔也会产生道德的效果，就像我时常见到有人原来应该惩罚而竟得到了表扬。

一名意大利贵族在我面前说这个不利于自己国家的话：意大利人感觉敏锐，思想活泼，对于降临他们身上的危险和意外事件很有预见。如果在战场上当大家还没有意识到危险时，见到他们已经在想安全措施，也不必大惊小怪。而法国人和西班牙人就没有那么细致，行动迟缓，要眼睛看得到危险，手摸得着危险，这时才会感到害怕，临了就慌作一团。而德国人和瑞士人还要粗鲁和迟钝，就是挨到打也不知道改变主意。这可能仅仅是说笑。有一点是真的，就是战争中往往是新兵奋不顾身扑向危险，吃过亏以后才会多加思索：

谁不渴望首战告捷，
立下辉煌战功。

——维吉尔

因而，判断某一个具体行动时，应该考虑到许多因素，全面了解做这件事的那个人，然后才能定论。

再就我个人来说一说。我好几次听到朋友称道我这个人谨慎小心，其实是我运气好；称道我勇敢和耐心，其实是我判断和看法正确；说到我的事总不得要领，有时对我过誉，有时对我中伤。以目前来说，我已经达到第一阶段的涵养，把德操视为习惯；然而还无法证实我达到了第二阶段。我有什么迫切的欲念要克制还不用费多大力气。我的德操是一种偶然或意外的德操，或者说得确切一点，只是一种无邪行为。如果我生来脾气浮躁不定，我怕我的行为就不堪设想。因为如果我的情欲稍为激烈，我决不会下狠心去抑制。我不知道如何反复斟酌或思想斗争。因而，我对许多恶习都没有沾边，只能说是叨天之幸：

> 如果我的缺点不多不大，
> 如果我天性善良，
> 像美丽的脸上有零星的小瘢疤。
>
> ——贺拉斯

这是靠运气多于靠理智。从以贤明著称的家族和一位非常善良的父亲那里继承来的。我不知道是父亲把一部分脾性遗传给了我，还是童年时家庭的榜样和教育对我的帮助；或者我生来就是这样的。

> 看着我诞生的是天秤官，
> 是目露凶光的天蝎官，
> 还是像暴君坐镇西海的摩羯官？
>
> ——贺拉斯

　　不管如何，我对自己大部分恶习讨厌之至。有人问什么是学习人生的最好途径，安提西尼斯说："把坏事忘掉。"好像说的就是这个思想。我说我讨厌恶习，这种看法出于自己的天性，从襁褓时期就带来的本能和性格一直保留着，任何时刻都不曾使它改变，即使我本人的言辞也不能够；我的言辞若是摆脱惯例中某些事物的约束，也会使我轻易去做我天性憎恨的一些行为。

　　要说不中听的话，我还是会的，然而在许多问题上，我的作风也会比我的意见接受更多约束和规矩，我的欲念不及我的理智强烈。

　　阿里斯提卜对欲念和财富的看法那么大胆，整个哲学界群起而攻之。但是至于他个人的生活作风如何，狄奥尼修斯暴君派来三名美女供他挑选，他回答说三个都要，如果他选了其中一名而怠慢了其他两名，会给帕里斯带来厄运；但是把她们领到家里以后，手指也没动一下就把她们送了回去。他的仆人一路跟着他，带的银钱太多背不动，他吩咐他把背不动的钱都扔了。

　　伊壁鸠鲁的教条是非宗教性的，讲究安逸，然而他在生活中却非常虔诚和勤奋。在给一位朋友的信中说，他用黑面包和清水果腹，请他送一些奶酪来以便他有时做一顿美餐。是不是可以说，为了做个好人，我们必须依靠隐藏在内心的天然潜质，没有规律，没有理由，没有先例地做到这点？

　　叨天之幸，我曾经有过几次放荡行为，都不算是最糟糕的。内心已对这些行为根据其不同程度而有所谴责，因为我的判断力没有受到这些行为的影响。我狠狠责备自己要比责备别人严厉得多。事情就是这样；因此，目前来说，我顺其自然，轻易地落到天平的另一头，除非为了克制自己的恶习，不受其他恶习的玷污；若不小心，恶习与恶习大多数都会互相联系，互相蔓延的。我对自己的恶习尽量予以隔离、孤立，不引发其他的恶习。

我不放纵我的恶习。

——朱维纳利斯

然而，斯多葛派认为贤人行动时，他的所有的德操都在行动，虽然根据行动的性质其中一种德操更为明显（若举身体为例，可能更说明问题，人在发怒时，身体内所有体液都帮助它起作用，虽然怒气是占主要地位），如果以此类推，认为坏人做坏事时，他的所有恶习都同时发作，我相信事情不是那么简单，或者是我不明白他们的原意，因为以我的经验来说事情恰巧相反。

这是一些无从捉摸的细腻之处，在哲学中往往是略而不提的。

有些恶习我是沾上的，有些恶习我是回避的，圣人也不过如此。

可是逍遥学派否认这种不可分解的错综复杂关系，亚里士多德认为一个谨慎公正的人也可能是贪酒纵欲的人。

对于有的人认为他的面孔带有恶相，苏格拉底是这样说的，他的天性确有这样的倾向，但是他通过学问得到了纠正。

熟悉哲学家斯蒂尔波的人说，斯蒂尔波生来喜爱酒色，他通过学习渐渐跟这些疏远了。

我则相反，身上若有什么优点，都来自先天。不是来自法律、学说和其他学习途径。我心灵的无辜是一种先天的无辜；既不强求，也不虚伪。我在一切罪恶中最痛恨的是残忍，不论是直感上还是判断上，都看作是罪恶。我的心地是那么懦弱，甚至看到杀鸡也会满心不快，也忍受不了兔子在我的猎犬口中的吱叫声，虽然打猎是一大乐事。

那些反对欲念的人乐意使用这个论据，指出欲念是恶的和非理智的；当欲念恶性发作时，我们会受它的控制，理智一点不起作用；他们还会提出我们与女人私通时的经验作为例子，

当肉体感到愉快时，

当维纳斯准备撒布种子时；

——卢克莱修

那时候他们觉得我们已经乐不可支，我们的理智也无能为力，因为理智也完全沉浸在欲念之中了。

我知道事情也可以不至于这样，有的人若有志，在这一时刻可把心思转移到其他地方去。但是心灵必须时刻保持警惕。我知道追求乐趣是可以控制的，我熟悉这个题目；我并不觉得维纳斯是个肆无忌惮的女神，许多比我讲究贞洁的人可以作证。纳瓦拉王后写的《七日谈》故事集，是一部艳情动人的书，其中有一篇故事提到，跟一位思慕已久的情妇在毫无拘束和完全自由的环境下，过上好几个晚上，遵照诺言仅限于接吻和抚摩，这简直是个奇迹，而我不这样认为，也不认为是一件太难的事。

我相信举狩猎为例是很适当的，经过长时间的搜索后，我们的猎物突然在我们最料不到的地方跳了出来（愈仓促和愈意外，就愈少乐趣，因为理智猝不及防，没有余暇去准备和兴奋）。奔跑追逐，喊声震天，喜爱这类狩猎的人不会轻易地想到其他。因而诗人笔下的狄安娜总是战胜丘比特的火把和金箭。

谁不是在追逐的欢乐中
忘了爱情的残酷折磨？

——贺拉斯

再回到我的题目，我对别人的痛苦很容易动恻隐之心。有时不论场合会在人前情不自禁地流下眼泪。再没有比眼泪更容易引出我的眼泪。不论是什么样的眼泪，真情的、虚假的或做作的都一样。

死去的人不会叫我难过，还可以说叫我羡慕；但是我很为垂死的人难过。野蛮人烤死人的肉充饥，并不使我反感，那些折磨和迫害活人的人才真正使我气愤。就是依法处死，不论如何有理由，我都没有法子正视这类事。有人为了说明朱利乌斯·恺撒宽大做这样解释："他复仇也是挺温和的。海盗把他抓了去进行勒索，恺撒逼得他们向他投降，他虽然还是按照事前的威胁把他们送上了十字架，但是先把他们掐死以后再钉的。他的秘书菲莱蒙企图毒死他，恺撒也仅是赐他一死而已。"这位拉丁作家的名字不提也罢，把冒犯过自己的人处死已经可作为宽大的例子，可以想象这些罗马暴君平时施行的暴政，如何叫他感到可怖。

至于我，即使在执法方面，一切超过简单一死的做法都是纯粹的残忍，尤其我们基督徒很看重灵魂平静地升天。忍受折磨和苦刑后的灵魂是不可能平静的。

不久以前，一名囚禁的士兵从关他的塔楼上，看到广场上有几名木工正在竖立死刑架，人群围了起来，意识到这些都是冲着他来的，他绝望之余无计可施，拿了意外得到的一辆生锈大车上拆下来的旧钉子，在脖子上狠狠捅了两下。看到这样还不足以结束自己的生命，又在肚子上一戳，这下子他昏了过去。一名看守进来看见他倒在地上，把他唤醒，趁他还没有昏厥过去，对他宣读砍头的判决。这个判决他听了非常称心，同意喝他原来拒绝的送别酒，向法官道谢，他们对他的判决是意想不到的温和，并说，他决心自杀是害怕会受到更加残酷的刑罚，因为广场上的这些布置，更使他胆战心惊……他完全是逃避一个更难忍受的刑罚才出此下策的。

我要说的是，这些严厉手段应该用来对付罪人的尸体，欲使老百姓循规蹈矩，那就不让这些尸体埋葬，把尸体肢解和煮烧，同样可以警戒普通人。就像给活人上刑罚，虽然实际上几乎不起作用，像上帝说的："那杀身体以后，不能再作什么的。"（引自《新约·路加福音》）诗人们奇怪地渲染这种场面的可怖，还把它置于死亡之上。

怎么！把国王烧成了半熟，

把剔肉见骨、浑身血污的尸体在地上拽！

——埃尼厄斯

有一天在罗马，我偶然遇见大家正在惩处一个著名的盗贼卡泰纳。他被掐死时，群众无动于衷，但是要把他的尸体肢解时屠夫切上一刀，群众中发出一声呻吟，一声喊叫，仿佛这堆腐肉牵动每个人的神经。

这些不人道的极端行为应该施之于躯壳，而不施之于活体。因而，阿尔塔泽尔士在多少相似的情况下，改变了古代波斯法律的严酷性。根据他的诏令，贵族犯法，不是按照惯例接受鞭刑，而是脱下衣服，让衣服代为受过，不是按惯例拔去头发，而是摘脱高帽代替。

埃及人非常虔诚，认为画几头猪的图形就算是伸张了神的正义。用图画向奉为主宰的神许愿，这是大胆的创新。

我生活的这个时代，内乱频仍，残酷的罪行真是罄竹难书。从古代历史中找不出我们天天看到的这种穷凶极恶的事。但是这决不能使我见多了而不以为然。要不是亲眼目睹真难以相信人间有这样的魔鬼，仅仅是为了取乐而任意杀人；用斧子砍下别人的四肢，绞尽脑汁去发明新的酷刑、新的死法，既不出于仇恨，也不出于利害，只是出于取乐的目的，要看一看一个人临死前的焦虑，他可怜巴巴的动作，他使人闻之泪下的呻吟和叫喊。这真是到了残忍的最大限度。"一个人杀另一个人，不是出于怒火，也不是出于害怕，而是仅仅瞧着他如何死去。"（塞涅卡）

看着人家追杀一头无辜的野兽，心里满不在乎，我实在做不到；野兽毫无防御能力，又没有冒犯我们。经常出现这样的情况，麋鹿感到筋疲力尽，没有生路，会跪在追逐的人面前，用眼泪向他苦苦哀求。

……它浑身血迹，

仿佛用一声声哀鸣在求饶。

——维吉尔

这对我是一种非常不愉快的情景。

我抓到一头活动物，总是把它放回旷野。毕达哥拉斯从渔夫和捕鸟人手里买下他们的猎物，也是这样做的。

我相信刀剑初次染上的总是动物的血。

——奥维德

滥杀动物的天性也说明人性残酷的一面。

自从罗马人看惯了杀害野兽的演出，进而要看人杀害人、角斗士杀害角斗士的演出。我怕的是人性中生来有一种非人性的本能。看到动物相亲相爱，没有人会喜欢；看到动物相互残杀，没有人不兴高采烈。

为了使我对动物的同情不致遭到嘲笑，神学中也提到应该厚待动物，认为同一位主让我们住在一起，为主服务，它们跟我们都属于主的家庭。神学要我们对动物表示尊重和爱护是有道理的。毕达哥拉斯还借用了埃及人的灵魂转生说，后来为许多国家采纳，尤其是我们的德鲁兹派僧侣。

灵魂是不灭的，离开第一个住所后，
就到新的地方去生活。

——奥维德

我们高卢祖先的宗教相信灵魂长生，不断地从一个身子寄托到另一个身子，还把这种游动无常说成是神的公正：因为这是依据灵魂迁谪说，比如灵魂最初寄托在亚历山大身上，上帝也会根据他的作为再把灵魂迁到另一个更苦或更好的人身上去。

> 上帝把灵魂寄托在动物身上，
> 残酷的灵魂在熊身上，
> 好偷的灵魂在狼身上，
> 奸诈的灵魂在狐狸身上。
> 多年内经历千百次变形，
> 在遗忘河中一洗回复人身。
>
> ——克洛迪安

如果灵魂是勇敢的，寄托在狮子身上，贪吃的寄托在猪身上；怯懦的寄托在鹿或兔子身上；狡猾的寄托在狐狸身上；如此等等，直到经过惩罚的洗涤，灵魂又重新回到某一个人身上。

> 我记得，在特洛伊战争时期，
> 我是潘托俄斯的儿子欧福耳玻斯。
>
> ——奥维德

至于我们与动物之间的亲缘，我不在这里赘述，也不多谈许多国家，尤其是最古老和最辉煌的国家，不但把动物视同家人，还给它们一个高尚的地位，有时把它们看作是诸神的老朋友或亲信，比对待人还要尊敬和崇拜。有的民族不认上帝不认神，只认这些动物；野蛮人把动物看作神物，因为它们带来了利益。（西塞罗）

> 这里的人崇拜鳄鱼，那里的人
> 看到白鹅吞蛇，怀着恐惧。
> 神猴的金雕像闪闪发光，

满城的人有时敬仰一条鱼，

有时崇拜一条狗。

——朱维纳利斯

普鲁塔克对这种根深蒂固的错误的解释，是在为埃及人开脱。因为他说埃及人崇拜的（比如说）不是什么猫或什么牛，他们崇拜的是这些动物身上具备的天赋才能，牛表现出耐性和给人受益，猫表现出灵敏；犹如我们的邻居勃艮第人，还有全体德国人，决不甘心于四面受包围，他们以此表示自己爱好自由，崇拜自由胜过任何其他天赋权利。

在最克制的意见中间，我听到过这么一种说法，指出我们跟动物十分接近的相似点，它们具备我们大部分的特长，它们跟我们相比丝毫不见逊色，我要对我们这类自负的话大打折扣；对于有人夸口说我们胜过其他生物，我对这种想象的唯我独尊态度，从心底不敢苟同。

虽则对事情不能做得面面俱到，还是应该说有一种尊敬，或者说人类的一种普遍义务，不但对于有生命有感情的动物，并且对树木花草都要有爱惜之情。我们对人要讲正义，对其他需要爱护和珍惜的生物要爱护和珍惜。生物与我们之间有交往，有相互依赖。我毫不在乎说出自己天性中的幼稚温情。每当我的那条狗就是在不适宜的时刻跟我嬉戏，我也不会拒绝。

土耳其人有动物的慈善事业和医院。罗马人普遍关心鹅的饲养工作，因为鹅的警惕性曾使他们的首都免遭一场浩劫。据普鲁塔克一书的记载，日耳曼人夜里偷袭罗马，被城里的鹅发现，怪声大叫，惊醒卫兵奋勇保卫。雅典人下命令，凡是参加巴特农神庙建造工程的驴骡统统放生，任其到处食草，不得阻碍。

阿格里琴坦人习惯于隆重安葬他们喜爱的动物，例如，建立奇功的马匹，有益的甚至只是供他们的孩子取乐的狗和禽鸟。他们在一切事物上讲究奢华，在许多为这个目的建造的纪念物上表现得更为突出，几世纪供人瞻仰。

埃及人把狼、熊、鳄鱼、狗和猫埋葬在圣地，还在尸体上涂香料，为它们办丧事戴孝。

西门有几匹马，替他三次赢得奥林匹克运动会的赛马奖，死后得到厚葬。老赞蒂珀斯把他的狗安葬在海岬上，海岬还因此而得名。普鲁塔克说，为了贪图小利把一头长期给他干活的黄牛卖给屠宰场，会使他良心不安。

论荣誉

世上有名就有物。名者，指出和称呼物的一个声音；名者，不是物和实质的一部分，而且依附于物、存在于物之外的一件异品。

上帝本身是圆满与完美的极致，从其内部已不可能再增再长。但是我们对他的显像表示感恩与颂扬所用的名是可以再增再长的。既然他的内部积满了善，任何的称颂我们都无法增之于内部，我们就归之于他的名下，名是他身外最接近的东西。因此这说明怎样光荣与荣耀都只属于上帝。最违情悖理的是我们竟为自己苦苦追求光荣与荣耀。因为我们内部贫乏空虚，我们的本质很不完善，需要不断改进，这才是我们必须去做的事。

我们都很空虚疏浅，这不是用妄言妄语可以填补的；我们应该用更实在的东西修身养性。饿汉不去弄一顿好餐而追求一件美衣，不免头脑过于简单，人必须首先解决当务之急。就像我们日常祈祷说的："在至高之处荣耀归于神，在地上平安归于他所喜悦的人。"（《新约全书·路加福音》）我们匮乏的是美、健康、智慧、美德等这类基本的组成部分，只有我们获得必要之物以后才去寻求外部的装饰。神学全面、较为中肯地论述这个课题，而我对此并不精通。

克里西波斯和第欧根尼是最早最坚决蔑视荣誉的作家。他们说所有乐事中最危险、最应该躲之唯恐不及的就是别人的赞扬。确实，经验已经告诉过我们不少损失重大的背叛行为。对君王毒害最深的莫过于阿谀奉承，坏人也最容易以阿谀奉承获得周围人的信任。用好话来哄骗和取悦女人，诱使她们失去贞节，最有效与普遍的做法也是曲意逢迎。

塞壬水妖为了诱惑尤利西斯，使用这样的伎俩是她们的第一招，

来吧，朝我们来吧，至尊的尤利西斯，

全希腊引以为荣的大英雄。

——荷马《奥德赛》

这些哲学家说，人间的全部荣誉都不值有识之士动一动手指去拾取：

荣誉即使再大，还不就是荣誉而已？

——朱维纳利斯

我仅以荣誉本身来说的。然而荣誉以后经常带来许多好处，这就使荣誉成为令人想望的东西了。它给我们带来好意，它使我们较少受到别人的辱骂与冒犯，诸如此类的事。

这也是伊壁鸠鲁的主要信条；因为他的学派的格言：**闭门过日子**，不去担任公职和让公务缠身，从而也会漠视荣誉，因为荣誉是大家对于我们公开活动所作的一种赞扬。那个人敦促我们深居简出，只管自身的事，不但不要我们引人注目，更不要我们接受别人的荣誉与赞扬。因而他劝诫伊多梅纽斯，不要以大家的意见或名望来决定自己的行动，但是也要注意不让人觉得被他看不起，而引起意外的麻烦。

这些看法依我看来极为正确，还很有道理。我不知怎，认为我们都是有两重性的人，这使得我们不相信我们相信的东西，不能摆脱我们谴责的事。且听伊壁鸠鲁临终前所说的最后几句话，光明磊落，确不愧出自他这样的哲学家之口，但是语气中还是含有他以自己的名义对别人的嘱咐、在他的格言中劝阻时抱有的情绪。以下是他咽气前不久口述的一封信：

伊壁鸠鲁向赫耳玛库斯致意

在我度过这一生中最幸福也是最后一天的时际，写下这封信，膀胱与小腹一直感到无比的疼痛。但是想到我的著作与演说给我的灵魂带来的愉悦，也使我的痛苦得到了补偿。由于你从幼时起便对我个人和哲学百般爱护，请你对梅特罗道吕斯这些学子们也不吝眷顾。

这是他的信。这使我看出他说的著作带给他的灵魂的愉悦，其实是涉及他期望身后留下的名声，他遗嘱中的安排；通过遗嘱希望他的学术继承人阿弥诺马库斯和提摩克拉特斯，支付每年一月他的诞辰纪念日上赫耳玛库斯提出的款项，还有每月第二十天他的哲学家朋友集会纪念他和梅特罗道吕斯时所需的费用。

卡涅阿德斯是反对学派领导，主张荣誉本身是令人想望的，但就像我们关心我们的后代一样，其实我们既不认识他们，从中也得不到任何利益。这种学说得到普遍赞同而且历久不衰，这是因为投人所好的说法最易为大家所接受。亚里士多德把荣誉列为第一身外财富："防止两个不良的极端，一味追求荣誉和一味回避荣誉。"我相信我们若有西塞罗在这方面的论述，他会给我们提出一些精彩的见解。因为这人那么热衷于名利，我相信他若敢做，他必然会走入其他人所走的极端，认为美德本身令人想望，其实只是为了想望随同美德而来的荣誉而已。

> 闲居的懒惰，
> 与不为人知的美德，相差无多。
>
> ——贺拉斯

这是一种极端错误的思想，使我感到难过的是，一位有幸被称为哲学家的人，头脑里居然钻出这样的想法。

如果这是对的，那就应该在人前做好事。心灵是美德的真正中心所在，我们不用对心灵活动进行约束与控制，除非它们必须暴露在众人面前的时候。

这样岂不是坏事可做，但要做得巧妙与隐蔽？卡涅阿德斯说，"假定你知道有一条蛇躲在这个地方，有一个人若死去可以让你得利，他不假思索去坐在了那里，你不关照他，你就是做了一件坏事，你的行为只有你一人知道，这只会加重你的罪行。"如果不以主动做好事作为一条戒律，如果不被惩罚就是合法，那我们每天会听任自己去干出多少坏事来！

C·普罗提乌斯在唯有当事人知道的情况下把自己的财产托付给了S·佩杜索斯，事后佩杜索斯如数归还，——这类事我做过不止一次——不是那么值得赞扬。而不归还则是真正的可恶。

我还觉得今天重新提起 P·塞克斯提利乌斯、鲁弗斯的例子，还是有所裨益的。西塞罗指责他昧了天良侵占一份遗产，其实这不但没有违背法律，还符合法律的要求呢！

M·克拉苏和 Q·霍尔坦西厄斯两人有权有势，一个外人根据一份伪造的遗嘱请他们参加继承，分得若干财产，而那人也可因此得到他的一份。他们两人很满意自己不曾参加伪造，但是可以获得一笔横财，由于隐蔽得法，也不会面对原告、证人和法律的控告。"让他们记得他们有上帝为证，也就是（以我的理解来看）他们自己的良心为证。"（西塞罗）

为了光荣而实施美德，美德也就成了十分无聊低俗的事。我们应该毫无功利目的地去实施美德，赋予它特殊地位，不与命运沾边。因为还有什么比名声更多偶然性呢？"是的，命运的权势遍及一切，它使一部分人飞黄腾达，使另一部分人潦倒落泊，不是根据事实，而是根据它的随心所欲。"（萨卢斯特）要让人的行为为世人知晓与目睹，这纯然是命运之神的安排了。

世道无常，荣誉也任意给谁就是谁。我看到不少次荣誉走在才能前面，而且超过很大一段距离。第一个想到把荣誉比喻为影子的人，恰当得超出他的意料。这些实在是过眼烟云。

影子有时出现在人体前面，而且长出许多。

有人教导贵族说在英勇中寻找光荣，"仿佛不彰明较著的行为就不是美德"（西塞罗），人生中自有千百次做好事而不被人注意的时机，而他们却教这些贵族在无人看见时不要贸然冒险，当有人见证时必须注意到他们会把他们的英勇行为宣扬出去，这有什么好处呢？一场大规模混战中，有多少可歌可泣的大事湮没无闻？在如此激战中，谁居然还津津有味地观察别人，这说明他手里的活儿不忙，在为战友的行为作证的同时也提供了不利于自己的证明。

"我们天性追求的主要目标是荣誉，真正智慧高尚的人认为荣誉体现在行为上，不是在颂扬上。"（西塞罗）我自认这一生中的最大的光荣是安宁度过，这安宁的含义不是根据梅特罗道吕斯、阿凯西劳斯或阿里斯提卜，而是根据我自己定的。既然哲学没有找到对大家都有用的通往安宁的共同道路，那各人就找各人自己的道路吧！

恺撒和亚历山大无比英明伟大，除了靠命运以外还靠什么呢？多少人在人生起步时就被命运消灭，对此我们一无所知，如果他们不是遭受不幸的命运，事业在刚开始不久便戛然而止，他们也会表现出跟恺撒和亚历山大同样的英雄气概！恺撒身经百战，出生入死，但是我记不起哪部书里读到他曾有过负伤的记载。恺撒跨过许多劫难，别人遭遇再小的劫难也会死去成千上万。无数的丰功伟绩因没有见证而难见天日，难得有一桩可以获到酬赏。你不可能永远勇夺关隘或者身先士卒，像在高台上让指挥官俱都看在眼里。你会在树篱与壕沟之间被人家逮住，你对付一只鸡棚也必须碰运气；你必须把四名老弱的火枪手从粮仓里引出来；你必须独自脱离队伍，随机应变去对付局面。

如果你长着心眼，必然会凭经验看到最无人注意的时机往往最危险。在现今发生的战争中，在执行轻松平常的任务时，争夺小城镇时死去的优秀人才，要多于在轰轰烈烈的大场面上。

若不是在引人注目的场合死得众所周知，谁都认为自己死得不值，他宁可一生默默无闻，从而也漏过许多担风险的良机。所有的良机都有如锦的前程，因为各人的良心会牢牢记住。"我们所夸的，是自己的良心，见证我们……"（圣保罗）

谁是好人，只是因为大家认为他是好人，并且在知道后觉得他更值得器重；谁要是只为了让大家知道而去做好事，这样的人大家不必对他有多少期望。

> 我相信在这残冬的日子里
> 罗兰做的事值得称颂，
> 直到今天还无人知晓，
> 我若一字不提，不是我的过错。
> 因为罗兰急于不停地
> 完成功业，而不是要标榜自己。
> 他的勋绩尽人皆知
> 只因是有人亲眼目睹。
>
> ——阿里奥斯托

我们应该尽义务去参加战争，盼望得到这样的报偿，那就是一切功荣。即使最不显著的，即使只是美好的想法，都会使一颗正直的心得到做好事后的满足。表现英勇是为了自己，是为了心理优势，内心感到充实有把握，抵挡命运的袭击：

> 美德并不因失败而受损，
> 它闪烁永不褪色的荣耀。
> 不擅权不失责，

不以别人的心意而转向。

——贺拉斯

我们的心灵并不是为了炫耀而尽自己的职责，而是为了心灵自身，这里面只有自己的一双眼睛才能窥透。心灵保护我们不怕死亡，不怕痛苦，甚至不怕羞辱；要我们忍受失去孩子、朋友和财富的痛苦；当时机到来，让我们去冒战争的危险。"不为任何利益，只为与美德密切相关的荣誉。"（西塞罗）这种益处要比光荣与荣耀更重要、更值得期望和冀盼；荣誉不是别的，只是人家对你的一种好评而已。

为了给一块土地作出判决，要在全国范围内遴选出十二人。对人的倾向与行为作出判决，这是最难最重大的事，却把它交给大众来评议，大众是无知、不公和反复无常的缘由。让一位智者的生命取决于一群愚人的判决，这也是有道理的吗？

"这些人从个别来看，俱是渣滓，结合一起却不容大家忽视，这也实在是荒谬之至。"（西塞罗）

谁只思取悦他们，会一事无成；这是一个流动、无形的目标。

群众的评判比什么都难以预料。（李维）

德梅特里乌斯对民众的声音说得很有趣，他们不论从上身还是从下身发出的声音，他一律不重视。

另一位说得还要过分："我认为，一件事原先可以并不可耻，一旦受到众人的称赞，就难免是可耻的了。"（西塞罗）

思想再巧妙灵活也无法叫我们跟着一名不按路线规则的向导乱走一气。谣言、小道消息、街谈巷议满天飞之际，我们不知道何去何从，又怎么能够选择一条安全可行的道路呢。我们不要给自己确定这么一个漂移不定的目标。而应该始终跟着理智走。要让群众的认可心甘情愿跟在我们后面，因为它完全取决于命运的偶然性，我们没有理由希望它走这一条路，而不是那一条路。当我选择一条笔直的路时，并不是因为它直因而近，而是我凭经验发现综观而言这毕竟是最合理有效的一条路。"诚实的事于人最有益，这是上天赐给人的礼物。"（昆体良）古代一名水手在一场暴风雨中对海神尼普顿说："神啊，你一念可以叫我活，你一念也可以叫我死；但是我始终牢牢掌握我的舵。"我一生中看到多少人圆滑，两头讨好，模棱两可，无人不说处世之道要比我高明得多，但都已丧生，而我还幸存下来：

> 我笑他们使狡计而不能得逞。
>
> ——奥维德

　　埃米利乌斯·波勒斯前往马其顿进行其光荣的远征，告诫全体罗马人，当他不在京城时要管住自己的舌头，不要谈他的战事。说三道四是对大事业的最大干扰！尤其不是每个人都像法比乌斯那样坚定，他不顾大众不同的侮辱性意见，宁可让自己的名誉受到无中生有的诋毁，也不愿敷衍职守而去获得老百姓的好评与同意。

　　受人赞扬有一种我说不出的天生惬意，但是我们实在过于重视。

> 我不怕赞扬，我也是软心肠，
> 但是做好事是为了最后要人捧场，
> 让人喝彩！决不。
>
> ——柏修斯

　　我不太关心别人对我的看法，也不关心我对自己的看法。我要靠自己致富，不要靠借贷致富。外人只看到事物的外表。人人可以装得镇定自若，而内心惊恐万状。他们看不到我的心，他们只看到我的神态。

　　大家说到战争中的虚假性是有道理的。因为对于一个讲究实际的人，内心充满恐惧时还有什么比逃避危险和装作勇猛更容易吗？寻找贪生怕死的机会不可胜数，我们可以欺骗世人一千次，然后才会去冒一次险；即使到了那时身陷困境，我们也会脸上若无其事，说几句宽心的话，掩盖真相，虽然内心颤抖不止。在柏拉图《理想国》一书内，古盖斯国王的戒指戴在手指上，把宝石转向手掌，戴的人就会隐身不见影子，许多人就会在最需要露面的场合下隐藏起来，后悔自己被置于那么荣耀的地位，不得不表现出胸有成竹的样子。

> 喜爱假荣誉，害怕听坏话，
> 谁会这样做？骗子与伪君子。
> ——贺拉斯

因此，只根据表面现象作出的一切判断，都极不可靠，令人生疑。最信得过的见证还是自己。

在上述这些情况中，我们又有多少下人来成全我们的光荣呢？他在一座露天的壕沟里站得笔直，在他面前若没有五十名一天只拿五十苏饷银的可怜工兵，为他开道，用身体掩护他，他又能有什么作为？

> 动乱的罗马说什么你也别听，
> 倾斜的天平也别去纠正，
> 凭你的内心作出自己的决定。
> ——柏修斯

我们说扩大名声，也就是让名字挂在许多人嘴上。我们要声名远播，从中得益。这也算是这个意图的最佳理由了吧。但是这种病发展到了极端，许多人就是力图让人家谈论他，不管用何种方式。特洛古斯·庞培谈到希罗斯特拉图斯，李维谈到曼利乌斯·卡庇托利努斯，都说他们更追求的是名声大，而不是名声好。这个缺点是常人所有的。我们一心要大家谈论自己，而不是怎样在谈论自己，让大家嘴里提到自己的名字，不论什么情况都是可以的。好像人出了名，他的生活与寿命都会得到其他人的保护。

而我认为我只是存在于自身之中，而出现于朋友熟人面前的这另一部分人生，必须是不加掩饰与单纯自在的。我知道我除了招来匪夷所思的妄评以外，感受不到任何教益与快乐。当我死后，这种感受只会更少。此外，若有什么好事在身后落在我的头上，我也不再有什么作为去保持名声，名声也就跟我无关痛痒了。

我也不能指望为我的姓氏增添光辉，首先我的姓氏不是我专用的。在我有一个姓和一个名，一个姓是全族使用的，因而也属于其他人的。在巴黎和蒙彼利埃，都有一个家族姓蒙田。在布列塔尼和圣东日有一个家族姓德·拉·蒙田。只差一个音节就会混淆两家的纹章，从而我会分享他们的光荣，而他们则会分担我的耻辱；从前我的祖先也称埃康，这个姓又涉及英国的一家望族。至于我另一个名字，谁要用谁都可以用。因而我使之沾光的不是我自己，而是一名脚夫。再说，即使我有一个特殊的称呼，当我不在人世时又能称呼什么呢？它能使虚无的人也得到称谓与恩宠吗？

> 压在尸骨上的墓碑会减轻分量？
> 后代会称赞我。唉！即使这样，
> 从我幸运的亡灵、遗骸、坟墓，
> 就长出了紫罗兰？
>
> ——柏修斯

这事我在其他地方谈过①。

---

① 指第一卷第四十六章《论姓名》。

目前来说，在这场死伤高达一万人的战争中，只有十五人被人提起。这还必须是命运带给他的卓越功勋或者意义深长，才会使这个人，还不是弓箭手，而是将领，建立的功绩为人所知。杀死一人、两人或十人，不顾生死挺身而出，这对我们每个人来说确实了不起，因为这是玩命的事。但是对于世界来说，这些事平淡无奇，天天可以遇到不知有多少。所以这类事必须积累到相当数目才能产生显著的效果，这就不是我们能够予以特殊关照的了，

> 这号事早已司空见惯，
> 人世间到处都是。
> ——朱维纳利斯

过去一千五百年中，法国手执武器死去的勇士不知凡几，流传至今为人所知的不满一百。不但那些将领的名字，而且战役与胜利的经过也都已湮没无闻。

半个世界以上的生存史因为缺乏记载，都留在当地，消失得连个时代也没有了。

我若掌握那些未为人知的资料，我想在任何例子里很容易用它们来替代已知的事件。

即使在罗马与希腊，有了那么多的作家与历史亲历者，那么多珍贵与高尚的功绩，其实流传至今的也还不是微乎其微的一部分！

> 一丝微风勉强把他们的名字吹入我们耳中。
> ——维吉尔

此后一百年内，有人大致记起我们这个时代，在法国发生过几次内战，这已经很不错了。

斯巴达人作战前祭祀缪斯女神，为了让他们的武功能如实记录下来，认为他们的战绩若找到见证人，写得栩栩如生，流芳百世，这才是神的特殊恩赐。

我们真的以为我们每次中箭，每次冒险，身边会冒出个史官做记录吗？即使有一百名史官把它写了出来，其议论最多存在三天，不会传到任何人的眼前。古籍传世的不到千分之一；能够存在已属幸运，至于存在时间的长短则要看天意了。我们还可存疑的是，我们手里的这些资料不要是最不可靠的，因为我们并没有其他佐证。

历史从来不记载小事，必须曾是率领军队征服一个帝国或王国的统帅，必须曾经打赢五十二次大规模战役，总是以少胜多，像恺撒一样。一万名好战士、好几位大将军都跟随他而英勇献身，他们的名字只是在他们的妻儿活着的时候才有人提起，

> 他们埋葬在默默无闻的光荣中。
>
> ——维吉尔

即使我们亲眼目睹其功绩的人，离开人世三个月或三年以后，也不见再有人会谈起，仿佛他们从来没有存在过似的。谁若能够正确评价什么样的人物、什么样的功勋才能记载在史书中流传，他就会发现在我们这个世纪很少事迹、很少人可以声称有这个权利。

我们看到有多少俊彦之士死后留名的呢？他们在生前就看到和痛心青春年代名正言顺获得的英名早早消逝。为了过上三年自我陶醉的烟云生活，我们要失去真正实在的生活，然后心甘情愿进入永远的死亡？对于这么重要的人生大事，贤人们给自己确定了一个恰如其分的美好目标。

"做了好事，这就是对做好事的报偿"（塞涅卡）；"服务的果实即是服务本身"（西塞罗）。

一位画家或其他艺术家，甚至一位修辞学家或语法学家，他们创作是为了成名，或许还情有可原。但是做有道德的事本身就非常高尚，不能在实现它们的价值以外再索取其他的报偿，尤其在人们的妄评中寻求报偿。

不过，要是这个错误的看法有助于大家约束自己履行义务；要是世人醒悟而关注美德；要是君主看到大家怀念图拉真、唾弃尼禄而有所触动；要是这个大恶棍的名字从前叫人闻风丧胆，而今小学生一提到都可以肆无忌惮地诅咒与辱骂，这情景可以引起他们深思，那就让这个错误的看法广为传播，我们也应该竭力推波助澜。

柏拉图想方设法要让他的公民成为有道德的人，劝诫他们不要轻视老百姓的好感与口碑。他说，靠了神灵的启示，有时连恶人也知道从言辞上和思想上去正确辨别好人与坏人。这位人物和他的老师苏格拉底确是大胆巧妙的巨匠，他们在人的力量欠缺的地方无一例外求助于神的无功与显灵；"就像任何悲剧诗人，当他们不知道如何处理剧本的结局时，就求助于神。"（西塞罗）

正是为了这个理由，蒂蒙挖苦说他是最伟大的神迹创造者。

由于人自身的缺点，并不总能获得真币的酬报，于是让假币来充数。这个方法被所有的立法者采用，没有一种法制不掺杂礼节性的虚妄、欺骗性的论点，作为控制老百姓规规矩矩的紧箍咒。为了这个道理，大多数民族都有一个神奇的起源与草创阶段，充满了超自然的神秘。也由于这个道理，邪教会有人信仰，连有识之士也逐渐接受它们；这也说明，纽默和塞多留为了取得臣民更好的信仰，编造这样的蠢话来糊弄人，前者说仙女伊吉丽娅，后者说白鹿，受神的差遣，带给他们一切该做什么的忠告。

纽默以这位仙女为庇护神，给他的法律树立权威；巴克特里亚和波斯的立法者琐罗亚斯德以奥尔穆兹德神的名义给他的法律树立权威；埃及的特里梅吉斯图斯以墨丘利神的名义；斯基泰王国的萨莫尔克西斯以维斯太神的名义；卡尔西迪西的夏隆达斯以萨图恩神的名义；克里特的弥诺斯以朱庇特神的名义；斯巴达的利库尔戈斯以阿波罗神的名义；雅典的德拉古和梭伦以密涅瓦的名义。所有的律法都要有一位神来牵头，这一切都是假的，只有摩西逃出埃及时给犹太教徒制定的律法才是真的律法。

正如德·儒安维尔阁下说的，贝都因人的宗教其中还有一条说法，他们之中谁为国王而死，他的灵魂会投身在一个更幸福、更美的、更健壮的躯体上；为此他们更乐意以自己的生命冒险。

> 不畏刀剑，视死如归，
> 相信偷生才是懦夫的行为。
>
> ——卢卡努

这个信条虽虚妄，也很有益。每个民族都有不少这样的例子；但是这个题目值得专门探讨。

为了对本文开头的内容作一点补充，我也不奉劝女士们把自己的义务称作荣誉："日常谈话中，所谓诚实只是指老百姓嘴里说的光荣事。"（西塞罗）她们的义务是精髓，她们的荣誉只是外壳。我也不奉劝她们在拒绝时向我们道歉，因为我并不预设她们的心愿、欲望和意志所表示的心情（这跟荣誉没有关系，尤其这一切都是不表露于外的），必须比她们的行为更加规矩。

> 她说："不，这是禁止的！"时，其实在说："可以。"
>
> ——奥维德

欲望与实施对于上帝与良心来说都是同样严重的冒犯。还有她们这些行为是隐蔽和暗地里做的；只要她们对自己的责任、对于自己的贞洁观念并无其他的尊重，她们很容易把其中有关荣誉的一次做得不为人知。

　　一切正直之士都会选择丧失荣誉而不是丧失良心。

论信仰自由

好意若不加以节制地滥用，会使人去做出后果恶劣的坏事，这也是屡见不鲜的。当前宗教论战使法国内乱不断，最好最合理的意见就是维持国家原有的宗教和政策。追随这一派意见的好心人中间（因为我说的不是以此作为借口来报私仇，满足私欲或向亲王献媚的那些人；而是另一些人；他们出于对宗教的虔诚、维护国家的和平与现状的热望而在这样做），我要说有不少看来狂热得失去了理智，有时采取了不公正、狂暴和鲁莽的决定。

当初基督教以律法开始赢得权威时，确实有许多人受到热忱的鼓动反对一切异教书籍，使文人们痛惜这是个难以弥补的损失。我认为这场浩劫对文学造成的灾难比野蛮人历次放火还大。

历史学家科内利乌斯·塔西佗是一位好证人，因为尽管他的亲戚塔西佗皇帝下诏全世界各地的图书馆都要收藏书籍，但是任何一部书内就是只有五六个句子不符合我们的信仰，都逃不过搜寻人员详细的检查而遭到焚毁。他们还不止于此，对于为我们做事的皇帝轻易给予虚假的赞扬，对于与我们不合的皇帝不论做什么都群起而攻之，从人称"背教者"的朱利安皇帝的生平就可以看得很明显。

其实，他是一位超群绝伦的大伟人，心灵内全是圣贤思想，也以此为准则贯彻到自己的一切行动中；说真的，没有一件表现美德的事件上他没留下光辉的榜样①。以贞洁来说（他一生都证明他洁身自好），有人说他跟亚历山大和西庇阿同样清白，有许多花容月貌的女俘，他连一个也不愿意召见，其实他那时风华正茂，因为他被帕提亚人杀死时也才只三十一岁。贯彻司法过程中，他不辞劳苦聆听各方的陈述。虽则他会好奇地打听出席的人属于哪个宗教，但对我们的宗教的厌恶，却不会使他有失公正。他还制定了几项有益的法令，把前任皇帝征收的御用金和税收减少一大部分。

我们有两位出色的历史学家，是朱利安功绩的见证人，一位是安米阿努斯·马西利纳斯，他在他的历史书中，好几处尖锐批评朱利安禁止一切基督教徒修辞学家和语法学家在学校任教；并说他希望他这条法令今后世埋没在遗忘中。他若对我们做了更为粗暴的事，看来马西利纳斯是不会忘记记下来的，因为他还是偏向我们这一派的。

朱利安确是我们严厉的敌人，但不是残暴的敌人；因为即使我们的人也在说起他这个故事。有一天卡尔西登主教马利斯绕着城墙散步，胆敢称他是基督的恶劣的叛徒，他没做什么，只是回答说："滚吧，恶棍，为你的瞎眼去哭吧。"主教反唇相讥说："我感谢耶稣基督让我双目失明，不用看见你这张丑恶的嘴脸。"据他们说，朱利安显出哲学家的耐性。至少这件事跟人家提到他对我们手段残暴的说法不相符合。他是(我的另一位证人欧特罗庇厄斯说)基督教的敌人，但他不血腥。

再回到司法方面，大家也没有什么可以说他的，除非在他建立帝国的初期，对待他的前任皇帝君士坦提乌斯二世的追随者采取过严厉的措施。他生活俭朴，如同士兵一样，在和平时期也像个准备过战争日子的人那样节衣缩食。他警惕性甚高，把黑夜分为三部分或四部分，最小部分留给睡眠，其余部分他亲自巡看兵营，检查岗哨，或者阅读。因为他有许多罕见的品质，其中之一就是精通各类文学。

据说亚历山大大帝躺在床上，害怕瞌睡妨碍他思索与阅读，让人挨着床边放一只水盆，一只手拿了一只铜球垂在床外，要是瞌睡来了，手指松开，这只铜球落入盆内，声音会把他闹醒。朱利安要做什么事时心思非常集中，由于他非凡的节食本领不会有迷糊的时候，也就不用这样的诀窍。

---

①蒙田赞扬"背教者"朱利安皇帝，也是《随笔》被教廷列为禁书的理由之一。

他的军事才能非常令人钦佩，具备一位大将军的必要素质。他一生几乎都在沙场驰骋，大部分时间在法国协助我们抵抗德国人和法兰克人。我们也记不得谁遇到过更多的风险，经历过更多的生死考验。他的阵亡跟伊巴密浓达有点相像。因为他身上给一支箭射中，试图拔出，他原本可以做到，只是箭头太尖，他割破了手用不出力气。他不停地要求把他这个样子抬到混战中鼓舞他的士兵，尽管没有他士兵依然作战勇敢，直至黑夜双方收兵为止。

他学过哲学，对生命与人世间事看得很淡泊。他坚信灵魂千年存在。

在宗教方面他是个十足的坏蛋。他放弃我们的信仰故被称为"背教者"。然而我觉得下面这个看法更有道理，就是他从来没有把我们的宗教放在心里，只是为了服从国法才假装相信，直至把帝国掌握在手才露出真相。

他对自己的宗教却非常迷信，甚至引起他同时代人的嘲笑；有人说，他若赢得对帕提亚人的胜利，他会杀尽天下的牛来满足他的祭神活动。他还迷恋占卜术，对一切运势的预测都深信不疑。他临死还说这样的话，他对神非常感激，谢谢他们没有让他出其不意死去，而是早就把死亡的时间与地点告诉了他，不让他像懒惰体弱的人那样死得窝窝囊囊，也不用长期卧在床上痛苦地等死；让他在凯旋的过程中，在荣誉的花丛中毫无惭愧地了结一生。他好似还见过马库斯·布鲁图斯显灵，第一次在高卢他面临其威胁，后来在波斯死亡时刻又看到其出现。

当他感到自己被箭射中时，有人说他说出这么一句话："拿撒勒人①，你打赢了。"或者另有人说："你满意了吧，拿撒勒人。"假若我的证人们相信他说过这句话，决不会忘记，他们当时就在军中必然对他最后的一言一行都会记录下来。他们也不会忽略附加在他身上的其他

---

① 指耶稣基督，他在拿撒勒传道时，别人对他的称呼。

某些奇迹。

再来说我这篇文章的主题吧，马塞里努斯说朱利安心中长期怀有异教徒思想，只是慑于全军士兵都是基督徒，未敢暴露。最后，当他看到自己足够强大，可以表露心迹时，他下令打开神庙，尽一切方法在里面供奉偶像。为了达到这个目的，他在君士坦丁堡见到人心涣散的民众和分裂的基督教教会主教，召他们进宫晋谒，恳切地敦促他们缓解内部纷争，每个人可以放心信奉自己的宗教。

他竭力敦促做成这件事，希望这样各行其是会增加派别，制造分裂，阻止民众团结强大。思想协调一致后会反对他。他也用某些基督徒的残酷方法，去证明世界上最令人恐惧的野兽就是人。

以上大致是他说的原话，这点是值得重视的，朱利安皇帝利用信仰自由来引起内乱，而我们的国王不久前使用信仰自由来平息内乱。从而也可以这样说，一方面对各派不加控制，任凭保持各自的意见，这是在散播不和，扩大分裂，没有任何法律的障碍与牵制来阻止其发展，那样这个势头会愈演愈烈。但是另一方面，也可以说对各派不加控制，任凭保持各自的意见，反而由于放任自流听其自然而松懈与磨平他们的斗志。斗志会因追求罕见、新奇、困难的任务而坚强。

然而我更愿意相信，国王为了表示自己的宗教虔诚，既然做不到他们愿做的事，就装出愿做他们能做到的事。

胆怯是残暴的根由

我常听人说胆怯是残暴的根由。

根据切身体会，我觉得这种伤天害理的暴虐每每伴有女性的软弱。我见过一些人心狠手辣，却动辄为了一些无聊的小事痛哭流涕。

菲里暴君亚历山大不能上剧院看悲剧，害怕演至赫卡柏和安德洛玛克受害时，让臣民听到他发出呻吟与叹息，然而他天天毫不怜悯地下令残杀多少人！他们这样容易走向各种极端是不是心灵有缺陷呢？

看到敌人听任我们摆布时人的英勇也到此为止了（英勇只有表现在遇到抵抗的时候）。

> 戮杀拼死命的牛才有乐趣。
>
> ——克洛迪安

且说这到底也是一场庆祝啊，胆小鬼既然没能参加第一场演出，就扮演第二场角色，那就是血腥屠杀。战胜后的屠杀往往是老百姓和后勤官兵执行的。在全民战争中见识了那么多闻所未闻的残暴行为，原本庸俗的小民既然找不到用武之地，也变得杀气腾腾，双手沾满鲜血，把脚下的人体踩得粉身碎骨：

> 豺狼、可恶的狗熊、阴险的野兽，
> 都凶猛扑向垂死的人。
>
> ——奥维德

就像那些缩头缩脑的癞皮狗，没有胆量在野外攻击猛兽，只会在房子里撕咬它们的毛皮。

是什么使我们在这个时代非要拼个你死我活？从前我们的祖先只进行一定程度的报复事件，是什么使我们一开始就采取最后手段，一言不合便杀？这不是胆怯还能是什么呢？每个人都觉得打败敌人比毁灭敌人，制服敌人比杀死敌人表现更多的英武和傲气。此外复仇的愿望也得到更好的平息与满足，因为愿望只要让大家感到实现就可以了。这说明为什么一头野兽或一块石头伤了我们后我们不会追击它，因为它们感觉不到我们在复仇。杀一个人，是为了不让他进行伤害。

贝亚斯就是对着一个坏人这样喊道："我知道你迟早要受惩罚，只怕我是看不见了。"他为奥尔科米诺斯人遗憾，因为他们对里西斯库斯的背叛进行惩罚时，有切身利害关系的人和感到人心大快的人已经一个不剩了。当复仇的对象已感觉不到这是在向他复仇时，复仇也同样令人惋惜。因为复仇者复仇是为了泄恨的快乐，那就需要被复仇者感到痛苦，饮恨终生。

我们常说："他会后悔的。"就因为我们在他的脑袋上轰了一枪，他就后悔了么？相反，要是我们加以注意，就会看到他跌倒时在轻蔑地撇嘴。他只是没法再跟我们做对了，这离后悔还是很远的。让他毫无感觉地迅速死去，这是我们给予他一生中最大的恩惠。我们要像狡兔似的东躲西藏，逃脱法官的跟踪追击，而他却已在休息了。杀他是避免今后他对人的伤害，不能报复他已造成的伤害。这样一种行为是害怕多于无畏，谨慎多于勇气，防卫多于进攻。显然我们这样做背离了复仇的真正目的，有损于我们的名声；我们只是害怕他若活在人世，也会照样对付我们的。

你把他解决了，不是对付他，而是为你自己。

在纳森克王国，这种做法对我们是用不上的。那里不但军人，就是工艺匠也用剑解决他们的纷争。谁要格斗，国王还留出场地，当格斗者是贵族，他还观战，奖赏胜者一条金链子。而且谁想得到这条金链子，也可以跟戴上这条金链子的人比武。赢了一场的人往往有好几场争斗在等着他。

如果我们想在武德上永远压倒敌人，对他们恣意妄为，这时他们一死了之不受我们的控制了，我们就会感到很失落。我们要征服，但是要稳稳当当地，不见得要光明正大地。在争端中追求结果更多于追求荣誉。

阿西尼乌斯·波利奥是个正人君子，却犯了类似的错误：他写了几篇文章痛骂普兰库斯，却要等到他死后再发表。这哪里是在惹他气恼，而是在向瞎子做猥亵动作，向聋子说难听的话，刺激一个没有知觉的人。所以有人提到他时说只有精灵才跟死鬼扭打。等到作者死后才去批驳他的文章，这个人除了说明自己软弱与生闲气以外还能是什么呢？

亚里士多德听说有人说他坏话，他说："让他骂得更凶，让他用鞭子抽我，只要我不在场就行。"

我们的祖先遇到侮辱只是反驳，遇到反驳只是还击，都是有尺度的。他们非常豪迈，不怕受辱的敌人活着对他们怎么样。我们看到敌人好好活着就心惊胆战。由于这样，我们今天荒谬的做法就是，对伤害过我们的人与被我们伤害过的人不都是同样紧追不舍，要置于死地么？

我们在一对一的厮杀中还引进了这种胆怯的做法，就是让第二个人、第三个人、第四个人陪伴身旁。原来是决斗，现在成了群殴。最初发明这种做法的人是被孤立无援吓着了："因为每人都怀疑自己。"（李维）从天性来说，危险时刻有个人陪伴，这带来安慰并舒解压力。从前带上第三者是为了不让发生混乱与不正当行为，保证大家听凭战斗的命运。但是自从采取上述其余人也参加的做法以后，哪个人受到邀请都不能公正诚实地当旁观者了，害怕会被人说不够义气或缺乏勇气。

用别人的勇敢与力量来捍卫你的荣誉，除了这一行为的不公正与卑劣以外，我还觉得把自己的命运跟一位副手的命运联系一起，这对于一位有身份且又自信的男子汉也是不利的。每个人冒的风险已经够大了，不要再为别人去冒风险；依靠自己的胆量去保护自己的生命已有不少事要干，怎么能把这么重大的任务交给第三者呢？除非事前作过明确的协定，四人捉对厮杀是一场生死与共的战斗。如果你的副手倒在地上，你理所当然要对付两个人。要说这是欺诈，这确实是欺诈，犹如全身武装的人去进攻一个只剩半把剑在手的人，或者一个精力充沛的人去袭击一个身受重伤的人。

如果这样的优势是自己在战斗中获得的，再利用自然无可厚非。力量悬殊只是在战斗开始时才是必须考虑与衡量的因素，此后一切要寄希望于命运了。当你的两个同伴都被对方杀了，你有三个人和你对阵，那时像我在战场上看到一个敌人缠着我的人不放，我趁势给了他一剑，谁都不会对我多加指责。社会规则就是这样认为，当军队对军队（如我们的奥尔良公爵挑战英国亨利国王，一百人对一百人；阿尔戈斯人挑战斯巴达人，三百人对三百人；贺拉斯兄弟挑战居里亚斯兄弟，三人对三人），每一方的群体都看作是一个人。哪里是群体作战，哪里的机缘就相互牵扯，难以理清。

说到这里想起家里的一则轶事。我的弟弟马特科隆领主，应邀到罗马去给一位不熟识的贵族当副手。那位贵族接受别人的挑战，是应战方。在这次战斗中，我的弟弟碰上了好运气，他的对手竟是他的一位更亲近的熟人（我真愿意有人给我讲讲这些荣誉规则的道理，它们往往同理性规则是相抵触的）。他把自己的对手解决以后，看到这两个决斗当事人还在精神抖擞对打，他就去帮助他的同伴。他能不这样做吗？难道应该袖手旁观，看着——如果命运要如此——他前来帮助的那个人给人家干掉吗？

他直到那时所做的一切都是对事情毫无作用的，因为争端尚未见分晓。当你把敌人逼得只有招架之功或者身受重创时，你应该也必须对他表示应有的礼貌。由于这件事只涉及他人的利益，你只是一位副手，这场争端也不是你的，我就不知道你怎样能够做到对他有礼貌。他既不能正义，也不能礼貌，完全随着他愿助以一臂之力的人的命运而定。他因决斗被囚，只是在我们的国王迅速而郑重的要求之下，才从意大利监狱里放了出来。

做事轻率的民族啊！我们的恶习与疯狂在全世界闻名还不够，还要亲自到外国去出乖露丑。把三个法国人放到利比亚的沙漠里，不用一个月他们必定会相互骚扰，把对方抓伤。你会说这次出国，是存心给外国人，尤其给对于我们的弊病幸灾乐祸、冷嘲热讽的人，提供欣赏我们悲剧的乐趣。

我们上意大利学习剑术，还没有学会以前就拼出性命去使用。然而学习的次序应该是理论先于实践，我们违背了学习原则。

> 对年轻人的不幸考验！
> 未来战争的严酷学校……
> ——维吉尔

我知道剑术本身是很有用的技术，据李维称，在西班牙有两个姑表兄弟亲王决斗，年长的那位靠剑术精湛和运用妙计，轻易地战胜了那个猛打猛撞的年轻人。我从经验知道，除了天性以外，艺高也使人胆大。这不是英勇不英勇，而是技艺使他内心踏实，也就使他有了除自己本人以外的其他依托。

决斗的荣誉是对勇气的嫉妒，不是对武艺的嫉妒。我认识一个朋友，素以剑术大师闻名遐迩，在争端中从不选择可以发挥他长处的武器，而是完全依靠运气与信心的武器，免得人家把他的胜利归功于他的剑术而不是勇敢。在我的童年，贵族把好剑客的美誉作为一种侮辱而躲开，要学剑术也是偷偷摸摸，仿佛这是一门靠暗算的技艺，有悖于真正与率性的勇敢，躲躲闪闪往后退，他们都不屑一为。

在血战中从不使用伎俩。

从不虚晃，都是真招式，

愤怒与勇猛也不是装的。

铁剑相碰听在耳里心惊肉跳，

他们决不会松动一步：

脚始终站稳，手始终挥动，

记记劈刺击中敌人。

——塔索

　　射靶、马战、冲城门，这些武士战争中的实例是我们祖先的练习；另一种比武涉及的只是个人，要我们学习相互毁灭，违反法律与正义，不管怎样产生的效果总是不好，也就不那么高尚。更值得称道与合宜的是在一些有关国计民生、民族荣誉的事情上培养自己，去安定而不是破坏我们的制度。

　　罗马执政官普布利乌斯·卢提利乌斯，是教导士兵掌握武器使用技艺的第一人，这是结合了技巧与英勇，不用于个人仇杀，而用于罗马人的战争和争端。这是作为公民义务的全民练剑。在法萨罗战役中，恺撒命令他的部下打击庞培士兵的脸部；除了他的这个例子以外，其他千百个军事将领也处心积虑根据事态的需要，去发明新型武器，新型攻击与防卫方法。

　　菲洛皮门擅长格斗，但否定格斗；因为格斗的训练过程跟军事技术所需要的训练过程是不同的；他认为正直的人只需要关注军事训练，那样我也觉得在新式学校训练青年这类伸展四肢、灵活动作的技术，不但是无用的，还与上阵打仗的要求是背道而驰且有害的。

　　因而我们通常使用专为打仗设计的特殊武器。一位贵族约好去赴一场宝剑和匕首的决斗，却穿了军人的盔甲出场，我曾看到大家不觉得这太合适。在柏拉图的书中拉凯斯的话很值得重视，他提到一种跟我们很相近的武器使用训练法时，说从没见过从这样的学校，还特别从这些教官中间，曾经培养出一个伟大将领。说到这些人，从我们的经验也可说出同样的话来。至于其他，我们至少可以说的是这些技能毫无任何关联，完全是不同的。谈到他的共和国中儿童教育问题，柏拉图禁止进行拳斗教育（以阿密科斯和厄佩乌斯为例）、角斗教育（以安泰俄斯和凯尔西奥为例），因为这些技巧都有其他目的，不会让青年在战争中更加吃苦耐劳，对战斗也毫无帮助。

但是我看到自己有点儿跑题了。

拜占庭皇帝莫里斯受到托梦和不少预言的警告，说他将被一个名叫福卡斯的人杀死，那是个谁都不认识的士兵。他问他的女婿菲利普谁是这个福卡斯，他的性格、地位和习惯怎样；菲利普特别提到他是个胆怯怕事的人，皇帝立即断定他是个毒辣残暴的人。是什么使暴君嗜血成性的呢？这是关心自身的安全，他们卑怯的心无法使他们得到安宁，连抓伤也怕，于是把可能冒犯他们的人都杀光，连妇女也不放过，

> 他们害怕一切，于是打击一切。
> ——克洛迪安

最初是为了施暴而施暴，随之而来的是害怕正义的报复，为了掩盖从而又展开新一轮的施暴，如此循环不已。马其顿国王腓力，跟罗马人有数不清的账要算，他下令屠杀后又惊恐万状，面对不同时期被他伤害的那么多的家庭，不知如何是好，决定把他曾屠杀的人的遗孤统统抓走，今后一天天把他们先后杀死，这样来求得安宁。

好东西不论散播到哪里，总是适得其所的。我这人重视言论的分量与用处，更多于条理与连贯，不怕在这里横插一则美丽的故事。在被腓

力判处有罪的人中间，有一位叫希罗迪库斯，是塞萨利的一位亲王。在他以后，腓力又下令处死他的两个女婿，每人都留下一个幼子。泰奥克塞娜和阿尔科成了两个寡妇。泰奥克塞娜尽管求亲的人很多，不思再婚。阿尔科嫁给了波里斯，埃尼亚一族中的第一人，两人生了许多孩子，阿尔科去世时孩子都还年幼。泰奥克塞娜对她的外甥辈有一种母爱，为了要亲自管教和保护他们，嫁给了波里斯。

这时颁布了国王的诏令。这位勇敢的母亲料到腓力的残酷，他的臣子会对这几个美丽温柔的少年起邪心，大胆说她就是亲手杀死他们也不会把他们交出去。波里斯听到这样激烈的话感到震惊，答应她会把他们偷偷带到雅典，寄养在他的亲信家里。趁一年一度的埃涅阿斯节在埃尼亚召开时际，他们准备逃跑。白天参加庆典仪式和公共宴会，到了夜里登上一艘做好准备的船只，从海路前往雅典。

风朝他们迎面刮来，到了第二天，还是可以看到他们上船离开岸边没多远，身后有海港警卫在追赶。快要追上的时刻，波里斯忙着催促船工快摇，泰奥克塞娜被爱情与复仇心理逼得发疯，又要实现她最初的计划，她取出武器和毒药，放到他们眼前："听着，我的孩子，从此以后，能给你们保护与自由的唯有死亡，死亡是神伸张正义的方法；这些出鞘的剑，这几杯药将为你们打开大门。勇敢！你，我的儿子，你是长子，握住这把剑，要死得轰轰烈烈。"一边是诤言相劝的母亲，另一边是以死相逼的敌人，兄弟俩发疯似的各自奔去抓住近在手边的东西；还未等到气绝他们就被扔进了海里。泰奥克塞娜那么大义凛然，使孩子得到了安全，非常自豪，热烈拥抱丈夫："我的朋友，让我们追随这些孩子去吧，跟他共享一个墓穴。"他们就这样拥抱着一起跳进海里，让那艘船失去了主人，空着被带回岸边。

暴君要杀人，又要让人感到他的愤怒，为了达到这两个目的，就要挖空心思出主意延长死亡时间。他们要敌人命归阴，但是又不要太快，让他们来不及品味复仇的滋味。这时候他们遇到了难题。因为，如果用刑太酷，用刑时间就会很短；如果用刑时间长，又怕不够痛苦。所以他们要有分门别类的刑具。我们看到古代这类例子不胜枚举。我不知道，要不是这样想，我们是否就留不下这类野蛮的痕迹了。

我觉得凡是在平常的死亡上再加些什么都是纯然的残酷。有人尽管怕死、怕砍头或怕绞刑，还是免不了要做错事，我们的法律不能希望这样的人因为想到了幽幽的火光、烙钳或车轮就会不去做了。但是我知道我们只会使他们陷入绝望，因为一个人四肢断裂捆在车轮上，或者用古法钉在十字架上，等待二十四小时后死亡，他的心灵会处于什么状态呢？

犹太史学家约塞夫叙说，罗马人在犹太用兵时，他经过三天前有几个犹太人被钉十字架的地方，认出其中有他的三个朋友，获准把他们放下，他说其中两个死了，第三人后来活了下来。

卡尔科康迪勒斯是个可信的人，在回忆录里记述了他的时代以及在他身边发生的事，提到穆罕默德二世经常采用的极刑，在犯人的横膈膜处用弯刀把身子切成两片，这样他们就像两个人同时在死；据他说，大家看到这两片身子里都有生命，还要挣扎很久才死，真是痛苦不堪。我不认为这样扭痛还有多少痛苦的感觉。最惨不忍睹的苦刑不一定是最难忍受的。我觉得其他历史学家提到穆罕默德二世对付埃皮鲁斯领主的方法更为可恶。他下令把人活活地一块块剥皮，经过严密计算，让他们处在这种惊恐状态中活上十五天。

还有这两个例子。克里瑟斯下令逮捕了一位贵族，是他的兄弟潘塔莱翁的宠儿，把他押到一间梳毛工坊，用梳毛工的刮毛器和梳子刮他梳他，直到他死去。波兰农民领袖乔治·塞谢尔，借了十字军的名义干了不少坏事，在一次战斗中被特兰西瓦尼亚省省长击败并俘虏，把他赤身裸体绑在一座木架上三天三夜，谁想出什么折磨花样都可施加在他身上。这期间不给其他囚犯送吃送喝的。最后，趁他活着还能看见的时候，用他的血去让他亲爱的兄弟吕卡喝下。他为了救他的兄弟而求饶，把一切坏事都揽在自己身上。接着让他的二十名宠将用牙齿来啃他身上的肉，吞了下去。他死后余下的残体与内脏被放在水里煮，分发给他的其他部下吃。

卷　三

论功利与诚实

谁都难免说傻话，可悲的是还说得很起劲。

他花大力气去说大傻话。

——泰伦提乌斯

这事跟我无关。我的傻话都是漫不经心时傻里傻气说出来的。想说就说，也随说随忘，毫不在乎。傻成怎样也就怎样对待，决不贩卖。我对着白纸说话也像对着任何人说话。求的是真，有以下事例为证。

虽则提比略拒绝背信弃义而遭受那么大的损失，但是谁对背信弃义不痛恨呢？有人从德国捎话给他，他若认可，可以用毒药把阿米尼乌斯除掉。（阿米尼乌斯是罗马最强大的敌人，在瓦鲁斯当政时曾卑鄙地对待罗马人，曾独力阻挡罗马在这些地区扩张霸权。）他当下答复说：罗马人民一贯用光明正大的方法手执武器报复敌人，从不偷偷摸摸使用诡计。他不讲功利，而讲诚实。

你可以对我说，"这是个伪君子"。我相信。他这类人做这样的事没有什么了不起。但是从憎恨道德的人嘴里说出要尊重道德，这意义也不可小看。尤其他受真理所逼说出这样的话，即使内心不乐意接受，至少还要用言辞加以掩饰。

我们的制度，不论在公共领域和私人领域，处处都不完美。但是自然中没有无用的东西，即使无用的也有用，这个宇宙中的万物息息相关，无不有其位子。我们人身则由病态的品性黏合而成。野心、嫉妒、羡慕、报复、迷信、失望，在我们身上与生俱来，难以改变，也可从野兽身上看到其影子。即残忍性也如此——这个那么违反自然的恶行。因此，我们看到其他人受苦，内心不但不表同情，还会产生一种我说不出来的幸灾乐祸的快感；连孩子也体会得到；

> 大海中白浪滔天，
> 生死挣扎的观赏者在岸边。
>
> ——卢克莱修

谁能从人身上消除这些品质的种子，也摧毁了我们人生的基本条件，同样在我们的制度中，有一些必要的职能，不但是恶劣的，还是罪恶的。这些罪恶有它们的位置，还竭力在弥合我们的关系，就像我们的健康要靠毒药维持。尤其这些罪恶对我们是必要的，共同的需要也就抹去它们真正的性质，从而也变得情有可原的了。这样的事还应该让更有魄力、更无畏的公民去做，他们牺牲了荣誉与良心，就像有些古人牺牲生命去拯救自己的国家。我们这些弱者，还是去扮演一些更轻松、更少风险的角色。公众利益需要有人去背叛，去撒谎，去屠杀，我们不该叫那些较听话、较懦弱的人去担当如此重任。

事实上，我经常看到一些法官通过舞弊、许愿或宽恕使用这类哄吓诈骗诱使罪人招供，就感到气愤。若使用其他更合我心意的方法，这对于法律，甚至对于赞成这种做法的柏拉图都是有益的。这种不讲信义的法律，我认为会受到别人的伤害不亚于受到自己的伤害。不久以前我曾回答说，由于我很不乐意为了一位君王去背叛一个普通人，我也就不会为了一个普通人去背叛一位君王。我不但痛恨欺骗，也痛恨人家因我而受骗。我决不愿为此提供内养与机会。

我也曾几次参与君王之间的谈判，在今日令我们相互厮杀的分歧与不和中进行斡旋，我竭力避免他们因我而产生误解，因我的假象而迷惑不解。折冲樽俎的人要不露声色，掩饰自己的心意，装得最中立最迎合别人的观点。而我却把自己最强烈的意见以自己独特的方式和盘托出。我这个稚嫩的谈判新手，宁可完不成任务也不愿有违于自己良心！

幸好直到今天为止，一切都那么顺利（肯定是全靠了好运气），斡旋于敌对双方的人很少比我受到更少的怀疑、更多的礼遇和亲善。我做事开诚布公，初次交往就深得人心，取得信任。不论在什么世纪，纯朴与真诚总有机会被人接受的。而且，不谋私利的人心直口快，不会遭人怀疑和讨厌，真正可以用上伊比里德的那句话，雅典人埋怨他说话粗暴，他回答说："先生们，不要看到我直言不讳，而要看到我直言不讳并不是在谋一己之利。"

我直言不讳时，语言激烈，很少忌讳说得过重和刺伤人心，即使在背后也不会说得更加恶毒，完全是一种坦诚与有感而发的表现，因而也更易让人觉得我不会心怀叵测。我行动时只思行动，不期望其他结果，不考虑其长期后果也不提长期建议；每次行动都是针对事件本身，成功则好！

此外，我对于那些大人物也不急于表示爱憎，我的意愿也不沾任何的个人恩怨。我只是以正统的老百姓的感情看待那些君王，不因私利而兴奋或泄气。这点我对自己心存感激。我对公义大事态度很节制，不会头脑发热。对于蛊惑人心的假设与私下的许诺也不偏听偏信。愤怒与憎恨都越出了履行正义的义务，这些憎欲只是对不以单纯的理智来恪守义务的人是有用的。任何合理公正的意图本身就是自然的、温和的，不然就会变质成为煽动性的和不合理的。这使我走到哪里都昂首阔步，心胸坦荡。

说真的，我不怕承认这个事实，遇上必要我会按照那则民间故事中老妪的做法，灵活地把一支蜡烛献给圣米迦勒，另一支蜡烛献给他的对手苍龙，做到两头不得罪。我会为正义的一方赴汤蹈火，但是光是为此而尽我的力量。不妨让蒙田庄园在浩劫中一起毁灭；但是能不这样，我就要感谢命运让它幸免于难；只要我尽责中尚有一线希望，我将努力使它保存下来。阿提库斯站在正义的一方，失败的一方，在这人事变幻莫测的乱世，不是依靠温和与节制得到自救的吗？

188

像他这样不参政的人，较为容易；在我这类任务上，我觉得要做得恰如其分，不抱有横加干涉的野心。国家多难、四分五裂之际，摇摆不定，模棱两可，还有无动于衷，没有倾向，我觉得这既不高尚也不诚实。"这不是一条折中的路，而是一条不通的路；就像等待事件来了站到命运的那一边。"（李维）

在邻国闹纠纷时或许还可以这样做。叙拉古暴君吉洛在蛮族对希腊人发动战争时暂不表态，而是在德尔法派驻一个使团，置办了许多礼物，窥测命运之神降临到哪一方，然后乘机向胜利者表示热络。若用这种方式对待国内事务则是一种背叛行为，那时必须表明意图采取立场。

但是对于一位不担承公职、也没有被催着去完成明确使命的人，我觉得不参与其事还是比置身于国外战争更可以原谅（然而我对自己还是不会这样原谅的）——按照我们的法律，谁不愿意是可以不参与国外战争的。不过，即使全身心投入的人，也可保持某种分寸与节制，当暴风雨袭来时吹过头顶而免遭灾难。当初我们希望已故的奥尔良主教德·莫尔维利埃阁下这样做不是很有道理的吗①？在当今那些勇于表态者中间，我也认识一些人公正温和，不论上天给他们准备怎样不幸的遭遇与贬谪，他们都能屹立不倒。

我认为应该让君王自己去跟君王打打闹闹，而对某些人兴高采烈投入到那么力量悬殊的纷争中去感到好笑。因为一般人不会跟一位君王有任何个人过节，以至于为了荣誉根据义务要去公开勇敢地向他发动进攻；他若不喜欢某一个人，那最好是尊重他。在维护法律与保卫国家中这一点是不变的；那些为了个人目的而制造动乱的人，对那些保卫者即使不尊重，也是原谅的。

但是出于个人利益与情欲所产生的刻骨仇恨不应该称为"责任"（我们天天在这样做），一种背叛阴险的行为不应该称为"勇

———————
①让·德·莫尔维利也是掌玺大臣，参加特兰托主教会议，为人谨慎小心。

气"。他们把自己邪恶暴烈的天性称为"热诚";使他们心热的不是事业,而是他们的利益;他们煽动战争不是因为这是正义的,就是因为要战争。

在把对方看做敌人的人之间,完全可以做到合情合理、光明正大。你也要带着感情对待他们,即使不能平等对待(因为这方面程度上会有所不同),至少要温和对待。对于一个向你要求一切的人也不必悉数照付,对于他们适度的感谢也可以心满意足,可在混水里蹚过,但不要在混水里摸鱼。

全力为双方效劳的另一种方法,在于多靠良心,不是在于多加小心。双方都对你提供同样的礼遇,你为一方面背叛另一方,另一方难道不知道你今后也会对他做同样的事吗?一方就会把你当做小人。他听着你时,就在算计利用你的不忠为他谋利。因为两面派的用处是会给他们带来什么;但是利用的人也会尽量防着不让他们带走什么。

我对一方不能说的话,不会找个适应时机,变换一下腔调,对另一方去说。我只转述毫无区别或共知的事,或者对双方都有利的事。凡是有用的事我不用向他们说谎。交代我保密的事,我都深藏心底,但是我也尽量少去沾边。君王的秘密对于知道了也无用的人来说,要保守也是很麻烦的事。我很乐意做这样的交易,我不好讲出去的事尽量跟我少讲,我向他们讲的事大着胆子去相信。结果我知道的事总比我要知道的多。

自己说话坦率也使别人坦率说话,把心事和盘托出,犹如酒与爱情。

莱西马库斯国王问菲力彼代斯:"我的财富中,你要我给的是什么?"菲力彼代斯聪明地回答:"随便你给什么,只要不是你的秘密就好。"受人之托,又不被人告知事情的底细,或还隐瞒着某些背后的意义,我注意到谁都会不高兴。而我,人家除了要我做的事以外什么都不跟我说,反而会很高兴,我不要求知道太多,妨碍说话。如果我必须当作欺骗工具，至少不要抹煞良心。我不愿意被人看作是个死心塌地的奴才，可以指使我去出卖别人。谁对自己不忠，也会原谅自己去对主人不忠。

要是君王不接受保留自己主见的人，鄙视别人有限度、有条件地为他效力。那就没好说的了。我向他们坦白说出自己能力有限。因为作为奴才，我只是理智的奴才，即使这样我也不能彻底做到。这也是他们自己的错误，要求一个自由人，就像要求一个他们提拔和贯通的人，或者其命运完全取决于他们的人，那样卑躬屈节地为他们效力。

国法为我消除了大患，给我选择了为之效力的主子；其他一切等级与义务对它都是相对次要的。这并不是说，当我的感情属意另一方时，我会立即予以援手。意愿与欲望有自己的法则，而行动必须接受公约的命令。

我这套行事方式与我们现行的做法颇不合拍。这样既不会产生重大效果，也不会长久。谈判不会不装腔作势，讨价还价不会不撒谎，天真的人本来就做不出这些。所以担任公职绝不合我的脾性。我的职务要求我做的，我尽力而为，尽可能以我独特的方式去处理，我在年幼时就对政治耳濡目染，印象深刻。但是我及时抽身而出。此后经常避免卷入，很少接受，更不求上门去；对野心敬而远之；万不得已时像个划桨的人，背着方向往前进，就这样由于不是甘心上船，靠命运而不是靠个人意愿划到哪里就是哪里了。由于有些途径我并不反感，也更符合我的志趣，如果命运召唤我去为大众服务，获得世人的称誉，我知道我也会越过我的种种道理而去追随命运的。

有人对我的人生宗旨不以为然，说我所谓的坦率、真诚和单纯，无非是策略与手段，其中谨慎多于善意，卖乖多于本性，良知多于好运，不会让我受累，更会给我增荣。但是说真的，他们把我的狡黠说得过于狡黠了。任何仔细观察我、注意我的人，他若不承认他们的学派中没有一条规则，可以让人在这曲折复杂的世道上做得这么自然，保持一种始终如一、不折不挠的自由与洒脱，自己就是用努力与机智也达到不了这一境地，那我就甘心让他当胜利者。

真理的道路是单一的、单纯的，在公事上谋私利、投机取巧的道路是双重性的、非法的、充满不测因素。我在生活中经常看到这些装模作样的自由自在，绝大多数都不成功。让人觉得就像伊索寓言里的那头驴子，为了跟狗争宠，竟然撒娇把两条前腿搁到主人的肩上；狗这样表示亲昵会得到抚摸，可怜的驴子这样换来两倍的棍棒。"最适合各人的东西也是最符合天性的东西。"（西塞罗）

我不否认欺骗也有其用途，不然就会对人世产生误解，我知道欺骗经常也可以成全好事，人的大部分天职是靠欺骗维持与培育的。世上有合法的罪恶，就像有许多良好的或可以原谅的行动，但是非法的。

自然界、宇宙间有其本身的法规，其运用不同于、也更高尚于那种服从于制度需要而特别制订的国家法规。"对于真正的法与完美的司法，我们并不掌握其坚实正确的模式；我们只是在实施中捕捉到一点影子和图形而已。"（西塞罗）以致印度哲人丹达米斯听了人家讲述苏格拉底、毕达哥拉斯、第欧根尼的生平后，认为他们在什么方面都是大人物，但是对法律过于毕恭毕敬；为了同意和辅助法律，真正的道德不得不失去原有的许多活力；不但在法律的允许下，还是在法律的怂恿下，许多坏事都做了出来："有些罪行是经元老院批准和平民会议通过后再犯的。"（塞涅卡）

我使用大众语言，把功利的东西与诚实的东西区分开来；而大众语言却把一些不但有用而且必需的天然行为，称为不诚实和肮脏的。

还是让我们继续谈背信弃义的事例。有两位色雷斯王位的觊觎者为了自己的权利争论了起来。皇帝阻止他们武力相拼；但是其中一位借口要达成一份友好协定建议两人见面，邀请他的对手出席家宴，把他关起来杀了。

司法要求罗马人对这个罪行予以惩罚，但用正常途径很难办到，按照合法手段就会引起战争和意外不测，他们试用暗算来解决。有一位庞波尼乌斯·弗拉库斯非常适合做这件事；这个人花言巧语，信誓旦旦，把那人引入圈套，不是给他许诺的荣誉与恩惠，而是把他五花大绑押到了罗马。一名叛徒违背常理背叛了另一名叛徒；因为他们满腹狐疑，很难用他们的伎俩去袭击他们：刚才那个故事就是一个例子，叫我们心情沉重。

谁愿意做都可以做庞波尼乌斯·弗拉库斯，而且愿意做的人还不少；至于我，我的诺言与信义，犹如其他，都是我整个人身的一部分；最佳的效应是为大众服务；我以此作为一切前提。但是若有人命令我当法官和辩护律师的职务，我会回答："我对此一窍不通。"或者做工兵先锋，我则会说："我做这个角色有点屈才。"同样谁要用我在某项大事中撒谎、背叛和起伪誓，且不说去暗杀和下毒，我会说："我要是偷了谁，抢了谁，你尽可把我送上苦役船去。"

斯巴达人被安提帕特打败以后，即将签订协定时说："你们可以随心所欲命令我们干繁重、有伤身体的苦活；但是要我们去做可耻、不诚实的勾当，那是在白费时间。"一位正人君子完全可以说这样的话。

埃及国王要法官庄严宣誓："不论什么命令，即使是国王下的，他们在执行时不要偏离自己的良心。"每个人对自己也应起这样的誓言。执行这样的任务，显然充满耻辱，被人唾弃；谁要你做，其实是指控你，你必须明白，要你这样做是给你负担，让你为难。你把这些公事办得愈是出色，你的私事就愈是糟糕。你做得愈好，你闯的祸愈大。让你这样去做的这个人也会为此责怪你，这也不是什么新鲜事，或者看来也没什么不公正。在特定的情况下，背信弃义可以看作是可以原谅的，那也只是用来去惩罚和背叛背信弃义的人的。

还有不少背叛行为，不但被背叛的受益者否定，还遭到他们的惩罚。谁不知道法布里西乌斯对皮洛士的医生的制裁①？但是也有这样的情况，某人下了命令以后，又严厉惩罚那个他用以执行命令的人，否认他曾允许这样滥用权力，要人俯首帖耳、唯唯诺诺去做这么一件卑鄙的事。

俄罗斯大公雅罗佩克收买了一名匈牙利贵族，要他背叛波兰国王博莱斯拉斯，或者把他杀死，或者给俄国人提供给他重创的机会。这个人堂而皇之到了波兰，比从前更加殷勤侍候国王，当上了他的枢密大臣，成为他的一名心腹。他有了这些有利条件，选择了主子不在的大好机会，把那座富庶的大城市维耶利奇卡出卖给了俄国人，被他们抢劫一空，放火烧毁，不仅居民不分男女老幼尽遭杀戮，而且被他为此目的召集于此的大部分贵族也死于非命。

雅罗佩克这下子报了仇，泄了恨，他的仇恨也是有其原因的（彼列斯拉夫也曾用这个方法对他下过毒手），对于背信弃义的胜利果实陶醉了一阵以后，逐渐觉得这纯然是种赤裸裸的丑恶行为，用一种健康的、不再受情欲操纵的目光来看待，深深感到内疚与悔恨，下令剜掉执行人的眼睛，割去舌头和阴部。

安提柯说服银盾兵②去背叛他的对手欧迈尼斯统帅。但是一旦他们把他交出给他下令处死后，他又要充当神圣的正义之神，要惩罚这种令人发指的罪行，把这些士兵交到行省总督的手里，明确下令不论用什么手段把他们折磨至死方才罢休。以致这一大批人中间，没有一个再看到马其顿的天空。人家对他效力愈周到，他认为这种做法愈阴险，愈应加重惩罚。

那个奴隶说出他的主人 P·苏比西乌斯的藏身之地，根据苏拉作出的允诺，他成了自由人；但是根据社会公理的要求，他这个自由人要被

---

① 皮洛士的医生向罗马执政官法布里西乌斯献计，由他毒死皮洛士，反被法布里西乌斯拒绝而受到惩罚。

② 亚历山大大帝马其顿军队中的一支部队，因每人手执包银盾牌故有此名。

人从塔尔塔雅山上推下来。他们把叛徒吊死，脖子上还挂着奖金袋。他们首先完成第二种特殊的信念，又完成第一种普遍的信念。

穆罕默德二世，嫉妒根据民族的做法而居统治地位的哥哥，要除掉他，雇用了他的一名军官，在哥哥的喉咙里一下子灌了大量的水而把他呛死。这事做成以后，为了给这桩罪行赎罪，他把这个谋杀犯交到死者母亲的手里（因为他们是同父异母兄弟）；她当着他的面，剖开谋杀者的胸膛，两手在汩汩的热血中掏出他那颗心，扔给狗吃。

我们的国王克洛维买通了卡那克尔的三名仆人，仆人把主人出卖后，他又下令把他们三人吊死。

即使那些无赖，在一次恶行中得到好处以后，安安心心做出一件善良公正的小事，好像让良心得到补赎与悔改，这有多么甜蜜啊。

此外，他们把手段毒辣的雇佣杀手，看作是会对他们进行谴责的人，非要他们去死才能灭口销赃。

有时，为了公众利益不得不出此下策，而你也因幸运受到了奖赏，那个奖赏你的人决不会把自己，而把你看成是个千夫所指的坏人；认为你是比你背信弃义干掉的人更加背信弃义。因为他通过你的双手，不用否认，不用狡辩，就触及你内心的恶毒。他使用你，就像使用社会渣滓去执行极刑，这项工作虽有用，但不光彩。这样的差使不仅低贱，也出卖良心。

塞亚努斯的女儿犯了罪，因为还是闺女，不能用罗马任何哪条法律条款来处以死刑；为了符合法律程序，先由刽子手把她强暴，然后再把她掐死。不但是他的手，即使他的心灵，也是国家利益的奴隶。

穆拉德一世，由于他的大臣支持他的儿子弑父篡位，要对他们严厉惩罚，下命令要他们最近的亲人去执行死刑，其中有些人宁可选择极不公正地犯罪去杀别人的父亲，而不愿执行法律去杀自己的父亲，我觉得这是很真诚的。

当年在小要塞的攻克战中，我看到一些卑鄙小人为了保全自己的生命，同意去吊死自己的朋友与同伴，我认为他们比被吊死者更可悲。据说，立陶宛亲王维托尔德以前颁布过这条法律，死刑犯都必须亲手对自己处以极刑，他认为让一个没有任何过失的第三者去执行杀人的任务是一桩怪事。

当一件紧急情况或某种不测变故危害到国家，迫使君王背弃诺言和信仰，或者使他无法履行职责时，他应该把这种万不得已的事看成是神的一种鞭策。这不是一种罪，他只是抛弃了自己的理性，而接受一种更普遍、更强大的理性，但这当然也是一种不幸。因此，有人问我："有什么办法？"我回答："没有办法。如果他实在处于两难之间，'但是他不要寻找借口去作伪誓'（西塞罗），还是必须这样去做的；但是做的时候若不遗憾，也不痛苦，这说明他的良心有了毛病。"

如果有人良心实在太脆弱，觉得没有一种疾病值得这样的霸药去治疗，我也不会对他有失尊敬。他也不见得会更可原谅、更像样地毁了自己。我们不是什么都能做到的。事实就是如此，就像我们的船抛下了最后一只锚，经常只有完全求助上苍的引导来保护它了。他还有什么更紧急的正事要做吗？国王的信仰与荣誉对他来说应该比他自己的安全，甚至比他臣民的安全更可贵，那么他怎么还有可能去做损害到他的信仰与荣誉的事呢？当他双臂交叉高呼上帝帮助他时，他岂不会想到上帝的仁慈会向一只纯洁正义的手拒绝给予特殊的帮助吗？

这都是些危险的例子，在我们的自然法则中是罕见和病态的例外。我们必须忍让，但是给予极大的节制与界限。这对良心是个极强的冲击，任何私人意图都不能这样去做；即使为了公利，还要是非常明显与重要的公利。

蒂莫利昂为自己非同寻常的功绩①辩护时热泪纵横，他回忆说他是

---

① 指古希腊军事政治家蒂莫利昂（约前410—前337）。协助科林斯人诛杀其暴君兄弟。

怀着手足之情杀死暴君的，他为了大众的利益而不得不牺牲自己光明磊落地做人，这使他深感痛心。即使是元老院从他的行为中获得解放，也不敢对这件功荣给予圆通的结论，还闹得势均力敌的两派对立。恰在此刻，叙拉古人派遣使者来得正是时候，要求科林斯人提供保护和派一员大将恢复他们城市的基本尊严，清除压迫西西里的几名暴君。

元老院委派蒂莫利昂当此重任，又一次巧妙地声明，根据他这次完成使命的好坏，再决定以国家的解放者赞扬他，还是以杀害兄弟的罪犯审判他。鉴于这个突出事例的危险性与重要性，这个结论虽然匪夷所思，还是有情有可原的地方。元老院避免作出自己的判决，而以客观的考虑来予以支持。蒂莫利昂在这次出征中的表现，立即使他的案件明朗化，他在各方面的为人处世都大度高尚。他在这次讲究仁义的任务中，如有神助似的克服了一切艰难险阻，仿佛神也在暗中串通好了为他的案情辩护。

若有什么错误的目的是可以原谅的，那么元老院的这个目的就是。但是我接着要说的罗马元老院为了有利于增加国家收入而提出这样卑劣的决定，就不够有力去为这件不正义的事辩解。某些城邦获得元老院批准以后，用钱从苏拉手中赎回了自由。事情又回到原地重新审批，元老院却要城邦像以前那样缴付人头税，他们用于赎买的钱不是白付了么。

内战经常制造这类不光彩的事。当我们摇身一变以后，又去惩罚那些原来信任我们的人。同一位法官自己改变主意，却把苦难转嫁给无能为力的人身上。师傅鞭打听话的徒弟，带路人鞭打瞎眼的人。多么可怕的公正面目！哲学中有些规则是错误和站不住脚的。有人给我们举的例子，为了让私利高于公义，添加了一些情景也未能具有足够的说服力。盗贼把你逮住，要你起誓付出一定赎金后放了你，若说一位正派人因已脱离他们的魔掌，不用付赎金也是信守了自己的诺言，这话是不对的。

因为事情并非如此。害怕时作出的诺言，不害怕时也有责任履行。即使害怕逼得我口是心非，我还是有责任让我说的话始终如一。对我来说，有时说话过于轻率，走在思想前面，我不予以否认就会良心不安。不然，我们就会逐步剥夺他人从我们的诺言与誓愿中得到的一切权利。"仿佛正直的人也需要强迫命令。"（西塞罗）如果我们作出的诺言是恶的和不公正的，别人的利益才有权利原谅我们不去履行。因为美德的权利应该超越义务的权利。

过去我把伊巴密浓达看成是第一流的俊彦人物，自后没有改变看法。他重视个人职责，实非常人所能及！他从不杀害俘虏；为了国家自由这个至高无上的义务，他下手诛戮了一个暴君和他的党徒，但因没有经过司法程序而感到有愧；他认为一个人不管是多么好的公民，遇到敌人、逢上作战对朋友和客人手下无情，就不是个好人。他有一颗丰富的心灵！他在世上最严酷暴烈的行为中从不放弃善良与人道的做法，也即是哲学探索中最博大精深的部分。他对待痛苦、死亡与贫困的态度英勇豪迈，坚忍不拔，是天性还是修养，使他的性格达到如此质朴敦厚？

他在铁与血的战场上如凶神恶煞、屡战屡胜的斯巴达民族，只是遇上他遭到了灭顶之灾，在鏖战正酣时会旋转身避开他的朋友与客人。说真的，在大家杀得昏天黑地，眼睛发红，口吐白沫时，会给战斗这匹野马套上口嚼子，压一压煞气，这才是善于驾驭战争的将才。

在这类行动中还能讲究一点正义，这可算是奇迹了。但是也只有刚正不阿的伊巴密浓达才能做到如此温良谦恭而保持清白，不被人指责。有一人[1]对马墨提人说法律对付不了武装人员；另一人[2]对平民保民官说司法时期与战争时期是两回事；第三人[3]又说武器的乒乓声不但使他听不到礼乐之声，也听不到法律之声。他不是向敌对的斯巴达人借鉴出

---

① 据《七星文库·蒙田全集》，指庞培。
② 据《七星文库·蒙田全集》，指恺撒。
③ 据《七星文库·蒙田全集》，指马略。

征前祭祀缪斯女神的仪式，以她们的温和婉约抵消一些战神的杀气吗？

有这样伟大的导师在先，我们也就不必担心认为对付敌人也有不尽人意的地方，公众利益并不要求所有的人做所有的事都不计较个人利益，"即使大众社会分崩离析时还会念念不忘个人利益"（李维）：

> ……世上没有一种力量
> 允许侵犯友谊的权利。
>
> ——奥维德

一个正派人即使为他的君王效忠，为大众事业与法律服务，也并不是什么都可为所欲为的。"因为对国家尽职并不排斥对其他一切尽职，公民对父母尽孝道对于国家也很重要。"（西塞罗）这是一条适合当今时代的训词。用刀剑磨砺我们的勇气是干吗呢，我们的肩膀已经够受了。用笔蘸墨已经不错，不要再去蘸血。要是说为了服从官府、体恤众情而置友谊、个人义务、诺言与亲情于不顾，也表现一种大勇和罕见的特殊美德，那么——敬请原谅——这种大勇在伊巴密浓达的大勇中是没有位子的。

另一个失去理性的心灵发出这样狂妄的煽动，实令我感到厌恶，

> 剑出鞘，让怜悯死掉！
> 即使看到父辈们在敌阵，
> 在他们的老脸上试一试你的这把剑！
>
> ——卢卡努

别去听信天生嗜血成性、六亲不认的恶人讲的这番所谓道理；别去理睬这个大而无当、高不可攀的正义，让我们效法最有人性的行为。凡事都是此一时也，彼一时也！在庞培与秦那的内战时期，庞培的一名士兵无

心杀死了在敌营中的亲兄弟，羞愧之下当即自刎而死。几年后，在同一民族的另一场内战中，一名士兵杀死了他的兄弟，还向他的将军要求领赏。

从功利性来看，很难辩说这个行动是诚实高尚的。这个行动若是功利性的，那也难下结论认为每个人都有义务去做，对每个人都是诚实的：

> 不是什么事都一律适合每个人。
> ——普罗佩提乌斯

若选择人类社会最需要和最有用的一件事，那就是结婚。然而圣徒们则认为不结婚更纯洁，从而排除人的最应该尊重的天职，这就像我们只是把劣马送进了种马场。

论悔恨

其他人教育人；我则叙述人，描绘一个教育不良的个人；若由我来重新塑造，则会塑造出另一个截然不同的人来。但是一切已成定局。

我描述的面貌不会相差太远，虽然它一直变化不定。世界只是一个永动的秋千。一切事物在里面不停地摇摆：地球、高加索山地、埃及金字塔，随着"公摇"，也"自摇"。所谓恒定其实只是一种较为有气无力的摇晃而已。

我不能保证我的这个人物不动。他带着天生的醉态稀里糊涂、跌跌撞撞往前走。我此时此刻关注他，也就画出此时此刻的他。我不描绘他的实质，我描绘他的过程，不是年龄变化的过程——如俗语说的，以七年一期——而是从这天到那天，从这分钟到那分钟。我的故事必须适时调整。我时时刻刻会改变，不仅随世事变，也随意图变。这是时局变幻莫测，思想游移不定、有时还是相互矛盾的写照；或是因为我自己换了一个人，或是因为我从另外的位置与角度来看待这些事物，不论我有时会自我违背，但是实际上像狄马德斯说的，我决不会违背真情。如果我的思想能够安定下来，我不再试探，而是作出决断；我的心灵永远处于学徒和试验阶段。

我提出的是一种平淡无奇的人生，如此而已。丰富多彩的人生中含有哲学伦理，平凡家居的人生中也含有哲学伦理；每个人都是人类处境的完整形态。

著书者通过独特奇异的标志与老百姓沟通；而我，第一个向世人展现不是作为语言学家或诗人或法学家，而是他本人全貌的米歇尔·德·蒙田。如果世人抱怨我过多谈论自己，我则抱怨世人竟然不去思考自己。

但是，我这人在生活中与世无争，却又张扬得让谁都知道，这有道理吗？在这个尔虞我诈、藏奸耍滑的世界上，我要人保持自然坦荡、低首下心的生活姿态，这又做得对吗？要写得没有学问又不讲技巧，这不是像砌墙壁没有石头吗？音乐的幻象受艺术的指导，我的幻象受天命的指导。

从学科体裁来说，至少这是我独有的：我目前所做的这份工作，在内容上没有谁比我更懂更理解，就此而言，我是世上最有学问的人了。其次，也没有谁对自己本人的材料钻研更深，细枝末节解析更细致，更能全面确切地达到预期的工作目标。要做到完美我只需写得真实。真实，那是出自肺腑的纯正、直率。我说的真实，不是一切直言不讳，而是我敢于说的一切；随着年事增高，敢说的事也增多，因为依照习俗，大家也允许这把年纪的人更加自由闲聊，更加放肆议论自己。

在这里不会发生我常见的工匠与工作互不合拍的情况：谈吐文雅的人怎么写出这么愚蠢的文章？或者这么精彩的文章怎么会出自语言乏味的人之手？

个人口才平庸、文采斐然，这就是说他的才能是借来的，不是他的天分。有学问的人不是处处都有学问，自满的人则处处自满，即使自己的无知也自满。

在这里，我的书与我亦步亦趋，一致前进。别的书里，大家可以撇开作者不谈，只对作品说长道短。这部书里不行，谁动了一个，也动了另一个。谁不了解这一点就加以评论，对自己造成的损失更大于对我的损失；谁认识到这一点，就使我完全满意。我若在这点上得到大家的赞许，让善于领会的人觉得我——若有点学问的话——还学有所用，我值得让记忆更好帮助，那样我就感到非分的幸福了。

请大家在这里原谅我常说的那句话，我很少反悔，我也心满意足，不是像天使或马那样心满意足，而是像人那样心满意足。还要加上这句老话，不是礼节性的老话，而是与生俱来的谦逊：我说话像个无知的探索者，仅是诚恳地祈求从大众合理的信仰中得到结论。我不教育人，我只是叙述。

真正罪恶的罪恶没有不伤人的，不会不遭到全体一致的谴责与审判。因为它的丑恶与劣迹那么明显，以致说作恶的人简直愚蠢与无知可能是有道理的。很难想象有人会认识罪恶而不憎恨罪恶的。恶心恶意的人吮吸了自己身上的大部分毒汁，因而中毒身亡。罪恶在心灵中留下悔恨，就像在人体内留下溃疡，总是在糜烂出血。

因为理智抹去其他一切悲哀与痛苦；但是却滋长悔恨，它从肉里长出来的，从而也更痛。犹如发高烧时的冷与热要比户外的冷与热更难受。我说的罪恶（但各人有各人的标准）不但是理智与天性谴责的罪恶，也指众人的意见造成的罪恶；这种意见即使是平白无据与错误的，但是已为法律与习俗所接受。

同样，没有一件好事不叫天性善良的人喜欢的。确实，做好事会在我们心中感到一种难言的愉悦，伴随着心地磊落也会有一种慷慨自豪。不顾死活的坏人有时也会逍遥法外，但是决不会感到怡然自得。一个人觉得自己不受当今坏风气的影响，还可对自己说以下这样的话："谁看到我的灵魂深处，也发现不了我有什么罪过；既没有让人痛苦和破产，也没有报复与嫉妒心理；既没有公开触犯法律，也没有标新立异制造混乱，说话不足为凭。虽然糜烂的时代教唆人胡作非为，我可没有侵占别人财产，把手伸进哪个法国人的钱包，不论战时与平时都靠自力更生，也不曾无偿地利用别人的劳动。"能这样说这不是一桩小小的乐事。而是证明良心安宁，听了让人开心。这种来自天性的欢欣对我们有极大的好处，也是唯一不会令我们失落的报酬。

做了好事期望别人赞扬才算得到回报，这种期望太不可靠，也是非难辨。尤其在这么一个腐朽愚昧的时代，受到大众的赏识是对人的侮辱，说到什么值得赞扬，你该去相信谁？从我看到天天把荣誉给了谁，我就祈求上帝不要让我做这样的好人。"*从前的罪恶现今成了社会公德。*"（塞涅卡）

我的某些朋友或是主动或是应我的要求，有时开诚布公地责备我，批评我，对于一个有教养的人来说，这是一种友爱，比任何其他友爱更有裨益、更温情。我总是敞开胸怀，满心感激欢迎他们这样做。但是此刻静心一想，我经常觉得他们的责备与表扬中有许多错误的标准，我宁可犯我这样的错误，而不愿按他们的方式去做好事。

主要是我们这些人，深居简出，心中必须树立一套行为准则，以此自律，根据这个准则自勉或自责。我有自己的法律和法庭审判自己，有事在这里而不去别处告状。我根据别人的看法来约束我的行动，但根据自己的看法来扩展我的行动。只有你自己才知道自己胆小还是残酷，忠心还是虔诚；别人看不透你；他们只是用不确定的假设来对你猜测；他们看得多的是你的表现，不是你的本性。因此不要在乎他们的判决，而在乎你自己的判决。"你应该运用你自己的判断力。"（西塞罗）"由良心提出善与恶的证据，这才有分量。"（西塞罗）

有人说悔恨紧紧跟随罪过，这话似乎不是指那种自以为是、根深蒂固的罪过。对于不经意和情急之下犯的罪过可以否认和推卸；但是那些蓄谋已久、不做誓不罢休的罪过，就没有什么好说的了。悔恨只是对我们意愿的否定，对我们怪念头的抵制，这可以用各种意义解释。悔恨使这个人否定他从前的美德和节制。

为什么我年轻时没有现在的心灵？
为什么我有了智慧就失去红润的面色？
——贺拉斯

内心一切保持井然有序，这是一种美妙的人生。人人都会当众演戏，在舞台上扮演正人君子，但是在一切都可自由自在、不为人知的内心，做到中规中矩，这才是要点。接着可做的是使家庭、日常起居中保持井然有序——那也是我们无须向人说明理由，不用做作，不用矫饰的地方。

贝亚斯描述美满的家庭生活时说，"主人在外面在法律管束与人言可畏的情况下怎样做的，在家里也该怎样做。"还有朱利乌斯·德鲁苏的一句话也值得一听，工匠向他提出，花三千埃居可以把他的房子盖得让他的邻居再也看不到里面。他则回答说："我给你们六千埃居，造个每个人从哪个角度都可看到里面的房子。"

大家也欣赏阿格西劳斯的做法，他旅行时总是投宿教堂，为了让大家和神看到他私下生活是怎么样的。有些人在社会上备受尊敬，但是他的妻子与仆人则看不出他有任何出众的地方。受到仆人称赞的人是很少的。

历史的经验告诉我们，没有人在自己家里，还有在自己家乡做得成先知。在小事上亦复如此。从琐碎的事例中看出大事是怎么样的。在我的家乡加斯科涅，他们看到我出书都感到挺好玩。离家愈远我的名声愈大，身价也愈高。在居耶纳，我买印刷商，在其他地方印刷商买我。活着时深居简出的人，就是从这点起做到日后不在人世时获得好声名。我宁愿少些名气。我来到这个世界只求得到我的一份教益。除此以外，我就不予以理会了。

那个人从官府出来。被大家一路招摇护送到大门口。他脱下官袍，离开官职，原先升得愈高，如今跌得愈低。他家里的一切都杂乱无章。即使有什么秩序，也必须有敏锐的观察力在这些日常平凡的行动中把它识别出来。再说秩序本来就是一种死气沉沉、不起眼的美德。攻破一座要塞、率领一个使团、治理一方人民，这是威风显赫的大事。责备，欢笑，买与卖，爱与恨，跟家人与自己平静愉快地交谈，不懈怠，不否认自己，这些事更少，更难，也不引人注目。

不管怎么说，退隐生活中包含的义务要比其他的生活更艰巨更紧张。亚里士多德说，平民百姓实施美德要比身居官职的人更难更可贵。我们准备去建功立业，更多是求荣耀，不是为良心。其实达到荣耀的最短途径，就是立志在良心上去做你愿为荣耀所做的一切。

我觉得亚历山大在他的舞台上表现的美德，不及苏格拉底在底层默默表现的美德有力量。苏格拉底处于亚历山大的位子我很容易想象，但亚历山大处于苏格拉底的位子我则想象不出来。若问亚历山大他会做什么，他会回答："征服世界。"问苏格拉底，他会说："让人按照自然状态过日子。"这倒是更普遍、更重要、更合理的学问。心灵的价值不是好高骛远，而是稳实。

心灵的伟大不是实现在伟大中，而是实现在平凡中。因而从内在来评判我们的这些人，不看重我们在公开活动中出色表现，认为这只是从淤泥河底溅上来的几颗小水珠。同样，那些从堂堂外表来评判我们的这些人，对我们的内在气质作出结论，无法以他们平庸凡俗的能力去攀附惊世骇俗的才情，高下太悬殊了。

所以，我们让魔鬼长得奇形怪状。随着帖木儿声名远播，根据想象揣摩他这人的外表，谁不把他说成两眉倒竖、鼻子朝天、面目狰狞、身材像个巨无霸？我若从前见过伊拉斯谟，我很难不认为他对妻子和仆人说话也是满口警句与格言。从工匠的穿着或妻子去想象他是怎样的人，那要比想象一位大法官容易得多，大法官道貌岸然，一本正经。让我们觉得他们高高在上，不过人间生活的。

坏人有时心血来潮做起了好事，好人也会这样去做坏事。那就应该以他们日常的心态、一贯的行为来评判他们。至少与平时的自然状态相差不远时。人的天性可以通过教育改进与加强；但是不会完全改变与消除。在我们这个时代，成千上万人通过相反的学说走上行善积德或是为非作歹的道路：

> 在囚笼中忘记了原来的森林，
> 温顺的野兽失去凶相，
> 接受人的驯服，但是有一滴鲜血

> *落进他们的嘴里，那时*
> *又会野性大发，张开血盆大口，*
> *连惊慌失措的主人也不放过。*
>
> ——卢卡努

本性是不可能根除的，只能掩盖，只能隐藏。拉丁语对我像是母语，我理解得比法语都好；但是四十年来我没用拉丁语交谈与书写了。如果遇上意外的危急事——我一生中有过两三次，一次是看到父亲好端端的仰倒在我身上不省人事——我从肺腑发出的第一句话总是拉丁语。长期的习惯也拦不住本性强烈的表现。这个例子可以引出许多其他例子。

在我这个时代，那些人试图用新观点来纠正社会风气，只是从表面上去改变罪恶。那些实质性的罪恶，他们若没有去增加，也是根本没有触动。增加倒是必须担心的。他们要去做其他好事，还是更乐意停留在这些夺人耳目的外表改革，代价更小，更易讨好；这样也就不费多大工夫就满足了其他共生共灭的天然罪恶。

从我们自身经验就可以明显看出。谁若愿意审视自己的话，没有一个不会发现自己的内心有一种固有的占主导地位的脾性，抗拒外界的教育和一切相反的情欲引起的风暴。至于我自己认为较少受到阵阵冲击、几乎总是稳稳当当留在自己位子上，像那些笨重的躯体。我若失去常态也不致太离谱。做荒唐事也不会太过分。行为不极端也不怪异，也常作清醒与深刻的反省。

真正应该谴责的是，我们这些人一般在退思生活中也充满污秽与堕落；改过的想法属于空谈；补赎的方法是病态和错误的，与他们的罪恶相差无几。有些人，或是不能摆脱天性的罪恶，或是由于长期的沉湎，已不觉其丑恶。另一些人（我也在其中）感到罪恶的沉重，但是会找乐趣或其他机会去减轻，还会付出一定的代价罪恶地、卑怯地去容忍，去接受。

因而，一有欢乐就原谅了罪恶，就像我们对待功利一样，完全可以想象这个措施是那么不成比例。不论是那种偶一为之、算不得罪恶的小偷小摸，还是那种如跟女人睡觉这类冲动强烈、还说是无法抗拒的犯罪行为。

那天我在雅马邑一位亲戚的领地上，遇见一个农民，大家都叫他小偷。他对自己的身世是这样说的：他一生下来就当了乞丐，他看到靠双手挣面包，怎么也摆脱不了贫困，于是想到去当小偷。他靠体力以偷盗为生，青年时代过得太太平平。因为他到别人的地里去收割庄稼，路程远数量大，人家没法想象一个人用肩膀在一夜间扛得回那么多东西。此外他还细心把作案的损失均匀分散给各家，因而每家每次受害不是太大。

现在他已年迈，作为农民他是富裕的，他公开承认这是靠了他的偷盗；为了要上帝谅解他的所作所为，他说每天去给他偷过的人的后代做好事；他若做不完（因为他不可能一次都做了），他责成他的继承人，根据只有他知道的给每人造成的损失去给他们作补偿。从他这番不论是真还是假的叙述来看，他还是认为偷盗是不诚实的，恨它，虽然不及恨贫困那样。悔恨也很直率，但是这样使这件事得到了平衡与弥补，他也就不悔恨了。这不是让我们对罪恶摆脱不开执迷不悟的恶习，也不是使我们的心灵迷乱的阵阵狂风，一时失去了判断和一切，卷进了罪恶不能自拔。

我做事习惯上一个心眼儿做到底；也没有什么行动需要向理智隐瞒和回避的，差不多都是得到全身心各部分的同意才干的，不会引起分裂和内乱。事情的对错与褒贬全在于我的判断。判断一旦错了，就永远错了，因为几乎生来它是这样的：同样的倾向，同样的道路，同样的力量。对待一些具有普遍性的问题，我从童年就站在了我那时必须保持的立场上。

有一些来势凶猛、猝不及防的罪恶，让我们暂且撇在一边。但是另一些罪恶，屡犯不改，有计划，有预谋，甚至可以说是职业性的天赋，我不相信没有理智和心计时时刻刻的酝酿和支持，怎么可能在这些有罪恶意识的人的心中存在那么久。他们宣称在某个时刻幡然醒悟，我对他们大谈悔恨的话是很难想象与苟同的。

我不能接受毕达哥拉斯的学说："人在走近神像领受神谕时，灵魂焕然一新"。除非他的意思是说，为了这个时刻必须换上一颗不同的新灵魂，原有的灵魂藏污纳垢，已不配出席这番祭礼了。

他们做的一切恰与斯多葛派是相反的，斯多葛派要求我们改正自身认识到的不足与罪恶，但是不用为此感到悔恨、郁郁不乐。毕达哥拉斯派要我们相信他们内心感到极大的遗憾和内疚。但是从表面上他们没有让我们看到有一点改过自新、决不重犯的样子。病若不除根，就不算痊愈。悔恨若放在天平上，重量必须超过罪恶。我觉得不从行为与生活上去规范，表面上装得信仰上帝还不是轻而易举的事。虔诚的实质是深奥的、隐藏的；外表是容易装得像模像样的。

至于我，总的来说可以希望成为另一个人；我也可以对自己整个儿否定和不满意，恳求上帝给我来个脱胎换骨，并消除我的天性懦弱。但是这样的心愿我不能称之为悔恨，好像也不是当不成天使或加图而不高兴。我的行动是根据我的天性和条件调整而与之相符合的。我不能做得更好了。那些非我的力量能够做到的事，谈不上悔恨，要说的话也只是遗憾。天性比我高又比我更懂自律的人，我想不计其数，但是尽管如此，这改变不了我的天赋，正如我不会因为想象别人有强健的四肢与精神，我的四肢与精神也就会强健起来了。

如果想象和盼望一种比我们更高尚的行为，就对自己的行为产生悔恨，那么我们还是对自己更平常的行为表示悔恨吧。尤其我们认为若天性更优秀，这些行为必然会更加完美、更加讲究尊严。我们也会乐意这样去做的。

当我的老年的眼光去审视我青年时的行为，我觉得依照我的能力一般还是做得规规矩矩的。我的生活能力也仅此而已。在这些情况下我不自我吹嘘，我会一如既往地这样做。这不是我身上的一块斑痕，而是涂遍全身的色彩。我不会有表面的、不痛不痒和装门面的悔恨。要我说悔恨，那是触动我身上每一部分，引起撕心裂肺般的痛苦，就像被上帝看在眼里，深刻，无一遗漏。

说到经商，由于缺乏有效的管理，我失去了不少好买卖。根据当时的情况，我的建议还是经过良好选择而定的；做法总是以简捷可靠为原则。我觉得在我过去所做的决断中，都是从人家给我提出的实际情况，按照自己的规则，去审慎地行事。即使一千年后处在相似的情境中我也是会这样作出决定。我不看现在的情况是怎么样的，就看我在考虑时的情况是怎么样的。

一切建议的力量取决于时间。时机稍纵即逝，事物不断变化。我一生中有过几次重大的失误，不是我的主意不对，而是时机不对，后果严重。我们接触的事物中都有其秘密的部分，尤其涉及人性时更深不可测，一些因素不声不响，深藏不露，有时即使本人也不明白其就里，遇到机会突然爆发了出来。如果小心翼翼还是没能看透和预见，我也不会过于懊恼，谨慎只是在其范围内发挥作用；我就会受事情的打击。事情若对我拒绝的一个方案有利，那也没有办法；我不怪自己；我责怪命运，不责怪我的工作；这就不叫做悔恨了。

福西昂给雅典人出了个主意，未被采纳。事情进展顺利确跟他的意见大相径庭。有人对他说："福西昂，事情那么顺利你很满意吧？"他回答说："事情发展成这样我当然满意啰，但是我提那样的建议也不后悔。"

当我的朋友要我提什么建议时，我坦率明确地给予回答，不像其他许多人所做的那样，不敢尽言，担心事情吉凶难测，一旦事情与我的预测相悖，他们就会责备我出那样的主意。这点我不在乎。因为这是他们不对。他们要我帮忙我是不该拒绝的。

我不会拿自己的过失或不幸去怪别人，而不怪自己。因为事实上，我很少采用别人的意见，除非出于礼节性表示，或者我需要请教科学知识或了解事实真相的时候。但是只是要求我作出判断的事情上，其他人提出的理由可以支持我的论点，但很少改变我的论点。他们说的我都会侧耳聆听；但是就我记得起的，迄今为止我还是只相信自己的意见。依我来说，这只是一些苍蝇与原子，来分散我的意志。

我不太赏识自己的意见，我同样不太赏识别人的意见。命运对我很宽厚。我不采纳人家的建议，我给人家的建议更少。请教我的人不多，相信我的人还要少；我也不知道哪件公众或个人事务是听了我的意见振兴和通过的。即使那些被命运拴在一起的人，也乐意让自己听从其他人的头脑指挥。像我这个对自己的休息权利和自主权利同样珍惜的人，更喜欢这样去做。他们按照我表达的信念对待我，决不要勉强。我的信念是一切都取决于自己。不卷入其他人的事务，摆脱它们的约束，这对我是一大快事。

对于一切已经过去的事，不论其结果如何，我很少抱憾。它们本来就应该这样发生的，这个想法使我免除烦恼；如今它们已经进入宇宙大循环，斯多葛的因果连锁反应。你用什么方法祈求和想象，都不能改变一丝一毫，事物的顺序不会颠倒，不论过去与未来。

此外，我讨厌随着老年而来的那种油然而生的悔恨。一位古人说他感谢年岁增长使他摆脱了情欲，这个意见可是跟我的不一样；阳痿给我带来怎么样的好处，我决不会表示感激。"上帝决不会那么仇恨他的创造物，竟把性无能看作是一桩好事。"（昆体良）人到老年欲望衰退，此后又了无兴趣，这在我看来心灵不见得作如是想。忧愁与衰老强令我们遵守一种力不从心的美德。我们不应该让自然衰退带走一切，连带判断力也拿不准了。青春与冶乐在从前并没有让我看不到肉欲中的罪恶面目，同样，此时此刻，年岁带来的厌世情绪也别让我看不到罪恶中的肉欲面目。

现在我对此已不沾边，还是像沾边时一样去判断事物。当我用力用心去撼动理智时，发现理智与我在寻欢作乐的年代是一样的，只是有时因年事已高而有所减弱和衰退；还发现理智虽因关心我的身体健康不让我沉湎于欢乐，但在精神健康上并不比从前有更多的限制。看到理智退出战局，我也不因而认为它是激流勇退。

诱惑对我已失去威胁，无能为力，不值得运用理智去抵抗，只需伸出双手便可驱散。要是让我的理智去面对早年的情欲，我只怕它已不像从前那样有力量去承受。我看不到它判断事物跟以前有什么两样，也没有新意。若有什么复原，也是向恶的复原。

若要健康先得生病，哪有这样可怜的药！这样做不应让我们陷入不幸，而是让我们判断力健全。伤害与打击除了逼得我咒骂以外做不了其他事。只是对鞭挞后清醒的人才可以这样做。我的理智在意气风发时运用自在，消化痛苦必然比消化欢乐更分心、更费力。风和日丽时我也看得更清楚。健康要比疾病更轻松，也更有效地提醒我。我还有健康可以享受时，也就尽快地保养强身。要是年边衰老竟至胜过我精力充沛、思维敏捷的好时光，要是人家不以我曾经是的那个人，而以我已不是的那个人来尊重我，我会感到汗颜和嫉妒。

依我的看法，做人所以美妙是活得幸福，不是安提西尼说的死得幸福。我不曾想把一位哲学家的尾巴丑陋地续接在一个绝境中人的头和身体上；也不会让人生残局去否定和抹煞我大段的美好人生。我愿意让人把我通体融合统一来看。我若会重生，会照样再活一遍。我不埋怨过去，也不畏惧未来。我若不想欺骗自己，心里心外都一样表现。我对命运至为感激的一件事，就是我的身体状况跟岁月配合得恰到好处。我看到了人生的长苗、开花与结果；而今又看到枯萎。这也是件幸事，因为这顺乎自然。我较为平心静气地忍受着病痛，因为它们是按时来的，更有利于我去回忆从前的大好时光。

彼时与此时，我的智力可以说还是不相上下；但是从前更有建树，更见精彩、朝气、活泼、纯真，而今迟钝、多怨、辛苦。我也就放弃了进行效果难料、痛苦的改造。

必须由神来激励我们的勇气。必须通过理智的改造，而不是欲望的减弱，来促进我们的觉悟。肉欲本身决不像昏花老眼看到的那么苍白，那么暗淡。节制是上帝对我们的命令，为了尊重上帝，我们应该爱节制，还有贞洁。由于患上重感冒或者为了医治腹泻不得已而为之，那就不算是贞洁和节制了。

人若看不到也不知道肉欲为何物，不体会它的风情、力量、极为迷人的魅力，那就不能吹嘘说自己轻视肉欲，战胜肉欲。我对两者都有体会，有资格来谈一谈。但是我觉得，我们到了老年后心灵沾上的毛病与缺点，还比青年时更不易改掉。我年轻时说过这样的话，他们嘲笑我嘴上无毛。如今须眉花白给了我威严，我还是说这样的话。

我们常把脾气执拗、不满现实称为"智慧"。但是事实上，我们没有抛弃罪恶，只是改变罪恶，按我的看法，还愈变愈坏。愚蠢老朽的傲慢，令人生厌的唠叨，难以相处的倔脾气，迷信，对于用不着的钱财锱铢必较的可笑心态，除了这些以外，我还觉得比从前更嫉妒、更不公正、更狡猾。岁月在我们精神上留下的皱纹比面孔上的还多。人到老年不变得更加尖酸刻薄，那是看不到或者很少看到的。人总是整个儿走向成长与衰退的。

看到苏格拉底的智慧以及几次对他判决的情境，我敢相信从某种程度上说他是有意渎职去迎合的，他年届七十古稀，敏捷丰富的思维到底迟钝了，素来明晰的头脑也糊涂了。

我天天在许多熟人身上，看到老年给他们带来多大的变化！这是一种势不可挡的疾病，在身上自然地、不可察觉地扩散。必须仔细观察、小心预防去避免它在我们身上造成的缺陷，或者至少延缓其势头。我觉得不论我们如何设防，它还是步步紧逼。我竭力支撑。但是我不知道它何时把我逼入绝境。不管怎样，让人知道我在哪里跌倒的也就心满意足了。

论三种交往

　　人不应该按照自己的脾性与心意斤斤计较，我们的看家本领是懂得应付不同的局面。认定一种方式非此不可，这是存在，不是生活。最美丽的心灵是善于灵活适应的心灵。

　　说大加图的一句名言可以为证："他的思维那么灵活，对一切都应付裕如，不论他做什么，人家都说他生来就是干这个的。"（李维）

　　若由我自己来培养自己，我不愿意在一件事上做得那么专注，以致放手不下。生活是一种不均匀、不规则、多形式的运动。一意孤行，囿于个人爱好固执不变，决不肯偏离和迁就，这不是在做自己的朋友，更不是主人，而是奴隶。我现在说这样的话，是由于自己不容易摆脱心头的骚扰，只有在强制之下思想才会集中，集中以后又全身紧张专注不会放松。就是遇上微不足道的题目，也会任意夸大，诚惶诚恐地全力以赴。也由于这个原因，无所事事对我是一件艰难的工作，损害我的健康。

　　大多数人的头脑都需要外来事物使它转动活跃。而我的头脑则需要外来事物使它稳定休息，"必须由工作驱除懒散的恶习。"（塞涅卡）因为最辛苦、最根本的工作是研究自己。对于我的头脑来说，读书属于从工作中分心的一种做法。凡有思想闪现，我的头脑便激动起来，向各个方向证明自己的活力，时而朝向力量，时而朝向条理与雅致，它自我整理、节制、加强。头脑自有激发内在天赋的机能。大自然给我的头脑像给其他人的头脑，自有足够的材料让它变得有用，自有足够的事件让它去创造，去判断。

　　对于懂得自省与努力奋发的人，思考是一种深刻全面的学习，我喜欢磨砺我的头脑，而不是装满我的头脑。根据各人的心灵保持思想活动，这比什么工作都费力，也都不费力。最伟大的心灵都把思考作为天职，"对于它们，生活即是思想。"（西塞罗）因而大自然赋予心灵这样的特权，没有一件事我们可以做得那么长久，要做又可以那么方便容易。亚里士多德说："这是神做的事，他们的幸福与我们的幸福都是从中产生的。"书籍中的各种内容主要是启迪我的思维，促进我的判断，不是推动我的记忆。

有些缺乏生气与活力的议论使我读不下去。文笔清新美丽使我满足与思考，的确也不亚于内容深刻与有分量。对于其他的交流，我都昏昏欲睡，心不在焉。遇上这类无精打采的谈话与应酬，我经常会说出孩子才会说的可笑梦呓与蠢话，或者固执地沉默不言，更加僵硬无礼。我自有一种在一旁出神的傻样，还对许多日常事物极端幼稚无知。靠了这两个优点，我承蒙别人给我编了五六则故事，哪一则都傻得可笑。

再接我的话往下说，我的这种怪脾气使我跟人来往很挑剔（必须由我精心选择），处理日常事务很笨拙。我们是跟老百姓一起生活打交道的。假若我们讨厌跟他们交谈，假若我们不屑跟市井小民混在一起，市井小民跟有识之士同样都有他们自己的规则（不能跟大众的愚昧打成一片的智慧是愚昧的智慧），那么我们对自己的事还是对人家的事都不应该去管了，因为不论公事与私事都必须跟这些人一起做。

让我们的心灵最放松与最自然的做法是最美的做法，最不勉强人的工作是最好的工作。我的上帝，智慧若使人能够量力去满足自己的欲望，那才是对人做了一件好事！没有比这更有用的哲理了。"量力而行"，这是苏格拉底最爱最常说的一句话，内涵丰富。应该把我们的欲望导向和定位在最近最易的事上。我的命运让我接触到的、我的生活中又不可或缺的千百件东西我都不乐意，偏偏要去追求一两件我鞭长莫及的东西，或者甚至是一个非我所能冀求的怪念头，我岂不是愚蠢到了家？

我天性软弱，厌恶任何粗鄙刻薄的事，因而也不难摆脱嫉妒与敌意的困扰。被人爱我不敢说，但是不被人恨，这种情况没有人有过更多的机会。但是我这人说话冷冰冰，理所当然辜负了不少人的好意，他们把我的话往坏处去想也情有可原。

那些珍贵的友谊我则很有能耐去获得和保持。尤其我对情投意合的友谊如饥似渴，我采取主动，慕名相交，自然流露出珍惜之情，给人留下印象。我经常有这样幸运的体验。对于泛泛之交，我就显得冷淡，找不到话说，因为若不能坦诚我的举止就不自然。何况从青年时代以来，命运使我有过一次完美的友谊，至今念念不忘，也使我说真的不思跟其他人结交，那位古人（普鲁塔克）说的话给我留下的影响太深：友谊是人与人相伴，不是兽与兽合群。再加上我天生不会语气婉转，说话只说一半，像人家嘱咐的那样在没有深交的众人面前要心存戒备，开口谨慎。当前人家尤其关照我们：谈论世事就会有风险，就要说假话。

我还清楚地看到，像我这样的人生活目的只是享受舒适（我说的是必要的舒适），就应该像避开瘟疫那样避开挑剔的坏脾气。我赞赏通权达变的人，张弛有度，能上能下，随遇而安，能与他的邻居谈房屋，打猎，跟人吵架，也饶有兴趣跟木匠和园丁聊天。我羡慕那些人，他们会跟最底层的人接近，还用他们的腔调说得很投机。

柏拉图的看法我并不喜欢，他说跟仆人说话，不论男的还是女的，都要用主人的语言，不随便不亲近。因为，除了我上述的理由以外，用命运赐予的这么一个特权来摆威风这是不合人性和不公正的；尽量消除主仆之间差别的做法，我觉得最公平。

其他人竭力发挥和炫耀自己的思想，我则压低和收敛自己的思想。张扬是有害的。

> 你大谈埃阿科斯家族，
> 特洛伊城下的鏖战。
> 但是希俄斯岛的葡萄酒价钿多少？由谁给我烧水？
> 何时在何家，我能栖身

躲过佩里涅的寒风？怎么就不说啦！

　　　　　　　　　　　　　　——贺拉斯

因而，斯巴达的崇武精神需要克制，在战时需要悠扬柔和的笛声来中和，不然只怕会发展成鲁莽与狂暴，而其他民族一般都用尖锐响亮的声音与呐喊，竭力鼓动士兵的勇气。同样我觉得——这跟一般的看法不一样——我们在许多情况下需要的是稳重的铅而不是会飞的翅翼，是冷静与休息，而不是热情与煽动。尤其，在两个合不来的人中间装得挺懂事，说话拿腔拿调，像意大利人说的："站在叉子尖上说话"，我才觉得是蠢到了家。应该跟你身边的人处于同一水平，有时还可以装傻。暂且收起你的力量与机智，日常交往中保持有条有理已是足够了。若有需要，还得在地上爬呢。

　　有学问的人就是乐意撞上这块石头。他们总是炫耀自己满腹经纶，把他们的书撒得满地都是。到了现在，贵妇人的闺房里、耳膜里都是他们的叫嚣声，即使她们抓不住他们要说的内容是什么，至少要装得领会的样子。谈到无论什么再基本与通俗的题材，也摆出一副学究的派头，采用时髦的说话与书写方式，

　　害怕、发怒、高兴、难过，
　　泄露心头秘密，都有自己的一套。是为了什么？
　　是为了跟你风雅地睡觉……

　　　　　　　　　　　　　——朱维纳利斯

她们对什么事都要引用柏拉图和圣托马斯，谁遇上谁都可为之作证。这个学说没进入她们的心灵里，还是留在了她们的舌尖上。

　　大家闺秀要是相信我的话，我劝她们只需发挥自己的天生丽质就可以了。她们却用外来的美掩盖自身的美。还头脑简单地扑灭自身的光

而借外界的光闪闪发亮。她们被矫揉造作葬送了。"个个都是从粉盒子里走出来的。"（塞涅卡）这是她们对自己认识不足；世上没有什么比她们更美了；应该由她们给艺术增光，给胭脂敷彩。

除了生活在爱慕与崇拜中，还应该让她们有什么呢？这方面她们拥有与理解的东西是太多了。她们只需稍稍开启与激发内心的天资。当我看到她们热衷于修辞学、星相学、逻辑学以及这一类对她们毫无实际用处的毒药，我担心建议她们学这些玩意的人，这样做的目的是存心要她们就范。因为我还能找出什么别的原因呢？她们其实不需要我们，只要美目一盼，包含快乐、庄严与温柔，再在说"不，不！"时加一点严厉、疑虑与恩宠的表情，根本不用人家教她们道理来表达自己的意思。有了这门知识让她们手执教鞭，给那些学者传道解惑。

如果她们不高兴什么都屈从我们，怀着求知欲愿意分享书本知识，诗歌是适合她们需要的一种消遣。这是一种耍小聪明的搞笑艺术，说话躲躲闪闪，又收不住口，始终开开心心，搔首弄姿，像她们一样。她们也会从历史故事中得到不同的教益。在哲学方面——对人生有用的那部分——她们可以学习一些道理，帮助她们判断我们男人的脾气和性格，对我们的背叛有所提防，调节她们自己的欲望冲动，安排自己的自由，扩大生活乐趣，从人性观点去忍受亲信的变心、丈夫的粗鲁、年纪与皱纹的困扰；以及这一类的事。以上就是我给她们指定的学习大框架。

有些人天性与众不同，孤僻内向。我这人本质上还是适合交往与表达的。我感情外露，让人一望而知，旧雨新知都爱来往。我喜爱和鼓吹独处，主要只是集中自己的感情与思想，限制与减除自己的欲望与焦虑，而不是步伐。不操心外界的侵扰，死活也要躲开俗念杂务的羁绊，要回避的不是人群而是事务。

独处一地，说真的，使我心胸更宽阔，视野更远大；当我一个人时更加关注国家大事和世界风云。在卢浮宫或人群中，我低首下心，身子蜷缩。人群遏制着我,在这些肃穆庄严的地方我的思想却出奇地疯狂与放肆。使我发笑的不是我们的疯狂,而是我们的智慧。

从性情来说,我并不仇视宫廷里的人事纷扰。我也曾在那里度过一部分岁月,我也习惯跟大家谈笑风生,但只是偶偶为之,要合乎我的心情。但是我上面提到的缺乏主见,逼得我甘心独处,即使在家里人多口杂、访客频繁,也如此。我在家遇到不少人,但是乐于交谈的实在不多。我为自己也为别人保留一份少见的自由。虚文浮礼、恭候伴送以及我们礼节中的这些辛苦规矩(唉,脱不开的烦人客套!)统统都免了。各人按自己的方式行事;谁爱怎么想就怎么想。我保持沉默,关在房里沉思默想,也不怠慢客人。

我要与之来往与深交的人,都是被大家称为正派和能干的人。目睹他们的仪态使我不思再与其他人相见。从他们的谈吐来说,也是我们中间的佼佼者,举手投足莫不自然大方。这类交往的目的,无非是亲密相处,常来常往,谈天说地,灵魂的切磋以外并无他意。在我们的谈话中一切题目对我都是无所谓的,我不在乎什么轻重深浅;总可谈得优雅得体;对每项事物都有一个成熟的见解,含有好意、坦诚、欢乐与友谊。我们的智慧并不只是在王位继承、宫廷大事上表现出美丽与力量,在私下谈话时也不见逊色。

我从他们的沉默与微笑也可以明白他们,有时在餐桌上还比在会议上更能发现他们。希波马库斯说他看人的走路姿态就可以知道他们是不是好角斗士。谈话就是扯到哲学题目那也无妨,不会把它拒之门外,也决不会像一般那样道学、不容置辩、令人讨厌,而是争论热烈,灵活有趣。

我们只是以此消磨时间而已;应该受教育与听教诲的时候,我们自会上哲学王国去朝觐,眼下委屈它下位来见我们了。因为不管它多么有用、受人欢迎,我认为没有必要还是可以不去求教于它,没有它照样做我们的事。一个有天赋、有过人际关系磨练的心灵,必然各方面都讨人喜欢。艺术不是别的,只是这样的心灵的流露与呈现而已。

与正派的美女交往对我也是一大乐事："因为我们也有一双慧眼。"（西塞罗）如果说心灵不像在第一种交往中那么满足，感官享受对第二种交往很起作用，虽然据我看还不能把这两种交往拉到相等地位，但也可是相近程度。但是这种交往还得留一点心眼儿，尤其我这样肉体很会受冲动的人。我在青春期突然钟情，受尽了诗人所说滥情男子身上产生的一切苦楚。这记鞭笞说实在的此后被我当作一个教训，

> 希腊船要避免在卡法雷触礁，
> 必须在优卑亚海面转舵。
>
> ——奥维德

在这件事上朝思暮想，热情贯注，爱得死去活来，也是疯狂。但是从另一方面来说，如果没有爱情，没有意愿，只像演戏似的凑在一起，因年龄与习俗的需要共同扮演一个角色，只是在嘴上说得好听，这样做万无一失，但却是懦夫行为，就是害怕风险而甘愿放弃荣誉、利益或欢乐的人。

因为可以肯定的是，实行这种做法的人决不可能期望一颗高尚的心灵会感动，会满足。真心实意渴望得到的东西才会真心实意享受其带来的欢乐。我说这个话只是命运可能会不公正地垂顾她们的外貌，因为女人不管长得怎么丑，没有一个不觉得自己妩媚可爱，不会以青春年华或一颦一笑而显得楚楚动人。这也是常见的事。其实世上没有完全丑的女人，也没有完全美的女人。婆罗门种姓的姑娘，没有什么可以自我推荐的时候，会应群众高声怪叫走到广场上，露出自己的私处，光凭这点看看她们是不是该得到个丈夫。

因而，谁第一个起誓要侍候她，没有一个女人不是轻易相信的。今日男人偷香窃玉已日常见惯，我们也必然看到这样的事实，她们自发聚会，彼此倾诉，就是为了躲开我们。或者按照我们给她们做出的榜样，抱成一团，玩她们自己的把戏，也跟人眉来眼去，没有激情，不动心，

也谈不上爱。"不论自己与别人的激情，都体会不了。"（塔西陀）就像柏拉图笔下利齐娅的论点，认为我们愈是不爱她们，她们愈是对我们大开方便之门。

好比在舞台演戏时，观众得到的乐趣至少不亚于演员。

就我来说，我认为不存在丘比特就没有维纳斯，不生孩子就没有母爱。这两者在本质上是相互融合，相互依存的。这样骗人者反受自己骗。不费工夫的人也得不到有价值的东西。把维纳斯当做女神的人看到她本质的美不是出自肉体，而是出自精神。这些人寻求的美不完全是人间的，也不是野的。动物追求的美未必那么粗鄙庸俗！

我们看到想象与欲望经常使动物发热，在身体以前感到兴奋。我们看到不论雄性还是雌性，在群体中同样有所选择，有所钟情，相互保持长期的恩爱关系。那些年老而体力不济的动物，还会因爱情而发抖、嘶鸣、寒战。我们看到它们在交配前充满期望与欲念。当身体履行职能后，心里痒痒的还沉浸在回忆的甜蜜中；我们看到它们这时昂首阔步，非常神气，发出吼叫好似欢庆节日，高唱凯歌，表示疲劳与陶醉。谁只是满足肉体的天然需要，何必挖空心思施展奇招去麻烦别人呢。这又不是去填满欲壑的一块肉。

我这个人并不要求人家把我看得比本人好，我还要说一说自己青年时代的错误。我很少前去嫖娼狎妓。不单是因为对健康有危害（我还是不够谨慎，得过两次病，还好是轻的，初期症候），还由于看不起这样做。我愿意以困难、欲望和某种荣誉来提高快感。

我赞成提比略皇帝的做法和弗洛拉妓女的派头。皇帝在爱情上除了那种功夫以外，同样讲究谦恭高贵。而弗洛拉绝不委身于低于独裁者、执政官或监察官的男人，根据求爱者的地位来调情①。当然珍珠、

---

① 据勃朗托姆《名妓传》，弗洛拉在门前钉一块告示："国王、王爷、独裁者、执政、主教、财务大臣、大使们请进，其余人概不接待。"

罗缎、头衔与排场也是起作用的。

再说，我非常重视精神，然而肉身也不可马虎。两者的美若非缺一不可，说句心里话我会选择舍弃精神美。精神美可以用到更重要的事情上去。但是说到爱情，主要跟视觉与触觉有关，没有精神美可以做得有声有色，没有肉体美就味同嚼蜡。美实在是女性的真正优势。她们的美是女性特有的。我们的美要求五官的标准稍有不同，但是只是具备了她们少女无毛的特征，才臻于完美。有人说土耳其皇帝后宫，以美色侍候他的人不计其数，最多到了二十二岁就要退役。

男人更善于思考、更谨慎、更重友情，因而他们管理天下大事。

这两种交往都包含意外，依赖别人。前一种因少见而令人烦恼，后一种因年迈而徒呼奈何；这样它们满足不了我的一生需要。跟书籍打交道是第三种交往，更可靠，更取决于我们自己。它没有前两种的不少优点，但是自有其长处，就是长期方便的服务。那种交往伴我一生，处处给我帮助。是我晚年与孤独时的安慰。百无聊赖时使我不感到沉闷，什么时候都让我摆脱叫我生气的伙伴。只要它不是达到极点控制我的全身，总能减少我些许痛苦。我唯有拿起书本才能排遣挥之不去的念头，书本很容易吸引我，忘得一干二净。我在得不到其他更真实、活生生、天然的散心时去找它们，它们见了我也不会赌气，总是用同一副面孔接待我。

俗语说：有马代步的人不用走路。那不勒斯和西西里国王雅克，年轻、英俊、健康，坐在担架上巡游全国，头下垫一只干瘪的羽毛枕头，穿一件灰布长袍，戴一顶同样质地的便帽，随从在后面的则是华丽的王室卫队、形形色色的轿子和牵着走的马、贵族、军官，表现一种初期还不巩固的权势。有望治愈的病人不用可怜。这句警言说得很有道理，我从书本中得到的全部好处，全在于对这句话的体会与应用。事实上我利用书，比那些不懂书为何物的人多不了多少。我享受书，犹如守财奴享受财宝，只要知道高兴就可以享受就够了。有了这个占有权我就心满意足。

不论和平还是战争年代，我出门必带书籍。然而我会好几天、好几个月不翻一页。我说："等会儿看，或者明天，喜欢看时再看。"时间飞快过去，我也不难过。这些书在我身边可以随时给我乐趣，认识到它们对我的生活有多大帮助，想到这里我就很难说清我如何心安理得，坦然过日子。我觉得这是人生旅途中最好的储粮，那些缺乏储粮的聪明人使我无限惋惜。其他任何消遣不管如何幼稚我也可以接受，好在我是永远不会断粮的。

居家时，我常转悠到书房里去，在那里用目一扫整个庭园尽在眼前。我面对着入口，看到下面的花园、饲养场、院子、大部分房屋。在这里我一时翻阅这一部书，一时又翻阅另一部书，毫无次序，毫无目的，读的文章也不连贯；一会儿我沉思，一会儿我摘录，一会儿我来回踱步，并口授我以下的种种遐想。

我的书房在塔楼的第三层，一层是我的礼拜堂，二层是一间卧室及其套间，我一人过时经常住在那里。这上面有一间大藏衣室。从前原是我家最无用处的地方。我一生中大部分日子，现在一天中大部分时间在那里度过。我从不在那里宿夜。在这后面是一间精致的小室，冬天可以生火，窗户采光很舒适。我若不怕辛苦和花钱（怕辛苦使我什么翻修都不想干），可以在两边都接上一条长百步、宽十二步的长廊，平的不用台阶，墙头是现成的，高度也正符合我做其他用途的需要。任何隐蔽的地方都需要有个走廊。我若让思维坐下，思维就会睡着；我的两腿若不催动精神，精神就会不济。不用书本读书的人都会陷入这种状态。

书房的形状是圆的，仅有的平面墙壁恰好放我的书桌和椅子。我的书分五排贴墙绕成一圈，其弧度可以让我把它们一览无遗。从三个方向可以看到远处宽阔的美景，房间的空地直径有十六步。冬天我不在那里长待；因为我的家筑在一座小丘上，就像我的姓氏，原意是"山"，我这个房间也最通风。我喜欢这里地处偏僻，出入不便，这有利于我工作出效果和生活图清静。

这是我的地盘。我也竭力要独霸一方，不让这个小角落并入夫妻、父子、亲友共同的大集体。在其他地方我只有一种口头权威，实质上是含糊不清的。依我看，有的人很可怜，在家里没有自己的位子，没有自己的享乐，没有自己的藏身处。有野心必须偿付抛头露面的代价，像广场上的雕像："大富贵也是大锁链。"（塞涅卡）他们要退后面没有退路！我认为修士的清苦生活中，最难受的莫过于看到他们不论做什么事，纪律要求大家必须自始至终待在一起，当着众人的面做。我觉得永远单独也比永远不能单独要好受得多。

假若有人对我说把艺术仅仅当作娱乐与消遣，这是对缪斯的亵渎，这是他不像我那么明白欢乐、游戏与消遣是多么有意思。我差点还要说其他一切目的都是可笑的。我有一天过一天；说句不中听的话，只是为我而生活：我的目标仅此而已。

青年时代我学习为了炫耀；后来有点儿为了明白事理；现在为了自娱；倒从来不为了谋利。从前我到处搜集这类家具（图书），不是为了提高修养的需要——与此还差得很远——而是为了布置墙头装门面；很久以前也就放弃了。

对于善于选择的人来说，书籍有许多可爱的品质；但是没有不费工夫的好事。书的乐趣跟其他乐趣一样，不是明白的、纯的。它有它的困难，还是不小的困难。头脑随着书本的内容在转动，但是身体——我可没有忘了去照顾——则保持静止状态，变得萎靡不振。我知道过度沉湎对我最为有害，但不知道年老力衰之际如何避免。

以上就是我的三种喜爱与主要的交往。我因职责需要在外界的交往则不在此赘述了。

论维吉尔的几首诗

有益的思想日趋充实与稳定的同时，也愈加成为羁绊与负担。罪恶、死亡、贫困和疾病都是重要的主题，令人感到沉重。必须让心灵接受教育，学习承受和战胜这些苦难的方法，学习好好生活与好好信仰的规则，经常还要在这种美好的学习中启发它，锻炼它。但是对于一个普通的心灵，还必须有条不紊地进行，如果操之过急，会使它急得发疯。

我年轻时需要敦促、激励，才会安于职守。有人说，性格活泼，身体健康，不适宜于进行这类严肃与隽智的思考。我现在处于另一种状态。迟暮之年对我屡敲警钟，也使我安分听话。我从轻举妄动陷入老成持重，反而更加有害。故而此刻有意稍稍放纵自己，有时让心灵停留在年轻人的虚无中想入非非。此后我只会是太沉着、太稳重、太成熟。年岁天天教育我要冷静，要节制。肉体对越轨行为又是躲又是怕。

现在轮到肉体带领着精神去进行改造了。轮到它更粗暴、更专横地管教。不论睡着或醒着，不让我有一小时不听到关于教育、死亡、耐性与悔罪的训诫。我防止自己克制就像从前防止自己冶乐。克制把我往后拉到了发呆的程度。我要在各种意义上做自己的主人。明智也有过分的时候，也像疯狂一样需要节制。因而，在病痛留给我的间歇时刻，只怕自己精神枯竭，思想断流，谨小慎微得不敢有所行动了。我轻轻转过身子，移开视线，不去看面前这片布满乌云、孕育暴风雨的天空。感谢上帝，我看着时并不恐惧，但是不能说不费力，不思索。回忆过去的青春年代不纯然是一件乐事。

童年瞻前，而老年顾后，这是伊阿诺斯两面神的意义吗？岁月若愿意可以挟着我去，但是往回去吧！只要目光还能辨认出这段逝去的锦瑟年华，总会不时转过头去看它。虽然青春已从我的血与血管中消失，至少这个形象不会从我的记忆中根除。

柏拉图要求老人去观看青年的体操、舞蹈和游戏，在他们身上去享受自己不再有份的肢体柔软和健美，去回忆这个青春年代的优雅与恩赐，还要他们在这些活动中把胜利的荣誉颁发给那个生龙活虎、最逗人快乐的青年。

从前我把沉重阴郁的日子标为不平常日子，后来，这些日子反成了平常日子，而不平常的则是那些明朗美丽的日子。哪天没有不称心的事，我就像受到新的恩宠似的欢欣雀跃。后来就是强颜欢笑，这张老朽的脸上也不会添一丝可怜的笑容。只是在幻想与梦境中才心情开朗，用诡计转移老年的悲哀。

当然还需要在梦幻以外寻找另一种良药，跟自然对抗也仅是一种于事无补的办法。大家所做的延长或提前做人的种种不便，这是最简单不过的。而我宁可老而速去而不要未老先衰。我要紧紧抓住遇到的任何细微的欢乐机会。听人说起好些温和、快活和正派的消遣，但是我听了并没能引起兴趣。

我不要那些奢侈豪华、崇尚气派的游乐，我要的是温馨、简单易玩的游乐。"我们离大自然渐行渐远，像大家那样去做，他们可不是好向导。"（塞涅卡）

我的哲学在行动，遵循自然与现实的习惯，很少耽于幻想。就是玩上了掷榛子与转陀螺觉得有趣又怎么样呢！

逸乐是一种不必兴师动众的品质。它不用虚名的掺入本身就丰富多彩，悄悄地进行还更有意思。年轻人若把时间消磨在对酒类与饮食的挑剔上，应该挨鞭子的抽打。这类事我最不擅长，也最不重视。现在我学了起来。为此很难为情，但是又能做什么呢？使我更难为情与更恼火的是促使我这样去做的情境。我们这些人空想和闲荡；年轻人安身立业，他们走向世界，寻找立足之地，我们则已从那里回来了。"给年轻人刀剑、马匹、标枪、狼牙棍，让他们去游泳，去奔跑；但是给我们老年人各种各样玩具以外，还有骰子和骨牌。"（西塞罗）自然规律正在送我们回家。年老体弱，为了养生，我也只能像童年时代一样找玩具与戏耍。我们都返老还童了。智慧与愚笨有许多事要做，必须交替上班，帮助我们度过这段人生的灾难。

就是最轻微的刺激我也避开。从前损伤不到肌肤的事，如今让我感到心如刀割，我已开始习惯凡事都往坏处上想！"病弱之躯受不起任何打击。"（西塞罗）

我遇事一向多愁善感，现在更加脆弱，处处又很大意，易受伤害。

自然责成我去承受的种种苦难，理智不让我去埋怨与抗拒，但并不阻止我去感受。我别无目的，只求生活与欢乐，会走遍天涯海角去寻找在哪儿过上一年平静愉悦的好日子。死气沉沉、了无生趣的宁静我并不缺乏，但这使我消沉与偏执；我不高兴这样。若有什么人，什么好伴，在乡下，在城里，在法国或他乡，家居中或旅途上，他与我、我与他同声相应，同气相求，只要一声招呼，我就给他带去几篇有血有肉的随笔。

既然思想的特权是老来也可以活力不减当年，我就竭尽全力让我的思想做到这一点。让它返青，让它开花，能做到像一株枯树上的槲寄生。但是我担心它别是一个叛徒。思想与肉体密切相连，遇上事情总是抛下我而去满足肉体的需要。我在一旁向它献媚，再卖力气也是一场空。徒然想拆散它们的联盟，向它介绍塞涅卡、卡图鲁斯、贵夫人和宫廷舞蹈；要是它的同伴患了腹泻，它好像也会拉稀。即使是它的独家本领同样施展不起来，显然都予人一种颓唐的感觉。身体萎靡不振，精神的产品也不会表现得兴高采烈。

我们的先师没有说对，他们在研讨精神十足、灵光闪现的原因，只是归之于灵感、爱情、战斗激烈、诗歌、酒，从不提到健康的功劳。想当初我青春年少，生活安定，从不感到不安的那种健康状态：热血沸腾、朝气蓬勃、精力饱满又优哉游哉。在我天生的禀赋之外，这种快乐的火苗使人精神激扬清明，保持既快活但又不发狂的热望。相反的肉体状态使我处于相反的精神状态，消沉颓唐，也是毫不奇怪的了。然而我心里还是要对它表示感谢，因为据它说，它约束我还比约束其他人宽松得多。至少当它与我停火的时候，没有给我们的交往添加麻烦，制造困难。

"不妨用嘻嘻哈哈打发忧愁。"（阿波里奈尔）我喜欢一种愉悦、合乎性情的智慧，避开刻板僵硬的世情，觉得面目可憎的人都别有用心。

柏拉图说，性情随和与乖戾对心灵的善良与邪恶有极大影响，这话我衷心赞成。苏格拉底的面容保持一致，恬静含笑，老克拉苏的面孔是另一种始终如一，他从来不笑。

美德是一种愉悦快活的品质。

我知道少数人会对我的思想自由皱眉头，但对他们自己的思想自由不见得会如此。我符合他们的勇气，但是冒犯了他们的眼睛。

停留在柏拉图的著作，而避开据说他与费多、迪昂、斯特拉、阿基纳萨之间的交往，这也是一种为尊者讳的做法。"不怕难为情去想的东西也要不怕难为情去说。"（佚名）

我讨厌满腹牢骚、愁眉苦脸的人，他们对生活的乐趣视而不见，牢牢抱住苦难不放；犹如苍蝇，在平洁光滑的物体上站不住，专找粗糙崎岖的地面停下；犹如水蛭，专门吮吸脓血。

此外，我还要求自己敢做的事就要敢说，不能公之于众的事想了也不舒服。我最坏的行动与做法还不至于丑恶得连自己也不敢说。大家在忏悔时谨慎小心，其实应该在行动时谨慎小心。大胆做坏事在一定程度上受到大胆忏悔的制衡与阻止。谁有义务把一切都说出来，也有义务不去做必须隐瞒的一切。但愿我这种毫无顾忌的言论，引导大家超越了自身缺点造成的那些怯懦有害的美德，而走向自由；凭我个人不加节制的想法，把大家带往理智的起点！

个人的罪恶应该看到，研究了以后再去否定它。对别人隐瞒罪恶的人，通常也是对自己隐瞒罪恶。他们看到了，只是想到没把它遮盖好，

在良心上回避掩饰。"人怎么会不承认自己的罪恶？这是他依然在当罪恶的奴隶。梦都是在醒了以后才会去叙述的。"（塞涅卡）

肉体的病痛愈重愈明显。原以为是感冒与扭伤，其实是痛风。精神的病痛愈深愈隐蔽；病得愈重的愈不承认。这就需要经常用无情的手把病痛抖露在光天化日之下，把它们从心底挖出来进行剖析。对待好事与对待坏事都一样，有时唯有一吐为快。有什么丑事是我们不应该说出来的呢？

我这人不善于做假，因而避免代别人保守秘密，因为没有勇气矢口否认自己知道的事。我可以不说出来，但是予以否认，就会很为难，很不开心。会不会保守秘密，这是出于天性，不是出于义务。为君王效忠，不要求说谎，只要求不说，这还是容易做到的。有人问米利都学派的泰勒斯，他是不是应该郑重声明他没有通奸；他若问到我，我就会回答说他不应该这样写，因为在我看来撒谎比通奸还要不得。而泰勒斯给他另一种劝告，要他发誓，用较小的罪恶掩饰较大的罪恶。然而这样的劝告不是在选择罪恶，而是让罪恶增多。

说到这里，顺便说一句，向一个有心人提出做一件难事去抵消他的罪恶，这对他是一桩便宜的交易；但是要他在两桩罪恶之间选择，这就叫他左右为难，就像有人向奥利金说，要么他进行偶像崇拜，要么把他交给一个埃塞俄比亚大无赖当肉体玩物。他接受第一个条件，据说痛苦无比。那些改信新教的女人如今向我们抗议说，她们宁可在良心上压着十个男人，也胜过压着一场弥撒；按照她们信新教的错误戒律，她们这样说也不是没有道理的。

若不慎把一个人的错误公布了出来，也无须担心它会成为仿效对象；因为阿里斯顿说，最令人害怕的风是暴露人的风。必须把遮盖我们行为的这块愚蠢的破布往上拉。他们把良心送进了窑子里，表面上却道貌岸然。即使是叛徒与杀人犯也遵守礼仪，作为应尽的义务。也不必由不公正来指责不文明，狡诈来指责冒失。可惜的是坏人不全是傻子，用体面掩饰罪恶。这些镶嵌装饰只值得用在保存或翻新的精致墙壁上。

胡格诺派指责我们只是在私下用耳朵听忏悔，遵照他们的意见，我就公开地、虔诚地、专心地做忏悔。圣奥古斯丁、奥利金、希波克拉底把他们言论中的错误都发表了，我就把我行为中的错误也发表出来。我急于让世人了解我，不在乎多少，只在乎真实。或许说得更恰当一些是我不急于做什么，但是令我心惊肉跳的是，偶尔听到我名字的人把我错当成了另一个人。

一生以荣誉与名望为目的的人，若戴了一副面具混迹人间，不让大众见到他的真面目，那他想获得什么呢？夸奖一个驼背身材好，他听了必然认为是侮辱。你若是个懦夫，被人当做勇士，大家说的是你吗？那是把你当成另一个人了。我还觉得有趣的是那个人见到人家向他举帽致礼，以为自己是什么头儿，其实他只是个卑微的随从而已。

马其顿国王阿基劳乌斯走在街上，有人向他身上泼水，随从说他该罚，国王说："不过，他没有向我泼水，他是在向他认为我是的那个人泼水。"有人对苏格拉底说有人说了他坏话，他说："不会吧，我没有他们所说的缺点。"就我来说，谁若说我是好船员，谦逊有礼，不近女色，我是不会领情的。同样说我是叛徒、小偷或酒鬼，我也不感到冒犯。没有自知之明，才会被虚假的好话陶醉；而我不会，我对自己的心灵深处有深刻的了解，知道什么是自己有的。我喜欢人家对我少赞扬，只求对我多了解。人家会认为我在某种需要明智的情况下表现很明智，而我自己觉得那时很傻。

我的《随笔》成了贵妇名媛的一件常用家具，而且是放在客厅里作摆设，这让我很烦恼。我喜欢跟她们私下有一点交往。在大庭广众之前那就毫无情趣与情调可言。在跟要放弃的东西道别时，总不免表现出超过平时的矫情。我在跟人世间百事作最终告别，是我与它们的最后拥抱。但是还是回到本题吧。

生殖行为对于人是那么自然、必要、正当，但是怎么又会让大家不敢坦然议论，在严肃正经的谈论中从不提及呢？我们使用这些字眼时神气十足，如杀、偷、背叛；而那件事只敢在牙缝里嗫嗫嚅嚅说。这是不是说我们愈是不用言辞表达的东西，愈是有权利在思想里夸大吗？

因为这倒不错，愈是少用、少写、少说的词愈是让人知道得最清楚、最普遍。无论什么年龄、什么风俗的人没有不知道的，就像面包一样。不用表述、不用声音、不用形象，都深深印在每个人心中。这也不错，这个行为我们给予它沉默豁免权，即使为了批判它、审问它，也不可剥夺它的豁免权，不然就是犯罪。我们也只敢用隐语、用比喻来鞭笞它。

一名罪犯坏得连法律也认为无论怎么碰他和看他，正义都得不到伸张，这对他反是一件大好事，严厉的惩治倒使他沾光得到了自由。书籍难道不是这样吗，遭禁后往往更卖得动，更广为流传。我接着要借用亚里士多德的这句话，他说难为情对年轻人是一种表扬，对老年人是一种指责。

不管怎么说，结婚不是为了自己；结婚是为了传宗接代，人丁兴旺。婚姻制度与利益远远影响到我们以后的家族。故而通过第三者而不是通过自己选择，按别人的心意而不是按自己的心意操办，我是同意这种做法的。这一切跟爱的本意完全背道而驰！因而，像我好似在什么场合说过的，在这么一种崇敬神圣的联姻中用上你情我爱时的轻佻放肆，简直是一种乱伦行为。

亚里士多德说，接触妻子时应该谨慎严肃，只怕过于猥亵的抚摸，使她兴奋得冲破理智的樊篱。他针对妇道说这番话，医生针对健康说同样的话。房事过于热烈、刺激、频繁会损害种子，妨碍受孕。他们此外还说，从自然规律来说，交媾过程是缓慢的，为了使它充满恰当与生殖的热力，这件事应该做得次数少，间隔长。

她迫不及待抓住，往体内深深插入！

——维吉尔

我也没见过哪种婚姻比建立在美貌与情欲上的婚姻更快产生裂缝，陷入混乱。婚姻应该有更坚实、更稳定的基础，必须小心对待。沸腾的激情于事无补。

那些人认为婚姻中加上了爱情使婚姻更加光彩，这使我觉得他们的做法跟另一种人一样，为了提倡美德就说贵族不外乎就是美德。这些事有相似之处，却有很大的不同。把姓氏与称号混淆毫无必要，把它们合在一起对两者都不利。贵族是一种良好的品质，引进也很有道理；但是这个品质是由别人给的，也会落在一个品德败坏、不学无术的人身上，它就远远不及美德那样受人尊敬；这若是一种美德的话，也是人为的与看得见的；取决于时间与运气；根据地域有不同形式；有生也有死；像尼罗河一样找不到发源地；世袭的和出自民间的；自上而下的和彼此相似的；有功受禄和无功受禄的。学问、力量、善良、美貌、财富，还有其他品质，都进入到社会交往与联系中，而贵族头衔只归个人拥有，对他人毫无用处。

有人向我们的一位国王推荐两个人，谋取同一职位，一位是贵族，另一位不是。国王下令说不论身份如何，选择最能干的那个，但是同样能干时，那就考虑贵族，这就是所谓让贵族身份沾了光。安提柯遇到一个陌生青年，向他要求让他继承父亲的职位，他父亲是位杰出人士，不久前逝世。安提柯对他说："我的朋友，在这类事情上我注意军人的是他的勇敢，而不是他的贵族身份。"

说实在的，不应该学斯巴达国王的官员那样，不论号手、乐师、厨师，都由他们的孩子顶替，不论是多么无知，也比精通技艺者优先录用。卡利卡特人把贵族视作高人一等。禁止结婚，不得担任军职以外的任何工作。姘妇要多少都可以，女人也有同样多的情夫，从不相互嫉妒，但是跟其他阶层的人姘居就是犯了不可饶恕的死罪。他们走在路上被人碰撞一下，就认为玷污了身子；于是贵族身份也必受到极大的污辱，谁只要过于靠近他们，就会遭到杀害。

因此贱民在行走时就像威尼斯船夫在水路转弯时，必须喊叫以免相互碰撞。贵族命令他们朝指定的方向绕道。这样贵族避开他们认为终生洗不掉的污迹；而贱民则可免于一死。时间不论多长，君王不论多恩宠，任何功勋、美德和财富，都不能使平民变成贵族。行业之间禁止通婚，更巩固了这种风俗。鞋匠的女儿不能嫁给木匠。父母有义务培训孩子继承父辈的职业，不能从事其他职业，这样维持他们的社会地位泾渭分明，长期不变。

若有什么好婚姻，也不让爱情做伴，以爱情为条件。它会竭力以友谊为条件。这是一种温和的终生交往，讲究稳定，充满信任，平时有数不清的有用可靠的相互帮助和义务。体验其中深意的女人，没有一个愿意当丈夫的情人与朋友。以妻子身份享受的感情，会使她感到更光荣更安全。当他在其他地方动心献殷勤，这时有人问他宁可让妻子还是让情妇忍受耻辱，谁的不幸会让他更难受，他希望谁更体面风光。在美满的婚姻里，对这些问题的回答不用任何怀疑。

琴瑟和谐那么少见，正说明它的宝贵与价值。夫妻若圆满结合，彼此相敬，婚姻实在是组成我们社会的最好的构件。我们少了它不行，但又时时在损害它。这就像看到鸟笼的情况，笼外的鸟死命要往里钻，笼里的鸟又绝望要往外飞。

有人问娶妻与不娶妻哪样更好，苏格拉底说："人不论做哪样，都会后悔。"有一句话完全适合用到这个契约上去："**人对人**"既是"**神**"又是"**狼**"。必须有许多因素的汇合才造成这种情况。当今这个时代，婚姻更适合平民百姓，他们不会被享乐、好奇和闲散无事搅乱了心。像我这样生性放荡的人，憎恨任何形式的联系与义务，是不适宜结婚的。

凭意愿，即使有贤惠女子要嫁我，我也会躲开不去娶她的。但是这话都是白说，男婚女嫁的社会习俗比我们都强。我的大部分行为都是出于仿效，不是出于选择。而且也不是自己要仿效，而是被人领着走，再加上各种巧合就上了钩。因为不要说是不适宜，就是再丑、再堕落、再不该沾边的事，都可以在某种条件和情急之下变得可以接受的：人的姿态都是徒劳的！如今我已有了这种体验，面对这种事自然更加无意和敌对。不管人家说我多么放浪，其实我遵守婚姻的法规远远比我口头说的、心里想的更为严格。

让自己入了彀，再尥蹶子也为时已晚矣。必须小心掌握自己的自由；但是既然承担了义务，那就要受共同责任的约束，至少努力去做。有些人接受了婚约却又仇恨它、轻视它，这样的做法不公正也不利。我还看到娘儿们相互传授的那个民间金点子，简直是一条神谕，

> 对你的丈夫，像爷儿那样侍候他，
> 像叛徒那样提防他。
>
> ——民间谚语

这就是说，"你对他的敬意是被迫的、敌对的、怀疑的"，这种战争与挑衅的叫嚣同样也是有害的、难以接受的。

我这人太软弱，对付不了布满陷阱的用心。说实在的，我还没有这么完美的手段与心计，会不分理智与不正义，把一切不合我脾性的秩序与规则都看作笑柄。我不会因为憎恶迷信，而没头没脑去反宗教。人若尽不到自己的责任，至少要爱和承认责任之所在。既结了婚又不算夫妻，这是背叛。再深入谈一谈吧。

我们的诗人维吉尔描绘了一宗婚姻，两厢情愿，门当户对，就是没有太多的忠诚。他是不是要说，努力得到爱情又对婚姻保持若干义务不是不可能的，婚姻会受伤害但又不完全破裂？犹如一个仆人偷了主人的

东西但并不恨他。美貌、机缘、命运（因为命运也会插手）使她恋上了一个外人，可以不是全心全意的，对丈夫在属于他的权利上还保持着一些情分。

这是两种意图，各有各的道路，不可以混淆。一个女人可以委身于某个自己绝对无意要嫁的男子。我不说这是财富的条件，而是男子本身的条件。很少有人娶了以前的情人而不后悔的。即使在另一世界也是如此。朱庇特起初对他的女人又爱又怜，结成夫妻后不是闹得不可开交吗？这就是俗语说的：在篮子里拉了屎，又把它扣在自己头上。

从前，我见到上等人家，用婚姻来可耻虚伪地治疗爱情。对事情的考虑是大不一样的。我们可以互不抵触地去爱上两件不同与相反的事。伊索克拉底说雅典城令人赏心悦目，就像风月场上的女人。大家都喜欢到雅典城内散步，消磨时光；但没有人爱她是为了娶她，在这里也就是说定居扎根。我看到有的丈夫自己对妻子有了不是，却对她们发狠，很不是滋味。自己有了错误至少不应该再去少爱她们。至少出于悔恨和同情，看她们更应该觉得亲热。

他①还说，目的各异，但在某种形式中又是互容的。婚姻这方面讲的是实际、合法、荣誉与稳定，乐趣是平淡的，但是包括全面。爱情仅建立在快活上，也确实叫人心里更痒痒，更兴奋刺激；因不容易得到而点燃的一种快乐，需要激情与煎熬。没有箭矢与烈火就不成为爱情。女人在婚后过于慷慨大方，反而浇灭了欲火与热情。让我们看看，为了弥补这个缺点，利库尔戈斯和柏拉图是如何为立法而操心的。

女人拒绝这些世上通行的生活规则并没有错，尤其是男人制订时没有和她们商量过。她们与我们之间自然会有磨擦和口角。我们跟她们订立最密切的协定也是是非不断，充满暴风骤雨。

---

① 据伽利玛出版社《七星丛书·蒙田全集》法语原版的注释，"他"是指维吉尔。据唐纳德·M·弗莱姆与M·A·斯克里奇的两部英译本《蒙田随笔》，"他"是指伊索克拉底。

据维吉尔的看法，我们在下列事件中对待她们过于轻率：我们发现她们在爱情上的能耐与奔放，高得使我们无法比拟，这也得到那个忽男忽女的古代祭师①的证实。此外，我们还从生于不同世纪的一位罗马皇帝和一位罗马帝后的嘴里得到这样的证据，两人都是行房事的至尊高手，他一夜间给十个萨尔梅舍被俘少女破瓜，而她也在一夜间二十五次颠鸾倒凤，根据自己的需要与兴趣轮换对手。在加泰罗尼亚发生的一桩诉讼案里，来了一个女子，埋怨丈夫要求过于频繁，以我看来并不多得让她感到厌烦（因为我只在信仰中相信有奇迹），她只是利用这个借口在婚姻的基本行为上去削弱和控制丈夫对妻子的权威，表明她们的不满与恶意已经超越婚床范围，还把维纳斯的温文尔雅踩在脚下。丈夫是个十足变态的粗汉，对这样的控制提出自己的回答，说即使在斋日他也不能少于十次。

这时颁布了亚拉冈王后的著名法令。经过内阁深入讨论，这位善良的王后，为了在正当的婚姻中让节制与谦恭在任何时刻都有例可循，制定合法与必要的限额是每天六次。这对于女性的需要与欲望是远远不够和欠缺的，然而是为了建立——据她说——一种容易执行，因而也是长期不变的形式。

医生们对此表现得大惊小怪：既然她们通过理智、改良和贤德还得到了这个尺码，女性的胃口与荒淫又会达到怎样的程度呢？至于男性的胃口，经过多方面的审察，首席立法官梭伦为了夫妻尽兴而玩，不致有名无实，定出每月三次的法令。我们对此是这样相信和宣扬的，这以后又去要求她们克制天性，不堪忍受极端的痛苦。

比此更迫切的欲念是不存在的，我们却要她们独自去抵抗，不仅仅是一桩不容轻视的罪恶，还十恶不赦，该受诅咒，比不信教和弑父之罪

---

① 指提瑞西阿斯，希腊神话中底比斯盲人占卜者。因向死者揭示奥林匹斯山的秘密，七岁时便双目失明。

更加要不得。我们做了则不会受到自责和咒骂。我们中间有人曾试图克服它，又承认这有多么困难，还几乎是不可能的，还使用上了药物让肉体抑制、平静和冷却下来。我们相反地要求女人健康，保养好，飒爽英姿，但又要保持贞洁，这就是说血要热、心要冷。因为我们说婚姻的职能是防止她们欲火中烧，按照我们的习俗，很难让她们解渴。如果她们觅到了一个血气方刚的男子，他把精力发泄在别的地方倒可以引以为荣。

哲学家波莱蒙活该被妻子告上法庭，他把传宗接代的种子撒到了一块不长庄稼的土地上。如果她们嫁了个没用的家伙，那是比做处女与寡妇还惨。因为有个男人在她们身边，我们总以为她们心满意足了，像罗马人那样由于卡里古拉皇帝近过身，就认定贞女克洛蒂雅·莱塔被玷污了，而事后证实他只是走近她的身边而已。其实这反而刺激了她们的需要，有男性作伴、接触会撩动她们的欲念，独处时心情比较平静。由于在这种情况下有意保持贞节显得更加可贵，波兰国王博莱斯拉斯与王后金姬，双方同意立下誓愿，在新婚之夜同床共衾，既享有婚后的权利也保持童身。

我们培养她们从童年起就熟悉爱情：风度、穿着、知识、谈吐，对她们的这一切教育都是针对这个目标的。女教师不做别的，只是在她们的心目中留下爱情的印象，甚至说个不停弄得她们心烦为止。我的女儿（我唯一的孩子）时年十五，达到法律允许早熟少女的结婚年龄；她秉性迟钝，长得纤弱瘦小，被她母亲养在深闺里个别教育，以致她刚开始摆脱童年的稚气，情窦未开。她在我面前朗读一部法国书。遇到了fouteau 这个词①，只是一种熟悉的树名；指导她行为的那个女士立刻有点粗鲁地打断她，要她跳过这个坏词。我由着她做，不去破坏她们的规矩，因为我从不干预这种教育；闺训自有其神秘的一面，这应该让她们

---

①因与一个脏词读音相近。

去安排。

但是我若没有说错，她使唤二十个男仆六个月，也不会在心目中弄清这些可恶的音节意味着什么，怎么使用，其中包含的所有后果，而这个好心的老妇人一声断喝与责骂倒都教会了她。让她们摒除礼仪客套自由地发表意见，在这个学问上我们跟她们相比还是孩子。听她们说起我们的追求与谈话，你就会知道我们给她们的一切都早已明白与消化。难道正如柏拉图说的，女孩在前世都是荒淫的少年。

有一天，在一个女人说悄悄话而不用担心引人怀疑的地方，我的耳朵凑巧逮住了其中几句话，叫我怎么说呢？（我要说）："圣母哪！这个时刻我们去学些《阿玛迪》的词句，研究薄伽丘、阿雷蒂诺的故事集，才不至于落伍；我们真要好好利用自己的时间！怎么说，怎么示范，怎么进行，她们无不比我们书中写的还懂得多：这套学问生来就在她们的骨子里，

> 维纳斯都自学成才。
>
> ——维吉尔

自然、青春和健康，这些都是好教师，不断地向她们的灵魂灌输，她们不用去学，这本来就是她们创造的。"

> 几曾见过洁白的鸽子
> 或更淫荡的小鸟，赶得上
> 恋爱中的女人热情奔放，
> 频频要求去亲吻咬着的嘴唇。
>
> ——卡图鲁斯

这般天生的欲火烈焰，若不时时用畏惧与荣誉稍加节制，我们这

些人都会身败名裂。世上的一切活动都可归结为男欢女爱。这个物质无处不在，是一切事物注视的中心。古老智慧的罗马为爱情服务所立的条例，苏格拉底教育娼妓的古训，依然还可看到。芝诺制订的法律中，同样规定了与处女交欢的开苞与入港规则。哲学家斯特拉多托的《论肉体结合》是什么意思？提奥弗拉斯特斯在他一部题名为《恋人》，另一部题名为《论爱情》的书内，谈的是什么呢？亚里斯提卜在他的《论古代乐趣》又谈些什么？柏拉图对他那个时代较为大胆的爱情作详尽生动的描写，要达到什么目的呢？还有德梅特利乌斯·法雷鲁斯的《论恋人》；赫拉克里德斯·彭蒂古斯的《克丽尼亚斯》或《被迫的恋人》；安提西尼的《论生儿育女》或《婚礼》，另有《主人》或《情人》；阿里斯顿的《论爱的动作》；克里昂特斯的一部《论爱情》，另一部《爱的艺术》；斯弗吕斯的《爱情对话》。克里西波斯的《朱庇特与朱诺》那篇寓言，不堪入目，他的五十篇《诗体书简》满纸色情，又是为什么呢？

还有追随伊壁鸠鲁学派的哲学家所写的文章，那就不提了。从前有五十位神专门为爱情服务。还有这么一个国家，为了满足朝圣者的肉欲，在教堂里养着一批少男少女服侍香客，也用于进入礼拜前的表演仪式。"显然，禁欲必先纵欲，灭火也要火来灭。"（佚名）

在世上大部分地区，我们身体的这个部位是被神化了的。在同一个地区，有人剥下这上面的一层皮作为神圣的祭品，有人贡献出他们的精子。在另一个地区，青年男子当众在生殖器的皮肉之间刺几个洞，再穿上铁扦，铁扦的粗长以极度忍受为限。然后把这些铁扦放在火上灼烧后奉献给他们的神。他们若忍受不了这样剧烈的疼痛，就被认为不够坚强与贞洁。另外地方，从这些器官来认定和评审最受人推崇的官员，在许多仪式中，高举男性器官的图像隆重地向诸神献礼。

埃及妇女在酒神节上，脖子上挂一个木制男性生殖器，雕工精致，大小轻重根据各个妇女的体力而定。此外酒神的雕像也突出这个部位，在尺寸上超过身体其余部位。

我家附近的已婚妇女，在帽子上也有这个形状的头饰，放在额前，炫耀她们享受这份乐趣；当了寡妇，就把头饰放在脑后，埋在帽子底下。

罗马最贤淑的妇女接受荣誉向生殖神普里阿普斯献花与花冠；闺女在婚礼之日可以坐在他的不那么尊贵的部位。在我的时代是否还见过这一类的虔诚礼拜，不得而知了。我们父辈穿的裤子前襟那块可笑的东西，在今日的瑞士卫队服饰中还可看到，这算是什么东西呢？我们现时穿的宽松裤下露出那个东西的形状，更糟的是经常比真的要大，进行虚饰和欺骗，这又是为什么呢？

我不禁要想，这类衣饰是在世风淳朴敦厚的时代发明的，为了不要遮遮掩掩，大家都公开大方地展示自己的东西。较为原始的民族依然保持这种符合真实的习俗。那时还传授床第之欢，犹如学习如何量手臂与脚的尺寸。

在我青年时代，那位大好人①为了不让有碍观瞻，在他的那座大城市里把那么多美丽的古雕像阉割了，这是根据另一位古代大好人的主张做的。其实应该像《美哉女神》这出歌颂贞洁的神秘剧一样，要考虑不让出现任何男性象征；但是不把马、驴子，总之一切大自然都阉割了是无济于事的：

> 大地上一切生灵，人、野兽、
> 水族、牛羊群、彩色斑斓的飞禽，
> 都扑向爱的烈焰与怒火。
>
> ——维吉尔

---

① 指保罗四世教皇（1554—1559）。

柏拉图说，神给我们这么一个不听话与专横的器官，它就像一头猛兽，贪婪饕餮，企图把一切吞下肚里。女人也一样，这是一头贪嘴好吃的动物，发情时不给它食物，就会发狂，一刻也等不得，体内热力上升，血管不通，呼吸不畅，百病丛生，直至它吮吸到共同饥渴的果汁，才感到浑身舒泰，子宫深处滋润滑溜。

我的立法官也应该想到，让她们及早见识实物，比按照自由热情的想象力胡思乱想更加贞洁和有效果。否则她们看不到真实的东西，出于欲念与希望凭空揣摩出大上三倍的怪物。我就认识一个人，他完蛋了，就因为他还不知道怎样正确掌握、严肃使用时，把他的玩意儿到处招摇。

那些孩子在王宫走廊与楼道上留下那么大的画像，造成的伤害真难说个清楚。看了这些后对我们的自然尺寸根本不屑一顾。柏拉图研究了其他制度健全的共和国以后，主张男女老幼在做体操时都要一丝不挂，彼此不回避，谁知道他是不是针对这一点而言的。

印第安女人看惯了男人赤身裸体，至少减弱了视觉冲击。（缅甸）勃固大王国的女人，腰部以下只遮一块小布，前面开缝，非常狭窄，不管她们做得如何端庄，每走一步让人一览无遗，这种设计的目的是勾引男人，也是把男人从全民族盛行的相公癖中拉回来。但也可以说，她们是得不偿失，颗粒不进毕竟要比眼福不浅难受得多。

所以李维娅说，赤裸裸的男人在正经女人眼里只是一幅画。斯巴达女人结了婚也比我们的少女还纯洁，天天看到城里的青年光着身子操练，自己也不在乎走在路上露出大腿，就像柏拉图说的，有了贞德也就不用衣衫遮羞。圣奥古斯丁则证实有些人认为裸体有一种神奇的诱惑力，他们猜疑女人在最后大审判后会重生当女人，不愿当男人而放弃用这种圣洁的状态来迷惑我们。

对罪恶的评议极不公正！我们与她们都会干出千百种坏事，要比淫乱更有害更反常；但是我们归纳罪恶与衡量罪恶不是根据事物的性质，而是根据我们的利益，这方面的形式真是三六九等不一。我们的法令惩罚妇女这方面的罪恶过于严厉与恶劣，超过罪行本身，产生的后果也比原因还要坏。

一位美丽的少妇，在我们的教育下成长，接受和接触时代潮流与知识，受各种不同事例的影响，处在千百种连续强烈的诱惑中守身如玉，我不知道她这种决心，是否要比恺撒和亚历山大建立丰功伟绩时更加坚定。这种无所作为要比有所作为更多荆棘，更多生气。我认为一生披坚执锐要比守身做处女容易。保持童贞的誓愿由于最难遵守，也是最高贵的誓愿，圣哲罗姆说："魔鬼的力量在肾脏里。"

确实，我们把人类最艰苦卓绝的任务交给了女人，也让她们去独占光荣。这大约奇异地刺激她们更加坚定不移；这也成了向我们挑战的良好材料，把我们自称在价值与品德上超越她们的这种不符合实际的优越感踩在脚下。她们若加以注意，就会发现自己不但因此受到尊敬，还更加让人宠爱。风流男士遇到拒绝，只要不是被女人嫌弃，而是她洁身自好，那他就决不会放弃追求的。我们徒然发誓、威胁、埋怨，这都在撒谎，其实只会为此更加爱她们。明白事理，又不板着面孔皱眉头，这是再楚楚动人不过的了。面对憎恨与轻视还穷追不休，这是愚蠢与卑贱；但是对方只是执意保持美德与坚贞，还心存感激，那是一颗高尚慷慨的心灵大展身手的时候了。她们可能接受我们献殷勤到一定的程度，让我们真诚感到她们并不轻视我们。

谆谆教育女人因我们崇拜她们而嫌恶我们，因我们爱她们而恨我们，这样的法规毕竟太残忍，也很难实施。只要我们的提议与要求不越出谦逊的责任，她们为什么不能听一听呢？为什么要去猜疑这里面有没有不轨的心声？我们时代的一位王后说得好，拒绝爱的表白是软弱的证据，说明自己容易得手；一位没有受过诱惑的女人不能吹嘘自己贞洁。

声誉的界限并不是划一不二的，有回旋的余地，可以避开又不致犯规。沿着它的边缘总有一段无人管辖、自由中立的空间。谁非得把她赶了出去，逼入她的角落与要塞就不会满足自己的福分，这是个蠢夫。胜利的价值是以难与易来评估的。你的殷勤与长处在她的心里留下什么印象，你想知道吗？那要根据她的脾性来估计。有的人可以给得更多，但不给那么多。恩惠的赐予完全取决于赐予者的意愿。其他参与恩惠的客观条件都是无声的、死亡的、偶然的。她给你的一点点要比她给她的女伴的一切还珍贵。若有什么物以稀为贵，那用在这里正恰当。不要看这那么少，看得到的人也寥寥无几。钱币的价值是随造币所的模子与铸造而定的。

不管恼怒与冒失会使某些人在气过了头时说些什么，美德与真情总是会占上风的。我见过一些女人，她们的名誉长期受到辱骂，她们既不在乎，也不矫饰，保持坚贞，最后重新获得男人的普遍赞美，他们人人都后悔，否定以前相信的事。这些遭人怀疑的女人现在跻身于名媛贵妇之列。

有人对柏拉图说："人人都在说你的不是。"他说："让他们去说吧，我今后的生活会让他们改变说法的。"除了对上帝的恐惧和获得这种罕见的荣誉而叫女人保持贞节以外，这个世纪的世风堕落也逼得她们不得不如此。我若处在她们的地位，怎么也不愿意让自己的名声毁在这些危险者的手里。在我那个时代，只是对某个知己与唯一的朋友叙述自己的风流韵事（这种乐趣简直跟当时在做同样有滋有味）。现今聚会与餐桌上的普通话题，就是吹嘘自己的艳福和提及那些夫人私下的放浪。让温情女子被无情无义的花花公子傲慢地作弄、侮慢、贬低，感到人心实在太卑劣低下了。

我们对于淫乱的这种不合情理的痛恨，源于一种最虚妄、最暴虐的疾病，它戕害人类的心灵，那就是嫉妒。

嫉妒，还有它的姐妹羡慕，我觉得是最要不得的两种情感。关于羡慕，我无话可说，这种情欲被人家说得那么强烈，承蒙它的好意，没有找上我。至于另一种情欲，我知道，至少目睹过。连动物也有这种感情。牧羊人克拉提斯非常宠爱一头母羊，他的公羊趁他睡觉时，出于嫉妒冲过来用角撞得他头破血流。

我们曾提出某些野蛮民族的例子，描写这种情欲的过激。受文明约束的民族也会嫉妒，但有理智，还不致醋性大发失去控制。卢库卢斯、恺撒、庞培、安东尼、加图和其他一些英雄好汉都戴过绿帽子，他们听到这件事并未非得拼个你死我活。那个时代只有一个叫雷必达的蠢人，为此难过得死去。

嫉妒会以友谊的名义潜入心灵；但是心灵一旦落入它的掌握以后，原先该引起好意的事，都会转化成深仇大恨的原因。在精神病中，这个精神病诱发的养料极多，治愈的良药极少。丈夫的品德、健康、才能、声誉都可以是引燃妻子怒火、妒火的点火棒。女人身上原有的美与善，都被这种妒火损害与腐蚀，一个嫉妒的女人不论多么贞洁与善于持家，行动中处处表现出刻薄与讨厌。这是一种疯狂的偏激心理，把她们推向与其动机完全相反的极端。

对什么事都要打听那是缺德，在这件事上好奇更是害人。这一种病没有药可治，用药只会使它加剧和恶化；嫉妒只会增加耻辱，闹得满城风雨；报复只会殃及孩子，而不会治愈我们自己；要查明这样一种病岂不是在做傻事吗？去打听这么一件弄不清楚的事会耗尽你的精力，断送你的性命。

我那个时代也有人调查得水落石出的，达到目的时多么狼狈不堪！告发者倘若不同时提供良药与援助，那么这种告发有害无益，撒谎否认还应该挨上一刀子。费力去弄清真相的人受到的嘲笑，不见得少于蒙在鼓里的人。戴绿帽子的污点是洗不掉的。一旦沾上，永远沾上；惩罚反使这件丑事更加热闹。把个人隐私从阴影和疑惑中揭露出来，放到悲剧的舞台上大声吆喝，这样很光彩么？这类不幸只有愈传愈伤人心。

因为妻子贤惠和婚姻美满不是说真正如此，而是没有闲言闲语。这类事实真相是讨厌无用的，应该巧妙地避开。古罗马人习惯上出门回家，先派人到屋前向女眷宣布他们正在过来，免得撞个正着。有的民族还有这样的习俗，婚礼那天由祭师给新娘开道，为了消除新郎的疑惑和好奇，免得春风初度时追究她嫁过来是处女还是被外来的情人破过身。

"但是人人都在说这件事。"我认识一百个正派人，当了乌龟依然作风正派，也没丢脸。有一位高雅人士得到同情，但不受轻视。要让你的美德化解你的不幸，让善良的人指责你的这种遭遇，让冒犯你的人想到此事心里颤抖。此外，从一介草民到达官贵人，谁不被人家这样说过？你看这声谴责不就把许多老实人拉到了你面前来了吗？想一想人家在其他方面也不会饶了你的。"连太太们也在嘲笑！"在这个时代，还有什么比一场和平美满的婚姻更引起她们嘲笑呢？你们中间每个人都让某个男人戴绿帽子：大自然在有来有往、一报还一报、风水轮流转方面是一致的。这类事频繁发生，可能从此变得不再叫人耿耿于怀，以后会成为习俗也难说。

可怜的情欲，至今还是不能向人诉说，因为你敢向哪个朋友去诉衷情，他就是不笑话，也会利用这些内情去接近，去通风报信，以求自己分到杯羹。

婚姻中的苦与甜，聪明人都不会对外说的。这里面自有许多麻烦事，对我这样一个爱唠叨的人来说，最主要的一个麻烦就是把自己知道与感觉的东西告诉别人，这在礼节上都是不妥当的，有害的。

用同样理由去劝说女人放弃嫉妒，这是浪费时间；她们的天性浸透了怀疑、虚妄与好奇，若要用正常方法治愈她们，千万别抱这个希望。她们经常经历了这番折腾有所改善，表面上恢复了健康，其实这比疾病还可怕。因为，就像有的魔法不会除病，只是把病转移到另一人身上，当她们自己消除了妒火，很乐意让妒火烧到她们的丈夫身上。

可是说实在的，我不知道她们身上还有什么比嫉妒更叫人受不了；这是她们性格特征中最危险的部分，就像头脑相对于其他肢体来说。皮塔库斯说每人都有苦衷，他的苦衷是妻子的那个坏头脑，除了这个以外，他认为自己处处幸福。这确是一个严重的缺陷，连这么一个公正、明智、勇敢的人都觉得自己的全部生活因此受到破坏，我们这些凡夫俗子更不知该怎么办了？

有人为了摆脱妻子的暴虐，要求马赛元老院批准他自杀，元老院同意这个请求是有道理的；因为这一种痛苦只有随同根子一齐除去，其他有效的办法就是躲避或忍受，虽则这两者都是极难做到的。

那个人我觉得他深谙人生，他说老婆是瞎子，丈夫是聋子，婚姻才会美满。

还必须看到，我们强加于她们身上的这种极为粗暴严酷的义务，会产生两个与我们的目的相违背的结果，一是怂恿了追求者，二是使女人更容易依从。因为首先是抬高了要塞的价值，我们也抬高了征服的价值与欲望。即使是维纳斯也用法律来拉皮条，巧妙地提高了床头资，认识到不以新奇与高价相招徕，都只是一种平淡无奇的玩乐。

总之，正如款待弗拉米尼乌斯的主人说，都是一样的猪肉，只是沙司使它分出不同的味道。丘比特是个调皮捣蛋的神，他的拿手好戏是跟虔诚与法律作对；他的光荣就是用自己的力量来抗击其他力量，用自己的规则使其他规则让步。

其次是根据女人的秉性，假若我们怕做乌龟就会少做乌龟吗？因为禁止更诱人跃跃欲试。

对梅萨丽娜的行为还能有更好的解释吗？起初她按照常规让丈夫偷偷戴绿帽子。但是偷情过于容易，丈夫又冥顽不灵，她突然看不起这样的做法。于是她公开做爱，承认那些情人，供养他们，恩宠他们，对谁都不隐瞒。她要丈夫有所不满。这个畜生丝毫没有感觉，反而不闻不问提供方便，好像这些奸情得到了他的承认与授权似的，使它们变得平淡无奇，毫无乐趣可言。

她怎么办呢？她是一个身体健康、尚在人世的皇帝的元配正宫，有一天趁丈夫克劳迪乌斯皇帝离开京城，在这座世界的中心舞台罗马，正午时刻，跟她长期的相好西利乌斯结婚，举行公开隆重的庆典仪式。这是不是像在说，她由于丈夫的冷淡而走向贞洁之路，或者是她找了另一位丈夫，引起他的醋心，来刺激他的肉欲？抗拒他是为了煽惑他？

然而她遇到的第一桩难事也是她最后一桩难事。这个畜生惊醒过来。这类麻木不仁的聋子经常更难对付，我有过经验，这种极端的痛苦面临释放时，会采取极其严酷的报复行为。因为怒火与愤恨累积成堆，一着了火，立即迸发出全部能量。

他把她处死，还杀了许多奸夫，甚至包括一个不愿做但被她鞭打着上床的男人。

维吉尔对爱神维纳斯与火神伏尔甘的描写，在卢克莱修作品中也有；他更适当地用在维纳斯与战神玛尔斯的偷情上：

> 玛尔斯，暴烈的神，武功的王子，
> 经常躲到你女神的怀抱里。
> 永恒的爱情创伤把他压倒，
> 他要爱的滋养，贪婪的目光
> 盯着你的目光，呼吸掺入你的呼吸。
> 他靠着你圣洁的躯体躺直了休息。
> 女神啊，搂着他，轻轻安慰吧。
>
> ——卢克莱修

当我反复咀嚼这首诗的遣词造句，美妙高雅，对于后世人琐碎小气的隐喻觉得不屑一顾。这些大师不需要夸张做作的堆砌，他们的语言丰满有力，清新自然。他们的文章不但结尾充满讽刺，头、腹、脚也都妙语连篇。不勉强，不拖沓，全文平稳和谐。"他们的文章充满阳刚之美，不玩弄华丽的辞藻。"（塞涅卡）

他们的辩才不是软弱无力，而是不冒犯人。激情有力，不媚俗，但是让人充实动情，尤令具有独立思想的人动情。读到这些精彩文章，表述得那么生动深刻，我不说这话说得好，我说这思想得好。思想充满朝气，语言才会志远昂扬。"心使人能言善辩。"（昆体良）今人称判断为语言，美丽辞藻为空洞概念。

我最终认为爱情不是别的，只不过是跟钟情的对象共同欢乐的渴望，维纳斯也只是一种宣泄的乐趣，若不节制与谨慎是有害的。对于苏格拉底来说，爱情是由美撮合的繁殖欲望。多次看到这种乐趣引起可笑的挠痒，芝诺与克拉蒂普斯在激动时失魂落魄的荒谬动作，失态的狂怒，在爱情最甜蜜的时刻因兴奋与残暴而涨红的面孔，还有在疯狂中摆出这副庄重、严肃与出神的死样，这里面杂乱无章地并存着高尚与龌龊，人生至乐竟像痛苦那样既会全身僵硬，也会低声呻吟，我就想到了柏拉图说人是神的玩具这句话说得真对。这是大自然的嘲弄，给我们保留了这个最烦心又是最普遍的行为，在这方面平等对待，智者与愚者、人与兽都一视同仁。最爱沉思与最谨慎的人，当我想到他处于这个状态时还装出沉思与谨慎的样子，我会把他当做一个厚脸皮的人，要用孔雀的爪子压压他的傲气。

有人在游戏时不谈正经事，犹如某人说的，神像前面若没有遮蔽就不敢向他奉礼。

我们像动物那样吃喝，但是这些行为并不妨碍我们的精神活动，这是我们对动物占有的优势。但是那件事使其他思想都置于它的桎梏之下，专横独断，扰乱和打蒙了柏拉图头脑中的全部神学和哲学。即使如此，他也毫不抱怨。你在其他地方都能够保持分寸；其他活动都要遵守老老实实的规则；唯有这件事在大家的想象中只能是淫荡或可笑的。你不妨找出一种明智与文雅的做法给大家看看？亚历山大常说，他主要通过这件事与睡眠认识到自己还是个凡人。睡眠窒息和停止我们的心灵功能，而这件事也同样使心灵功能荡然无存。当然，这不但标志我们的原罪，也标志我们的虚妄与邪念。

另一方面，大自然又把我们往那里推，既让这种欲望包含了最高尚、有用与愉悦的行为，又要我们把它看成是无礼与无耻的事加以谴责，远远躲开，为此脸红，又主张禁欲。

把我们赖以生存传种的行为称为禽兽行为，我们不正是蠢得像禽兽吗？

各族人民在宗教方面有许多不谋而合的做法，如祭祀、点灯、焚香、斋戒、上供，此外还有谴责性行为。各派意见在这点上取得了一致，包括在广大区域实行割礼，这也是对性行为的一种惩罚。可能我们有理由责备自己造出这么一件愚蠢的产品——人，称这种行为是耻行，完成这个任务的部位是耻部（此刻在下的这个耻部倒是实在耻为人知的了）。

大普林尼说到艾赛尼派教徒中好几个世纪没有乳母，没有襁褓婴儿，而是依靠外来者延续生嗣。外来者也赞赏这种美好的教规，不断加入他们的队伍。整个民族冒灭种的危险，也不承诺去拥抱女人，宁愿绝后也不去生产一个。他们说芝诺一生中只跟女人有过一次交欢，这还是出于礼貌，为了避免过于固执而有轻视女性之嫌。

人人都是见到生孩子就躲，见到死了人就看。毁灭一个人时，找个宽敞明亮的场所，分娩一个人时，要猫在阴暗狭窄的洞穴里。隐藏起来红着脸去造人，这是义务；懂得如何去杀人，这是光荣，还附带产生许多美德。前一种是侮辱，后一种是恩典。亚里士多德说杀了他就是恩赐他，这是他家乡的一个说法。

雅典人把生与死都同样看作是坏事，为了净化提洛斯岛，到阿波罗面前表白自己，在岛内同时禁止生育与丧葬，

我们为自己难为情。

——泰伦提乌斯

我们认为自己的存在是罪恶。

有些民族躲起来吃东西。我认识一位极为尊贵的夫人，她也有同感，认为咀嚼极不雅观，大大有损于女人的风度与美姿，从不愿在人前表现好吃的样子。我认识一位男士，他受不了看人吃，也受不了让人看着吃，因而他进食比排泄更躲着别人。

在土耳其帝国，许多男人为了显得比别人优秀，用餐时从不让人看见；还一星期只进一餐；在面孔与四肢上进行自残；从不跟人说话；这些都是狂热分子，认为破坏天性就是尊重天性，轻视自己就是重视自己，糟蹋自己就是改善自己。

对自己穷凶极恶，视欢乐为罪过，身处不幸才安心，真是可怖的禽兽啊。

有的人一生过隐居生活，躲开世人的目光；他们视健康与逸乐为有害的大敌。不但许多部落，还有许多民族，诅咒自己的出生，祈求自己的死亡。有的地方还痛恨太阳，崇拜黑暗。

我们只是折磨自己时手段高明；是自己的精神暴力的猎物，精神错乱实在是个危险的工具！

"唉，可怜的人啊，你生来就有不少缺点，不要再动脑子去添加了；你的命运已经够惨，不要自作聪明去加剧了。你本质上的丑陋应有尽有，也就不必凭空臆造了。如果不在闲中生出些烦恼，你是不是觉得活着太闲？你是不是觉得大自然要你做的事做完后，若不让自己再做些什么，就是失职和游手好闲？你不怕违背不可置疑的普遍法则，自以为是地建立个人狭窄幻想的法则；那些法则愈是特殊、没把握和矛盾，你愈是竭力坚持。你自己制订铁定的法则占据你全部心灵，你教区的规则——上帝与世界的规则——则使你无动于衷。稍为浏览一下这方面的例子，就包含了你的全部生活。"

维吉尔和卢克莱修这两位诗人关于维纳斯的诗句，谈到色情含蓄而谨慎，使我觉得反而得到更多的启发与说明。女士用蕾丝遮盖乳房，教士把许多圣物放在胸前；画家在作品中用阴影衬托光明；有人说阳光的折射与风的旋转都比走直线方向更强。有人问一个埃及人："你的长袍下藏了些什么？"埃及人聪明地回答："藏在长袍下就是为了让你不知道。"但是有些东西藏起来是为了让人看的。且听这个人说得更直白，

> 我搂着她赤裸的身子紧贴身上，
>
> ——奥维德

我好像在被他阉割的感觉。马提雅尔把维纳斯的裙子撩得再高，也不会让她全身赤裸。谁把话说满了，使我撑，使我腻烦。谁怕把话都说出来，倒使我们想得更远。这类谦逊中有背叛的意味，其实是这些手法给想象力开拓了一条康庄大道。行为与行为描写都应该像是偷偷摸摸的。

西班牙人与意大利人的爱情，较为尊重与腼腆，婉转与含蓄，这叫我喜欢。我不知道是哪位古人希望头颈长得像鹭鸶，东西咽下去可以尝得时间长一些。这个愿望更适用于这个急躁快速的欲望，像我这样的急性子，成不了好事。为了防止速战速决，延长前奏，在他们之间安排一切有利与有效的花絮：一个眼神、一个鞠躬、一句话、一个暗示。一个人若把烤肉的香味当做正餐喂肚子，岂不是个良好的节约习惯？

这种情欲里实质的东西少，虚荣热烈的幻想多，那也要按照实际价值付款与食用。应该教会那些女士保持身价，讲究自尊，让我们开心，让我们发痴。我们一开始就猛冲猛撞，总是改不了法国人的急躁。她们若是让情意细水长流，那么每个人到了悲惨的晚年，还可以保存一份快乐，仔细玩味。

谁若在玩乐中享受玩乐，得到最高分才算赢，要狩猎就要有所捕获，这样的人不适合加入我们一伙。台阶与梯级愈多，顶上的宝座愈高愈光荣。我们应该乐于有人引导，就像参观美轮美奂的宫殿，通过不同

的门和过道，悦目的长廊，数不清的弯道。这样千回百转增加我们的乐趣，流连徘徊时间更长。不抱希望，没有欲望，我们的追求也就索然无味。我们的绝对占有欲使她们无限害怕，她们的一切取决于我们的忠诚与坚定，其处境就岌岌可危了。这是罕见、困难的美德；一旦她们是我们的，我们就不再是她们的了。

希腊青年特拉索尼德太珍惜爱情了，他赢得情人的心以后，却不去占有她的身子，不愿因享乐而使他引以为荣和萦绕心头的这种不安的热情有所减弱、腻烦和松懈。

少吃才知肉滋味。且看有许多敬礼致意的方式，这也是我国的特点，苏格拉底说接吻刺激，危险，夺人魂魄，但由于日以为常失去了魅力，对于夫人来说，背后有三个跟班的那个人无论多么讨厌，都要向他伸出樱唇，这对她们实在是一个不愉快、带侮辱性的习惯。

> 狗鼻子下挂一条灰色冰柱，
> 胡子只是一撮荆棘，又硬又粗，
> 亲他还不如亲一百次大屁股。
>
> ——马提雅尔

我们也占不上什么便宜；因为世界就是这样组成的，要吻上三位美女，我们必须搭上吻五十位丑人；对于我这把年纪肠胃不好的男人，一个臭吻不是一个香吻所能抵消得了的。

在意大利，男人即使在卖笑女子面前也做得像个殷勤胆小的追求者。他们是这样辩解的："享乐有程度高低的区别，只有贴心相待才会换来她们全心全意的服侍。她们出卖的只是肉体；心可没有标价出售，它完全是自由的，属于她个人的。"他们这样说明他们要的是心，这话很有道理。

应该善待与交往的是心。给我一个没有热情的身体，我想到就骇怕，我觉得这是几近失去理智的行为，就像那个男孩；普拉克西特勒斯塑造了一尊美丽的维纳斯像，男孩爱上了却去把它玷污了。或者像那个疯狂的埃及人，正给一具女尸涂香料与裹尸布时竟冲动起来，做出奸尸的行为。这件事后来促使埃及颁布了一条法律，年轻美女与名门望族的妇女，死后其尸体必须在家保持三天后，才能交给执行殡葬仪式的人手里。科林斯暴君伯里安得更是人面兽心，他的妻子梅丽萨逝世，还在她的尸体上继续享受（合法合理的）夫妻情缘。

这不就像月亮女神的怪脾气，只因没法得到心上人恩底弥翁的温情，催眠使他睡上几个月，跟这位只会在梦幻中活动的俊少年恩恩爱爱。

我还要说的是，爱上一个不表同意、没有欲望的肉体，就像爱上一个没有灵魂和感情的肉体。并不是一切享乐都是一样的。有的享乐合乎伦理道德，毫无趣味。除了好意以外还有千百种原因可以使我们得到女士的青睐。这不足以说明有热情。也可以像在别的方面弄虚作假，她们有时只是伸出半只屁股让你干。我还知道一些女人，宁可出借身体也不愿出借马车，也只是在这方面跟人有来往。这就必须观察她们喜欢跟你作伴是为了其他目的，还是仅此而已，就像对待马房里的大男孩。你在那里面占什么地位，有什么价值，她若吃着你的面包，却蘸着想象中更好吃的沙司，那又怎么样呢？怎么，我们难道没看到现今有人利用这种事进行可怕的报复，下毒药杀死了一个正派女人？

我不在其他地方寻找这个题材的例子，熟知意大利的人不会觉得奇怪，因为这个民族在这方面足以自称是世界的导师。他们的美人一般比我们多，丑女比我们少；但是说到国色天香，我认为我们不相上下。在人才方面也是如此，平庸之辈他们远远超过；性格粗暴的人，相比之下那里显然少得多；旷世奇才与精英，我们不逊于他们。

若把这样的相似性继续往下做，我认为说到勇敢，我们比他们更普遍与自然，但是有时在他们身上表现出逼人的霸气，那要盖过了我们所能提出的最骁勇的事例。这个国家的婚姻制度有如下的缺陷：社会习俗给妇女订下非常严酷的法律要她们俯首帖耳，跟外人有任何交往不论最疏的还是最密的，对她们都是一桩十恶不赦的罪。这条法律使得任何形式的接近都属情节严重；既然一切皆导致同样的后果，她们的选择也就简单了。一旦冲破樊篱，索性一不做二不休，热情宣泄无遗："淫欲如同一头猛兽，上了链子后乱跳乱蹦，再后又被放了出来。"（李维）应该给她们松一松缰绳，给它一点自由，发情反而缓和。

我们几乎遭遇同样的命运。他们过于约束；我们又过于放纵。我们国家有一个良好的做法，把孩子寄养在好人家，就像进了一所贵族学校接受当宫廷侍从一般的教育。据说，拒绝接受贵族学习是失礼的，是一种侮辱。我发现（因为不同的家庭有不同的家风和方式），对收留的女孩管教甚严的夫人并不取得更好的效果。必须适度；大部分行为必须让她们自己掌握。因为事实上没有一种纪律是对什么都能监控的。可以肯定的是，带了衣物从自由学校偷逃出来的女孩，比从门禁森严的学校走出来的清纯少女更多自信心。

我们父辈培育女儿懂廉耻，慎行事（好心与欲望是同样的）；培育我们要自信。我们并不理解。萨尔梅舍女人不曾在战争中亲手杀死过一个男人，就没有权利跟男人睡觉。而我呢，还有权利用耳朵听，若倚老卖老让她们听听我的忠告已够不错的了。我就要劝她们也劝我自己保持节制，但是如果这个世纪对此很敌对，至少保持谨慎与适度。亚里斯提卜就有这么一个故事，年轻人看到他走进一名妓女家，面孔红了起来，他对他们说："进去不是罪，不出来才是罪。"不愿保全良心的人要保全名声；肉质已坏，至少外观要好。

两情相悦，我主张循序渐进，过程缓慢。柏拉图指出不论哪种爱情，当事者不应该贪易图快。轻率鲁莽地全面投降，这是贪吃的表现，她们应该施展一切伎俩加以掩饰。施予恩惠有条不紊，更加刺激我们的欲望，也不流露自己的欲望。让她们永远在我们面前躲躲闪闪，即使那些有意要被逮住的女人也这样做，像斯基泰人，逃跑时打得我们更惨。

　　根据大自然给她们制订的规律，她们确实也不适合主动表达意愿与欲望；她们的任务是忍受、服从、同意；这说明为什么大自然赋予她们一种长久的能力，而赋予我们的是时有时无、不确定的能力；她们常备不懈，可以随时随刻适应我们："天性被动。"（塞涅卡）大自然要我们雄起表示自己的欲望，要她们隐蔽内敛，不宜于张扬，只是用于防御。

　　以下的事例说明亚马孙人的放浪不羁。亚历山大大帝路过赫凯尼亚，亚马孙女王塔莱斯特里率领三百名全副武装、骑大马的女兵前来找他，大军的其他人马在邻近的山头后面跟随。女王对他当众高声宣说，久闻他战功赫赫，勇冠三军，使她前来瞻仰风采，愿为他的事业献上她的财力与物力；见他那么年轻美貌、英气勃勃，她自己也是个十全十美的女子，还向他建议同床共枕，好让世上最勇敢的女人和天下最英武的男人今后生个顶天立地的人物。亚历山大婉言谢绝，但是对于她的第二个要求给予时间满足，在当地住了十三天，值此时际他日夜宴乐，欢迎这么一位飒爽英姿的女王。

　　几乎在一切方面，我们都是女人行为的不公正的法官，女人对我们也是。我承认这是事实，不管它对我有利还是有害。这是一种恶劣的神经错乱，使她们经常动摇不定，不能把感情专注在任何一件事物上；从这位维纳斯女神身上就可看到，竟有那么多次变心与那么多个朋友；然而说来也是，爱情不暴烈就不符合爱情的本质，爱情若稳定就不符合暴烈的本质。

　　有人对此惊讶、怪叫，认为这是违背自然与不可思议的怪病，要在她们身上寻找这病的原因。他们经常看到自己身上得了这种病怎么就不大惊小怪了呢？还应该说身上没有这种病才更令人诧异。这是单纯的肉体上的情欲，既然吝啬与野心没有终止之日，淫欲也无了结之时。满足后还会存在，人不可能让它时时刻刻满足，也不可能让它满足后就此消失；它总是贪多务得；而她们的感情不专还比我们的感情不专更加情有可原呢。

她们首先可以像我们那样声辩，喜新厌旧是人之常情，大家彼此彼此；其次她们可以声辩，而我们不能，就是她们买的猫总是打着闷包。（那不勒斯女王雅娜用亲手做的一根金丝绳，把她的第一任丈夫吊死在窗前栅栏上，因为她看到他的身材、美貌、青春与体魄想入非非，到了床上短兵相接时发现他的阳具与力量都不如人意，感到自己上了当，受了骗。）由于主动总比被动要作出更多的努力，因而她们至少可以满足需要，而我们就会发生意外。

柏拉图在这件事上明智地制订了他的法律，为了决定婚姻是否合适，法官要检查结婚双方，男的全身赤裸，女的裸至腰部。在检验我们时，她们会觉得我们不符合她们的选择。不是有了意愿便能使它挺立，软弱与无能可以合法地解除婚约；为什么不呢？而且她们可以根据自己的标准，找个更风流更有生气的如意郎君。在我们那么想取悦于人，博取欢心的事情上，把缺陷与弱点暴露无遗，这岂不是太不谨慎了么？此刻我不愿意功亏一篑，去惹一个我尊敬、害怕的女人讨厌。

让这个年纪很可怜，而又不让这个年纪很可笑，大自然做到这点应该满足了。我讨厌看到这样的人，藏有一些残余的精力，一周要热身三次，气急败坏，穷凶极恶，仿佛腹中的欲火可以烧上一天，其实只是蓬蒿着火，瞬息即灭。我欣赏在人生黯淡的寒冬还亮起强烈摇曳的火光。这种欲望应该属于风华正茂的年轻人。你心中意气风发，精神抖擞，真以为可以实现这种妄想，你看着，它就会把你撂在半路上的！若把欲念鲁莽地发泄在某个稚嫩的少女身上，她惊讶，不懂事，在小棍子前发抖脸红。他可以等着第二天，即使自己不羞死，也会看到她这双美丽的眼睛中流露的轻蔑，他的卑鄙与无礼都落在她的眼里。那一夜殷勤又辛苦，翻江倒海，弄得对方两眼无光，眼圈发黑，但是感不到满足与自豪。当我看到某位女士对我讨厌了，我决不立即责怪她轻浮；而是想一想我是否应该去责骂老天爷使我这么不争气。当然，它这样对待我有欠公正，很不客气，造成极大创伤。

我和其他人同样都是由自身各个器官组成的。我要是成为男人则完全亏了这个玩意儿。我有责任向公众全面地展现自己。我学习的智慧完全存在于真理、自由、事物本质之中；不屑把虚饰、等因奉此、乡俗的生活小节列为真正的义务，而崇尚合乎天性、普遍长久的准则，礼貌与仪式虽与它们是姐妹，但是私生的姐妹。

当我们在本质上有了缺点，必然会呈现于表面。当我们克服了本质上的缺点，若还需要努力，再去克服其他的缺点。因为不然有这样的危险，为了原谅自己对天然责任的疏忽，凭空臆造一些新的责任，又把这两者混淆不清。这样的话就会看到以下情况，在错误是罪恶的地方，罪恶只是错误；在一些礼教较少、民风较松的民族，原始普遍的法则反而得到更好的遵守，数不尽的清规戒律窒息、减弱、分散了我们的注意力。对琐事的关注引得我们抛开了急事。哦，这些浅薄的人走的一条路，跟我们相比是多么轻松讨巧啊！这都是虚情假意，我们相互掩盖，相互奉承；但是没有付出，在伟大的法官面前欠下更多的罪愆，他会撩起我们围在腰际破烂的遮羞布，不用装得把我们看透，就是我们最隐蔽秘密的丑事也逃不过他的目光。我们处女的童贞若能不让他发现这个秘密，那倒也不失为一桩有益的体面事。

总之，谁若能使人摆脱幼稚，不那么迷信这种语言上的顾忌，对世界不会带来重大损失。我们的人生半是疯狂，半是谨慎。谁只是毕恭毕敬、循规蹈矩写到它，那是把一大半疏漏了。我不为自己作辩解，我若作辩解，那不是为了什么，而是更多地为我的辩解作辩解。我要向这样的人辩解，我认为他们在人数上要超过在我这一边的人。

想到他们，我还要说（因为我希望使谁都满意，这是很难办到的："由一个人去迎合那么多的习俗、理念与意志。"〔西塞罗〕），他们不要责怪我，因为我引用了几世纪来得到认可与赞同的权威的话；也没有理由因为我写的不是韵文，就不让我说些当今教会人士和头面人物在说的话。这里就是他们写的两句诗：

> 她的缝儿若不细，还是让我死！
>
> ——泰奥多尔·德·贝萨

> 情人的鸡鸡使她舒舒服服，欢欢喜喜。
>
> ——圣-热莱①

　　还有许多别人写的，还要引用吗？但我喜欢谦逊。我选择这类引人反感的说法不是出于判断，而是大自然为我选择的。我不赞赏它，同样也不赞赏任何违背习俗的形式；但是我为它辩解，无论在特殊和普遍的场合下减轻人们对它的指责。

　　接着谈吧。同样，有些女人作出牺牲对你表示好感时，你就自认为对她们有至高无上的权威，这是怎么来的呢？立即摆出夫权的私利、冷漠与专横？这是一种自由的契约，你既然要她们遵守，你自己怎么不遵守了呢？在两厢情愿的事情上是不讲法规的。

　　这是违反常规的，但是在我那个时期根据自然许可的范围，我处理这件事跟对待其他事那样认认真真，还带一点评理的神气。我还向她们提出我感受到的热情，向她们天真地袒露其中的消沉、兴奋、产生、投合与消失，并不总是一成不变的。我轻易不许诺，因为我想我做到的要比许诺的与积欠的多。她们感到我这人忠实得愿为她们的不忠实效劳。我说的不忠实是指承认的与反复多次的不忠实。我只要还怀着一丝一缕的感情，决不向她们断交；不论她们向我提供什么样的机会，我也不会跟她们绝情到轻蔑与憎恨的地步。因为这种亲昵，即使是在最羞

---

①贝萨是加尔文的接班人，改革教会的领袖。圣-热莱是弗朗索瓦一世和亨利二世国王的布道师。

惭的条件下得到的，也令我感到她们的好意。在她们要诡计、找遁词、双方争执时偶尔也会让人看到我贸然发火与不耐烦。因为我这人天生会激动，尽管不严重，时间也不长，经常也损害我们的交往。

她们曾经要试一试我看问题是否自由开放，我也免不了给她们提出父辈的忠告，触到她们的痛处。我若任凭她们埋怨我，这是在我身上看到了一种爱，这从现代的习惯来说是又蠢又认真的。我信守诺言，即使在人家会轻易放过我的事情上也是如此。她们有时会为保全名节而投降，投降条款被征服者篡改了也不计较。从她们的名誉考虑，我不止一次在欢乐达到顶点时悬崖勒马，这时听从理智的驱使，甚至给她们编出理由来反对我，她们若坦然接受我的规则，并照此办理，要比凭自己的规则去行事更可靠更严格。

我总是尽量独自去承担幽会的风险，让她们轻装上阵。我总是给约会作出最曲折、最出人意料的安排，这样最不引人怀疑，而且在我看来也最容易撮成。约会地点愈隐蔽，其实是愈公开。最不让人担心的事是最不禁止和最少有人注意的事。没有人想到你竟敢会这样做的事，则最宜于放心大胆去做，此所谓难事不难做也。

男人在交往中总是遇到尴尬的性问题。这种爱的方式更多时候还要讲究纪律，但是我们这些人多么可笑，又那么缺少效率，有谁比我知道得更清楚呢？我若没有什么可后悔的，我也没有什么可失去的了。现在是公开说出这话的时候了。但是就像我在跟另一个人说似的："我的朋友，你在做梦；在你这个时代，爱情跟信仰与正直没有多少关系。"所以，反过来说，若由我重新开始，肯定还是走同样的路，有同样的过程，不管它可能会多么无效。在一件不必赞扬的事情上，缺点与傻气还是值得赞扬的。这方面我离他们的脾性愈远，离自己的脾性则愈近。

此外，在这件事上，我不会全身心投入。我愉悦，但不会忘乎所以，大自然赋予我的这一点点理智与谨慎，还是完整保存的，为她们与自己效力；有一点感动，但是不存幻想。良知也会卷入，在荡检逾闲前为止；但是不会到忘恩负义、背叛、恶毒、残忍的程度。我不会不计代价去得到邪恶之乐，只肯按照它的原来值付款："一切罪都不止于其罪本身。"（塞涅卡）

我讨厌昏沉沉无所事事的游闲，差不多也同样讨厌艰难竭蹶的劳苦；前者使我无精打采，后者叫我身心交瘁。轻伤与重伤、一刀见血与不见血我都同样欢喜。在这件事上当我跃跃欲试时，不走极端而采取中庸之道。爱情是一种清醒、活泼和愉悦的激情，我不为之心烦意乱，愁眉苦脸，但是为之心热，还感到口渴。必须到此适可而止。爱情只对疯疯癫癫的人是有害的。

一个青年问哲学家珀尼西厄斯，圣贤恋爱是否适宜，他回答说："不谈圣贤，只谈不是圣贤的你与我，不要让我们卷入这种那么动感情、撩人心火的事，它使我们当别人的奴隶，也被自己瞧不起。"他说的话有道理。谁的心灵都不能承受爱情的冲击，不能反驳阿格西劳斯的名言：谨慎与爱情不能并存，那就不要去相信这种本质上是来去匆匆的事。这确是一桩无妄的工作，不正经，不好意思，不合法。但是以这种方式操纵它，我认为还是健康的，可使沉重的身心活跃起来，我作为医生向我这样性格状态的人推荐这个方法，完全如同推荐其他一切有益身心健康、延年益寿的方子一样。趁我们尚停留在老年的门槛，脉搏还在跳动时，我们就需要有爱情这个让人痒痒的东西来撩拨心火。你们看爱情使圣贤阿那克里翁恢复青春，朝气蓬勃！苏格拉底比我年纪还大的时候，谈到他的爱情对象，他说："我与她肩并肩，头靠头，共同在读一部书，我决不是乱说，就是在肩头突然感到一刺，像被动物咬了一口，此后五天内感觉有东西在我身上爬，一直不停地痒到心里。"一个年迈冷漠的老人因一次偶然的肩头接触，竟重新燃起热情，使人间最伟大的一颗灵魂焕然一新！为什么不可以呢？苏格拉底是人啊，他不愿意是、也不愿意像其他东西。

哲学不反对天然的肉欲，只要掌握分寸，主张节制不是逃避；竭力抵制的是怪诞不经的肉欲。哲学还说精神不应该加强肉体的欲望，巧妙地告诫我们切切不可以纵欲去引起饥饿，肚子只要填饱而不要塞满，避免去享受一切使我们难熬的乐趣，一切让我们腹饥口渴的肉食与饮料；说到爱情服务，哲学关照我们只要取得满足肉体需要的东西就够了，不要惊动心灵，心灵也无须包揽成为自己的事，只要照着肉体的意思帮着做就可以了。

但是这些训诫有点儿苛刻，这只是涉及会完成任务的身子来说的。一个老朽的身子好比是一只功能衰退的胃，对于它不妨想办法温暖和强壮，通过想入非非去引起它已失去的欲望与轻松心情，我这样认为不是很有道理的么？

我们不是还可以说，当我们困在这个人间监狱里，身上没有什么东西纯然是肉体的或纯然是精神的，把活生生的人分裂为二那是十分有害的；我们既然甘愿去忍受痛苦，不也至少有理由甘愿去追求快乐？圣徒通过苦赎忍受剧烈的痛苦（比如说）达到心灵的完美，肉体由于与精神是相连的，虽与这样做的原因很少沾边，必然也连累受这份苦，因而圣徒并不满足于肉体单纯跟随与参加心灵的受苦，还要让它也遭受残酷的折磨，以致肉体与精神两相竞争，让人沉浸在痛苦之中，愈吃苦愈有益于灵魂。

同样，追求肉体享受而冷落心灵并强制它如同去做一件必要而不得违背的义务，这是不是公正呢？其实支配的任务属于精神，更应是精神来酝酿和培育、参与和诱发肉体的快乐；同样按我的看法，也是在精神感觉本身快乐的同时，也把快乐传播和注入到整个肉体，做到快乐对肉体与精神都是同样愉悦与有益的。因为这就像他们说得很有道理，肉体追求快乐不应有损于精神；但是精神追求快乐不应有损于肉体，为什么不是同样有道理呢？

没有其他情欲叫我充满期待。对其他像我一样没有特殊天职的人，由吝啬、野心、口角、诉讼引起要做的事，由爱情来做更为方便；爱情使我恢复机灵、节制、优雅，注重仪表，保持举止，不让老年的鬼脸、可怜兮兮的怪相有损风度；回到健康明智的学习，以此获得人们最多的爱戴与尊敬；在精神上摆脱自暴自弃，恢复思考；驱除因年老力衰、无所事事而产生的种种厌世思想、忧郁情绪；被大自然抛弃的这颗心，至少在幻想中重新温暖起来；这个可怜人正在大踏步走向毁灭，让他昂起脑袋，保持心灵活力，精神矍铄，延年益寿。

但是我很明白爱情这件好事是很难恢复的；由于体力弱与阅历深，我们的情趣变得更细腻精致；我们要求更多，而给予更少；我们愿意作最佳的选择，而我们只配被人最差的接受；我们认识自己，较前更为胆怯多疑；了解自己与她的状况，没有东西可以保证我们被人爱。置身于这群朝气蓬勃、热情洋溢的青年中间自惭形秽，他们自身有力量有理智；给他们让位，我们没有什么可以顶的了。

这束含苞欲放的花朵不会让一双粗糙的手去抚摩，也不会被纯粹的物质手段诱放。古代一位哲学家追求一名青春少女，未能得到她的青睐，有人嘲笑他，他回答说："我的朋友，鱼钩钓不住这么鲜嫩的奶酪了。"

这种交往需要有相互应求的关系；我们得到的其他乐趣可以用不同性质的报酬予以接受；而这种乐趣只能用同一种货币来支付。事实上，做这件事得到的乐趣，使我的想象力痒痒的，比实际感觉的乐趣更甜美。只思得到乐趣而又不给人乐趣，这样的人决不是高尚的人；一切都是欠人家的，把负担都加在跟他维持关系的人身上，这个人的心灵就更卑鄙了。风流汉要以这个代价去满足欲望也就谈不上美、交情与亲密了。

如果她们只是出于怜悯才善待我们，我宁可去死也不愿靠施舍过日子。我在意大利看到人家这样募捐，我也要求有权利这样问他们："为了你自己给我做做好事。"或者像居鲁士鼓励他的士兵："自爱的人跟我来吧。"

有人对我说："你去找你这阶层的女子，命运相同的人作伴更容易。"——哦，多么愚蠢乏味的妥协！

色诺芬反对梅诺提出的责问，说自己要找青春不再的女人。看到一对金童玉女在一起真是天作之合，即使只是心里想一想，我也觉得比在极不般配的结合中当个配角有味道得多。我宁可让加尔巴大帝有这种匪夷所思的胃口，他专爱跟身子硬邦邦的老女人干。

我认为人造的、装腔作势的美是最大的丑。希俄斯岛的少男埃莫内，想通过打扮去达到大自然没有给予他的美，到了哲学家阿凯西劳斯面前，问他一位贤人会不会恋爱，另一位回答说："会的，只要不是像你这样装扮雕砌出来的美。"坦然承认的老与丑，在我看来，就没有浓妆艳抹的那么丑与老。

我这样说，会不会有人来掐我的脖子？我认为稚气未脱的少年时代，是顺乎自然的爱的当令季节，美也是在这时刻。

荷马把美延长到下巴开始发乌的年龄，就是柏拉图也认为这已是稀世奇珍了。诡辩派迪昂把阿里斯托吉顿和阿莫狄乌斯①戏称为少年的绒毛，其原因也是众所周知的。壮年时代已经出位，更不用说到老年了。

那瓦尔王后玛格丽特作为女人，还让女人把自身的特长发挥更长的时间，下令到三十岁才把"美人"称号改为"善人"。

我们让爱情主宰生命的时间愈短，生命的价值就愈大。且看动情的人，这是个嘴上无毛的稚子。谁不知道在爱情学校里一切都杂乱无章？学习、操练、实验都显得无能，因为管事的都是些新手。"爱情不懂规则。"（圣哲罗姆）当然爱的行为就混乱不堪，也回味无穷；出现错误，事与愿违，也都很有趣美妙。只要刺激与渴望，谨慎不谨慎是小事。你看丘比特就是疯疯癫癫、跌跌撞撞的。谁若用道理与明智去指导他，你

---

① 为希腊两少年，合谋杀死暴君，解放雅典。在此比喻少年初生胡髭，也摆脱爱情的暴政。

这是给他戴上了镣铐；把他交到顽固的老人手里，也就限制了他神圣的自由。

此外，我经常听到女人描绘这种纯然精神的融合，完全忽视感官对此的享受。一切都是为此服务的。但是我可以说我经常看到我们并不在乎她们精神的软弱，而重视她们肉体的美；我还未曾见过她们为了精神的美——不管多么睿智和成熟——愿意伸出手去交给一个显得老态龙钟的身子。苏格拉底主张精神美，为什么在他高尚的门下就没有女弟子急着用大腿去建立哲学关系，生出一个智慧的后代——这样做岂不是能把大腿哄抬到最高价吗？

柏拉图在他的《法律篇》中规定，在战争中立下丰功伟绩的人，不论多丑多老，出征时期他要得到意中人的亲吻和恩宠，都不能予以拒绝。他觉得对战功的褒奖那么公正，为什么在其他才华方面不能也给予同样的褒奖呢？怎么就没有女人抢在她的姐妹前面去享受这种贞洁爱情的光荣呢？我确是说的"贞洁"两字，因为罪恶在头脑里就夭逝，这不算太糟糕。

我的话一开闸就滔滔不绝，有时还造成危害，为了给这个长篇大论做个小结，我要说男人与女人都来自一个模子；除了教育与习惯，区别不是很大。

柏拉图在他的理想国中，毫不区分男性与女性，号召他们参加一切学习、操练、职责、战争与和平事宜，哲学家安提西尼一笔勾销她们与我们的品德有任何区别。

对异性指责比为同性开脱要容易得多。其实彼此彼此，真所谓：火钩子嘲笑煤铲子。

论身居高位的难处

既然我们不可能身居高位，不妨说说身居高位的坏话来出口气。（指出一件事的缺点也不完全算是说坏话；况且事情不管如何美好和令人向往，总是有缺点的。）

一般来说，身居高位有进退自在的明显优点，也几乎掌握两者权衡的选择。因为他不会自上而下直摔下来，更多的人能够做到退出而不摔倒。我觉得我们把这一点过分渲染，也过分渲染我们看到或听到厌倦仕途而主动引退的那些人的决心。

这件事的本质不是表面那么易于处理，但也不是非要发生奇迹才能加以拒绝。我觉得忍受不幸需作出艰苦的努力；但是安贫乐道、不求闻达并不怎么了不起。这是一种美德，我觉得像我这样的小人物，不用多费心思也能做到。有些人更在考虑退位后带来的荣誉，对退位还比身居高位时的冀望怀着更多的野心，这样的人什么事做不出来？尤其谋求野心走歪门邪道总是更为有效。

我磨砺心志，要多忍耐，少欲望。我跟别人有同样多的期望，也任凭这些期望有同样多的自由与不切实际的想法。但是决不敢妄想拥有一个帝国或王朝，登峰造极，无出其右。这不是我的目标，我太自爱了。当我想到有所作为，也是缩手缩脚的，胆小谨慎，不论在决心、处世、健康、仪表、甚至财富方面，都只适合自己而言的。

位高权重只会窒息我的想象力。跟那一位①不一样，我宁可在佩里格当老二或老三，不愿在巴黎当老大。至少，不说假话，宁愿在巴黎当老三，也不做全权在握的老大。我既不要做个可怜虫跟小门官恳求商量，也不想吆喝着让群众恭恭敬敬让道。我甘居中游，命运安排成这样，志趣也养成了这样。从我的生活起居与平生作为也可显出，上帝在我出生时给我安排的运程，我更多是躲开而不是跨越。一切自然的遭遇都是同样合理和自在的。

我这人生来窝囊，认为运道好不是飞黄腾达，而是过得安逸。

若说我心气不高，可是心地坦诚，使我大胆地暴露自己的缺点。也可让我比较这两位人物的生平。一位是 L·托利乌斯·巴尔布斯，文质彬彬的美男子，博学多才，品行端正，善解人意，懂得享受各种乐趣，安静过着自己的生活，对于死亡、迷信、人世间不可避免的痛苦与艰难早有精神准备，最后手执武器为了保卫祖国战死在疆场。另一位是马尔库斯·勒古鲁斯，人人都知道他的一生伟大显赫，死得也有声有色。

前一位默默无闻，没有显职；后一位集荣耀于一身的楷模。我若像西塞罗那样善于比较这两人，我也会像他一样评论。但是如果要把他们的生平用在我身上，我要说第一位的人生是我符合自己能力与志趣所能达到的人生，而第二位的人生则使我望尘莫及，我对它只能肃然起敬，对另一位则可以身体力行。

再回到我开头谈的人世权势问题吧。

我憎恨一切的控制，不论对人控制还是被人控制。奥塔内斯是有权利继承波斯王位的七人之一，他作出一个决定是我也会这样做的。他把依靠选举或依靠命运掌权的权利让给了他的同伴，只要让他与他的家中生活在帝国内，除了古代法律以外不受任何限制与约束，享受不损害帝国利益的一切自由，既不控制他人也不受制于人。

依我看来，世上最棘手与困难的工作是当个胜任工作的国王。由于他们肩负令我吃惊的可怕的沉重责任，我比一般人更容易原谅他们的错误。手握大权而又有分寸地使用这是很难的。即使天资平庸的人，安排到了这样的位子，也是对他的德操的一个奇怪的激励。因为那时你做的任何好事坏事都将记录在案，最小的决策都将涉及那么多人的福利，你

---

① 据普鲁塔克记载恺撒曾说过这样的话："我宁可在小村里当老大，而不愿在罗马当第二人。"

的才能犹如传教士那样，直接面对老百姓，他们可不是秉公清明的法官，容易受骗，也容易满足。

世上很少事情我们能够给予一个诚心诚意的判断，因为世上很少事我们不多多少少掺有个人利益。地位的优势与劣势，控制与受制，都必然挑起天性的嫉妒与抗争；它们永远在你死我活地争夺。我不相信这两者谁对谁更有权利；让理智来说话吧；当我们无法定案时，理智是铁面无私的。不到一个月以前，我读了两部苏格兰人写的书，在这个问题展开辩论。民权派把国王的地位贬得比赶大车的还差；君主派则把国王的权势与统治捧得比上帝还高。

恰是这件事引起我注意到在本文中所要说的身居高位的弊端。人际交往中最有趣的或许莫过于我们彼此为了争权夺利而较劲，有的体现在体力上，有的体现在智力上，这一切跟王权是无关的。事实上我经常觉得，对待君王过分尊敬，反而是对他们的怠慢与侮辱。因为在我的童年，有人跟我比武有意留一手，觉得若用全力我就不能做他们的对手，我就感到无比恼火。因为每个人都觉得自己不值得努力跟他们较量，这类事我们天天看到发生。如果谁见到他们对胜利多少有点追求，没有一个人不是设法让他们满足，宁可有损于自己的荣誉也不愿冒犯他们的尊严；大家都尽力去增添他们的光彩。每个人都捧着他们，他们在比武中又能做什么？

我好像看到这些古代游侠，在身上和武器上施展魔法后冲过去角力格斗。布里松跟亚历山大比赛跑马，假装用了全力，亚历山大训斥他，但是他更应该用鞭子抽他一顿。有鉴于此，卡涅阿德斯说王爷的儿子除了马术以外学不到其他真本领，因为在其他训练中每个人低首下心让他们赢；但是马不懂得奉承讨好，会把脚夫的儿子，照样也会把国王的儿子摔在地上。

就是荷马也不得不同意让维纳斯这么一个娇嫩的圣女，在特洛伊战争中受了点伤，为了给她增添一点勇气与英武精神，不处在险境中的人是学不到这点的。他也让神发脾气，害怕，逃跑，相互嫉妒，伤害和动情而获得美德；我们之间的美德都是依靠这些缺陷的衬托而建立的。

谁不亲身经历艰辛苦难，就不会真正体验艰辛苦难带来的荣誉与欢乐。掌握的权势大得什么都必须向他让步，这是一件不幸。你的鸿运把与你交往的人远远隔开，使你成为孤家寡人。凡事唾手可得，众人逢迎，其实是一切乐趣的大敌；这是在坐轿子，不是迈动两腿走路；这是在睡觉，不是生活。让一个人一切不劳而获，你是在毁他。必须给他施舍一些难题与阻挠，这是人的本质与天性中缺少的东西。

他们的好品质早已死亡与消失，因为好品质只是在比较中才会显露。大家都不让它们进行比较；只是众口一词地不停赞扬，他们听得连真正的赞扬也分辨不清了。他们跟最蠢的臣民打交道，也没有办法胜过他，他只要说一声："他是国王我还能不比他蠢吗？"这就足够说明他留了一手才输的。

这个品质窒息和损耗了包含在王权内的其他真正主要的品质，让他们只重视直接跟王权有关、有利于应付日常朝政的行动。最后只要坐在位上就是在当国王了。这种来自外界的光环包围他，笼罩他，使大家看不见他。我们的视线被这道强烈的光照得茫茫然，看不清东西。元老院下令给提比略颁发雄辩奖；提比略拒绝接受，他不认为这是经过自由讨论后的决定，即使此奖名副其实，也不会为此感激。

把一切荣耀都加于国王头上，不但表现在口头的赞扬上，也在行为的模仿上，这也是在加强和容忍他们身上的一切缺点与罪过。亚历山大的随从都像他一样头向一边微侧，狄奥尼修斯的阿谀者在他面前会走路相撞，把脚下碰到的东西乱踢乱碰，表现他们跟他一样近视眼。甚至疝气病有时也被用来作为邀宠的敲门砖。我也见过装聋子的。普鲁塔克见过有些大臣因为国王恨自己的妻子，他们也把自己爱的老婆休了。

更有甚者，荒淫也可以受人尊敬，一切腐败亦复如此。其他还有不忠诚、亵渎神明、残酷；还有异端邪说、迷信、不信教、软弱；要说到更糟的，还有更糟的，那是马屁精的例子，比米特里达特眼红当名医的荣誉，他的马屁精投其所好，竟把自己的肢体让他开刀烧灼。比此例更为危险的是，还有其他人允许人家烧灼他们更娇嫩与宝贵的部位——灵魂。

且把我开始的话题说完，哈德良皇帝就某个词的词义跟哲学家法沃利努斯辩论，法沃利努斯不一会就让他赢了。他的朋友向他埋怨，他说："你们说得好轻松，他统率三十个军团，你们怎么要他学问不比我大呢？"奥古斯都写诗攻击阿西尼乌斯·波利奥。波利奥说："我么还是闭嘴吧，跟一个有权放逐的人比谁写得过谁，这可不是聪明之举。"

他们都有道理。因为狄奥尼修斯在诗情上不及菲洛克塞努斯，在文才上不及柏拉图，但把一个人送采石场去服苦役，把另一个人卖到埃吉纳岛当奴隶。

论虚空

可能没有什么比虚空地写《论虚空》更虚空的事了。神已经对我们作了那么神性的解释①，应该让有识之士仔细地、不断地深思。

谁不看到我走上了这一条道路，只要世界上尚有墨水与纸张，我会不停顿地、不辞劳苦地继续下去？我不能记述我的生平事迹，因为命运使我毫无作为，我就记述我的想法。我认识一位乡绅，他通过他的肠胃活动来报道他的生活，你在他的家里看到当众一排可用七八天的便桶；这是他的研究、他的论述，其他一切话题对他都臭不可闻。

这里要文明一些，是一位老学究的粪便，时软时硬，总是消化不良。我的思想遇到任何题材都会转个不停，变化无穷，既然狄奥梅德对一部语法书就写了六千册书②，我真不知道自己什么时候才能写完？语言结巴者开了口，就可连篇累牍压得地球透不过气来，饶舌者更不知道会产生什么呢？光是说话就说了那么多话！毕达哥拉斯啊，你怎么不压制这场风暴③！

有人指责古代加尔巴皇帝游手好闲，他回答说每人应该说明自己的行动，不用说明自己的休闲。他错了：因为法律对不工作的人也有审理与惩罚的权力。

既然对流浪汉与懒人皆要法办，那么对无能无用的作家也应该有制裁。我和其他百位作家的书也就可从老百姓的手中夺下来。这不是在说笑。粗制滥造的书籍好像是乱世的一个症状。什么时候我们比动乱开始以后写得那么多呢？什么时候罗马人像沉沦时那么爱做文章呢？除了表示思想精明并不意味社会跟着文明了。这类无事忙所以产生，是由于每个人不必认真工作，时间也就挪作他用了。对于本世纪的堕落，我们个个都作出了贡献，有人奉上背叛，有人带来不公义、不信教、暴政、贪财、残酷，取决于谁更有权势；弱者，其中包括我，敬赠的是愚蠢、虚荣、懒散。

眼看灾祸临头时，我觉得也是虚空之事兴隆的季节。当今到处都在做坏事，只是做些无用的事也像值得称道的了。叫我自慰的是他们要逮我也是最后一批的了。趁他们应付当务之急的大事，我还有时间改正。因为当大恶弄得我们焦头烂额时去追究小恶，我觉得这毕竟有悖情理。菲洛提莫斯大夫从一位要包扎手指的人的脸色和哈气中，看出他的肺里有溃疡，对他说："朋友，这个时刻可不是你玩手指甲的时候。"

说到这里，我想起几年前有一位极受我尊敬的人物，在民生涂炭时期，没有法律，没有正义，也没有官吏履行职责，跟现在一个样，他居然发表了一部关于服饰、烹饪和司法程序的莫明其妙的改革著作。这是对苦难老百姓进行安抚的噱头，目的是说大家没有被当局遗忘。还有人的做法如出一辙，他们对陷于水深火热之中的老百姓自上而下颁布法令，禁止语言粗鲁、跳舞和赌博。当一个人发高烧时，不是忙着给他洗去身上污垢的时候。只有斯巴达人出发去冒极端的生命危险以前还要梳理头发。

而我还有另外这个坏习惯，若有一只鞋穿歪了，索性把衬衣和披风也都穿歪了。我不屑进行半拉子的改正。我心境不好时，我就会恶做，灰心绝望，自暴自弃，像俗语说的破罐子破摔。做坏了也不回头，好也罢，坏也罢。认为不必再为自己操心。

国运凋敝恰与我年老体弱凑在一起，对我也是大幸。我更愿意接受我的病痛为此增加，而不愿我的境况被它打乱。我在不幸中所说的话是出于气愤；勇气没有丧失反而陡增。我不同于别人，在运顺时比运背时更加虔诚，这不是遵循色诺芬的理论，也是遵循他的教诲；更愿意感谢

---

①指《圣经·传道书》中一句话："虚空的虚空。凡事都是虚空。"
②据《七星文库·蒙田全集》，应为狄狄默斯；据塞涅卡说他写了四千册语法书，据博丹，他写了六千册。
③毕达哥拉斯要学生沉默不言两年，对问题多思多想。

上帝而不是询求上帝时才仰视苍天。我更在乎无病无痛时增进体质，而不是健康弃我而去时才奋起追赶。而我需要万事顺利才会接受纪律与教育，而别人需要逆境与鞭挞才这样做。仿佛好运与好心不能并存，人也只有在厄运中才会成为好人。幸福对我是个奇异的激励，使我节制与谦虚。恳求使我心软，威胁令我反感，好意叫我让步，恫吓让我不妥协。

人性中这点颇为普遍，外来的事比自己的事更引起我们兴趣，喜欢流动与变化。

> 时间在奔驰中更换马匹，
> 才让白日叫我们喜欢。
> ——佩特罗尼乌斯

我也有此意。有人走另一个极端，自得其乐，认为自己有的东西比什么都好，自己见到的东西比什么都美丽，他们若不比我们更有见识，实际上也比我们更幸福。我不羡慕他们的聪明，但眼红他们的好运。

这种贪恋新奇的脾性养成我爱好旅行的愿望，但是也要有其他情景促成此事。我心甘情愿地不管理家务。即使在一间谷仓里颐指气使，家里人唯唯诺诺，自然感到气爽，但是这种乐趣毕竟太呆板，令人生厌。还有难免招来许多闲气：一会儿你的佃户贫穷受压迫，一会儿跟邻居吵架，一会儿他们蛮不讲理，欺侮你；

> 有时葡萄遭到冰雹，
> 收成不符合期望，
> 果树雨水多了或又少了，
> 有时冬天实在太寒冷！
> ——贺拉斯

六个月中难得有一次老天爷风调雨顺，叫收获者完全满意；对葡萄园是个大年，没让牧场遭灾：

> 被骄阳的烈焰晒死，
>
> 被暴雨冰雹打坏，
>
> 被巨风刮走。

——卢克莱修

再以那位古人讲究的新鞋子为例①，它穿了伤脚；但是外人不知道这要你付出多大的代价，又如何努力维持家庭里表面的和谐，这可能是你花了大钱买下来的。

我成家较晚，大自然使之在我以前出世的那些人，代我操心了很多时间。我也早就按照自己的天性养成了另一种嗜好。然而就我见过的来说，管家这项工作不太难但很累人；能做其他事的人一般也很容易胜任。我若要发财，这条道路我觉得太长；我若为国王效劳，这行当比其他油水要足。我这人既不适合做好事，也不适合做坏事，鉴于在有生之年只想博取个既没捞取也没挥霍什么的美名，既然做也就——感谢上帝——三心二意地做了。

再糟糕也不过在变成穷人以前紧缩开支。这是我所提防的，没到不得已时先改造自己。我目前在心里安排了一个个步骤走入比现在更穷的日子；我说的是高高兴兴走入。"不是按照每人的收入，而是按照你的生活开支来衡量你的财富。"（西塞罗）我的真正需要并不占去我的全部财产，因而命运要咬我也不会咬到我的肉里。

我参加管理，不管如何无知与马虎，还是对家族事务大有裨益；我

---

① 取自普鲁塔克《埃米利乌斯·波勒斯传》中的一则故事。意指凡事好与不好，唯有当事者知道，犹如各人穿在脚上的鞋。

参与其中，但心怀不满。此外，这一切都是家务事，蜡烛的这头由我控制着烧，蜡烛的那头不见得少烧一点。

旅行使我感到拮据的是那笔花费，这大得超过我的能力；由于习惯于携带一些必需还要像样的行装，我就不得不缩短日期和减少次数；只有使用积蓄多余的钱，那就要根据这笔款子什么时候凑齐才安排或推迟日程。我不愿意旅游的乐趣影响到闲居的乐趣；相反，我还要两者相辅相成，都能做到尽兴为止。

命运在这点上成全了我，我在此生的主要任务是懒懒散散过日子，不必过于劳碌，也就不需要积攒财产分赠给一大群继承人。我的那位①，让我过得舒舒服服的家产她若认为不够，那她只有自认倒霉！她大手大脚也就不值得我给她更多。根据福西昂的例子，人人都能抚养自己的孩子，只要他们不用抚养得跟他不一样。

我当然不会同意克拉特斯的做法。他把钱留在一家银行，附带一个条件：如果他的孩子是笨人，他就把钱留给他们；如果他们是能人，他就把钱分给最单纯的老百姓。仿佛笨人没钱花时是无能的，有钱花时不是无能的了。

只要我忍受得起，我不管理时遭受的损失，也不足以让我拒绝逃避这种苦差使的机会。凡事总会有不顺心的地方。房屋买卖，一会儿这幢，一会儿另一幢，拉扯着你。你对每件事都要深入了解。明察秋毫在别处会坏事，在这里对你也有伤害。我避开会生气的场合，有意不过问进展艰难的事。再怎么做还是免不了有时在家里遇到不称心的事。人家最严实瞒着我的耍滑行为，其实我知道得最清楚。有时为了减少损失，我们还得帮着一起隐瞒。无谓的惹气，有时是无谓，但惹气总是不假。

最薄最细的刀口割肉最快，就像小字体最伤眼睛，因而鸡毛蒜皮带

---

① 蒙田指他的女儿埃莱奥诺。

来的气最容易放在心里。大伤害不管怎么大，也都不及日积月累的小伤害那么令人记恨。这些家庭荆棘愈长、愈密、愈硬，不动声色地，冷不防地会轻易刺上我们，扎在肉里很深。

我非圣贤；我伤害愈重愈沮丧，有形式的重，也有内容的重，有时还更重。我比一般人更了解痛苦，所以更有耐性。总之，它们不使我受伤，也给我打击。人生是脆弱的，容易飘摇凋零。自从我面孔转向忧伤以来，"当人开始受到外界的推动，再也由不得自己。"（塞涅卡）不管使我生气的原因多么愚蠢，我的脾气就会向这个方向发展，此后自行滋生与激化，新怨旧恨愈积愈深，盘踞在心头不得释怀。

> 滴水能穿石。
>
> ——卢克莱修

这类日常滴滴答答漏水会把我淹死。日常的疙瘩决不是小事。它们无休无止，无法补救，尤其来自一生一世、永不分离的家庭成员之间。

当我站在远处对自己的事务粗略观察以后，我觉得——也可能我的记忆不够确切——直到目前为止还算兴旺发达，超出预计与期望。我觉得我的收益比投入多。这里的好景象误导了我。我若进入事务内部，看到各部门的运转，

> 那时挂心的事千头万绪。
>
> ——维吉尔

什么事都觉得需要改进与害怕。放弃一切不干那是易如反掌；要参与而不操心谈何容易。当你身处一个地方，眼前所见的一切都要你忙碌，都跟你有关，这实在太可怜了。我觉得住在一幢陌生的房屋里，带去质朴

的生活情趣，那种享受要快乐得多。有人问第欧根尼他认为哪种酒最美，第欧根尼也像我这样回答："没喝过的。"

我的父亲喜爱扩建蒙田山庄，他是生在那里的。在家务管理方针方面，我喜欢效法他的事例规则，还尽量要我的继承人也沿用旧制。我若能做得胜过他，也在所不辞。我感到荣耀的是他的意愿通过我而得以实施和发挥作用。这也算是我在给慈父恢复生前的形象，祈祷上帝不要让这工程毁于我的手中。旧墙头有待补全，歪斜的房间需要扶正，我参与其间是贯彻他的意图，而不是满足自己的要求。

我责怪自己生性懒散，父亲在自己的田庄开了个好头，而我没有作出努力去继续完成。尤其从族谱来说我会是最后一位业主，也最后进行修缮。人家都说建造房舍是一大乐事，但是从我个人志趣来说，盖房子、狩猎、筑园、退隐生活中的其他乐趣，都不怎么吸引我。这些事我是讨厌的，就像其他一切我听了不舒服的看法。我不在乎这些道理如何引经据典，不容置疑，然而我在乎这些道理在生活中运用方便。它们如果有用，令人愉快，这就是真知灼见。

有人听我说在管家方面一无所长，走来在我耳边悄悄说，这是高傲，我不屑了解农具、农时、农序，不打听怎样酿制我田庄的酒，如何嫁接树枝，不明白花木与水果的名称与形状，我赖以生活的肉食怎样准备，我穿的衣料叫什么名称与市价如何，这是我一心钻研高深的学问，这样的人真是在要我的命。这不是光荣，这是愚蠢和傻笨。我宁可做优秀的马夫，不做优秀的逻辑学家。

> 你怎么不忙些有用的活儿，
> 用柳条和软灯芯草编篮子？
>
> ——维吉尔

我们把思想停留在天下大事、宇宙起源与运行上，这些没有我们照样运转不误，却把我们自己的事和我这个米歇尔抛在了后面，其实米歇尔反比一般人与我们更加利益攸关。我平时都留在自己的家里，但是我多么愿意在这里比在别处过得开心。

> 但愿我安度晚年，
> 结束颠簸的海上旅程，
> 南征北战的戎马生涯！
>
> ——贺拉斯

我不知道能否达到目的。我更愿意父亲留给我的不是他的一部分庄园，而是他晚年贯注在家庭上的热爱。他很幸福，根据财富实现欲望，知道用已有的东西自娱自乐。我若像他那样对这事表示出兴趣，立即会为当今的政治哲学所不容，指责说我的工作庸俗无益。我同意这样的看法，最光荣的天职是为大众服务，对许多人做有益的事。"精神、美德和一切高尚的果实，只有做到与邻人分享，才获得最大程度的乐趣。"（西塞罗）

至于我与此不配，一则从良心来说（我看到这样的天职所承载的分量，我遇到问题鲜有对策；柏拉图是研究政治体制的能工巧匠，也不涉足其间），二则是怯懦。我只求从从容容享受人世，过上一种不招人骂的生活，对己对人都不形成负担。

我若有人代为理家，没有人会像我那样让他处理，自己缩起身子来对一切不闻不问。此刻我有一个愿望，就是找到一名女婿让我晚年过得舒适，无忧无愁，我把财产交给他全权支配和运作，做到我做的事，赚到我赚的钱，只要他对这一切显出勇气，抱有一种真正亲切与感激之情。这没什么吧？但是我们生长的世界里，亲生孩子也不识什么是亲情。

旅途中，谁管我的钱包，他就可以不管监督地任意花费。他也可以在结账时欺骗我。要不是个魔鬼，我总是会毫无保留信任他做事老老实实。"不少人害怕受骗而教人去骗，由于怀疑而同意去做坏事。"（塞涅卡）

要信任手下人，我最常用的做法是对他们一无所知。我只有亲眼看见了罪行才承认是罪行，认为青年较少受腐蚀，也最信任他们。我更愿意两个月后听说我花掉了四百埃居，也不要天天晚上耳边聒噪着说只花了三埃居、五埃居、七埃居的。这样骗去的钱也不比别人多。是的，我是借助于无知。我有意对自己的经济状况抱一知半解的态度。在一定程度上保持疑惑也就很高兴了。

应该留出一些空间容忍你的仆人耍滑头和做事失手。只要我们的占有大体上可以办成我们自己的事，那么多余的财富也可放任让它去自生自灭：这也像让拾穗者去捡收割后留在田里的庄稼。总而言之，我对仆人的忠诚既不十分重视，也不把他们的过失放在心上。财迷心窍，把钱数过来又数过去；喜不自胜，这是小人与蠢人的作为！吝啬也是从这里起步的。

我治理家产已有十八年，还不知道亲自处理地契和庄务上的事情，这都需要我具备一定知识与付出心血。这不是对这类琐碎的俗务有一种哲学的轻视。我并不那么清高，也至少明白这些事的价值。这实在是懒惰与大意，叫人不可原谅，充满孩子气。我什么都愿做，只要不看契约，不去做生意的奴隶，翻动这些盖满灰尘的文书就行！更糟的是还有许多人为了钱去给别人做奴隶！操心与辛苦以外，什么都对我代价不大，我追求的只是平平庸庸，随随便便。

我相信我这人，若不用承担义务也不被奴役的话，还更适合靠别人的财富过日子。这样的话仔细观察一下，我不知道以我的脾性与运道来说，我从事务处理、手下人和仆人那里受到的作弄、烦恼与发恨的事，不会少于我给一位身份比我高、待我宽厚的贵人当差。"卑琐软弱的人不是自己意志的主人，受人奴役成了他的本分。"（西塞罗）

克拉特斯做得更过分，为了摆脱家庭的杂务与操心事，毅然出走过上无拘无束的贫困生活。这事我是不会去做的（贫穷与痛苦叫我同样憎恨），但是会改变这样的生活，去过另一种不那么需要勇气和不那么忙碌的生活。

离家时，我就摆脱了所有这些思虑；就是一座塔楼坍塌，我也不会像在家时看到一片泥瓦掉下那么激动。身处异地心灵容易清静，在现场则像葡萄农那样多愁。马缰绳装歪了，马镫皮带夹我的腿，会叫我一整天不高兴。面对不顺心的事我可以鼓起勇气，但是不敢睁开眼睛。

> 感觉啊，上帝，感觉！
>
> ——佚名

在家时，一切差错我都要负责。很少主人——我是说像我这样的中等家庭的主人，若有的话也更为幸福——可以把事情交付给一位管家，让他担当大部分事务。这样在款待客人方面必然不能完全按照我的心意去做（我有时也能留住某位客人，那是靠了我的菜肴而不是我的好客，让我像那些难以相处的人一样），使我失去不少从高朋满座中得到的乐趣。

绅士在家待客最愚蠢的表现，就是让人看到他忙于招呼，在仆人耳边悄声说话，瞪眼睛威胁另一个仆人。主人的态度应该做到让一切都在不知不觉间顺利过去。口口声声对客人说起他的待客，不论是谦称不周或感到自满，都叫我看不顺眼。我喜欢干干净净，有条有理，

> ……瓷盘和玻璃杯
> 都反映我的形象，
>
> ——贺拉斯

不必要丰富；我在家准备的东西恰够需要之用，不讲排场。假若一个仆人在别人家打架，打翻了一只盆子，你就一笑了之。你睡你的，那位先生自会和总管商量第二天怎样向你交代。

我只是根据自己的想法说这些事，一般也不会不知道对于某些人来说，家庭和平昌盛，治理有方是多么甜蜜温馨，不愿把我本人的错误与不利往这方面附和，也不否认柏拉图的话，他认为正正当当做自己的事对每个人都是最幸福的工作。

当我在旅途中，我要想到的只是自己和如何花钱，一句话就可解决。但是攒钱却要许多学问，我对此一窍不通。至于花钱，我略知一二的是给我的花费上账，这是看它的主要用途。但是我对这样做的期望过高，使前后花费相差悬殊，不成比例，尤其在下列两种情况下都不知节制。如果花得值和有用，我就冒冒失失继续花下去；如果花得冤和窝囊，就冒冒失失收紧钱包。

无论这是人为的还是天然的，让我们根据与他人的关系确定自己的生活环境，这对我们是弊多利少。我们不顾自己的方便，迁就大众的看法来做表面文章。我们自身的实际情况如何，决不像人家是怎样想的那么引起我们的注意。即使是精神与智慧的财富，如果只由我们自己享用，不受到外人的注意与赏识，我们就觉得这些没有结果开花。

有些人的黄金在地底下沸腾流淌，无人察觉；有些人把黄金打成金箔金条招摇过市；因而有些人的铜钱可当埃居使用，有些人的埃居只当铜钱使用，世界是根据表面来估量价值的。对财富的过分关心意味着贪婪，当花费与轻财过分呆板与做作时也是如此。财事不值得劳心劳力。谁要花费适度，就花得拘谨吝惜，储钱与花钱本身并无差别，根据我们的意愿如何才涂上了好与坏的色彩。

另一个促使我外出旅行的原因是跟我们国家当前的社会风气格格不入。与公众利益相比而言我对这种堕落的心情还是较为容易缓解，

比铁器时代还要糟糕的世纪，

存在多少罪恶，

其名称超过大自然中存在的金属！

——朱维纳利斯

相对我的个人利益而言则不然。我尤其对此受苦甚深。因为周围长期内战，我们都在兵荒马乱中很快老去，国家则千疮百孔的，

正义与非正义混淆不清。

——维吉尔

说实在的，国家能够维持也算是奇迹。

他们全身武装在耕地。

脑子里想到再去抢，都靠掠夺为生。

——维吉尔

最后，从我们的例子可以看出，人的社会不计什么代价都会自行凝聚与联结。不论将他们放在什么地盘上，他们推推搡搡，挤来挤去，最后排得整齐有序，就像把互不相连的物体胡乱放进一只口袋里，它们自会相互衔接组合，经常还比精心安排的还要妥帖。

马其顿腓力国王从各处搜罗来了一批无赖恶棍，让他们住进专为他们建造、还以他的名字命名的一座城市里。我认为他们可用恶行作为手段建立彼此接受的政治结构，形成有法可依的社会。

我看到的不是一个行为，或者三个行为，或者一百个行为，而是根深蒂固的习惯势力，在非人道和无诚信方面（在我看来这是最大的罪恶）表现得如此邪恶，以致我无法想到而不毛骨悚然；叫我既憎恶也赞

叹。这些臭名昭著的丑事的发生标志着心灵具有的威力，也说明心灵陷入的混乱。

人因彼此需要而和解，而聚合。这种偶然的结合后经过法律而固定下来。可是有的法律非常严酷，实非出自人性的主张，然而它们的实质内容，却与柏拉图和亚里士多德所能制定的法律同样有生命力与长寿。

其实，所有这些政策的细则都经精心虚设，荒谬可笑，难以付诸实施。关于最佳形式的社会、最具约束力的规章制度的这些大争论，旷日持久，只是适合我们锻炼头脑的争论。就像在艺术中也有许多主题，其要旨也是在于引起激情与争论，没有这些就没有了生命。这类政体的阐述可能适用于一个新世界，我们接触的人早已是按照一定的风俗习惯培育的，并对此承担了义务。我们不创造人，像皮拉①或像卡德摩斯②。无论我们怎样有权力，用什么方法去纠正和改造他们，我们决不可能把他们从习俗中扳过来而不折断他们。有人问梭伦他是否竭其所能给雅典人制订了最好的法律，他回答说："是的，从他们会接受的程度来说是最好的了。"

瓦罗也作过类似的辩解：他若能把宗教从头重写，他会去说他相信的事，但是由于宗教已经成型并被大众接受，他也只是根据传统而不是根据事实来写。

不从理论而从实际来说，对于每个国家最好的政体是那个国家赖以生存的政体。它的主要形式与适应性取决于如何实施。我们对目前的状态自然不满意。但是我要坚持的是在一个平民国家里希望建立寡头政治，在王朝制下建立另一种政体，这是罪恶，这是疯狂。

什么样的国家你就爱它什么样，

---

①据希腊神话，宙斯用洪水淹没人类时，只有皮拉和丈夫得到普罗米修斯的警告，乘船得以幸免，后遵神的指点，重新创造人类。
②腓尼基神话中底比斯王，奉阿波罗神谕建底比斯城，后首创字母。

> 是君主国家，你就爱君主，
>
> 是少数人统治或集体作主，
>
> 也照样爱它，因为上帝让你在那里生长。
>
> ——庞布拉克

这就是善良的德·庞布拉克说的话。他性格温和、见解清晰、作风纯朴，不久前离开了我们。同时离开我们的还有德·弗瓦先生。这两位的去世是我们王国的重大损失。我不知道在法国是否还有另外两个人，能像这两位加斯科涅人这样忠心耿耿向国王进谏。他们的高尚心灵也互不相同，按照我们的时代来说两人都出类拔萃，各具异彩。但是又是谁让他们生不逢辰在这个时代，与我们的腐败与战乱格格不入，互不相容。

　　一个国家受革新的逼迫，仓促改变会促生不正义与暴政。当某个零件松了，我们可以上紧。我们可以不让事物的自然变质与销蚀去破坏最初的原则。但是试图把事情一锅端，改换一幢大厦的地基，这无异于让清洗的人把事情兜底翻，让改良个别弊端的人掀起社会大乱，用死亡来治疗疾病，"只是希望改革政府而不是摧毁政府。"（西塞罗）

　　世界要治好是很难的，它被催得那么急而失去了耐性，不顾付出什么代价只想连根拔起。成千个例子让我们看到治标不治本反害了自己；消除眼前的弊病若没有广泛的条件改善，那也不是痊愈。

　　外科大夫的目的不是切除烂肉，这只是治疗的过程。他的视野更远，要让新肉长成，达到应有的状态。谁只是建议清除他受腐蚀的那个部分，那是他的短见，因为坏事之后并不一定是好事。有另一种坏事接踵而来，还更坏，比如恺撒的凶手所做的事，他们阴谋策划把国家大事搞成这样，确实需要为参与其中而后悔。此后直至我们这些世纪，许多人也有相同遭遇。我同时代的法国就可说说这些事。一切大变都会动摇国家，造成大乱。

无论是谁，其目的是直接为国除弊的话，那就要三思而行，动手以前先冷静下来。帕库维乌斯·卡拉维乌斯纠正这种错误的做法，堪称为范例。他的同胞反对他们的官员起来造反。他是卡普亚城的权势人物，一天设法把元老院议员关在宫里，召集城里的市民对他们说，这个日子终于到了，他们可以充分利用自由向长期压迫他们的暴君复仇，他已把他们隔离并解除了武装，听任他们的处理。大家同意抽签让他们一个个走出来，对每人都作出个别判决，当场立即执行，只是同时他们要选出一个好人接过罪人的职位，以免出现空缺。

一位议员的名字刚报了出来，群众就发出一片不满的叫声反对他。帕库维乌斯说："我看得很清楚，这是个坏人，应该把他撤职，让我们换上一个好人。"接着是一片沉默，每个人都感到难以选择，哪个人大胆提出一个名字立即响起更大的不满声加以拒绝，自有一百个缺陷和正当理由把他除名。这些反对的情绪急剧上升，提到第二位议员情况更糟糕，第三位亦复如此，选人的意见不一致与撤人的意见一致恰成对照。闹了一阵子毫无结果以后人都累了，他们纷纷各自溜出会场，心中都得出了这个结论： 熟悉的老毛病还是比没体验过的新毛病更容易忍受。

看我们激动得那么可怜样，这是我们什么都没做过吧？

> 我们打架，我们犯罪，
> 我们骨肉相残，多大的耻辱！
> 我们这代人的残酷在什么面前
> 曾经却步？为了尊重什么
> 曾停止过杀戮？对上帝的畏惧
> 可曾使青年受约束？
> 哪里的祭台没有被他们亵渎？
> ——贺拉斯

我不会立即作出结论：

> 即使健康女神萨罗斯愿意，
> 也拯救不了这个家庭。
>
> ——泰伦提乌斯

可是，我们可能还没有末日来临。安邦定国这件事好像超过我们的智力。像柏拉图说的，民治政府是难以瓦解的强大实体。它抵抗体内的致命痼疾、不公平法律的危害、暴政、官僚的滥用职权与无知、群众的胡作非为与叛乱后经常还能存在。

不论什么情境下，我们总是跟好的去攀比，眼睛朝上面看。我们应该跟差的比，哪一个倒霉蛋也能找到千百个例子可以聊以自慰的。我们总是看不得人家超过自己，而喜欢人家落在后面，这是一个恶行。梭伦说，"若有人把坏事都堆一起，人人都会过来把他自己的坏事取走，不会跟其他人合情合理探讨这些坏事，担当自己的责任。"我们的政府境况不妙，可是以前也有病得更重而没有死的。诸神在跟我们玩网球戏，打得我们晕头转向：

> 诸神真的是把人当成了球。
>
> ——普洛图斯

按照星运图，罗马国可悲地被命定为其他各国这方面的范例。它的历史上包括了一个国家所具有的一切形态和遭遇，治乱祸福应有尽有。看到它历经动荡，风雨飘摇，谁该会为它的命运担忧呢？如果说统治疆域广大就是国家的健康（我不赞同此种说法，伊索克拉底教育尼科克莱斯的话我听了高兴，他说不要羡慕统治广的君王，要羡慕继承国土统治长久的君王），那么罗马帝国只是病最重时最安宁。最衰败时最昌盛。

罗马最初几位皇帝的政体是模糊不清的，混乱可怕到令人无法想象。然而帝国还是在这个局面中挺了过来，不但在本土保持了一个组织严密的专制政体，还控制了那么多远方不同政体、民心不稳、治理不当和不法占领的国家：

> 命运之神不让任何国家
> 向统治海陆的霸主复仇。
>
> ——卢卡努

并非摇摇欲坠的东西都会坍塌。这么一个庞然大物不是系在一枚钉子上的。甚至还靠历史悠久而支撑着。就像那些老房子，年头多了地基下沉，墙面剥落开裂，还是可以靠自身的重量活着，屹然不倒。

> 它不再依靠粗大的根须，
> 而以本身的重量竖在地上。
>
> ——卢卡努

此外，单是观察侧墙与壕沟算不了万全的办法，要评断一个阵地的安全，必须看哪里可能成为突破口，攻击者的情况怎样。战舰不受到外来的冲击，很少是由于船身重量而自沉的。让我们环顾四周，一切都在我们身边崩溃。不论是基督教世界或者其他地方，我们知道的那些大国，处处受到明显的变动与沉沦的威胁；

> 它们有自己的不幸，同样的风暴
> 横扫一切……
>
> ——维吉尔

星相学家正可以像惯常一样大显身手，警告我们不久世局必有大变；他们预言的灾难近在眼前，伸手可及，不用问苍天也可以知道。

在这乱象丛生、危机四伏的世局中，我们不但要寻求安慰，还要对国家的生存寄予希望。因为一切虽都在坍塌，天是不会坍塌的。全世界有病也是各人健康状况造成的。保持一致是防止瓦解的克星。就我来说决不陷入绝望，我觉得总看到几条出路：

> 可能有一位神给我们指出
> 返璞归真的道路。
>
> ——贺拉斯

谁知道上帝是不是要让世途像身体那样，长期重病以后体内毒素排净，体质得到改善，反比生病前更加健康，精神抖擞？

最心忧的是在观测我们疾病的症状时，我发现大自然与天老爷让我们长在身上固有的和人类自己胡作非为形成的一样多。即使星座好像也在想方设法让我们超过寿限还照样活着。这事也使我心事重重，迫在眉睫威胁着我们的痛苦，不是整个强壮的身子全体消失，而是慢慢销蚀腐败——这叫我不寒而栗。

还有，我也怕想入非非时遭到记忆的背叛，不经意时把同一件事写上两遍。我讨厌对着自己细细观察，一旦落笔以后万不得已再也不去重阅。在这里我也没有新东西可说。都是一般的想法。反复思考了一百次，我怕早已写了下来。老调重弹令人生厌，即使荷马作品里也是如此，对于浮光掠影的见解更是毁灭性的打击。就是说到有用的东西我也不喜欢像塞涅卡反复强调。他那种斯多葛派的做法，对每个问题都大谈一般的原则与前提，又总是重新提到放之四海而皆准的大道理。我的记忆残酷地一天比一天坏，

仿佛我口渴难熬，

喝下了勒忒河这条忘川之水。

——贺拉斯

（叨天之幸，至今还没有出过这样的纰漏。）然而从今以后，当别人期望有时间与机会去思考自己要说的话，我逃避去作这种准备，害怕一旦承担义务就摆脱不开了。有了束缚会把我引入歧途，唯一依靠的工具是我脆弱的记忆。

我阅读这部历史书①，没有一次不是愤懑之气油然而生，感到受了冒犯。林塞斯特被控阴谋反对亚历山大，那天按照惯例把他带到军队面前进行申辩，他已记住一篇精心准备的演说辞，但是结结巴巴口吃只说了其中几句话。他愈来愈慌张，拼命动脑子去记，苦苦思索，身边的士兵以为他已认罪，冲过去用长矛扎他。他们把他的惊愕与沉默看成了忏悔。关在监狱里有那么多时准备申诉，在他们看来不是记忆不好，而是良心封住了他的嘴，剥夺了他的力量。这真说得有道理！即使一心只是想要说清楚地点、人群和期望也会叫人吃慌。当一番话关系到你生死存亡时又能怎么办呢？

而我，若说了什么就有什么约束，那我就会什么都不说。当我完全凭记忆来传讯与拷问自己，我对它的依赖太重，会把它压垮。记忆也会吓得不敢担当此任。我对它有多大程度的依赖，我对自己也有多大程度难以自制，以致失去常态。有一天我发现自己勉力隐瞒我所受的束缚，我有意说得漫不经心，随随便便，仿佛是临时才产生了这样的想法。既喜欢说些无足轻重的话，又事先准备做得极有口才的样子，这种做法对我这样行径的人是不合适的，对无法实现诺言的人是太重的负担；让人

---

① 指一世纪历史学家昆图斯·库提乌斯《亚历山大传》，内容基于想象多于史实。

产生过高的期望。有人往往愚蠢地穿上紧身衣束缚自己，其实还不如穿披风跳得远。"要讨好而让人期望过高，这样的事最不讨好。"（西塞罗）

据雄辩家库利奥的文字记载，当他宣布说他的演说分为三个或四个部分，或者包括几个论点和论据，他经常会忘记一个或者多加一两个。我讨厌许诺和规定，总是小心翼翼地不要陷入这个困境。不但由于我对自己的记忆缺乏信任，还因为这方法过于做作。"军人不讲究排场。"（昆体良）

这就够让我决定从今以后不再在正式场合演讲。因为照本宣读，除了这件事本身难看以外，还对善于临场发挥的人也很不利。而要我临时边想边说则更加糟糕。我的思想迟钝混乱，不会即兴应对重大的场面。

读者们，让这部随笔的第三部分由着我信笔一篇篇写下去。我会增添，但不修改①。首先，谁把他的作品抵押给了世界，我认为他显然没有权利这样做了。他有能耐再在别处说得更精彩，已经卖出去的东西不容许他糟蹋。不然那种人的东西只有在他们死后才能买了。让他们在出版以前想想好。谁催着他们啦？

我的这部书始终如一。除非为了购书者不致空手而归加印时，我就擅自添加一个额外的象征（其实只是刺眼的贴片）。这只是锦上添花，丝毫不是对初版书的否定，只是试图精益求精，给以后几版增加一点特殊价值。这样有时不免给年表作些调整，我的故事不再总是按照年代，而是按照时机而叙述的。

其次，就我来说害怕修改后反而有所失。我对事物的理解并不总是向前的，它也是向后的。我对第二或第三版不比对第一版更加放心，对现在的思想不比对过去的思想更加信仰。我们改别人的东西很笨，改自

---

① 据《七星文库·蒙田全集》注：话虽如此，蒙田在1588年后还是进行了不少修改。

己的东西往常也同样笨。我的第一版书发表于一五八〇年。从那以后
已过了很多日子，我老了，但是聪明并不增长一寸。此时的我与刚才的
我，是两个人，但是哪个时候更好？我说不出来。若愈往前走愈改善，
年老自然是桩好事了。其实这是醉汉走路，跌跌撞撞，脚步趔趄，或者
像随风摇摆的白藤。

阿什克伦的安条克写文章竭力支持他的老师柏拉图的学园。到了
晚年他有了另一个主意。我跟随其中哪一个，算是在跟随安条克呢？对
大家的意见表示怀疑以后，愿意表示肯定，但是这种不表示怀疑也不就
是肯定可以说给他再活一个人生，他也总是处在新的摇摆中，不比另一
个人生更好。

群众的好评增加我的胆量，有点儿超过我的预期。但是我最怕的是
引起他们厌食。就像我这个时代的一位学者所做的，我宁愿向他们挑
衅，而不愿使他们讨厌。恭维总是讨人喜欢的，不论是谁和为什么恭
维。然而为了充分享受恭维，就要打听恭维的道理。即使缺点也可以有
办法说得挺动听。庸俗平凡的评价不会受人欢迎。在我的时代，若不是
最烂的作品专受群众最大的吹捧，那就算是我错了。

当然，我感谢那些正直的人，他们愿用好意对待我的绵薄之力。这
部书的撰写形式不当，题材本身又不值得推荐，印刷车间的错误在别处
也没那么多。读者，由于别人的怪想与疏忽而出现在这里的错误，那请
不要怪我；每只手、每位工人都来凑上一份。我不管语音拼写，只要求
他们按照传统写法，我也不管标点①；这两点我都不是专家。他们在哪
里弄乱了意思，我也不大惊小怪，至少他们让我推卸了责任。如果他们
换上一个错字，像通常那样，把我的意思缠到他们的意思，这是毁了
我。然而当句子不及我的那么铿锵有力，一位正直的人应当拒绝当作我

---

① 十六世纪，传统拼写与语音拼写有差别，孰优孰劣，争执很大。蒙田虽已采
　纳按语音拼写，但在波尔多版本的样稿上注明用传统拼写。

的句子而接受。谁知道我是多么不勤奋，多么我行我素，便不难相信我宁可重新把那么多随笔口授一遍，也不会为了这种幼稚的改动而俯首下心用那些文章。

刚才我说过，我处在这个新金属时代的最深层矿脉里①，不但被剥夺了与我不同风俗、不同意见的人密切来往，因为他们抱成一团，而排斥其他人与他们抱团，而且我生活在他们中间不是没有风险的；对他们可说一切可以为所欲为，其中大多数人与我们的法律关系坏得不能再坏，这样也就无恶不作了。考虑跟我有关的种种特殊环境，我找不出我们中间有谁比我更努力去维护法律——用公证人的话说，收益已断，损失常来。有的人声嘶力竭充好汉，平心而言，远远没有我出的力气多。

由于我的家什么时候都可出入自由，对人殷勤周到（因为我决不听从别人劝告把它变成一个战争工具，离战争愈远的事我都是乐意参加的），很受乡邻们的爱戴，要在我的领地上跟我干仗是不容易取胜的。还有令我认为堪为典范的精致杰作，那就是附近地区风云变幻，而我的家在长期暴风雨中依然未遭洗劫，沾上血污。

因为，说实在的，像我这样脾性的人有可能逃过一种持续不断、不管怎样紧张的局势，但是在我周围双方轮番入侵与骚扰，命运变幻莫测，没有使乡亲们温和克己，反而群情汹汹，这使我感到难以消弭的危险与困难。我在躲避，但是令我不快的是更多依靠的是运道，甚至是我的谨慎，而不是我们的法律；令我不快的是处于法律保障之外，受惠于非法律的保护。事实就是如此，我大半还是受别人之赐，这欠了一份难还的人情。我既不愿意自己的安全有赖于大人物的仁慈与宽容，由他们批准我的合法权利与自由；也不愿有赖于我的祖辈和我自己的人缘好。

①一般把古代分为四个时代：黄金、白银、青铜、黑铁。在此作者认为要有一个新金属时代表示当时沉沦的深度。

因为，我要是另一种人，又怎么样呢？如果说我的举止与谈吐坦率使我的乡亲觉得欠了我什么，他们让我活下来就是在还情，他们这样说："周围的教堂都被我们搬空了或者毁坏了，我们就让他在自家的小教堂里继续自由地做礼拜。他在患难时帮过我们的妻子和牛，我们也让他使用自己的财产，留下一条命。"这样的话岂不是残酷。长期以来在我们家乡，我们也有雅典人利库尔戈斯的美名，他是他的同胞的司库大臣。

我主张人要靠权利与诚信，不是靠犒赏与恩赐活着。多少雅士就是失去生命也不放弃职责！我逃避不去俯就一切约束，尤其以光荣履责强加的约束。我觉得受人之赐，强使自己的意志对此恩情念念不忘，这个我担待不起，我宁愿接受有代价的服务。我是这样想的。对这些我给的只是钱，对其他我要给的是自己了。

老老实实做人对我的束缚，我觉得比民法限制对我的束缚更紧更严格。一位公证人管住我还比我管住自己更仁慈些。这不是说明我的良心约束要比人家只是简单的信任介入得更深吗！我的信仰不欠别人什么，因为别人没有给它什么。但愿他们在我以外取得的信任与信心用于相互帮助。我不惜打开监狱与法律的高墙，也不会撕毁我的诺言。我遵守承诺战战兢兢直至迷信的程度，而在其他事情上则乐意拿不定主意，讲条件。

对于毫无分量的承诺，我出于对自己的原则一丝不苟遵守，也会给予重视；鉴于原则本身的利益，我感到它给我的折磨与责任。是的，即使在那些完全由我作主的事情上，我若说我计划要做，我觉得我在对自己这样说；如果告诉了别人，那就给自己下了命令；我觉得说出来的事情就是答应要做的事情。因而我很少泄露自己的计划。

我对自己的判决比法官对我的判决更严厉，他们只是从一般职责方面来处理我，而我的良心则有更严格强烈的要求。我若不愿意的话，他们逼我去履行的职责也可抱马马虎虎的态度去做。"心甘情愿做的事才会做得最合适。"（西塞罗）行动若没有自由的光辉，也就既不美也无荣誉。

> 我受法律所逼时也就谈不上意愿。
>
> ——泰伦提乌斯

万不得已所做的事，我往往提不起兴致，"对于强制之下做出来的事情，更多受到感激的是那个发号施令的人，不是服从命令的人。"（弗勒里厄斯·马克西默斯）我还知道有些人唱这个调子到了不公义的程度，他们花费但是不还，他们出借但是不付，对于有惠于他们的人锱铢必较。我还没有落到这一步，但也不远了。

我那么想要解除羁绊一身轻，以致有时候利用别人对我的忘恩负义、冒犯与侮慢，那些人从亲缘或命运安排来说我还欠他们一点人情，趁他们犯错误的机会也可了却我的债。虽然我继续对他们尽到人情世故所要求的表面礼节，我觉得按照公事公办，还是比平时从情谊出发来做省心省力，也可使郁结紧张的心绪得到些许舒解。"控制急躁冲动的真情，就像驾驭狂奔的马车，都需要智慧。"（西塞罗）

当我用心这样做时，总是有点过于着急匆忙，至少对一个不愿受催促的人来说是如此。这种节制对我也是有用的，抵消跟我们有接触的人的缺点。我很遗憾他们被我贬低，但是我总可以对他们的承诺与义务少担待一些。

我认为一个人可以由于孩子是癞子或驼背而少爱他；还因为他调皮，还有他遭遇不幸或有先天缺陷（即使上帝也在损害他的天然价值与尊敬），只是他这种冷淡的态度要收敛和有分寸。对我来说，亲近不会冲淡反而会加强缺点。

慈善与感激是一门微妙的普遍实用的学问；总之，根据我对它们的认识，我还没有见过谁直到此刻比我更加自由和更少欠情的。我若欠

情，也欠在大众天然的情上。也没有人比我还得更加干净，

我从不收受贵人的礼物。

——维吉尔

那些亲王不剥夺我什么，已算是对我的重赏了；不伤害我，已算是对我的开恩了。这就是我对他们的全部要求。哦，我是多么感激上帝，蒙他的恩宠我接受了我已有的一切，我只是对他欠了不少恩情。我多么诚心恳请他神圣慈悲，让我永远不用向谁说一句出自心底的感谢！受到祝福的自由引导我走了这么长的路。但愿让我走到底！

我努力做到谁都不需要。

"我的全部希望都寄托于自己身上。"（泰伦提乌斯）这件事谁都能自己做得的，受上帝庇护而对生活无愁无虑的人尤其容易。依赖别人很可怜，也很不安稳。就说我们自己吧，谁是最正确、最可靠的靠山，我们何尝有足够的把握呢。我除了自己以外没有什么是自己的，即使如此，其中还有一部分是缺失和借来的。我培养勇气，这最重要，还储存财物，当一切弃我而去时找个自保的机会。

伊利斯的希庇亚斯不仅仅潜心学习，投入缪斯的怀抱里无人作伴时也可愉快过日子；不仅加强哲学阅读，让心灵得到满足，当命运不济时勇敢地摒弃一切外来的舒适；他还十分好奇地去学习做饭、剃毛发、做长袍、鞋子、戒指，尽量做到自力更生，不用外界的供应。

享受而不用承担义务，也不为环境所迫，在意志与财力上还有力量和手段放弃不用，这样的享受当然更自由、更愉快。

我深深了解自己。不论谁的慷慨如何无私，谁的殷勤如何坦诚与不图回报，只要是让我出于无奈而接受的，很难不把它们想象成卑视的、专横的与带责备意义的。赠予的本质包含野心与特权，而受赠的本质则包含顺从。帖木儿给巴雅塞特一世送去礼物，巴雅塞特一世破口大骂予

以拒绝就是一例。

苏莱曼皇帝差人给卡利卡特的皇帝送礼，使他怒不可遏，不但粗暴地拒绝，声称他与他的前任皇帝都没有接受的习惯，只有赐予的做法，还把护送礼物的使者关进了地牢。

亚里士多德说，当忒提斯讨好朱庇特时，当斯巴达人巴结雅典人时，他们并不提起他们曾向对方做过的好事——这是讨人嫌的——而是说他们从对方得到的好处。我看到有些人随随便便使唤别人，作出许诺，如果他们像一位智者那样知道欠情的分量，就不会这样做了。它有时是可以还的，但是永远还不清的。对于一个喜欢在广阔天地施展手脚的人，这是残酷的桎梏。

我的熟人，有地位超过我或不及我的人，从没见过谁比我更少有求于别人的。我若在这点有别于现代人的做法，这也不足为奇，这是由性格各方面的原因促成的；天生有点傲气，受不了被人拒绝，欲望与计划相对有限，做什么事都无能，还有我特别喜欢的品质是懒懒散散，不担负责任。由于这些原因，我痛恨受别人制约，以及除我以外的其他人来制约我。不论出现什么情况，严重的或不严重的，在用得上别人的好意以前，我就急急忙忙先用上自己的全力。

更叫我讨厌的是朋友为第三者要我帮助。一个人利用他欠了我的情但并不受束缚，而我却为了朋友的缘故让一个不用欠我情的人来束缚自己，这并不减少我付出的代价。除了这个条件，还有另一个，就是他们别要求我去做费口舌与操心的事（因为我已宣称要对一切劳役展开殊死的战斗），我对大家总是有求必应的。但是我逃避接受还是多于没法给予；据亚里士多德，这样做还是较为容易。

命运允许我给别人做的好事有限，它允许我做的这点有限好事落实得又很差。假若命运让我生来跻身于大人物之列，我的心志是让人家爱我，而不是让人家怕我或崇拜我。是不是还要我说得更露骨一点呢？我就会同样想到赐惠于人也是笼络人心。居鲁士非常聪明，通过一位大将还是更优秀的哲学家①之口，认为他的仁慈与恩德远远居于他的英勇与武功之上。大西庇阿在他要出风头的地方，把他的宽厚与人道看得比他的勇猛与胜仗更重，嘴里老是挂着这句引以为荣的话：他已让敌人像朋友那么爱他。

我的意思是说，若有必要欠什么，欠上这笔债也要比我说的那笔债更有道理一点——后一种债是这场可悲的战争的法则逼着我欠下的，不是大得要求我全心全意去偿还，但是它压在我的心头。我在自己的家里躺下时，曾千百次在想象这天夜里有人会背叛我，会击毙我，不要害怕，不要拖沓跟命运商量。我在念过主祷经后大叫：

> 一位不信神的军人将占有这片美丽的田野！
>
> ——维吉尔

有什么办法呢？这是我大部分祖先与我的出生之地；他们在这块乡土上付出了爱，用上了自己的姓氏。我们对自己的习惯不会改变了。处在我们这样不幸的局面，习惯成了大自然馈赠的实用礼物，麻痹我们历经苦难时的痛苦感觉。内战在这点上比其他战争更糟糕，使我们每个人都在自家的塔楼上放哨。

> 靠门与墙头保护自己，啊！可怜，
> 房屋也难叫人相信它的坚固！
>
> ——奥维德

居家与安宁都被逼入了绝境。我住的地方总是第一个也是最后一个受战乱的波及，和平的面目永远残缺不全。

---

① 指色诺芬。

即使在和平时期也在害怕战争。

——奥维德

每次和平失去了机缘，这里是
战争必经之路。哦，命运之神，
应该让我居无定所，
漂泊在东方日出之乡
或冰川熊星座下。

——卢卡努

我疏懒胆小，有时用这种方法面对这些事情的思考，而使自己坚强起来，也引导我下了决心。有时还饶有兴趣地去想象致命的危险，等着它们到来。我愚蠢地低下身一头扎进了死亡，既无考虑也不认识，一下子给卷进了无声的黑洞，顷刻间被它吞掉，无痛无感觉的深眠。遇上这类短促的暴死，其后果都在预料之中，给我的安慰反而多于慌张。他们说，长寿不算最好，速死才是大幸。我对死亡一事有了默契，并不因而离开死亡更远了。我卷在这场暴风雨里坐以待毙，使我睁不开眼睛，掀起一阵狂风把我吹得不知去向。

这就像某些园丁说的，玫瑰与紫罗兰种在大蒜和洋葱旁边会长得更香，因为大蒜和洋葱吸走了地里的臭气；这也像那些道德沦丧的人吸走了我四周空气里的毒汁，由于与他们为邻而使我更好、更洁净，在我也是有失也有得。事情不是这样。但是也可能会有这样的事，善良由于少见而更美更诱人，善事受到冲突与分歧的阻碍而收缩，也会引起对方的嫉妒以及对荣誉的追求而盛行。

盗贼非常客气，并不特别怨恨我。我对他们不也这样吗？否则我恨的人太多了。在不同的命运形式下存在着相同的良心意识，相同的残酷、不忠、偷窃，在法律的阴影下更卑劣、更猖狂和更隐蔽。阴险、表面若无其事的侮辱，比明目张胆、吵吵嚷嚷的侮辱更叫我痛恨。脾气发过以后不会损伤到身体：着了火，火焰蹿了起来，声音愈大，受害愈小。

有人问我外出旅行的原因，我一般这样回答，我知道我在逃避什么，但是不知道我在寻找什么。如果有人跟我说外国人中间也有同样的毛病，他们的风俗不见得比我们的更好，我回答：首先，这不容易，

罪恶真是花样百出！

——维吉尔

其次，离开一个恶劣的地方去一个不肯定的地方这总是会有所得吧，别人的苦难不像自己的苦难那么令我们揪心。

我不愿意忘记这点，我决不会对法国那么反感，以致对巴黎也怒目相视。从童年以来我的心就向往巴黎。巴黎对我而言代表着许多美好的事物；后来我见到其他美丽的城市愈多，在我的感情中愈见巴黎的美丽。我爱巴黎这个样，爱上它原有的风貌胜过它添加了外来的浮华。我温情地爱它，包括它的瑕疵与缺陷。

我由于这座大城市才认自己是法国人，人民伟大，地理位置优越，生活丰富多彩。尤其了不起和不可比拟的是它是法国的光荣，全世界最绚丽的美都之一。上帝让法国人的分歧远离巴黎①！巴黎团结完整，我发觉它把任何暴力拒之于城外。我提醒它，最坏的主意就是在巴黎内部制造分裂的主意。我担心它的是它自己。当然我担心它，同样也担心这个国家的其他地区。只要巴黎存在下去，我就不会有后顾之忧，无葬身之地，这就足够让我不为失去其他退路而遗憾了。

---

① 蒙田这句话写于一五七六年法国天主教"神圣联盟"成立之前。后来宗教战争愈演愈烈，在巴黎城内爆发冲突。

并不因为苏格拉底说过这句话①，也因为我实际上也是这样想的，可能还更激烈些，我认为所有的人都是我的同胞，拥抱一个波兰人就像拥抱一个法国人，把民族之谊置于世界各民族之谊之后。我并不对乡情与乡亲特别亲切。自己选择的新朋友，我觉得比邻里间偶然遇到的泛泛之交更可贵。我们建立的纯粹友谊，一般也胜过由地域或血缘关系而使我们结合的友谊。

大自然把我们送到世界上，自由自在，无牵无挂；我们把自己囚禁在某些地区；像波斯国王，他们规定自己决不喝恰阿斯拜河以外的河水，愚蠢地放弃他们同样饮用其他河水的权利，在他们的眼里世界其余部分是一片沙漠。

苏格拉底在晚年认为，对他来说判流放比判死刑还坏，而我决不会那么消沉，也不会那么留意家乡说出这样的话。这些天神似的人生精彩纷呈，我接受它们出于尊敬多过出于感情。还有人高山景行，那么卓越，我即使怀着尊敬也不能接受，因为我无法把他们想象于万一。这种脾性对于视天下为家乡的人是很亲切的。确实，他看不起到处跋涉，也几乎没有走出阿蒂卡土地。

怎么说呢？他舍不得用朋友的金钱来救自己的生命，他为了不违反法律拒绝靠别人斡旋而出狱，其实那时法律已经很腐败了。这些例子对我来说属于第一类。其他第二类的例子我也可以在同一个人身上找到。这类罕见的例子有许多超过我行动的能力，还有的甚至超过我判断的能力。

除了这些理由以外，旅行我觉得还是一种有益的锻炼。见到陌生新奇的事物，心灵会处于不断的活跃状态。我常说培养一个人，要向他不断介绍其他五花八门的人生、观念和习俗，让他欣赏自然界各种形态的不停演变，我不知道除此以外还有什么更好的学校。旅途中身体既不偷

---

① 有人问苏格拉底从哪里来。他不说自己来自雅典，而是来自世界。

闲也不劳累，这种有节制的活动使人精神焕发。尽管有腹泻，我骑在马
上八个到十个小时也不厌倦，

> 超过老年的状态与能力。
>
> ——维吉尔

除了火辣辣的大太阳，什么季节都吓不倒我。因为从罗马时代就在意大
利使用的遮阳伞，减轻脑袋的负担小，增加手臂的负担大。色诺芬说在
古代波斯奢华生活刚开始时，可以随心所欲制造凉风和阴影，我真想知
道这是个什么样的玩意儿。我像鸭子一样喜欢雨水和泥泞。空气与气
候的变化对我毫无影响；对我来说天空只有一块。只有内心的风云变幻
才会使我垂头丧气，旅途中这很少发生在我身上。

　　我很难心动，但是一旦出了门，就会走到底。行装大的小的我都不
喜欢，也不喜欢准备了东西仅仅作一日之游，探望一位邻居。我学会了
像西班牙人那么赶路，一口气走完大白天适当的行程；大热天就走夜
路，从日落到日出。另一种方式是在路上匆忙胡乱吃上一顿当中饭，尤
其白天短的时候很不舒服。

　　我的马匹干得很棒。跟我走完第一天路程后，没有一匹马误过我的
事。我走到哪里都给它们饮水，注意要让它们饮够了走完下一段路程的
水。我懒于早起，也让跟我的人有充裕时间从容吃完中饭再上路。我从
来不吃得很晚。胃口吃着就来了，不然不行，我只有坐上桌子才会开
始饿。

　　有人抱怨我有家室的人这么老了，还对这类跋山涉水的事乐此不
疲。他们错了。当家里已经安排停当，不用你也能遵照原有状况继续生
存，这才是离开的好辰光。没有一个忠诚的人当家作主，他也不会尽心
尽力满足你的要求，这样离家远游才有欠谨慎。

　　女人最实用、最光荣的知识与工作是处理家务。我见过贪婪的女

人，首先追求的是亡夫的遗产，这可以弄垮或拯救我们的家庭。请别跟我谈这样的事，根据我自身的经验，我要求一位已婚女子具备的美德，首先是善于持家。我一切让她作主，不在时手头事务都交给她去做。许多家庭内，先生被乱七八糟的事务弄得很有气，可怜巴巴回到家已近中午，而妻子还在小室内梳妆打扮。我看到这种情况也很烦。王后才这样做的，而且我还不敢肯定。

我们女人的悠闲是靠我们的汗水和辛劳维持的，这既可笑又不公平。我决不会让谁比我自己更加心安理得地享用我的财产。要是说丈夫提供物质，大自然就要妻子提供形式①。

有人认为丈夫出门会影响到夫妻间的感情义务，我不这样想。恰恰相反，夫妇的融洽反会因日常过于密切的接触而冷淡，而受损。陌生女人在我们看来都很动人。每个人都有经验，朝夕相处及不上相互想念后相聚那么快乐。这些小别使我对家人充满一种新的情意，住在家里后也感觉更新更温馨。世道变迁鼓动我时而这样做时而那样做的热情。

我知道，友谊的纽带长得可以绕地球一周，把我们串联一起。尤其是这种友谊有来有往交流不断，使人义务与记忆常新。斯多葛派说得好，贤人之间关系如此密切，在法国吃饭的人也可以向在埃及的朋友敬菜；谁只要伸出手指不论指向哪方，地球居地上的贤人都觉得受了帮助。

快乐与占有主要是属于想象的。要得到的东西比摸在手里的东西使我们想象更热烈、更持久不断。算一算每天的开心事，会看到你的朋友在你身边时你最不在乎他，他的在场使你的注意力放松，思想自由，也就一有机会随时随刻会溜号。

身在罗马时，我依然心头操持着我留在这里的房屋与起居设施，我看到家里的墙、家里的树、收益增长还是降低，都近在咫尺，仿佛我就

---

① 根据亚里士多德一句格言：女人需要男人，犹如物质需要形式。

在那里：

> 眼前掠过我的房屋与四周景物。
>
> ——奥维德

　　如果我们只能享受摸得着的东西，那么我们藏在宝箱里的金钱，我们外出狩猎的儿女，都要告别啦！我们要他们更近些。在花园里，这远吗？半天路程呢？怎么，十里地，远还是近？若是近了，十一、十二、十三里呢？这样一步步走。说实在的，哪个女人给丈夫规定多少步算是近，又是多少步算是远的开始，我主张她让他停在远与近之间：

> 让他最后定个数字！
> 若不就像对付马身上的鬃毛，
> 我拔了一根又一根，直至他
> 被逐一提出的理论驳得哑口无言。
>
> ——贺拉斯

让他们大胆向哲学求救，有人可能会指责这种哲学，因为它看不出多与少、长与短、轻与重、近与远的交接点的两头，因为它认不出开头与结尾，也对中央的判断很不明确。"大自然不允许我们认识事物的结局。"（西塞罗）

　　死者不是在这个世界的终点，而是在另一个世界，她们就不是死者的妻子与朋友了吗？我们不仅拥抱不在的人，也拥抱曾经存在过和还不曾存在的人。我们在结婚时到底没有做成交易，要彼此永久地系在一起，好像我们见过的不知什么小动物，或者像中了邪魔的卡伦提人，像狗似的寸步不离。女人不应该过于贪婪地注视丈夫的前身，必要时就会看不见他的后身。

但是这位那么擅长于描写女性心态的作家，说到她们怨艾的原因时却没有说到点子上：

> 你回家晚了？妻子说："他爱上了谁！
> 或者谁爱上了他！他喝酒找乐子，
> 独自游玩而我则在这里自怨自叹。"
>
> ——泰伦提乌斯

或者是不是找矛盾与闹别扭，在滋养着她们过日子，她们只要能让你过得不舒服，就过得很舒服吗？

我深深知道什么是真正的友谊，我给朋友做的多，从他那里取的少。我不但喜欢给他做事，而不要他给我做事，而且还要他给自己做不要给我做。他给自己做得好，也就是给我做得更好。如果分别对他来说愉快或有好处，那对我来说也比相聚更美好；当我们有办法心声交流时这不是真正的离别。

从前，拉博埃西与我的离别也让我得到了益处与便利。我们天各一方，对人生的掌握却更充实和扩展。他生活，他享受，他为我看世界，我为他看世界，他若与我一起也不过如此丰富。当我们在一起时，身上的一部分功能就会闲着，我们融合一起。分处两地则使我们的意志结合得更丰满。永不餍足地渴望形体的出现多少说明心灵的享受不足。

人家说这是我老了，其实相反，恰是青年才屈从大众的意见，受制于他人。青年可以照应两方面：别人和自己；而我们只照应自己也顾不过来。随着天然功能丧失，我们依靠人工功能补救。青年追求快乐可以原谅，老年寻找快乐却要禁止，这很不公平。我年轻时行为谨慎，掩盖爱玩乐的欲望，年老了我常发少年狂来化解愁思。不错，柏拉图的《法律篇》禁止四五十岁以前去旅行，这是为了让旅行更有收获和教益；我更乐于同意同一部法律书里的第二条，禁止六十岁后去旅行。

"这个年纪走这么长的路，回不来了呢？"这关我什么事？我去旅行并未想什么回来和走完旅程这事，我高兴动身就动身了，如此而已。我为了闲游而闲游。在名利和野兔后面跑的人不是跑，为竞技和锻炼跑的人才是跑。

我的计划是到处可以分解的；不是建立在宏大目标上；每天有一个终点即可。我的人生旅程也是这样进行的。我还是到过不少遥远的地方，真希望能够留在那里。既然克里西波斯、克里昂特斯、第欧根尼、芝诺、安提帕特，这个阴沉学派里那么多的哲人，毫无埋怨的理由，只是为了享受另一种空气就抛弃了自己的家园，那我又为什么不可以呢？当然，旅程中最使我不乐的事，就是到了一个喜爱的地方下不了决心在那里安家，总是跟自己说应该回了，按照共同老习惯过日子。

若害怕客死异乡，若想到远离家人死得不安逸，我就不大会走出围门；连走出教区也不会不害怕。我觉得死神不停地在掐我的喉咙与刺我的两腰。但是我生来不一样，对我来说死在哪儿都是相同的。若要我来选择，我相信我会要死在马上而不是床上，要远离家庭与亲人。向朋友告别伤心多于安慰。我乐意忘掉人际中的这个义务，因为友谊中这个义务是最不令人愉快的，宁可逃避去作这番沉重的永诀。这样的礼仪若有一利，却有百弊。

我看到许多临终者面前挡着一溜人，在包围下，神色可怜地透不过气来。让你在平静中死去这是违背义务的，也证明人家不够热情、不够关心。一个人折磨你的眼睛，一个人折磨你的耳朵，第三人折磨你的嘴巴；对你的五官四肢没有一样放过骚扰的。听到朋友的呜咽使你难过心酸，听到其他假情假意的叹息使你气愤。多愁善感的人身体衰弱时更加多愁善感。在这最后关头他需要的是一只温柔体贴的手，抚摸他心头的痛处，否则还是不去碰它的好。如果我们需要一位聪明的接生婆接到这个世界来，我们需要一位更聪明的男人送出这个世界去。要应付这个局面，必须竭力找到这么一个人，是朋友，还要有深厚的交情。

蔑视一切，自强不息，不需要外界的帮助，也不受外界的侵扰，我还没有达到这样的魄力。我自叹不如。我没法不用害怕而用花招来躲过这一关。我的意思是不必在临死前去显示和证明我的一贯作风。是为了谁？那时我对名声的权利与利益都已终止了。在宁静孤寂的沉思中离开人世，就我自己，符合我的退隐独居的生活，这样我就满足了。

这跟罗马人的迷信是相反的，他们认为临死没有人说话，没有近亲来给他合上眼睛是不幸的。我安慰自己也够忙的了，哪里还能安慰别人；头脑里想法也够多的了，外界也不会给我带来新想法；考虑的事也够烦的了，不要再去拉扯别人。死亡不是社会活动，而是个人行为。生活与欢笑要在朋友中间，死亡与厌恶，那上陌生地方去。你花了钱，可以找人扶正你的脑袋，按摩你的两脚，你要他不来讨厌你多久就多久，向你摆出一张冷冷的脸，随你高兴怎样唠叨呻吟都可以。

我每天跟自己讲道理，逐渐摆脱这种幼稚与非人性的做法，要我们希望用自己的痛苦去博取朋友的同情与怜悯。我们夸大自己的不幸去赚取他们的眼泪。我们赞扬别人遭逢厄运时表现坚定，但是我们遭逢厄运时，却责怪亲友无动于衷。他们听了我们的不幸感到难过，我们对此不满足，还要他们伤心苦恼。开心的事应该与人共享，伤心的事尽量抹掉。没有理由要人可怜的人，有了理由也没有人可怜。就因为无人可怜，就总是要人可怜，也经常可怜巴巴的，以致谁都不认为他可怜了。谁在活着时装死人，也易于在死去时被人当作好好的活人。

我还见过有些人因为人家说他们容光焕发、气定神闲而勃然大怒，强制自己不笑，因为害怕暴露他们病体已愈，恨身体健康，因为这样就没人怜惜了。更有甚者，他们还不是女人。

自己病成怎么样，我最多说成怎么样，不去说不利的预测和发出故作惊人的哀叹。探望一位哲人，虽不能高高兴兴，至少保持稳重克制才合适。让他看到自己处于相反的情景下，他决不会跟健康过不去；他也喜欢在别人身上看到健康安然无恙，至少很享受健康与他作伴。由于感觉下肢逐渐软弱无力，他不会摒弃人生思考，不躲避共同交谈。我愿意在健康时探讨疾病；健康在的时候，给我的印象颇为真实，不会胡思乱想去夸大。我与它一起事前商量要去的旅行，对此很坚定。一旦骑上了马背，就把健康问题留给同去的人，由他们去作出有利于它的处理了。

我的生活轶事发表以后，使我感到这个意外的好处，它从某种意义成为我的处世准则。我偶尔也考虑到不要泄露自己的经历。这次公开声明使我不得不在我这条路上走下去，不否定我的景况，今日病态和恶意的评论都把它说得更否定更不像样。我的人生态度单纯，始终如一，很容易说出它的全貌，只是因为这种方式较新也不同凡谷，也给诽谤带来可乘之机。因此，对于愿意光明正大攻击我的人，我觉得我直言不讳和众所周知的缺点已足够他们咬住不放，不用穷凶极恶就可恣意中伤。如果他认为我抢先自我谴责与揭露，这无异于敲掉他的牙齿去咬人，自然让他有权利夸大其事（要得罪人，自有超越法律的权利），我向他指出我的罪恶的根苗，他把根苗夸张成了树，他为此目的不但利用我确有的罪恶，还利用只是威胁着我的罪恶。从数量和质量上都是不可饶恕的罪恶，他就用这个攻击我吧。

我坦然地遵奉哲学家皮翁的例子。安提柯要以他的出身来讽刺他，他打断安提柯的话，说："我的父亲是奴隶、屠夫、身上有烙印，母亲是妓女，父亲因为没有财产而娶了她。他们两人都做过坏事判过刑。一位演说家见我讨人喜欢，从小把我买了去，临死把他的全部财产留给了我，我带了财产移居到这座雅典城，从事哲学研究。让历史学家别忙着打听我的消息；我自己会给他们说是怎么一回事。"自由大方的坦白可以使谴责减弱，使诽谤无计可施。

综观来说，我觉得人家捧我与贬我都做得太过。同样自从童年以来，在地位与荣誉方面，人家把我说得比我该有的高而不是低。

我更适合生活在秩序等级已经定局或不很计较的地方。在男人之间，起坐行止的特权起了争论，超过三句对白就是不文明行为了。为了避免这类幼稚的争执，即使极不公平我也不怕让人先做或自己先让；有人想要跟我争优先的权利，我总是让给他的。

我写自己除了这个好处以外，还希望得到另一个好处，要是我的行为举止在我谢世以前获得哪个正直人的好意和共鸣，他可以来找我，我要向他介绍许多我去过的国家，因为若由他自己去认识与熟悉，那要长达好几年工夫，在这部书里只花他三天时间，还更可靠，更真实。有趣的怪念头，有许多事我连谁都不愿意说的，却告诉了大家，让我最忠心的朋友到一家书店去搜集我最隐蔽的内心思想吧。

我让他们观察我曲折的内心世界。

——柏修斯

假使我得到可靠消息，知道有人跟我非常投缘，我会不远千里去找他。因为跟情投意合的人相聚的乐趣，在我从来不是很多的。哦，一位朋友！这句老话说得多么正确，交朋友比水与火这些元素更需要、更甜蜜！

再回到我的题目。客死异乡其实并没有多大痛苦。事实上有些自然原因还不及死亡那么不幸和可恶，我们也认为有责任为此退出生活。再说，有人已经病病歪歪还要拖上一大段生命时，可能不应该指望让自己的苦难去连累一个大家庭。在印度某个邦里，认为杀掉落入这个绝境的人是天经地义的。而在另一个邦，他们不顾他，让他自生自灭。他们到了最后叫谁不讨厌，叫谁受得了？公众的服务不会做到那个地步。

你要强迫你的好友学习残酷，长期训练你的妻儿变得心硬，对你的痛苦不再体会与哀怜。我腹泻时的呻吟不会引起别人惊慌。若要听他们谈话让我们感到开心这也很难得了，因为情况不同，很容易对不论是谁会产生轻视或嫉妒——长时期这样要求不是太滥用了吗？我愈是看到他们高高兴兴为了我而约束自己，我愈是为他们的良苦用心感到歉意。

我们有理由相互支持，但不是这样沉重地压在他人身上，缠得他们也一起毁灭。像那个人，他下令掐死儿童喝他们的血来治自己的病①；或者另一个人②，要人派几名少女给他夜里窝暖他衰老的四肢，用她们清新的呼吸来驱散他发臭的气味。我宁愿建议自己到威尼斯去安度风烛残年吧。

老朽宜于独处。我则与人来往过密；从今以后不要让自己的丑态丢人现眼，要加以掩盖，缩成一团躲在壳里默想，像乌龟一样，这不是很有道理吗？我学习观察人，而不依赖他们。老态龙钟是对生命的不敬，该是跟你的同伴转过背去的时候了。

"这样一次长途旅行，您会滞留在一个小地方，束手无策，要什么没什么！"——大部分的必需品，我都随身带着。命运若要袭击我们，怎么也是躲不过的。我生病时，不需要特殊的东西，大自然在我身上发挥不了作用，我何必祈求东方神药来解围呢？我发烧，被病摺倒的初期，全身还是接近健康的，做最后几次基督教礼拜跟上帝和解，觉得自己更自由更轻松，也像会战胜病魔。我更多需要的是医生，不是公证人和顾问。我在健康时都没处理的事务，别指望我在生病时会做。我愿为死亡效劳的事则未尝稍停，决不敢耽误一天。若说到什么还没有做成，这就是说明：怀疑拖延了我的选择（因为有时不选择就是好选择），或者完全是我不想做什么。

我的书是写给少数人看的，也没几年可写了。倘使题材是持久的，那就得使用一种更严谨的语言③了。由于我们的语言直到此时一直不断地在演变，谁能指望现在的语言在此后五十年内还在使用呢？天天在我们手中流逝而去，自从我出生后已有一半起了变化。我们说此刻已很完

① 据说路易十一为了恢复健康，喝儿童的血。
② 似指大卫王与童女亚比萨的故事，见《圣经·列王传》。
③ 蒙田在此指拉丁语。

美。每个世纪都是这样说自己的语言的。只要老是这样消逝和变化，我就无意说它是完美的。语言在优秀有益的作品里得到固定，它的权威随着国家的命运而升降。

我还是不怕在这里收入不少篇关于个人的文章，今日在世的人之间还是有人看的，这涉及眼光更远大的那些人的内心世界。我经常看到有人拿着回忆死人做文章，我怎么也不愿有人去争论："他这样看问题的，他这样活着的；他要这个；他若晚年开口说话，他会说的，他会做的。我比谁都理解他。"只要不有违于礼仪准则，我在这里让人感到我的倾向与爱好；但是谁愿意了解，我向他当面交谈还会更自由更乐意。不管怎样，在这些回忆中，若仔细阅读还是可以发现我已什么都说到和暗示了。我没法表明的就用指头指出来：

> 对于明眼人简单的符号就够，
> 其余的意义由你自己补充。
>
> ——卢克莱修

我不留下什么让人嫌不足或引起猜疑。若要议论我，我愿意又真实又公正。有人对我的看法不符合我本人实际，即使在表扬我，我也乐意从另一世界回来驳斥他。就是对那些尚在人世的人，我觉得有人也说得不总符合事实。我若不竭力维护一位失去的朋友，人家就会把他任意糟蹋成千百个不同面貌的人。

为了把我懦弱的性格和盘托出，我承认每次旅途中到了一个地方安顿下，很少不在头脑中闪过这个念头，我是否能够称心地生病与死去。我要住的地方是专门为我而设的，没有噪声，不肮脏，没有烟，通风。我要用这些无足轻重的条件向死神讨好，或者说得好听些，排除一切障碍，可以让我专注于对付死亡，死亡不带任何附加物已经压得我够重了。我希望死亡分享我生活中的轻松舒适。这实在占了人生中的一大块，重要的一大块，但愿以后不要对过去误解。

死亡的方式有难也有易，根据各人的想法而有不同的实质。在自然死亡中，人从衰弱到昏迷我觉得压抑平和。在暴力死亡中，跳下悬崖就比破墙压死，利剑刺中比火枪击毙叫我更难想象。宁可喝下苏格拉底的毒汁也不愿像加图那么自戕。虽然这原是一回事，在我的想象中跳进一座旺烧的大火炉和投入一条平坦的运河，犹如生和死那样不同。从这看出我们就是愚蠢，害怕方式更多于害怕结果。这只是瞬间的事，却是这么严重，我宁愿献出好几天的生命要求这一瞬间按照我的方式度过。

既然在各人的想象中死亡多少都是痛苦的事，既然各人都还可以选择死亡的方式，让我们更深入试一试，找出一种摆脱一切不愉快的死亡方式。还可像安东尼与克娄巴特拉两个同命鸳鸯那么缠绵动人？我不谈哲学与宗教所提到的艰辛、堪为楷模的努力。但是还是到普通民众中间去找例子，如罗马的一个佩特罗尼乌斯和一个提吉里努斯，奉命自杀，舒舒服服准备就像上床安寝似的。他们有姑娘与朋友作伴，在平时悠闲的消遣中，让死亡悄悄到来。没有一句安慰，不提什么遗言，毫无慷慨激昂的应时感情，谈都不谈未来的情景。但是玩游戏、宴饮、戏谑、家长里短闲聊、玩音乐和写情诗。我们不能抱着更为真诚的态度去模仿这样的决心吗？既然有的死法对愚者是好的，有的死法对智者是好的，就让我们找出对于处在智者与愚者之间的人的好方法。

既然死亡是必然的，我想象出一种我容易接受还向往的方法。罗马暴君认为让罪犯选择自己的死亡就是给他生命。但是泰奥弗拉斯图斯那么一位智慧的谦谦君子、哲学家，也在理性逼迫下敢于说出这句被西塞罗译成拉丁语的诗：

> 支配我们人生的是命运，不是智慧。
>
> ——西塞罗

命运又如何帮助我这个人生挥洒自在，以致从此以后不需要别人，也不妨碍别人。这个条件我在生命的任何阶段都会接受的。但是值此收拾东西打行李之际，令我格外喜悦的是离开时并没使人高兴、也没使人不高兴。死亡权衡得失的手段非常高明，自认在我过世后可以得到物质利益的人，同时也会遭受物质损失。死亡给别人造成的负担经常也重重压在我们心中，让我们关心自身的利益那样去关心他们的利益，有时候还有过之而无不及。

我寻求的住地舒适方面，就不包括——还可说讨厌——排场与宽敞；只要简朴素雅，经常很少装饰，然有得天独厚的自然条件。"饮食不丰盛，但精致，"（利普修斯）……"雅致而不是花费。"（科内利乌斯·尼浦斯）

此外，只有隆冬季节被逼走进格里松斯冰天雪地的生意人，才会受困于路上陷入绝境。而我经常是去旅游的，不会自我向导得这么差。右边风景不佳，就走左边；不宜骑马，就不赶路。我这样做的同时，实际上看到哪个地方都像自己的家那么愉快方便。是的，多余的东西总是多余的，讲究奢华总令我反感。

我若错过什么东西没看到呢？那就回头走。这总是在我的路线上。因为我不画出一条固定的路线，既不直，也不弯。人家的地方我去了找不着呢？（有时候别人的估计与我的估计不合拍，我常常会发现他们的看法是错的，）我花了力气也不怨；至少明白了人家说的东西不在那里。

我有地球人这样适应环境的体质和普通爱好的情趣。各国人情世故多种多样，就是由于其不同而使我感动。每种习惯都有它的道理。锡盘、木盘或陶盘，煮的或烤的，黄油、果仁油或橄榄油，热的或冷的，对我都一样；只是到了老年不一样，我责怪这个来者不拒的天赋，反而需要挑肥拣瘦控制口腹之欲，有时减轻胃部的负担。当我不在法国境内时，有人为了表示礼貌问我是不是要吃法国菜，我报以讪笑，总是冲向外国人最多的桌子。

我的同胞陶醉于这种愚蠢的心态，对不同于自己的风俗习惯大惊小怪，叫我见了难以为情。他们一出了自己的村子，就像离开了生存环境。不论到哪里都抱着自己的习惯不放，憎恨一切外来的东西。他们在匈牙利遇到一个同胞，就会吃吃唱唱来庆祝这次奇遇，他们又结帮成群，大骂他们看到那么多的野蛮风俗。不是法国的怎么会不野蛮呢？说得出坏话的人还是最有见识的人，他们毕竟把不同之处认了出来。大多数人都只是来了赶着又走了。他们旅行时裹得严严实实，谨小慎微不出声不交流，避免受异地空气的传染。

我对这些人的看法，使我想起有时在青年朝臣身上看到类似的东西。他们只关注同类的人，把我们看成另一世界的人，带着轻视或者可怜的神情。他们除了宫阙秘闻这类谈话以外，也就没辙了，在我们看来也像他们看我们一样无能无经验。俗语说得好，有教养的人是兼收并蓄的人。

相反，我对自己的生活方式已经腻烦才出外旅行，不会再去西西里岛上寻找加斯科涅人（留在家里的已经够多了）。我找得多的还是希腊人和波斯人。我结交他们，观察他们。这是我内心向往愿做的事。更有一点，我觉得我在旅途中见到的各地风情，哪个都不比我们国内的差。我深入险地其实不远，因为家乡的风信旗还隐约看得见呢①。

然而，旅途上遇见的临时旅伴大多数情况下带来的不便要多于欢愉。我并不关注他们，尤其现在年老，跟大家的行动也有所区别，更远离一点。你为别人受苦，别人为你受苦，这两者的苦恼都让人烦，而我觉得后者更加难受。遇到一位有教养的人，善解人意，生活习惯与你相符，又爱跟你同路，这种机缘非常罕见，给人的欣悦不可言喻。我在历次旅行中永远遇不到这样的好事。但是这样的旅伴要在离家以前选择

---

①蒙田一生基本上没有离开过西欧。甚至未曾去过希腊和波斯。

和约定的。

对我来说，没有交流就没有任何乐趣。每次心里产生一个高兴的想法，若是一个人独自琢磨，找不到人共享，我就会闷闷不乐。"若有人给我智慧，又提出条件只许我一人独有，不可使别人得知，这样我会拒绝接受。"（塞涅卡）另一人说这话的调子更高。"假定一位智者生活在这样的环境，物质上应有尽有，可以自由自在沉思，从从容容学习一切值得了解的东西，即使有这样的条件，他若注定孤身独居，永远见不到别人，他宁可离开这样的生活。"（西塞罗）我同意阿契塔的看法，就是在天上没有人作伴，独自在巨大神圣的天体上散步，这也是很无趣的。

但是独自一人还是比有个讨厌无味的人在身边要好些。亚里斯提卜喜欢到处独来独去。

> 如果命运允许我随心所欲生活……
> ——维吉尔

我选择骑在马背上过日子：

> 急忙忙去看
> 骄阳如火的地方
> 或者云雾缭绕的山谷！
> ——贺拉斯

"您难道没有有趣的消遣吗？您还缺少什么？您的家不是在风景优美，空气清冽的地区吗？物产供应丰富，面积宽敞有余。国王陛下也不止一次驻跸在您的府上，场面浩大。比府上更加井井有条的不多，富丽堂皇不及的却不少。是不是地方上有什么难以容忍的说法，叫您心结难解？"

是什么钻入你的心，在消耗你，在啃咬你？

——埃尼厄斯

您以为有什么地方可以生活无忧无虑么？"运道从来不是纯粹的。"（昆图斯·库提乌斯）您看只有您跟自己才过不去，到处走动，对什么都发牢骚。因为世上只有野兽与神的心灵才会满足①。一个人逢上这么一个好时机不能满意，他认为上哪里会满意吗？有多少千人把您的生活条件确定为他们期望的目标？您要改造自己，因为这是您能做到的，那时您对命运要做的就是耐性。"理智平和了，一切才完全平和。"（塞涅卡）

我领会这个提示表现的理智，而且领会透彻；但是用一个短句跟我说或许更好更妥当："要明智。"我这个决心已超越明智：这是明智的产物与体现。这就像一位医生在一个可怜的有气无力的病人后面喊叫"要快活"；这要比跟他说"要健康"更适当一些。我只是个一般命运的人。下面这句箴言有益实用、明白易懂："对你自己满意，也就是对理智满意。"要做到不是靠聪明人而是靠你自己。这是一句民间俗语，含义极深。什么没有包括？一切事物都会遇到鉴别和改变。

我知道从字面来说，旅行之乐也包含不安与三心二意。这也是我们的主要和占支配地位的品质。是的，我承认，即使在梦中和心里，我也看不到使我留恋不舍的东西。对我来说景物不同就值，要是说至少有一件事值，那是我见到的多姿多彩。

在旅行中，我可以毫无理由停留，有个地方任意转悠，这就维持我的兴致不减。我喜欢私下生活，因为这是我自己选择的我喜欢，不是与公众生活不合拍，公众生活有时也很适合我的。我很高兴为我的亲王服务，因为这不存在特殊的义务，乃是出于我的判断与理智的自由选择，

---

① 根据那个时代的说法，生物链中，神的心灵最高，野兽的心灵最低，而人的心灵处于两者之间。

也不是另外一派没有收留我而无奈地去投靠了他。诸如此类的事。我讨厌迫于需要而干零星的事。一切要我对之依赖的事都在掐我的喉咙：

> 一片木桨划水里，一片木桨插岸上。
>
> ——普罗佩提乌斯

一根绳子拴不住我。你会说："这些玩乐是虚妄的。"但哪里不是呢？这些美丽的箴言是虚妄的，一切智慧是虚妄的。"主知道智慧人的意念是虚妄的。"（《新约·哥林多前书》）这些微言大义只适用于布道。这些道理都把我们当傻子送上到另一个世界。生命是个物质与形体的运动，其行动在本质上是不完美的，不规则的；我努力按其本性为它服务。

> 我们每人都受自身之苦。
>
> ——维吉尔

"做事应该不违反大自然普遍原则；但是原则得到遵守以后，我们必须按照自己的天性生活了。"（西塞罗）

那些无人能够遵守的哲学高调，那些超越我们习惯与力量的规则，有什么用呢？我经常看到有人向我们建议生活模式，不论是提出的人与聆听的人都不希望、还不愿意过的。法官刚刚写好一份通奸犯判决书，从同一张纸上撕下一张角，给他的同事老婆写情书。那个女人刚刚跟你关系暧昧，立刻就在你面前，大骂她的朋友同样跟人勾搭，叫得比波西娅[1]还响。有人就以他本人也不认为是错的事作为罪行把别人判了死罪。我年轻时看到一位乡绅一手向群众递过去香艳的色情诗，同时另一

---

[1] 波西娅是加图的女儿，布鲁图斯的妻子，听说丈夫的死讯，自杀而亡。

手散发几年来在全世界闹了好久的宗教改革文章。

人就是这样。让法律与箴言走它们的路，我们又走另一条路，不是因为世风不古，而是看法与评论经常不能统一。就像听人念一份哲学论文；创意、雄辩和中肯立即触动你的思想，激起你的感情；良心却未见挠到痒处或受到压抑，因为这不是对良心而言的，不是吗？因而阿里斯顿说，浴室与文章若不能除垢去污，就没有达到效果。大家可以停留在表面，但是先要吸取其中精髓，就像喝了好杯子里的好酒，我们才会去注意杯子的刻花与工艺。

在古代哲学学派还存在这样的情况，同一位作者发表清心寡欲的做法，同时又出版纵情声色的文章。色诺芬钻在克丽尼娅斯的裙子下，撰文攻击亚里斯提卜的色情观。这不是什么神奇的信仰改变使他们一阵阵冲动，而是像梭伦一会儿代表本人，一会儿代表立法者，此时为群众发言，彼时又自言自语；为了保证自己身体健康无恙，就采取自由自然的做法。

重病才找大医师。

——朱维纳利斯

按提西尼允许贤人按照自己的方式爱和做他认为合适的事，不用拘泥于法律；因为他们比法律更高明，对德行更有见解。他的弟子第欧尼说以理智对付骚乱，以信任对付偶然，以自然对付法律。

胃弱的人需要人为地节制饮食。胃好的人只需按照自己的天然胃口进食。我们的医生就是这样做的，他们自己吃瓜喝凉酒，要病人喝药水和面包汤。

希腊名妓拉依斯说，"我不懂他们的书、他们的智慧、他们的哲学，但是这些人跟其他人一样常来敲我的门"。因为人一放纵往往会越出合法与容忍的范围，我们也就经常把生活中的箴言与法律订得比大众的理智要严格。

> 谁都不相信自己的罪越过了
> 法律的界限。
>
> ——朱维纳利斯

或许应该希望扩大命令与服从之间的空间，因为好高骛远的目标似乎是不公正的。世上还没有一个好人，若把他的全部行为和想法对照法律来衡量，不会在一生中十次送上绞刑架；惩罚和失去这样的人也是非常可惜、非常不公正的。

> 他与她怎样利用自己的身子，
> 关你奥吕斯什么事？……
>
> ——马提雅尔

配不上有德者称号、很有理由受哲学家鞭挞的人，倒是不大会触犯法律的。这里面不相等的关系真是说不清道不明。我们不想听从上帝做好人，我们听从自己也成不了好人。人的智慧永远让人达不到智慧所规定的种种义务；人若达到了，智慧又会提出其他更进一层的义务，它总是在想、在出主意，因为人的天性仇视一致性。人一安排自己就必然出错，他不会精明得按照不同于自己的理性去给自己确定义务。这个不要指望有人会去做的义务，他在给谁规定呢？不去做他不可能做到的事，他就不对了吗？这些因我们没做到要定罪的法律，本身就在谴责我们是没有能力做到的。

最糟的是行动是一回事，说话是另一回事，这种言行不一致的畸形自由对于只是以事论事的人是两可的，但是对于像我这样扪心自问的人就不是两可的了。我应该用笔像用双脚，人生道路走到哪里写到哪里。

在社会上生活跟其他人的生活是有关联的。

加图德行高超，超过同时代标准。这样一个人参与治国安民的工作，可以说他正义凛然虽然不是没有必要，至少是徒劳的和不合群的。即使我这些行为，跟时下的行为相差无几，也使我被同时代人看作不近人情，难以交往。我不知道我是否对我的社交圈子毫无道理地感到厌恶，但是我知道我若埋怨他们厌恶我更多于我厌恶他们，这是没有道理的。

处理社会事务的品德，是一种包容各层面曲曲折折观点的品德，在实施时要考虑到人性的弱点，复杂和做作，不直率、明白和恒定，也不完全纯洁无辜。今日的史料中还在责备我们的一位国王①，过于轻信他的那位忏悔神父一本正经的劝说。管理国家大事还有更刻薄的箴言：

> 要做聪明人，
> 远离官廷事。
>
> ——卢卡努

从前我试图使用生活信念和准则来处理公务。那些都是在我家祖传的，或从教育中照搬的，生硬，新颖，未经琢磨或未曾玷污，我在私生活中使用得虽不顺手，但信心十足。这实在是一种书生气、稚子小儿的品德，要用在社会上我发现它们既不合适也危害很大。

人走进人群中央，应该迂回前进，夹紧胳膊，有时后退有时前进，根据遇到的事甚至还要离开正道；他必须更多按他人而不是按自己的意志生活；不是按自己的建议，而是按人家的建议按时间、按各人、按事情而处世。

---

① 指查理八世(1470—1498)，在忏悔神父马依亚劝说下，把鲁西荣归还给卡斯蒂利亚国王。

柏拉图说谁清清白白逃出世事的操纵，真是靠神迹才会脱身。他还说，当他主张用他的哲学家来充当政府首脑，他不是说像雅典政府这样腐败的政府，更不是我们的政府，在那里智慧毫无用武之地。犹如把一种草移植到完全不符合条件的土壤里，能做到的是草适应土壤，不是土壤适应草。

我觉得，若要培养自己完全适应这类工作，必须改弦易辙。我即使靠自己能够做到（花上时间与心血我怎么会办不到呢？），我也不愿意。以前在这类职务上稍作尝试以后，已感到无聊之至。我觉得有时在心中也受到野心的诱惑；但是我全身绷紧，偏偏向着相反方向走去：

> 你，卡图鲁斯，还顽固不化。
>
> ——卡图鲁斯

无人向我讨教，我也无意去钻营。自由与悠闲，这是我的主要品质，这些品质跟这个行当的要求是根本对立的。

我们不懂得如何赏识别人的种种才能；这些才能分门别类，精细复杂。看到一个人处理私事能干，就认为他处理公务也能干，这是妄下断言。善于引导自己的人不见得会引导别人，能做"试验"①的人未必会产生效果；善于解围的人不会布阵；私下能说会道，在群众或亲王面前会讷讷难言。这或许更可证明能做此事者真不会做那事。

我发现大才做不好小事，就像小才做不好大事，都一样笨拙。据说苏格拉底不会计算他的部落的选票，向议会提出报告，被雅典人作为笑柄，看来还是可以相信的吧？我对这位人物的完美人格崇拜之至，也就以他的命运作为范例来原谅我自己的主要缺点。

---

① 法语 Essai 一词，原为"试验"，蒙田把自己的文章称为 Essai，自后这词也包含一种文体的意思，汉译遂为"随笔"。蒙田在此自我解嘲。

我们的才能是零七八碎的。我的那份片儿又薄，数量也少。萨图宁对那些授予他指挥大权的人说："同志们，你们失去了一位好将军，让他当上了烂司令。"在我们这么一个病态的时代，谁吹嘘用一种朴实真诚的品德去为世人服务，要么他不明白什么是品德，因为我们的看法随着行为一起在腐败（不是么，听听他们如何解释品德的，听听大多数人标榜自己的所作所为，并制定自己的准则，他们宣扬的不是品德，而是赤裸裸的不公义和罪恶，还用它改头换面去教育君王），要么他明白什么是品德，但歪曲宣扬，不管嘴里怎么说，干的件件都是要受良心谴责的事。

我还是乐意相信塞涅卡在相似情况下所得到的经验，只要他愿意跟我推心置腹说出来。在紧急关头最光荣的善意表示，就是坦然承认自己的错误和指出他人的错误，用自己的力量压制和推迟恶的倾向，违心也走上这条斜坡，盼望和希望更好的时光。

当前法国分崩离析、我们陷入四分五裂的时代，我看到每个人都在努力保卫自己的事业，但是即使最优秀的人士也借助于伪装与撒谎。谁要写得全面，就要写得大胆写得恶。即使最正义的一方，依然不外是千疮百孔的躯体的一个肢体。但是在这样一个躯体上病状较轻的肢体就是健康的了；这也没错，因为我们的品质都是在比较中才有了名分的。民间的清白无辜也是以时间与地点来评定的。

我喜欢读色诺芬在书中对阿格西劳斯的这段赞语。有一位邻近地区的亲王，曾与斯巴达国王阿格西劳斯交战过，要求他让他经过他的领地，阿格西劳斯同意他借道通过伯罗奔尼撒半岛。他不但没有监禁或毒死他，这样任意摆布他，还周全有礼地款待他，决不加以冒犯。以这些人的心胸来看，这并没什么了不起；在其他地方或另一时代，把这样一种做法看成是正直和宽宏大量了。在我们学校里这些穿披风的小猴子①

---

① 蒙田指当时学校教育出来的学生。在校都披短披风，故这样称呼。

更会报以耻笑，斯巴达人的天真与法国人的天真不可同日而语。

我们不缺少有德之人，但是这是以我们的标准而言的。谁高风亮节超越他的时代，他应该改动和缓和他的为人准则，或者——如我劝他做的——闭门谢客，不和我们来往。他会得到什么呢？

> 我见过高尚的精英，真是个神人！
> 这不啻是双身连体的孩儿，
> 干地上的鱼，会产仔的骡。
>
> ——朱维纳利斯

大家可以怀念美好的时光，但是不要躲避当前的时代；大家可以盼望换上个新官，但是还是应该归现官管。说不定服从坏官比服从好官好处还更多。

这个王朝沿用的旧法在哪个地方明灯高照，我就会迁到哪个地方去住。要是不幸这些旧法自相矛盾和否定，分裂成两个令人起疑、难以选择的两派，我的选择就会是逃避、躲开这场暴风雨；由大自然决定向我伸出援手还是使我遭遇战火。在恺撒与庞培之间我会明确表态。在这随后出现的三名盗贼①之间，要么隐姓埋名，要么见风使舵。当理智不作指导的时候，我认为也只能这样做了。

> 离开此地去哪里？
>
> ——维吉尔

这段插话有点偏离我的主题。我信马由缰，不过更多的是出于放任，而不是疏忽。我的思绪绵绵不断，但是偶尔离远了两处相望，但是

---

① 指古罗马后三头同盟的屋大维、安东尼和雷必达。

角度是斜的。

我浏览了柏拉图的一篇对话，包含两部分的奇文，前半篇谈爱情，后半篇谈修辞。古人写文章不怕笔意纵横，在人看来有一种天马行空的气势。我每篇文章的内容并不总是切题。他们经常只沾点儿边，如这些篇名：《安德利亚娜》、《太监》①，或另一些名字：希拉、西塞罗、托尔加图斯②。我喜欢诗的跌宕有姿。这是一种艺术，像柏拉图说的，轻盈飘逸，得之于神鬼。普鲁塔克的作品中有几篇他写时竟忘了主题，论据东拉西扯，口气局促完全不知所云，且看他的《苏格拉底的魔鬼》可知他的文笔。

上帝啊，这些充满朝气、无定法的即兴工作有多美，愈随意愈多神来之笔！

看不出我文章主题的不是我，而是不细心的读者，总是在某个角落里有个什么字，不管如何挤缩，不会不说出个意思来的。我急于求变，过于唐突鲁莽。我的风格与想法也飘忽无定。"谁若不要一直蠢，那就要带点儿疯，"我们先师的箴言，尤其是他们的行为榜样是这样说的。

成千上万的诗人写得像散文那样拖沓；但是古人写的散文名作（在我读来无异于诗篇）处处闪烁诗的力量与异彩，声势磅礴，发愤工作。诗应该被我们认为是最高最精诚的语言。柏拉图说，诗人坐在缪斯女神的三足椅上，口中吐出郁结于心的哀情，犹如喷泉上的怪兽檐槽，不咀嚼不迟疑，倾泻如注。所言各物也神采各异，题材相殊，皆有其独到之处。柏拉图本人完全是个诗人。学者们都说，古代神话就是诗，就是最初的哲学。

这是诸神使用的原始语言。

我要做到内容脉络分明。内容清楚指出它在哪里变化，哪里终结，

---

① 泰伦提乌斯的两部喜剧。

② 都是普鲁塔克《名人传》中人物。罗马人爱起绰号，这些人的姓字带来的绰号都不太符合各人性格。蒙田故有此话。

哪里开始，哪里又转合，不用在中间插入连接缀合的词句去迁就耳朵不灵或心思不专的人，也不用我自拉自唱。谁不是宁可自己的书没人读，也不愿别人读的时候打瞌睡或一翻而过？

"没有一件东西是拿来要用就能用的。"（塞涅卡）如果说拿书就算学习了，过目就算看在眼里了，浏览就算领会了，那么我这人还像我说的那么无知真是太没治了。

由于我不能以作品的分量得到读者的注意，能以我的糊涂来达到这个目的，"那也不算差啦"。（意大利语）——"是么，但是他这么浪费时间以后会后悔莫及。"这是我的看法，但是他还会在这方面浪费时间。此外有些人的脾气就是这样，明明白白才叫他们看不起，愈是弄不清我说的是什么愈是佩服我，他们看到晦涩难懂认定我意义深奥；说句实在话，我对晦涩难懂深恶痛绝，能够避免尽量避免。亚里士多德在什么地方自负地说到自己有意这样做；有害的装腔作势。

我在本书开头部分，章节屡有删减，使我觉得读者注意力尚未引起就被打断和分散，不屑对于小文章看上一眼，多加思索，我就着手把章节写得长些，那就需要一定的命题与空闲。做这样的工作，你若不给他一小时时间那就是什么也没给。你只是让他做什么事时顺便做，那也是什么事都不会让他做成。再说，我有时也迫于个人义务说话只能说一半，吞吞吐吐，前言不搭后语。

我要说的是我不愿意用这个理由扫大家的兴，这些支配我们生活的荒谬计划，这些即使包含若干真理的精妙看法，我觉得过于费人心思和不方便。相反，即使无用与傻气十足的事，只要给我带来乐趣，不用我对自己的天性严加管束，只要顺着就行，我也会不遗余力提倡的。

我在其他地方看到房屋的废墟、天神与凡人的雕像，其实都是属于人的。这一切都是真实的，然而这座那么巍峨雄伟的罗马城的坟墓我再看也不免赞叹和崇拜。我们受到嘱咐要怀念死者。我从童年起就得到罗马人的培养。我熟悉罗马的历史，远远在熟悉自己的家史以前。我知道卢浮宫以前就知道卡皮托利山及其朱庇特神殿，知道塞纳河以前就知道台伯河。卢库卢斯、麦特鲁斯、西庇阿的身世与命运，在我的头脑里比我们自己的历史人物还记得深刻。他们都已作古。我的父亲也是，跟他们一样了无影踪，他离开我和生命十八年，跟他们离开一千六百年毫无不同；可是我依然深深怀念他，记得他的音容笑貌、亲情交流，如同生前一样亲密无间。

从脾气来说我对作古的人更为亲切；他们彼此已无能为力；我就觉得他们会要求我为他们做点什么。这时感激才发出它原有的光彩。做好事要求回报和酬谢就不算圆满完成。阿凯西劳斯去探望病中的泰西庇乌斯，发现他家境贫困，把他给他的钱偷偷塞到他的枕头底下；这样瞒着他做了，也就不让他觉得欠了情感激不尽。那些得到我的友谊与感激的人过世以后，也决不会失去我的友谊与感激。他们不在了，无知无觉了，我会更好更体贴地报答他们。在我的朋友无法知道的情况下我谈到他们反而会更加亲昵。

现在我为庞培的辩护和布鲁图斯的事业打了一百次笔仗。在罗马人与我之间还存在这种交往。而当前的时事，我们也只是把它们存在于想象之中。我觉得自己对这个世纪一无用处，也就投身到那个世纪，那么迷恋这个古老的罗马，自由、正直、兴隆昌盛（因为我不喜欢它的诞生与衰老），叫我兴奋，叫我热情澎湃。因此我永远看不够罗马人的街道与房屋，以及罗马直至对跖地的遗址废墟，每次都兴意盎然。看到这些古迹，知道曾是那些常听人提起的历史名人生活起居的地方，使我们感动不已，要超过听说他们的事迹和阅读他们的记述，不知这是天性还是幻想的差异？

"历史的召唤力在这些地方无比巨大！这座城市拥有说不完的记忆，因为谁走在街上，处处踩到古迹！"（西塞罗）我很喜欢揣摩他们的面孔、举止和穿着，我反复低诵这些伟大的名字，让它们在我的耳边回响。"我崇拜这些伟人，听到他们的名字总是肃然起立。"（塞涅卡）不要说他们可歌可泣的大事，就是日常的普通事我也欣赏。我喜欢看他们争论、散步、就餐！这么多正直的勇士，我看到他们生活与死亡，他们的事迹若善于遵循可以给我们多少教益，看了他们的遗物和形象要是无动于衷，那就是忘恩负义的行为了。

我们看到的这座罗马城，值得大家去爱，自古以来以各种名义与我们的王朝结盟，也是唯一为普天下万众景仰的城市。城里的教宗同样得到其他地方的承认，这是全世界基督教国家的京都；西班牙人与法国人，到了那里也是回家。要成为这个国家的君侯，不管来自哪儿，只要是基督徒就行。天下还没有一个地方受到天庭这么坚定不移的厚爱。即使废墟也辉煌灿烂：

> 废墟令人叹为观止，弥足珍贵。
>
> ——阿波利奈尔

它在坟墓里也保持帝国皇家的气象。"显然大自然也高兴在这独一无二的地方表现它的神工鬼斧。"（普林尼）任何人受这么一种虚妄快乐的挑逗，或许会在内心自怨自艾。我们的心情只要是快乐的就不是太虚妄。不管心情怎样，能不断使一个思维正常的人满足，我就不忍心去怜悯他。

我受命运之赐甚多，直到目前为止至少没有叫我忍受我不能忍受的屈辱。这或许也是命运让不找它麻烦的人太太平平过日子的方式吧？

> 我们愈多节制，神愈多赏赐。
> 我没有家当，也就没有欲望，
> 东西要得多的人，东西也就缺得多。
>
> ——贺拉斯

再这样下去，它就会把我心满意足地送走。

> 我也就不再向诸神
> 要求什么了……
> ——贺拉斯

但是小心冲撞！成千上万船只都在港口沉没的。

我不在以后会发生什么，我不在乎。眼前的事已够我忙碌了，

> 此后一切我都托付给了命运。
> ——奥维德

有人说人与未来的纽带是通过孩子联结的，他们继承了姓氏，抱有家族的荣誉感；而我没有这样强烈的联系，如果他们那么让人寄予厚望，我还是更应该不要对之期望过高。我自己对世界、对人生已依恋过多。我只是在绝对必要的生存条件下跟命运打交道就可以了，不想让它在我身上延长司法权。我也从不认为膝下无儿是一种缺陷，使人生因而不圆满不快乐。绝嗣也有它的好处。子女算不得人生中令人想望的对象，尤其在当前时代要使他们做好人是难上加难。"胚芽已都腐烂，还能长出什么好东西来。"（德尔图良）有过孩子的人又失去孩子，倒是真正让他伤心。

把我的家交给我管的人，看到我在家那么呆不住，预言说我会把家毁了。他错了；我在这里像我来时一样，即使不见好，也不欠官役也没有盈余。

目前，命运没有对我有过任何强烈意外的伤害，也没有对我有过任何恩宠。对我们的家庭若有赠礼那也是在我之前一百多年的事了。我没有什么主要和实在的财物受惠于命运的慷慨。它给过我一些过眼烟

云的荣誉头衔，不是物质性东西，事实上还不是授予，而是赏赐，上帝知道！而我是个彻头彻尾的俗人，一切事情讲究实际，还是非常实际，我若敢于坦白的话，我不觉得吝啬比野心更不可原谅，痛苦比耻辱更不可避开，健康比学说或者财富比爵位更不可期望。

在这些虚妄的恩赐中，最能叫我这颗痴愚的心感到欢乐的，是那张正式罗马公民资格证书，那是我最近在那里时颁发给我的，证书上金字紫玺非常豪华，授予时亲切大方。

证书都是用不同风格的文体写成，精彩程度也不一；从前我看见过一份，那是我竭力要人家取出给我阅览的，如果有谁跟我一样有好奇的毛病，我乐意满足他的要求，在此全文转录如下：

根据光明之城罗马行政长官奥拉奇奥·马西米、马尔佶·赛西奥、亚历山德罗·穆蒂提交元老院，关于授予米迦勒骑士团骑士、非常虔诚基督徒国王内宫日常侍从米歇尔·德·蒙田罗马公民权的报告，罗马元老院与平民会议颁布命令如下：

按自古以来的习俗与法律，凡出身高贵的有德之士，曾经或者将来给我们的共和国增光和作出有益贡献的人，都会得到我们热忱殷勤的接待，加入到我们的行列中来。先祖的遗训与权威使我们深受感动，应该模仿和保存这个高尚的习俗。而今声名卓著的米歇尔·德·蒙田，米迦勒骑士团骑士、非常虔诚基督徒国王内宫日常侍从，热烈向往成为罗马人，鉴于他的家族光荣显赫，他个人品行高尚，经罗马元老院和平民会议最终审定和投票，认为他非常有资格被授予罗马城居住权，因而罗马元老院和平民会议欣然宣布，声名卓著的米歇尔·德·蒙田，德高望重，与这个伟大的人民相亲相爱，从今此后他与他的后代皆入册成为罗马公民，允许享受出生为罗马公民和贵族的人以及因贡献而成为罗马公民和贵族的人的一切特权与优待。罗马元老院和平民会议还认为授予公民权不是一个恩赐，而是接受了别人给予的好意；别人接受公民权是使本城增添光彩。

行政长官已责成罗马元老院和平民会议的秘书，把这份议会-法院批准书记录在册，存放于朱庇特圣殿档案馆，他们还制成这份证书，盖上罗马城事务公章。时年罗马城建城二千三百三十一年，耶稣基督诞生一千五百八十一年三月十三日。

神圣的罗马元老院和平民会议秘书

奥拉奇奥·福斯科

神圣的罗马元老院和平民会议秘书

文森特·马尔托利

我不是任何哪个城市的市民，而今却成为空前绝后高贵的城市的市民，十分高兴。别人要是像我一样仔细审视自己，也会像我一样觉得自己平凡无奇。我要是舍弃了这点，也就不能不舍弃了自己。我们都是这个状态，谁也不比谁更好或更差。但是感觉到这点的人还更强一些，虽然我也说不清。

看别人而不看自己，这种普遍的看法与做法倒成全了我们好办事。人是个让人处处看不顺眼的东西；我们看到他身上的只是卑微与虚妄。为了不让我们垂头丧气，大自然很有道理地转动我们的目光朝外看。我们顺着水势往前淌，但是转过身逆水而行，这个行动很艰难。海水回流时就混浊汹涌。

每个人都会说："看天空怎么变的，看看大家，这个人在吵架，那个人脉搏怎么样，另一个遗嘱写些什么，总之，总是上下去看，左右去看，前后去看。"

从前，德尔斐神庙的神给我们留下这条有悖常理的告诫①："你要

---

① 指希腊德尔斐阿波罗神庙圆额上的这条箴言："认识你自己。"

扪心自问，认清自己，专注自己；心思与意志若用在别处，把它们拉回来；你的时光在流失，你的精力在分散，你要聚精会神，你要挺起身子。人家在背叛你，在消耗你，在偷窃你。这个世界垂下眼睛是看自己的内心，张开眼睛是凝视自己的外表，你没看到吗？对你来说，里与外都是虚妄，但是虚妄愈少扩大，也就愈少虚妄。"——神还说："人啊，除了你天下万物都是首先审视自己，然后根据自身的需要界定它的工作与欲望。没有一物像你那么空虚与渴求，要去拥抱整个宇宙；你是个无知的暗探，没有司法权的法官，闹剧的小丑。"

论意志的掌控

　　跟一般人相比，让我感动的事——或者说得更确切——使我留恋的事不多。事物只要不控制我们，而只是感动我们，那还是理智的。我通过学习与思考，花了很大心思去提高无知无觉的这份特权——这在我的天性中原本已很突出了。

　　我常做的事不多，因而热心的事也不多。我目光清晰，但专注在少数事物上；感觉细腻不敏锐。理解与处事能力则鲁钝迂拙，进入状态缓慢。我对自己的事全力以赴；可是在这个题目上，我要克制一下感情，乐意不让它陷入太深，因为这个题材可由我控制但也受制于人，命运对此比我更有权利。从而，就是我十分珍视的健康，我对它也不要过于祈求，煞费苦心注意，让我觉得生了病就非同小可。人应该在怕疼痛与爱逸乐之间保持克制。柏拉图主张生活中要走两者的中间道路。

　　但是对于那些使我不顾自己分心他事的感情，我当然不遗余力抵制。我的意见是为别人应该效劳，为自己才应该献身。如果说我有意愿乐于仗义执言，一言为定，但是我坚持不了，我的天性与为人都太软弱，

　　　　见事就躲，生来是享清福
　　　　　　　　　　　　　　——奥维德

经过一场激烈持久的辩论，以对手胜利而告终，热烈追求后得到令我面红耳赤的结局，这都会叫我痛心疾首似的难受。我若像别人一样坚持不渝，我的心灵没有力量忍受这些死抱不放的恐慌与激动。内心一骚乱必然土崩瓦解。

　　有时有人把我推出去执行外界事务，我答应接受，但不会呕心沥

血；我负责，但不会感同身受；我可以做到事必躬亲，但不热情洋溢；我会照看，但不会时刻在琢磨。

需要我处理与安排的紧急家务已经够多，让我终日牵肠挂肚的，哪里还能定下心来接受外人的委托。自己本家日常维持生计的事与我利益攸关，也就不包揽别人的事了。那些知道欠了自己什么的人，那些知道该为自己尽多少义务的人，就会发现大自然已经给了他们这份订单，满满的，决不会让他们闲着。家务有的是，不用出门去。

人总是出租自己。他们的天赋不是为自己，而是为奴役他们的人用的。这样住在家里的不是自己而是房客。我不喜欢这种普遍心理。心灵的自由应该爱惜，只有在正当时机才可以把自由暂时抵押，我们若懂得明辨的话，这样的时机是很少的。且看那些只学会冲动与仓促做主的人，他们到处抵押心灵的自由，不管大事还是小事，跟他们相干还是不相干的事；只要那里有事有义务，他们不加区别都参与进击，只要他们不手忙脚乱，就好像不是在活着。"他们为忙而忙着。"（塞涅卡）他们为了找事做而找事做。

他们并非要这么做，其实是他们停不下来，恰如一块石头下坠，不落到地面上是决不会静止的。工作对某种类型的人是能力与尊严的标志。他们的精神在行动中寻找休息，犹如婴儿在摇篮中能够入睡。他们可以称为对朋友很讲义气，对自己充满怨气。没有人会把钱分给别人，但人人会把时间与生命分给别人，我们拿什么也没拿这两样东西那么挥霍，其实只有在这上面吝啬才是有益和值得提倡的。

我采取的态度完全不同。我立足于自己，一般来说对想望的东西想望得并不强烈，也想望得不多。忙工作干活儿也如此，次数不多，不慌不忙。他们要的事，他们管的事，让他们全心全意、满怀热忱去要去管。世上处处是陷阱，若要万无一失就要浅尝辄止。应该在表面上滑过，不要陷入太深。声色犬马之事，沉湎太深也会乐极生悲。

你走在一堆火上

会被灰烬欺骗……

——贺拉斯

波尔多的先生们选我当他们城市的市长，我那时远离法国，更远离这个想法。我请辞，但是有人跟我说我错了，国王也下旨敦促。这个职位除了其职责的荣誉以外没有薪俸也没有津贴，就显得格外崇高。任期两年，通过第二次选举可以连任，但这个情况极为罕见。这出现在我的身上，从前还有过两次，几年前德·朗萨克先生做过，最近又有德·庞隆先生，法国元帅，我是接他的位子；我初次任职的位子留给了德·马蒂尼翁先生，也是法国元帅，我有这样显赫的同僚而感到风光十足，

两人都是出将入相的栋梁。

——维吉尔

命运造成了这个特殊的局势，又送我走上了仕途。这不算完全是虚妄；因为亚历山大对科林斯使臣要颁发给他科林斯居民资格时，不当一回事，后来听使臣说酒神巴克斯和大力神赫拉克勒斯也在名册上，才向他们再三道谢。

到任后，我认认真真如实介绍自己，我觉得我是这么一个人：没有记忆，没有警觉性，没有经验，没有魄力；也没有仇恨、没有野心、不吝啬、不粗暴；告诉他们在我任上可以期待做到什么，让他们了解清楚。因为他们认识先父，以及对他的怀念，使他们作出了这个决定，我还向他们清楚说明，他们召我来工作的就是当年父亲任职的地点，假若市政工作让我感到重负不身，就像当年父亲一样，我会非常不安。

我记得童年时看到他日见苍老，公务缠身戕害他的心灵得不到片刻安宁，忘记了他多年因体弱而格外留恋的家庭温馨，不顾家务、健康，

为公事进行长期艰苦的旅行，不重视安全，也几乎失去生命。他是这样一个人；他天生宽厚仁爱，很少有人像他那么慈善与受人爱戴。

别人身上这样的人生态度我赞赏，却不思模仿，这里面有我的原因。他听人说我们应该为他人忘掉自己，个人与大众相比是毫不重要的。

世上大多数规则与箴言都借这样的人生态度，把我们赶到了门外，进入广场论坛，为大众谋利益。他们想到作出极大努力让我们脱离自己，放弃自己，并称我们过分依恋自己是出于一种天然的束缚，不惜说什么也要达到这个目的。贤人不按事物的实际，而按事物的实用来说教，这不是什么新鲜事儿。

真理对我们自有妨碍、不便和格格不入的地方。经常需要受骗才使我们不自骗，需要蒙住我们的眼睛、塞住我们的耳朵才能锻炼和改进视力与听力。"无知者当法官，就需要经常上当才不会判决荒唐。"（昆体良）当他们要求我们去爱我们前面三、四、五十度的东西，他们提出了弓箭手的技艺，弓箭手要射中目的，要瞄准靶子的上方。木材也是矫枉过正才会平直。

我看到在帕拉斯神庙里，也如在其他宗教的寺庙里，有一些公开的圣物向大众开放，其他更神秘更宝贵的圣物，只是向门内人展示。看来在这些人身上存在着彼此友爱的真正交集点。这不是一种虚假的友谊，让我们一心毫无节制地去追求光荣、知识、财富和诸如此类的事，仿佛是我们的肢体一样不可或缺；也不是甜丝丝、占有欲强的友谊，就像我们看到的常春藤，它抱住的那块墙壁都会被它损毁；而是一种有益身心有原则的友谊，同样也相互帮助和愉悦。

谁明白了友谊的义务，并实施这些义务，谁就是真正站在缪斯的殿堂里；他达到了人类智慧与幸福的顶峰。这样的人完全知道自己该做什么，认识到对自己实施其他人与世界的做法，也应该是自己的任务，这样做的同时对公众社会贡献出他的一份义务与效力。谁活着不为他人，

也就不为自己活着。"要知道，谁跟自己做朋友，也跟大家做朋友。"（塞涅卡）

我们最主要的职责，是各人管好自己的行为。我们在世上要做好这点。谁若忘了洁身自好，认为管理别人学好也算是自己尽了义务，他就是个蠢人。同样，谁抛弃自己健康愉快的生活去为别人劳累，这在我看来也是个违背自然的馊主意。

我不赞成一个人在接受公职以后，拒绝在工作时心勤、腿勤、口勤，需要时不付出血与汗：

> 随时准备牺牲，
> 为了亲爱的朋友或我的祖国。
>
> ——贺拉斯

精神始终处于休息和健全的状态，这不是没有活动，而是没有烦扰，没有激动，这是外界因素促成的，偶然的。单纯的精神活动危害不大，即使在睡梦中也在进行。但是启动时要谨慎小心。因为身体是人家给它多少压力，它也承受多少压力，而精神随自己的心意给压力加码，往往压得身体不堪重负。我们用不同的力气和不同程度的意志做同样的事。力气与意志两者脱节也可以不错的。多少人在与我们毫无相干的战争中天天冒生命危险，在其成败决不影响第二天睡眠的战斗中出生入死？

那个人待在家里，远离他不敢正视的危险，对这场战争的结果却比打仗中流血卖命的士兵更为起劲更动脑筋。我可以做到处理公务而丝毫不改变自己的本色，为人效劳而不亏待自己。

这种誓不罢休的欲望对于意图的贯彻妨碍多于方便，使我们对不顺利或迟迟不发生的事焦躁不安，对跟我们商量对策的人尖酸刻薄。我们受事情左右摆布，就永远做不好事情：

情欲引人走入歧道。

——斯塔蒂乌斯

运用判断与机智的人，做得比较利落；他装假，退让，搪塞，根据情况需要应付裕如。他达不到目标，不烦恼不丧气，准备一切从头开始，往前走缰绳从不脱手。一心采用暴虐手段的人，其行为必然甚不谨慎与公正；欲望急躁会不顾一切，行动鲁莽，命运若不伸以援手，不会有多少效果。当我们受侮辱，从哲学上来说，我们予以惩罚时必须制怒。这不是为了复仇时下手轻，相反是要下手重，打得准与狠。急躁在它看来只会碍事。愤怒不但扰乱思想，还使惩罚者的手臂容易疲劳。怒火使力量用不到一处。就像心急时"求速反而慢。"（昆图斯·库提乌斯）匆忙会失足，会绊跤，会停下来。"速度会受速度之累。"（塞涅卡）

比如说，根据我平时做人的经验，吝啬最大的麻烦来自吝啬本身。吝啬愈苛刻，其收效也愈小。一般来说，当吝啬戴上慷慨的面目时，才能更迅速地敛财。

有一位乡绅，极好的人，我的朋友，对他的亲王主子的事务过于关切，忠心耿耿，把自己的头脑也几乎弄糊涂了。他的主子亲口向我这样描述自己：他对待大事跟常人一样，但是对于无可挽回的事他果断地下决心忍受；他对别人下命令作好必要的粮食储备后——他思维敏捷可以很快办成——就安静地等待事情的发生。说真的，我看见过他做事，处理重大棘手的事情时行为举止与脸部表情都满不在乎，非常洒脱。我觉得他在逆境中比在好运中还更有气魄、更干练。对他来说失败比胜利、死亡比凯旋更光荣。

不妨想一想，即使在那些娱乐消遣性的活动中，如下象棋、打网球这类事，急功求成，求胜心切，使思想与肢体陷入混乱；他眼花缭乱，手足无措，屡屡出昏招。对于胜负成败不那么计较的人始终处之泰然；他在比赛时不慌不忙不冲动，也就更占优势更有把握。

总之，我们要心灵掌握的东西太多，反而不能使它集中与牢记。有些事只需知道，有些事要记住，有些事要刻骨铭心。一切事物心灵都是可以看见与感觉的，但是都要由心灵自己去汲取养料。真正触动它的东西，真正融入和组成它的实质的东西，才使它得到教育。

大自然的规律使我们学到我们必须学习的东西。贤哲告诉我们，按照自然的规律没有人是贫困的，按照人的意见人人都是贫困的，他们还细致区分从自然而来的欲望和因我们胡思乱想而来的欲望。大家看得到底的欲望是来自自然的，在我们面前躲闪、让我们追赶不上的欲望是来自我们的。钱财的贫乏易治，而心灵的贫乏则不可治。

> 若说满足生活就是够，
> 那我是够了。但是不！那又是什么样的财富，
> 可以多得满足我的欲望呢？
>
> ——卢西里乌斯

苏格拉底看到有人担了大量钱财、珠宝和珍贵家具大摇大摆穿过他的城市，说："我不要的东西怎么这么多！"梅特罗道吕斯每天吃十二盎司粮食过日子。伊壁鸠鲁更少。梅特罗克勒斯冬天跟羊群一起睡，夏天宿在教堂的回廊里。"自然的需要自然皆可以供应。"（塞涅卡）克里昂特斯靠双手生活，还夸口说，他愿意的话还可以养活另一个克里昂特斯。

为了保护我们的生存，大自然原本对我们的要求确实是非常小的（究竟多么小，究竟生命只需靠什么就可以活下来，再也没有比下面这句话说得更清楚了：小得连命运怎么捕捉与冲撞都逮不住它），还允许我们自己再增添一点；这就是把我们每个人的习惯与条件也称作是自然需要吧；让我们根据这个尺度来犒赏自己，款待自己，我们的从属物与打算也可以扩大到这个程度为止。

因为在到达这个程度以前，我觉得我们总还有个借口。习惯是第二

天性，但不比第一天性弱。我的习惯中缺少的东西，我认为也是我生命中缺少的东西。我在目前这个状态中生活了那么久，若有人要我紧缩和放弃，这不啻是让我盼着他们夺走我的生命。

我再也不是承受大变动、投入陌生新生活的年龄了。即使从高处走也不行。没有时间脱骨换胎了。有的大事当我还能享受时不来而现在才落到我的手中，真让我无奈。

> 来了好运不能享受，不也是无用？
>
> ——贺拉斯

我自叹腹中枉有些许经纶。做正直人太晚了还不如不做，生命已没有了还说什么明白地生活。我是个来日无多的人，乐意把处世谨慎的经验传给后来者。那也等于餐后才送上了芥末。对于我已没有用的财富我也不知拿来做什么。对于一个头脑不清的人学问有什么用？让我们看到礼物，却引起心中正常的哀叹，该来的时候没有来，这正是命运之神对我们的侮慢与不再宠爱。

不用再引导我，我再也去不了哪儿。令人满足的事各种各样，对我们唯有耐性便可。你去给双肺已腐烂的歌手一条响彻云霄的好嗓子，让深居阿拉伯沙漠里的隐士能言善辩吧！没落毋须技巧，每件工作最后总是结束。我的世界已走到了头，我的形式是空了；我完全属于过去，必须承认这一点，相应走上这条出路。

我要说的是这个：教皇最近在日历上抹去了十天①，这使我情绪非常低落，让我无法适应。我生长在不以这样计算日期的年代里。这样一个悠久古老的习惯在向我招手，向我召唤。我无法接受这个仅仅是稍作

---

① 格列高利十三世教皇改革儒略历，实际减去十一天，后世称格列历，法国在1582年实施。

改动的新事物，不得不在此当上了异端分子。我的想象，尽管我年事已高，还总是跑在时间前面十天或后面十天，在我耳边嘀嘀咕咕。

这个规则涉及要活下去的人。即使健康不管多么甜蜜，断断续续找上门来，给我带来的也是遗憾多于享受，我已不再有地方可以容纳它了。时间正在离我而去；没有时间什么都无从占有。我看到世上有多少选择产生的高位，只是留给正要离去的人们，我对这一切都付之一笑！没有人关心他履职时能尽多少心，能做多么久：他一进门就要找边门出去了。

总之，我正在准备了结这个人，不是重新塑造一个人。年深日久，形式在我身上变成了实质，习惯也变成了天性。

所以我说我们每一个脆弱的生灵，认为在这个范围内的东西都是自己的，这情有可原，但是同样一出了这个范围都只是混乱了。这是我们能够给予自己权利的最大空间了。我们愈是扩大自己的需要与占有物，我们愈是会受到命运的冲击与灾星的降临。我们欲望的路程应该予以设立禁区，限制在得到最近最直接的方便上，此外这条路程不应该设计在向外畅通无阻的直线上，而是按圆圈而行，路程的两端经过一个简单的转弯，汇集在我们自己身上。这番曲折也可说是接近实质的反思，没有曲折的行动就像吝啬者、野心家和其他直奔目标的人的行动，他们可以冲在别人前面奔跑，但这是错误和病态的行动。

我们的工作大部分都是闹剧。"人间就是一出戏"（佩特罗尼乌斯），我们应该尽心尽责扮演自己的角色，但只是一个特定人物的角色。不应该把面具与外形作为精神实质，把别人作为自己。我们不善于辨别人皮与外衣。在面孔上涂脂抹粉已经足够，不用再在良心上涂脂抹粉了。我见过有的人担任过多少个职务，变脸和变心就变了多少回，脑满肠肥大模大样全身彻头彻尾官气十足，甚至在私室里也放不下架子。

我教不了他们如何区别称赞他们本人的高帽子与称赞他们的差使、随员还是骡子的高帽子。"他们那么陶醉于自己的好运，竟至忘了自己的本性。"（昆图斯·库提乌斯）他们的官职高，把自己的心灵与思考能力也吹嘘得那么高。

波尔多市长与蒙田从前总是两个人，泾渭分明。作为律师与财政官员，不能不认清这类工作中的欺诈行为。正直的人跟他的职业中的罪恶或愚蠢是不相容的，可是不应该拒绝于这门行业；这是国家大事，有益于大众。人要靠世界过日子，尽量往最好方面去做。但是一位皇帝要站在帝国上面，不掺私心杂念高瞻远瞩；而本人应该知道如何独自作乐，还像个普通人那样心地坦白，至少对他自己如此。

我不会让自己全身陷得那么深。当我决心站到哪一方，决不至于偏激得不问是非。当此国家处于乱世时期，我没有因利益攸关而看不到我们对手值得赞扬的优点，我追随的这些人身上应该谴责的缺点。他们对自己一方的事都表扬，而我看到我方的大部分事都不能原谅。

一部优秀的作品并不因为它跟我的事业作对而失去它的精彩。除了争论的焦点以外，我让自己保持公平和完全置身事外的态度。"除战争的需要以外，我不怀任何深仇大恨。"（佚名）这点我对自己很满意，因为我常看到别人陷入相反的境地。"让不会利用理智的人去利用感情吧！"（西塞罗）

有人愤怒与仇恨超过了事件本身，大多数是说明这来自其他特殊原因，就像某人溃疡病治愈了，但烧还是不退，这说明他还有另一种隐病。事实是他们的愤怒与仇恨决不是为了公众事业，为了公众事业损害了大家与国家的利益；他们只是因为有私仇要报才恨得什么似的。这就是为什么他们大动肝火，到了不顾正义与公理的程度。"他们谴责整体事业并不一心一意，但是谴责涉及个人的小事则步调一致。"（李维）我希望我方占优势，占不了优势我也不会发疯。我坚定站在更磊落的一方，但是我不愿别人有意强调我超过一般情理与其他人为敌。这种恶劣的风言风语令我特别反感："他是神圣联盟的人，因为他欣赏德·吉兹王爷的风雅。""纳瓦拉国王的活动叫他吃惊，他是个胡格诺。""他对国王的为人说三道四，准是怀有异心。"

我对那位大臣也不让步，虽然他有理由把一部书列为禁书，因为书中把一位异端评入本世纪最优秀诗人行列①。我们就不敢说有一个小偷长了一双好腿脚？女人当了妓女就一定品格下贱？在那些更智慧的年代，马库斯·曼利乌斯作为宗教与民众自由的保卫者，被授予卡皮托利人的最高荣誉后，又曾追回过他这个头衔吗？因为他后来热望建立君主制，有违于自己国家的法律，从而对他高风亮节的奖赏、彪炳史册的战功都一笔抹煞了吗？

他们若恨上了一名律师，第二天就会把他说成才疏口拙。我在其他地方也说到狂热驱使某些正直的人犯同样错误。我会如实地说："他坏心做这件事，他好心做那件事。"

同样，当事情的预测与前景看来暗淡不利时，他们都愿意自己一派的人个个是瞎子和笨蛋，他们的劝说与判断不是为真理服务，而是为实现我们的愿望服务。我只怕自己会受愿望的控制，以致纠偏后会朝向另一个极端走去。此外我对向往的事稍带怀疑的感情。在我那个时代，看到那些老百姓真是出奇的好糊弄，不问情由就让人摆布自己的信念与希望，去取悦和效力他们的头领，错误再多也视而不见，幻想与迷梦再破灭也不在乎。

我不再奇怪那些人中了阿珀洛尼厄斯和穆罕默德的花招，给他们牵了鼻子走。他们的感觉与理解全被狂热窒息。他们的辨别能力只限于选择叫他们乐开怀和让事业得益的事。在第一个狂热宗派②出现时，我已经注意到这占了显著地位。接着成立的另一个组织③，模仿它还有过之而无不及。

---

① 事指宗教裁判所 1580—1581 年在罗马谴责蒙田赞扬泰奥多尔·德·贝萨。贝萨是加尔文的继承者。
② 指主张宗教改革的新教徒。
③ 指天主教神圣联盟，成立于 1576 年。

以此我看出这类事与群众的错误是密不可分的。第一个错误出现后，群众就同声附和，像随波逐流。你若另有看法，若不随大流，你就不算是同一派。当然若用骗子去帮助这些正确的派别，那是在害它们。我对此始终持不同意见。这种做法只对病态的人有用，对于正常的人还有更可靠也更诚实的做法，就是保持他们的勇气与原谅事情的挫败。

天下还没有见过恺撒与庞培这样严重的对立，今后也不会见到。然而我觉得在这些高尚的心灵还是可以辨认出惺惺相惜的感情。这是一种争夺荣誉与指挥权的嫉妒，并不使他们产生不共戴天的仇恨，没有恶毒用心与诽谤。在你死我活的激战中，我发现他们流露对彼此的尊敬与好意，因而我认为若能做到的话，他们中的哪位都希望成就自己的大业，更愿意不因此引起对方的毁灭。马略与苏拉的争雄完全不一样，这要小心提防。

做人不应该疯狂追求情欲与利益。我年轻时爱情来得太快我就抵制，有意安排得不太愉快，以免我沉湎其中，最后完全听从爱情的摆布；其他场合遇上心愿过于亢奋时我也如法炮制。感到内心像喝了酒似的跃跃欲试以求一醉时，我偏偏违反心意去做。我赶快逃避，不让自己过于纵情欢乐，以免要收回心时头破血流。

人的心灵糊里糊涂，看不透事情，坏事没有把他们害个够，就认为交上好运了。这也是一种精神麻风病，气色健康，即使哲学对这种健康也一点不小看它。但是这也不是理由要把这个称为智慧，像我们常做的那样。有位古人以此嘲笑第欧根尼，要在严冬之寒天，赤身裸体去拥抱一个雪人，考验自己的耐力。那个人遇到他时正处于这个状态。于是问："这个时候你冷得很吧？"第欧根尼回答说："一点不冷。"那人又说："那你这样抱着怎么算是高难度的示范动作呢？"为了检验恒心，必须要会吃苦头。

但是，心灵要受到命运千辛万苦、艰苦卓绝的折磨，要依照人生中原有的严酷与沉重来衡量和体验，那它们就要利用人生艺术不去深究其原因，避开其锋芒。柯蒂斯国王就是这样做的；有人向他献上一套华美贵重的餐具，他给予厚赏；但是这套餐具实在脆薄易碎，他立即自行把它们打破，趁早别让自己动辄为此事跟仆人发脾气。

同样，我有意避免让自己的事务关系不清，也不想让我的财产跟我的亲戚与有深交的朋友沾上边，疏远与纠纷一般都是从这里产生的。从前我喜欢玩牌和掷骰子这类靠运气的游戏，也在很久以前戒除了，只是因为输了不管脸部表情怎么样，心里总不免有点疙瘩。一个自尊的人，遇到撒谎和冒犯会想不开，也不会把这看作是一件蠢事而心中释然，这样的人应该避开暧昧和易起争执的事找上门来。

愁眉苦脸的人，易发脾气的人，我躲之唯恐不及，像见了瘟疫病人一样；对于不能无私和坦然对待的言论，若不为职责所逼，我也不参与。"开始就不做比中途停下不做要省心得多。"（塞涅卡）最可靠的方式是未雨绸缪，事前防备。

我自然知道有的贤哲走的是另一条道路，他们不怕同时遇到许多事去面对和解决其中的要害问题。这些人自信有力量，依靠它抵挡一切来犯之敌，以毅力与耐性跟逆运搏斗：

> 犹如大海中的一块巨石，
> 面对狂风怒涛，
> 不怕白浪滔天，风吹雨打，
> 兀自屹然不动……
>
> ——维吉尔

我们不要搬弄这些例子，我们永远望尘莫及。他们执意要看个究竟，决不会为国家的毁灭而心烦意乱，因为这掌握和控制着他们的整个意志。我们这些普通人，承受不了这样的力量与严酷。小加图为此放弃了他无比高尚的一生。对于我们这些小人物，暴风雨应该躲得远远的。我们必须加强感受力，而不是忍耐力，避开我们不知抵御的打击。

芝诺看到他喜爱的青年克莱莫尼代斯走近来，在他身边坐下，突然站起身。克里昂特斯问他原因，他说："我听医生再三叮嘱要休息，不让任何部位激动。"苏格拉底不说：不要向美色的诱惑投降，要抗拒它，要反击它。而说：赶快逃离它，跑出它的视线范围，不要跟它相逢，犹如躲开从远处抛过来打人的剧毒药。

他的一位好学生，编造或是叙述（我的意见是叙述多于编造）那位大居鲁士罕见的美德，说他提防自己没有力量去抵挡他的女奴、著名的绝代美人庞蒂娅的诱惑，就让另一位没他那么自由自在的人去探望和看管她。《圣经》也这么说："不叫我们遇见试探。"我们在祈祷中不说，让我们的理智不要被美色打倒和征服，而是说我们的理智连试探也不要试探，不要让我们落到这个地步，由着罪恶接近、挑逗和诱惑而叫苦连天，祈求我们的主让我们的心保持宁静，彻底完全摆脱恶的骚扰。

有人说他们战胜了复仇的情欲，或者其他难以克服的类似情欲，说的是目前的实情，不是以前的实情。他们对我们说起时，他们错误的原因都是他们自己造成和夸大的。但是回溯以前，再从根源上去探讨原因，那时你就会看到他们不是无可指摘的。他们是否要说从前犯的错误在现在看来也就小了，从一个错误的开始会产生一个正确的结果？

谁像我一样希望国家兴旺，而又不为之生溃疡病和消瘦，看到国家遭到破坏或经历一个破坏力并不稍减的时期，会不开心但不会索索发抖。

> 这艘可怜的船，波涛、海风
> 与领航都对它另有所图！
>
> ——布坎南

谁不张口结舌对君王的恩宠有所求，看作是生命中不可或缺的东西，那么看到他们面貌冷淡，接待怠慢，心思变化无常，也就不会太介意。谁不甘心为人奴似的溺爱儿女和追求名利，那么失去后也不会生活不自在。谁做好事主要为了自我满足，那么看到人家诋毁他的行为，攻击他的善举也就不会困扰。有点儿耐性，这些烦恼都是可以消除的。

我用这个药方效果就很好，烦恼一冒头就把它轻易化解，从而觉得避过了许多劳苦与困难。激情初起时只费一点力就可予以制止，问题开始感到棘手还未折腾我以前便抛下不顾。起跑止不住，奔跑也就停不下。不知道把它们拒之门外，以后也难把它们赶到门外。不能赢在开头也就不能赢在最后。控制不了晃动也止住不了坠落。"人一脱离理智，情欲就自由漂流；人性的弱点自以为是，鲁莽地进入大海深处，再也找不到避风港栖身。"（西塞罗）我及时感到微风吹入心中进行试探，发出声响——这是暴风雨的朕兆："心灵早在征服以前便已动摇。"（佚名）

> 如同微风吹起，
> 树木索索发抖，咆哮渐渐声响，
> 向水手预报暴风雨即将来临。
>
> ——维吉尔

一个世纪以来，世事纷扰，阴谋诡计不断，我天性对此深恶痛绝，超过切身受到严刑和火烤；多少次我对待自己明显不公，为了避免风险从法官那里遭受更大的不公？"为了避免诉讼，应该不遗余力、甚至要超出能力去做一切。因为放弃一些自己的权利不但是件好事，有时还是件有利的事。"（西塞罗）

我们要是聪明的话，就应该高兴和夸奖，如同有一天我听到一位大家族子弟天真地逢人便庆贺他母亲刚打输了一场官司，就像摆脱了咳嗽、发烧或其他久治不愈的病。命运之神赐给我的这些恩宠，若有赖于有权柄者的亲谊和交情，我努力根据良心有意回避，不去利用来伤害别人，也不在正当的范围外实施自己的权利。

总之，我白天有那么多的工作要做（幸好我还能这么说），至少还没有上过一次公堂，也没有发生过一场口角。尽管我若愿意的话，好几次我可以师出有名，为自己的好处打几场官司。我不久就要过完长长的一生，没有遇到过或给过人家严重的伤害，除了自己的名字以外也没有其他恶名：上天少有的恩泽。

引起我们最大纷争的动机与原因都很可笑。我们最后一位勃艮第公爵就为了一车子羊皮跟人吵架，造成了多少废墟①？这颗地球遭受的最可怕的灾难，其最初的主要起因不就是为了一枚纹章上的图案么②？而庞培与恺撒只是前两位的后辈与效法者而已。我在自己那个时代见过国王议院中最智慧的人物，花费国帑大摆场面签订条约与协议，其实真正的决策取决于具有至高权威的夫人内阁的闲谈和几位小女人的爱好。诗人们深解其中深意，因而说了一只苹果把希腊和亚洲陷于血泊火海之中③。且看那个人为什么提了宝剑，揣了匕首，拿自己的荣誉与生命去碰运气；让他给你们说说这场争论是怎么引起的，他告诉你不会不脸红，因为原因实在太无聊了。

一开始，只需要有点见识便可消弭争端；但是一旦上了船，各种缆绳都在拉扯。这时需要有大气魄，那要困难和严重多了。真是上船容易下船何其难！应该从反面去学习芦苇生长之道，芦苇第一节很长很直；但是接着好像疲倦喘不过气来，节子短而密，仿佛停顿，已没有最初的活力与坚韧。应该在开始时仔细冷静，把耐力与冲动留到工作关键与完成的阶段。事件初起时可由我们指导，随我们的心意发展。但是后来当

---

① 影射勃艮第公爵查理（大胆者）对瑞士人的战争。起因是一个瑞士人经过罗蒙大人的领地，被他抢去了一车羊皮。
② 苏拉战胜努米底亚国王朱古达，要在纹章上刻图案纪念这次凯旋，此举引起马略嫉妒，遂成嫌隙。
③ 指希腊神话中，帕里斯评判金苹果属于谁的故事，引起特洛伊战争。

它们发动后，是它们指导我们、控制我们，我们只有跟在它们后面去。

可是这不是说这个忠告给我解除了一切困难，我经常不用费多少力气就可降服和控制我的情欲。它们并不总是按照时机场合进行调节，有时一来还很冲动暴烈。无论如何还是可以从这个做法中节制了感情，取得了效果，除非是有些人，他们做什么好事若不沾上名声就对任何效果都不满意。

因为事实上，这样的事有没有价值全看各人自己。如果你在加入行列和事态已经明显以前就已经改宗了，你为此更快乐，但不为此更受人重视。此外，还有，不单是在这件事上，而且在人生的其他一切责任上，追求荣誉的人所走的道路确实与讲究秩序与理智的人所走的道路是不同的。

我见过有些人没头没脑地、奋勇地进入竞技场，奔跑中慢了下来。如普鲁塔克所说的，有人由于做了见不得人的坏事，心虚，不论人家要什么，有求必应，事后又随便食言，赖个干净；同样的，轻易加入争吵的人也会轻易退出争吵。同样一件难事，会让我望而却步，当我激动和发热时又会挑动我去干。这是一种坏习惯，因为一旦你沾上手，你必须干到底或者自己垮掉。贝亚斯说："接手时随随便便，但是干起来风风火火。"缺乏谨慎会变得缺乏勇气，后者更不可忍受。

今日我们解决纷争的办法大多数很不光彩，充满谎言；我们寻求的是保全面子，于是背叛和掩饰我们真正的意图。我们掩盖真相；我们知道我们是怎么说过的，是什么用意，在场的人也都知道，我们要我们的朋友感到我们的优势。我们隐瞒自己的想法，为了达成协议靠虚伪去拣便宜，这损害了我们的坦诚和光明磊落的名声。为了挽回我们作出的否定，我们又一次否定自己。这不应该光看你的行动或你的言辞有没有另外解释；此后不管要你付出多大代价应该维持你的真正诚意的解释。人家在对着你的品德、对着你的良心说话，这两样东西是戴不上假面具的。让那些卑劣手段和权宜之计应用在法庭诉讼中吧。

我看到为了弥补不当行为天天有人道歉与谢罪，而我觉得这些道歉与谢罪比不当行为本身还要丑恶。宁可再羞辱对手一次，也比向他作出这样的弥补来羞辱自己好。你在火头上顶撞了他，恢复冷静与理智后又去安抚他、讨好他，这样你后退得比前进的还多。我认为一位贵族不论说什么坏话，也不及他在强权的逼迫下否定前言那么可耻。一位贵族固执己见要比胆小怕死更可原谅。

情欲要我节制容易，要我避免则难。"从心灵中剔除要比克制容易得多。"（佚名）谁不能达到斯多葛派的那种高贵的无动于衷，那就让他求助于我这种黎民的愚钝。那些人做这个靠的是品德，我做这个靠的是性情调养。中心地带酝酿风暴，两端则是哲人与俗人，一心想着过的是太平安逸日子。

> 谁知道事情的原委，
> 蔑视恐惧与宿命，
> 和阿刻戎①索船资的吆喝，他就是福人！
> 谁认识乡村的诸神，
> 牧神、老分神和仙女姐妹，他也是福人！
>
> ——维吉尔

一切事物诞生时都是柔弱的。可是应该睁大眼睛看着初始之时。因为小时不发现它的危害性，大时就会找不到医治之药。我抱有野心时，每天遇到千万个难题不容易解决，还不如在内心油然产生这个想法时，毅然把它抑止，这要容易得多：

> 我有理由害怕

---

①据希腊神话，渡亡灵过冥河的船夫。

抬起头被人远远看在眼里。

　　　　　　　　　　　　　　——贺拉斯

　　一切公开活动都会招来不确定与莫衷一是的看法，因为评判的脑袋太多了。有人提到我担任这个城市的职位（我也很高兴能对此说上一句，不是这工作值得一谈，而是表示我在这类事情上的做法），说我在工作上缺少魄力做事慢条斯理；他们倒离开表面现象不远。

　　我试图让自己的心灵与思想保持平静。"天性本来就爱静，今日年老更爱静。"（西塞罗）有时我的思想一放肆给人留下粗鲁激烈的印象，这实在不是我的初衷。至于我天性慢条斯理，不要从中得出这是我无能的证据（因为不着急与不关注是两回事），更不要认为这是我对波尔多市民的漠视和忘恩负义。他们在认识我的前后，利用手中掌握的一切大大小小的方法来拥戴我，第二次推选时我比第一次还踊跃。

　　我愿他们一切都称心如意，当然任何时刻我都会尽心尽力为他们效劳。我为他们就像为我自己竭尽忠诚。这是善良的人民，慷慨好义，也能服从与守纪律，若善于诱导必成大事。人们还说我在职时一切既不突出也无痕迹。这是好事，当大家都在兢兢业业工作时自然会嫌我没事做了。

　　我受意志驱使时做事雷厉风行。但是这却是坚韧不拔的大敌。谁根据我的特长使用我，给我分派的工作需要活力与自由，做法直率，但不能历时太久，可以含风险，这样的事我可以有所作为。如果时间长，繁琐，辛苦，需要装模作样，转弯抹角，那不如另请高明了。

　　并不是一切重要的差使都是艰难的。事情如果确实需要，我会作出吃苦耐劳的准备。因为我还是有能力多做和做我不喜欢的事的。我自己知道，凡是我有责任去做的事我不曾半途而废过。那些职责与野心不分的事，以职责的名义来掩盖野心的事，我很容易忘记。但往往是这些事情听在耳里，看在眼里，人人皆大欢喜。可以出彩的不是事情本身，而是表面文章。他们若听不到声音，还以为大家都睡着了。

我跟爱喧闹的人完全是两个性子。我能够制乱而自己不乱，惩罚破坏秩序而心情不变。我要不要发怒和大光其火？偶尔一用装装样子。我的脾气温和，失之于软，不急躁。一位官员闲着我不怪他，只要他手下人也闲着，法律也闲着。我赞赏生活顺溜低调，不喧声，"不卑不亢不堕落。"（西塞罗）命运也要求我如此。我出身的家庭，过得平平淡淡，不事声张，历代讲究门风敦厚。

我们这个时代的人养成了浮躁、爱出风头的性格，以致不再注意善良、节制、平等，恒心以及宁静无为的品质。丑事到处可见，好事了无影踪，病态满目皆是，健康则很罕见。令人高兴的事也就无法与令人伤心的相比。把会议室可做的事放在大庭广众面前做，把前一夜能做的事放到白天中午做，同事可以做好的事恨不得自己来做，这样做是为了沽名钓誉和个人利益，不是为了对工作有利。就像希腊某些外科大夫，用木板搭台，在行人众目睽睽之下表演他们的开刀手术，目的是熟练技术招揽顾客。他们认为大吹大擂才能让人听到事情得到良好解决。

野心不是小人物的一种罪行，也不是我们花力气所能实现的。有人对亚历山大说："令尊给您留下了一大片和平和易于治理的疆土。"但是这个孩子羡慕父亲的武功与他的政策的正义性，他不甘心懒洋洋太平无事地管理世界帝国。在柏拉图的著作中，亚西比得宁可在年轻英俊、富有高贵、极有学问时死去，不愿在这个阶段停滞不前了。

在有这样胸襟气魄的人身上，这样的毛病可能是可以原谅的。但是那些侏儒、鼠辈小人也要沐猴而冠，以为判对了一桩案子或者维持了城门前的秩序，就可以名扬天下，真是要想出头反而露出了屁股。这种微不足道的好事既无分量也无生命力，一说出口最多传到下一条街口就烟消云散了。跟你的儿子与仆人去侃这号事吧。就像那位古人，见没有人听他的吹嘘，承认他的勇敢，就对着他的女仆大叫："佩莱特啊，你的主人真正是个儒雅的人哪！"

连这个也办不到的话，那就跟你自己去说吧，就像我认识的一位参政员，他聚精会神又蠢到极点地照本宣读一连串段落后，抽身离开议事厅到了宫里的小便池，只听到他认真地念念有词在说："主啊，荣耀不要归于我们，不要归于我们，要因你的慈爱和诚实归在你的名下。"（《旧约·诗篇》）谁若不能从别处得到，就只能自掏腰包了。

好名声可不是贱价出售的。它来自难能可贵的表率行为，决不允许日常数不清的琐碎小事来凑热闹。草草修好一堵墙或者挖通路旁的沟，仅可把名字刻在大理石上对你歌功颂德一番，但是人是有感觉的，他们不会这样做。好事并不是做了以后都有反应的，这要求它有难度和非同一般。据斯多葛派的看法，任何出自美德的行为根本不要求得到人家注意。有个人清心寡欲，拒绝一个满目眼屎的老太婆，他们认为对这样的人有什么可以感慨的呢。有人承认阿非利加西庇阿的高尚品质，但是拒绝珀尼西厄斯要给他荣誉，称赞他谢绝重赏的做法，因为这样的荣誉感不是他一人独有的，而是他的时代共有的。

我们享有的福乐跟我们的命运是一致的。不要妄想大人物的福乐。我们的福乐更自然，因而也比他们的更稳固更可靠。即使不是从良心至少也要从野心出发去拒绝野心。要蔑视对虚名浮誉的贪图，低首下心，要我们向各式各样人物讨好。不择手段，不计代价，"在市场能买到的光荣是什么玩意儿？"（西塞罗）

这样得来的荣誉是不荣誉。我们要学会没有能力赢得光荣也就不要贪图光荣。做了一件有用无善的事神气活现，这是对这类事大惊小怪的人才会这样。这让他们付出代价，于是要提高它的身价。一件好事愈是叫得响，我愈是贬低其中的好意，会怀疑这是做了扬名而不是行善。抖落到大众面前已算是一半被出卖了。这类行为若由做的人不经意间悄悄泄漏出来，然后有好事者核实后露出了水面，让它们自行不胫而走，这才有点意思。"我认为，不事声张、不忌讳人家怎么说的情景下做的事最值得赞扬。"（西塞罗）那位世上最神气的人是这么说的。

我只求事物的维持与存在，这都是无声无息、悄然进行的。革新引人注目，但是目前迫于形势，抗拒新兴事物，革新也就遭到了禁止。悠着做有时跟做一样高尚，但是悠着做就较少公开。我能贡献的绵薄之力也差不多在这方面。总之，选我上任的时机符合我的性情作风，我为此非常感激。

有谁为了看医生治病而希望自己生病的呢？若有医生为了表现他的医术而让我们得上瘟疫，不是应该挨鞭子抽吗？我决没有这种不健康但颇为普遍的心理，希望这座城市动荡不安、百业凋敝，来显示我施政高明。我脚踏实地为市民安居乐业贡献力量。我工作时按部就班、冷清清、静悄悄，有人对此不以为然，但是他无法改变我有幸担任此职位属于我的工作作风。

我生来是这样的人，我喜欢自己既幸运又聪明，有所成就既归功于上帝的恩宠，也有赖于自己工作的参与。我也曾苦口婆心向大众说到我才疏学浅难以担任这项公职。比才疏学浅更糟的是我并不嫌弃才疏学浅，也不思改变才疏学浅，由于我已习惯于这样的生活。我对自己的政绩也不满意，但是当初对自己定下要做的事差不多都做了，对别人许愿要做的事还大大超过；因为我愿意答应的事要少于我能做的和希望完成的事。我要肯定自己没有留下冒犯和憎恨。至于留下对我的遗憾和希望，我至少知道我并不十分在乎：

> 我能信任这奇妙的宁静吗？
> 我能忘记风平浪静的海水下
> 隐藏的是什么吗？
>
> ——维吉尔

译文名著精选书目